BASTEI
LÜBBE

HELMUT W. PESCH IM TASCHENBUCH-PROGRAMM:

20 333 Die Ringe der Macht (mit Horst von Allwörden)
20 401 Die Herren der Zeit
20 433 Die Kinder der Nibelungen

Helmut W. Pesch

DIE KINDER VON ERIN

Roman

BASTEI LÜBBE

BASTEI LÜBBE TASCHENBUCH
Band 20 447

1. Auflage: September 2002

Vollständige Taschenbuchausgabe

Bastei Lübbe Taschenbücher
ist ein Imprint der
Verlagsgruppe Lübbe

Titelillustration: Arndt Drechsler
Zeichnungen: Helmut W. Pesch
Umschlaggestaltung: QuadroGrafik, Bensberg
Satz: Heinrich Fanslau, Communication / EDV, Düsseldorf
Druck und Verarbeitung: Ebner & Spiegel, Ulm
Printed in Germany
ISBN 3-404-20447-6

Sie finden uns im Internet unter
http://www.luebbe.de

Der Preis dieses Bandes versteht sich einschließlich
der gesetzlichen Mehrwertsteuer.

Inhalt

Fantasy ist eine Reise
in das Unbewusste des menschlichen Geistes.
Sie ist gefährlich,
und sie kann dich verändern.

Ursula K. Le Guin

Prolog

Sie standen im Schatten des Schlosses, das mit seinen vielspitzigen Türmchen und Erkern wie ein zerfranster Scherenschnitt gegen den abendlichen Himmel aufragte. Sie waren zu dritt. Zwei von ihnen offensichtlich Bruder und Schwester, erkennbar an ihren Gesichtern und ihren hellblonden Haaren. Der dritte war der älteste von ihnen, schwarzhaarig, doch von einem seltsamen Feuer beseelt, das in seinen Augen flackerte.

Eng umschlungen standen sie da: drei, die zusammengehörten und sich nun, endlich, nach langer Zeit wiedergefunden hatten.

Bruder und Schwester. Geliebte und Geliebter. Freund und Freund.

Die ewige Konstellation.

Der dunkle Mann, der sie aus den Oleanderbüschen des Gartens heraus beobachtete, ließ keinen Blick von den dreien. Seine Augen waren wie stumpfe Kohlen; nicht einmal die untergehende Sonne ließ darin einen Widerschein aufglimmen. Er hatte es gelernt zu warten. Er wartete schon seit Ewigkeiten.

Sind sie es? Sind es die drei?

Das Mädchen wandte sich halb um, als spüre sie den Blick des Beobachters im Nacken. Die Bewegung ließ etwas im letzten Licht aufblitzen, das an einer Kette um ihren Hals hing. Ein Kristall, geschliffen; ein Stück von einer wunderbaren, fremdartigen Schönheit.

Der dunkle Mann wandte sich um und verschwand in den Schatten.

Jetzt war er sich sicher.

Oder er glaubte es zumindest zu sein.

1
Der Zauber der Harfe

Von irgendwoher erklang das Lied einer Harfe.

Es war eine seltsame, berückende Melodie, wie aus Träumen und Erinnerungen gewebt, kristallklar wie der Fall von Tropfen in ein tiefes, grundloses Wasserbecken, verschwimmend wie die Wolken am Sommerhimmel, wenn der Tag sich neigt, flirrend wie das grüne Licht unter den Bäumen ...

Gunhild wachte auf. Im ersten Augenblick wusste sie nicht, was sie geweckt hatte. Das fahle Licht des nahezu vollen Mondes fiel durch das Fenster. Alles war fremd und einen Moment lang hatte das Mädchen keine Ahnung, wo es war. Doch dann nahm es im unsicheren Zwielicht des Mondes und der ohnehin unvollkommenen Dunkelheit am Tag vor der Sommersonnenwende die Umgebung wahr. Hohe, geschnitzte Vertäfelungen am Bett und in den Türen eines schweren Schrankes aus dunklem Holz, dahinter unverputztes Mauerwerk, aus schweren, festgefügten Quadern aufgeschichtet. Sie war auf der Burg.

Eigentlich war es gar keine richtige Burg, sondern eher ein geräumiges Herrenhaus, aber das machte keinen großen Unterschied. Siggi, ihr kleiner Bruder, war zwar enttäuscht gewesen, weil er eine richtige Ritterburg mit hohen Mauern, Wehrgängen und Türmen erwartet hatte. Dunvegan Castle war zwar alt, aber vor zweihundertfünfzig Jahren völlig umgebaut worden. »Um eine Burg zu modernisieren«, hatte Lady Dunvegan ihnen mit einem freundlichen Lächeln erklärt, »gibt es keine bessere Zeit als das 18. Jahrhundert.« Damals waren dicke Mauern schon nicht mehr zweckmäßig gewesen, da sie keinen Schutz vor einem angreifenden Heer mit Kanonen und den anderen modernen Waffen bot, aber die Bezeichnung »castle« hatte sich eben gehalten. Und Türme und Erker gab es auch auf diesem »baronial castle« genug, sodass man sich trotzdem wie in einem Märchenschloss fühlte.

Die Lady – genauer: die ›Dowager Lady‹, das heißt Ladywitwe, denn ihr Mann, Lord Edward Fitzroy, der achte Baron Dunvegan, war schon vor vielen Jahren verstorben – war die Tante väterlicherseits ihres englischen Freundes Hagen. Der Plan, gemeinsam hier die Ferien zu verbringen, war schon vor einem Jahr geboren worden. Es hatte einiges an Überzeugungsarbeit für Gunhild und Siggi gekostet, um ihre Eltern zu der Erkenntnis zu bringen, dass ihre Kinder langsam alt genug waren, alleine in Ferien zu fahren. Aber Gunhild hatte schließlich ihren Vater bezirzt und Siggi ihre Mutter so lange bekniet, bis sie die Erlaubnis gekriegt hatten. Und jetzt waren sie hier.

Beruhigt wollte sich Gunhild wieder umdrehen, aber sie konnte nicht mehr einschlafen. Etwas ließ sie nicht aus dem Zustand zwischen Wachen und Schlafen heraus, ließ sie nicht zurück in das Reich der Träume gleiten.

Etwas war anders.

Wieder schlug sie die Augen auf und versuchte diesmal den Schlaf völlig zu vertreiben und richtig klar im Kopf zu werden. Und dann vernahm sie erneut diese seltsame Melodie. Die Klänge lagen gerade oberhalb der Hörschwelle, in dem Bereich, wo man sich fragt, ob man wirklich etwas hört oder ob man sich das alles nur einbildet. Immer wenn Gunhild besonders scharf hinzuhören versuchte, dann war nichts mehr da; aber wenn sie den Kopf wegdrehte, dann glaubte sie es wieder hören zu können: Töne, die einen verzauberten, rein und klar, in schnellen Läufen und Folgen und doch jeder ein Klang für sich allein.

Die Melodie, die so anders war als das, was sie normalerweise an Musik kannte, kam eindeutig nicht aus dem Haus. Der Harfner musste irgendwo im angrenzenden Park oder bei dem Hügel hinter dem Herrenhaus sein.

Neugierig stand Gunhild auf und griff nach dem Morgenmantel, der neben dem Bett auf dem Stuhl hing. Sie warf sich den Mantel über die Schultern und machte sich gar nicht erst die Mühe, in die Ärmel zu schlüpfen. Dann eilte das Mädchen ans Fenster, um in die Nacht hinauszusehen.

Sie beugte sich über die tiefe Fensterbank. Das Fenster war geschlossen, und Gunhild fand keinen Griff, um es zu öffnen. Das Zimmer lag im ersten Stock. Durch die großen Scheiben hatte man einen Blick auf einen begrenzten Ausschnitt des Parks und den Hügel, der sich dahinter erhob. Der Himmel klar und erfüllt von funkelnden Sternen. Doch trotz des Mondlichts, das über dem Land lag, konnte Gunhild den Harfner nicht ausmachen, der diese wunderbare, gefühlvolle Melodie spielte.

Wer dieser geheimnisvolle Musikant wohl sein mochte? Gunhild war nun absolut wach – und neugierig. Sie wollte wissen, wer die Harfe schlug, die sie geweckt hatte. Also tappte sie auf nackten Füßen zur Tür.

Vielleicht war ja Siggi auch wach. Von seinem Zimmer hatte man einen anderen Ausblick auf den Park; vielleicht war der Harfenspieler von dort aus zu sehen. Gunhild summte leise die Melodie mit, als wäre sie ihr bereits das ganze Leben vertraut.

Die Tür öffnete sich mit einem Knarzen, das unnatürlich laut in der Stille klang. Der Gang draußen, erhellt von einem matten Lichtschein, der aus der Diele heraufdrang, war breit, die kalten Steinfliesen mit alten Teppichen bedeckt, die ein wenig muffig rochen, aber angenehm an den bloßen Füßen kitzelten. Irland, dachte Gunhild. Hier war alles ein bisschen schäbiger als zu Hause, aber dafür mit Geschichte und Tradition durchtränkt.

Während das Mädchen den Gang hinunterschlich, schienen ihr die strengen Blicke der Herren von Dunvegan Castle zu folgen, deren Porträts in den Blendnischen des Ganges aufgereiht waren. Fast dreihundert Jahre waren hier versammelt, von Dandys mit Stutzerbärtchen über ernste Herren in steifen Biedermeierkragen und Jagdröcken bis hin zu schelmisch blickenden Männern in absurden Perücken aus jener Zeit, als die Familie noch gar nicht auf der Insel gelebt hatte.

Die Fitzroys, so hatte ihnen Hagen erklärt, waren ein altes Normannengeschlecht, welches im Jahre 1066 als Ritter an der Seite von Herzog Wilhelm nach England gekommen war und deren Urahn Seite an Seite mit dem Eroberer gegen König Harolds Truppen gekämpft hatte. Dann hatten sich seine Nachkommen über Jahrhunderte hinweg in Cornwall angesiedelt, dem äußersten Südostzipfel Britanniens, und schließlich hatte es irgendeinen Sir Soundso Fitzroy – wie er genau geheißen hatte, hatte Gunhild vergessen – in der ersten Hälfte des 18. Jahrhunderts nach Irland verschlagen, auf Befehl des Königs, um die aufsässigen Iren zu befrieden. Dort hatte er auf den Grundmauern einer alten im Zuge vieler Kämpfe und Kriege geschleiften Burg das heutige Dunvegan Castle errichtet. Und seitdem durften die männlichen Nachfahren, wenn sie erst in Amt und Würden waren, sich Baron Dunvegan nennen.

»Dunvegan«, hatte Hagen ihnen erklärt, »das kommt vom gälischen *dun beag,* was nichts anderes heißt als

›kleiner Hügel‹. Aber der andere Hügel, der hinter dem Park liegt, heißt Dunmor Hill, was im Grunde doppelt gemoppelt ist.« Als Siggi und Gunhild darauf nicht gleich reagierten, hatte er, etwas selbstzufrieden grinsend, hinzugefügt: »Na ja, *dun mór* heißt für sich schon ›großer Hügel‹.«

»Nicht besonders originell, die alten Iren, was?«, hatte Siggi geknurrt, und für einen Augenblick glaubte Gunhild, etwas wie Feindschaft in der Luft zu spüren, doch dann hatten beide gelacht und sich in die Hände geschlagen.

Aber die Lady, eine kleine alte Dame mit schlohweißem Haar – »Sagt einfach Tante Meg zu mir!« –, hatte eine andere Erklärung parat: »Dunvegan, das ist der Hügel der Megan, der alten Göttin von Erin, wie Irland früher einmal hieß«, und mit einem Lächeln hatte sie hinzugefügt: »Merkt euch das gut, Kinder!«

Gunhild hatte inzwischen Siggis Zimmer erreicht. Vorsichtig öffnete sie die Tür, denn sie wollte keinen unnötigen Lärm machen. Das Licht des Mondes fiel durch die Fensterscheiben und schien auf ihren kleinen Bruder, wie sie ihn immer noch nannte. Doch seit dem letzten Jahr war Siggi in die Höhe geschossen; er war jetzt vierzehn und keinesfalls mehr der kleine Junge von früher, eher schon mal ein bisschen großkotzig. Doch irgendwie hatte Gunhild immer noch manchmal das Bedürfnis, ihn beschützen zu wollen.

Siggi schlief auf dem Rücken, und sein lockiges blondes Haar lag wie der goldene Schopf eines Engels auf den mit weißer Spitze umhäkelten Kissen. Ein Lächeln schien seine Lippen zu umspielen, und für einen Moment glaubte Gunhild, ihr Bruder tue nur so, als ob er schliefe, und würde im nächsten Moment aus dem Bett hüpfen; aber das Zwielicht dieser seltsamen Nacht hatte ihr einen Streich gespielt. Siggis Schlaf war tief und friedlich. Sein Atem ging absolut gleichmäßig. Seine rechte Hand schloss sich fest um etwas, und das

Mädchen wusste, was es war, das Siggi da hielt. Ein bronzenes Amulett, sein Andenken an das, was vor einem Jahr mit ihnen geschehen war, damals, als sich das Tor der Anderswelt für sie aufgetan hatte.

Es gab Tage, an denen Gunhild überhaupt nicht mehr daran dachte, und andere Tage, an denen es ihr wie ein ferner Traum erschien. Sie waren in ein unterirdisches Reich gelangt, in den Höhlen ihres heimatlichen Odenwalds am Rhein, wo seit Urzeiten die Mächte des Lichts und der Dunkelheit ihren ewigen Krieg ausfochten. Sie waren mit den Göttern gewandelt – Odin und Thor, Loki und Freya –, hatten den Anfang und das Ende einer uralten Sage miterlebt. Es war ein Abenteuer gewesen, wie man es sonst nur aus Büchern kennt, aber für sie war es Wirklichkeit geworden, wenn auch nur für eine Nacht, und es hatte sie alle verändert.

Seit dieser Zeit wusste Gunhild, dass es eine andere Welt gab, die neben der unsrigen liegt, unerreichbar für die Menschen, durch eine unsichtbare, unüberwindliche Barriere von ihr getrennt. Früher waren die Grenzen zwischen der Mittelerde der Menschen und der Anderswelt vielleicht durchlässiger gewesen, und so waren Legenden und Überlieferungen entstanden. Und an manchen Tagen, so wie heute, hatte sie das Gefühl, die Anderswelt wäre noch immer zum Greifen nahe.

Unwillkürlich griff Gunhild an ihre Brust, und dort fühlte sie den Bergkristall, welcher einst das Halsgeschmeide einer Göttin gewesen war. Immer wenn es ihr schlecht ging oder sie traurig war, brauchte sie nur ihren Talisman zu umfassen, und – ob Einbildung oder nicht – sie fühlte sich sogleich besser.

Trotz der nagenden Neugierde, die sie erfüllte, wagte Gunhild es nicht, an das Fenster zu treten, um nach dem Musikanten Ausschau zu halten; denn sie wollte den Schlaf ihres Bruders nicht stören.

Leise zog sie die Tür wieder zu und warf dabei noch einen letzten Blick auf den schlafenden Siggi, mit dem sie seit jener Nacht vor fast genau einem Jahr ein noch engeres Band verband, in das auch Hagen eingebunden war; denn immerhin teilten sie ein Geheimnis, das sie niemandem mitzuteilen vermochten.

Wie als hätte der Gedanke an Hagen diesen gerufen, öffnete sich auf der gegenüberliegenden Seite des Ganges eine Tür. Auch Hagen war in die Höhe geschossen im letzten Jahr. Er war nun über eins achtzig und dabei so schlank, dass er fast schon hager wirkte. Er machte einen sehr erwachsenen Eindruck, obwohl das *ManU-T-Shirt,* das er als Pyjama-Ersatz trug und das ihm bis auf die Oberschenkel reichte, ihn im Augenblick eher wie einen schlaksigen Jungen wirken ließ, der aus seinen Sachen herausgewachsen war.

Doch die dunklen, ausdrucksvollen Augen widersprachen dem Bild. Unwillkürlich verglich sie Hagen und Siggi. Ihr Bruder war nun der große unbekümmerte Bub, der sich in fast jedes Abenteuer stürzte, der Sonnyboy, der die Welt lachend erlebte. In Hagens Augen lag ein Flackern und ein Hauch Melancholie. Auch das, dachte Gunhild, hatte einen gewissen Reiz.

Die Melodie, die der Harfner schlug, schien sich diesem Unterton in Hagens Blick anzupassen, als würde der Spielmann die beiden jungen Leute auf dem Gang sehen können und ihr Innenleben kennen.

»What happened?«, fragte Hagen. Immer wenn er müde oder unaufmerksam war, vergaß er, dass er mit seinen deutschen Freunden Englisch redete.

»Hörst du es denn nicht?«, fragte Gunhild. »Die Harfe ...«

Hagen legte den Kopf schief, wie um zu lauschen, aber aus seiner Haltung war nicht zu erkennen, ob er die Musik wirklich hörte oder nicht.

»Also«, begann Gunhild zu erklären, »ich wurde von dieser Musik wach ...«

»Komm rein«, unterbrach Hagen sie auf Deutsch –

eine Sprache, die er nahezu perfekt beherrschte. »Hier auf dem Gang ist es zu kalt.«

Gunhild blickte den Freund an, und der Klang der Harfe in ihren Ohren steigerte sich. Es lag ein Unterton darin, den sie nicht einzuordnen wusste.

»Na gut«, sagte sie, einen Augenblick zögernd, ohne zu wissen warum. Es war doch nichts dabei, zu einem Freund ins Schlafzimmer zu gehen, um zu quatschen, weil es auf dem Gang zu kühl war in dieser sternenklaren Sommernacht! Eine Gänsehaut lief über ihren Körper, aber sie war beim besten Willen nicht in der Lage zu sagen, ob sie fror.

Also folgte sie Hagen zögernd und doch voller Neugier. Sie redete sich ein, darauf zu brennen, ihm von dem geheimnisvollen Harfenspieler zu berichten, der auf dem Hügel im Park diese seltsame Melodie erklingen ließ, aber das war nicht alles. Da war noch mehr, das fühlte sie. Und dieses Mehr machte ihr zugleich Angst.

Sie setzten sich nebeneinander auf das breite Bett, und mit schnellen hastigen Worten erzählte Gunhild ihre Geschichte, mied aber dabei Hagens Blick. Das Licht der Nachttischlampe hatte Hagen mittels eines Tuches gedämpft.

Die Gänsehaut schien über den ganzen Körper zu kriechen, als Hagens Hand sie wie zufällig an der Seite berührte, und ein seltsames Verlangen überkam sie. Und zugleich stieg in ihr die Frage auf, ob sie bereit für das war, was sie in sich fühlte. Immer noch klang die Melodie der Harfe in ihren Ohren, aber die gab ihr keine Antwort.

Hagen hatte sich Gunhilds Geschichte in aller Ruhe angehört. Das Mädchen hob fast schon verstohlen den Blick und sah Hagen in die Augen.

»Seltsam«, begann er vorsichtig. »Keiner vom Personal oder aus dem Dorf spielt Harfe. Aber die alten Sagen ...«

Er stockte, als Gunhild ihn fragend ansah. Beide hatten bei der Sommersonnenwende vor einem Jahr zu viel erlebt, um nicht in alten Sagen einen wahren Kern zu vermuten.

»Was ist damit?«, fragte Gunhild atemlos, und dabei sehnte sie sich ein bisschen danach, dass Hagens Hand sie noch mal berührte.

»Es gehen Geschichten um hier in der Gegend, weißt du. Die alten Leute erzählen sie. Dass man in Nächten wie dieser – Sonnenwende, Tagundnachtgleiche, Winter- oder Frühlingsanfang – schon mal seltsame Dinge sieht oder hört. Nur ein paar Meilen von hier entfernt liegt Tara, die Königsburg des alten Erin, und über den Dunmor Hill heißt es, dass er einer der ›Hohlen Hügel‹ sei, wo die *shee* leben.«

»Die ›Schi‹?«

»S-i-d-h-e. Aber das ›dh‹ ist stumm. *Sidhe,* gälisch. Das Feenvolk.«

»Meinst du, das Ganze beginnt von vorn – Abenteuer in der Anderswelt?«, fragte Gunhild, und nun fröstelte sie wirklich, aber nicht vor Kälte, sondern weil sie neben der Schönheit auch an den Schrecken dachte, den die alte Magie mit sich brachte, an das Blut und die Tränen.

»Ich glaube, wir sollten im Haus bleiben«, riet Hagen, und Gunhild gab den Plan auf, zu dem Hügel zu gehen, um nachzusehen, woher die Musik kam.

Sie nickte nur und merkte erst jetzt, dass sie Hagen immer noch in die Augen sah und den Blick nicht von ihm lösen konnte.

»Bleib doch«, schlug Hagen vor. »Dann sind wir beide nicht allein, diese Nacht.«

»Ich hab keine Angst vor der Musik«, antwortete Gunhild, »wenn du das meinst. Nein, so etwas Schönes kann keine Bedrohung sein.«

Sie lächelte, aber es war mehr ein Versuch, ihre Verlegenheit zu verbergen. Sie wusste nicht, was sie tun sollte. Etwas in ihr flehte sie an, zu bleiben, um mit

Hagen neue Seiten ihres Lebens zu entdecken. Ein anderer Teil in ihr sagte ihr, dass sie noch zu sehr Kind und zu wenig Frau war, um das zu tun, was in der Luft lag.

»Ich glaub, ich gehe besser wieder in mein Zimmer«, und Gunhild schien es, als klänge die Harfenmusik, die sie immer noch hörte, ein wenig enttäuscht, sofern Musik überhaupt enttäuscht klingen konnte.

»Bekomme ich denn wenigstens einen Gutenachtkuss?«, bat Hagen, und in seinem Blick lag etwas, von dem Gunhild glaubte – oder bildete sie es sich nur ein –, dass es Verlangen war.

Sie nickte stumm, und mit einem Mal meinte sie einen Kloß im Hals zu spüren, und sie schluckte schwer.

Ihre Gesichter näherten sich, und Gunhild schloss die Augen. An den Schultern spürte sie die vorsichtig tastenden Hände Hagens, der sie an sich zog. Der Morgenmantel glitt von ihren Schultern. Gunhild schloss die Augen. Immer näher kamen sich ihre Lippen.

Etwas polterte auf dem Gang.

Die beiden fuhren auseinander.

»Was war das?«, fragte Gunhild.

»Lass uns nachsehen«, meinte Hagen. Er stand auf und nahm das Tuch von der Nachttischlampe, um mehr Licht zu haben. Auch Gunhild erhob sich vom Bett, verharrte dann aber in der Bewegung.

Die Musik klang nun völlig anders. Die beschwingten, freudigen Untertöne waren verschwunden; es war, als würde der Harfner auf dem gleichen Rhythmus eine völlig andere Melodie spielen.

Hagen winkte mit dem Kopf: »Komm!«, und das löste ihre Starre. Schritt für Schritt näherten sich die beiden der Tür. Hagen streckte seine Hand aus, drehte vorsichtig am Knauf und zog dann die Tür einen Spalt weit auf. Draußen war nichts zu erkennen. Er öffnete die Tür noch ein Stück, um ganz auf den Gang sehen zu können.

Wie aus dem Nichts kam im toten Winkel der Tür

etwas hervorgeschossen. Und obwohl der Eindruck nur den Bruchteil einer Sekunde währte, war der Anblick, der sich Hagen und Gunhild bot, dazu angetan, einem das Blut in den Adern gefrieren zu lassen.

Es war ein Monster!

Riesengroß wuchs es vor ihnen auf. Es war grün – nicht grasgrün wie ein Frosch, sondern bräunlich grün wie Moos oder die schuppige Haut einer Echse. Sein Gesicht war mit blauer Farbe bemalt, sodass es fast aussah wie ein Indianer in voller Bemalung oder ein tätowierter Maori-Krieger aus Neuseeland. Die Muster waren in Spiralen angeordnet und schienen seltsamen, wirren Gesetzmäßigkeiten zu gehorchen.

Das Ungeheuer hielt in der Linken einen Rundschild aus Holz, an dem es wie Bronze blinkte, und in der Rechten eine schwere, mit Dornen bewehrte Keule, die einen Schädel zu zertrümmern vermochte.

Aber das Schlimmste war das Gesicht. Das Monster hatte nur ein Auge!

Gunhild entfuhr ein gedämpfter Schrei. Hagen zog geistesgegenwärtig die Tür zu, dass sie ins Schloss krachte, und drehte den Schlüssel um.

»Was ist das?«, entfuhr es Gunhild.

»*No idea* … keine Ahnung. Aber ich bin sicher, es ist nicht von hier«, antwortete Hagen. Er schnaufte, als wäre er zu lange oder zu schnell gelaufen.

»Wir verbarrikadieren die Tür«, schlug Gunhild vor. Und in dem Moment, als sie den Vorschlag machte, zog sie auch schon an einer schweren Kommode, die neben der Tür stand. Hagen packte ohne zu zögern mit an.

Draußen auf dem Gang hörte man undefinierbare Geräusche, aber es schien, als wäre das Ungeheuer nicht allein im Haus, sondern als würde ein ganzer Trupp dieser Kreaturen dort sein Unwesen treiben.

Hagen und Gunhild stemmten mit vereinten Kräften den schweren Nachttisch auf die Kommode.

»Das Bett!«, kommandierte das Mädchen.

»Das ist zu schwer«, entgegnete Hagen. »Das schaffen wir nicht.«

Auch der Kleiderschrank, ein wuchtiges Möbel, das sicher noch aus dem 18. Jahrhundert stammte und aus massiven Holz gearbeitet war, widersetzte sich ihren Anstrengungen.

Auf dem Gang war es still geworden. Zu still für den Geschmack der beiden. Sie hatten die gleiche Frage, und keiner von ihnen wusste eine Antwort darauf: Was ging da draußen vor?

Und was war mit Siggi, Hagens Tante und den Bediensteten? Keine Antwort.

Atemlos standen Gunhild und Hagen da und starrten beide auf die verschlossene und verbarrikadierte Tür.

Dann, ohne jede Vorwarnung, begann es. Ein dumpfer Schlag traf die Tür, die sichtlich erbebte.

»Schnell«, sagte Hagen. »Zieh dir das über.« Hagen hatte seine Trainingsjacke gegriffen und gab sie Gunhild. In diesem Moment traf der zweite Schlag die Tür, und das Holz knirschte.

»Warum hört das denn keiner?«, fragte Gunhild. Und in dem Moment, als sie die Frage stellte, fürchtete sie sich schon vor der Antwort. Womöglich hatten die Monster alle anderen bereits umgebracht. Ihr Bruder und Hagens Tante und die Bediensteten, von denen sie bis jetzt nur die Köchin und den Gärtner kennen gelernt hatten, waren vielleicht schon nicht mehr am Leben.

Hagen war unterdessen in Jeans und Turnschuhe geschlüpft. Ein weiteres Paar hielt er dem Mädchen hin.

»Nike. Benannt nach der griechischen Siegesgöttin«, murmelte er. »Hoffentlich helfen sie uns gegen das Vieh da draußen.«

Auch Hagen hatte sich die Frage gestellt, warum niemand den Krach hörte. Und er wollte Gunhild seine eigene Angst nicht zeigen. Wenn es einen Vorteil hatte, Engländer zu sein, dann der, dass man seine Gefühle zu verbergen lernte. Hagen dachte schmerzvoll an so manche Erfahrung in dieser Hinsicht; aber er schüttelte die Gedanken ab, denn inzwischen fielen die Schläge gegen die Tür immer schneller, und es war nur eine Frage der Zeit, bis sie nachgab.

Hagen hatte einen Entschluss gefasst. Der Ausweg führte durch das Fenster, hinaus auf die Auffahrt. Dann wollte er versuchen, mit Gunhild ins Dorf zu kommen.

»Die passen nicht«, meinte Gunhild, die versuchte, ihre Füße in die Schuhe zu zwängen.

»*Shit!*«, entfuhr es Hagen.

Erste Splitter begannen sich aus dem Holz der Tür zu lösen, und es war nur noch eine Frage der Zeit, bis das Monster ein Loch hineingeschlagen hatte. Vielleicht waren es ja auch mehrere, die auf die Tür eindroschen – zwei, drei, ganz viele ...

In fliegender Eile begann Hagen den Bezug von der Bettdecke zu zerren. Als er es geschafft hatte, riss er das Laken von der Matratze und knotete beides zusammen. Das würde reichen, weit genug herunter zu kommen, um einen Sprung in die Blumenbeete an der Hausmauer zu wagen, ohne dass man dabei riskierte, sich die Knöchel zu brechen oder sich einen Bänderriss zuzuziehen.

Hagen lief zum Fenster. Gunhild dachte an ihre eigenen erfolglosen Versuche, das Fenster in ihrem Zimmer zu öffnen, aber es gab einen Trick dabei: Statt den Flügel aufzuklappen, zog Hagen ihn einfach hoch. Um den Fuß des Bettes band er das eine Ende seines improvisierten Seils. Den Rest warf er hinaus.

»Komm!«, forderte er Gunhild auf. Die stand immer noch wie gelähmt. Da brach mit einem lauten Krachen ein metallener Dorn durch das Holz der Tür und verkantete sich darin. Gunhild wartete nicht mehr, bis das erste Brett sich löste. Sie stürzte auf das Fenster zu.

Gelobt sei, was hart macht, dachte sie. Zum Glück war sie eine geübte Sportlerin. Sie packte das Betttuch, zog kurz daran und machte sich in der Manier eines Bergsteigers daran, sich abzuseilen. Fest drückte sie ihre nackten Füße gegen die Hauswand und ließ sich Schritt für Schritt hinunter. Am Ende des improvisierten Seils angekommen, stieß sie sich von der Wand ab und sprang.

Der Sprung ins Ungewisse war nicht allzu tief, aber als sie doch etwas überraschend den Boden berührte, rollte sie sich geschickt über die linke Schulter ab und kam auf dem Rasen jenseits der Blumenbeete wieder auf die Füße. Glücklicherweise befanden sich die Rosen auf der anderen Seite des Hauses.

Hagen folgte ihr und landete auf beiden Füßen in den Nelken seiner Tante. Er packte Gunhild bei der Hand und rannte zur Auffahrt hinüber, um zur Straße und von dort ins nächste Dorf zu gelangen.

Im Laufen warf er einen Blick zurück, aber aus dem Zwielicht ragte nur die gezackte Silhouette des Schlosses auf, und nichts deutete auf das Schicksal der anderen im Haus hin.

»Rennen wir«, flüsterte Hagen, und gleich darauf liefen die beiden über den Rasen auf die asphaltierte Auffahrt zu.

»Da!«, entfuhr es Gunhild, als sie schon die schützenden Büsche und Sträucher vor sich sahen, welche die Auffahrt zu beiden Seiten begrenzten.

Aus der unvollkommenen Dunkelheit schälten sich ungeschlachte, seltsam verkrümmte Gestalten. Sie waren in einem Halbkreis ausgefächert und kamen gezielt auf Hagen und Gunhild zu.

Hagen kam sich vor wie ein Fisch, der im Begriff war, direkt in ein Netz hineinzuschwimmen; denn der Halbkreis bildete so etwas wie einen Trichter, in dem sie sich fangen sollten.

Er griff nach Gunhilds Hand. Das Mädchen war

klug genug, sich einfach mitziehen zu lassen; denn Hagen kannte das Gelände besser als sie, und jedes Wort wäre überflüssig. Sie würden ihren Atem zum Rennen brauchen.

Hagen zog sie quer über den Rasen auf den Park zu. Gunhild folgte ihm blind. Was blieb ihr auch anderes übrig? Alles kam ihr vor, als hätte sie es schon mal erlebt. Es war wie vor einem Jahr, als sie vor dem dunklen Volk durch den Wald geflohen waren und Odin, der einäugige Göttervater der Asen, sie gefunden und in die Höhlen der Anderswelt geführt hatte.

Es blieb ihnen nichts, als weiter zu fliehen. Gunhild zwang sich förmlich, nicht an ihren Bruder und sein mögliches Schicksal zu denken. Im Augenblick ging es erst mal darum, die eigene Haut zu retten.

Sie hatten den Park erreicht, und aus den Schatten der Bäume, die diesen Teil des Gartens begrenzten, konnte man im fahlen Mondlicht weitere der seltsamen Gestalten sehen, welche sich von der Rückseite des Hauses her näherten. Das alles geschah in absoluter Stille, und das steigerte noch den Schrecken, den diese Kreaturen der Anderswelt verbreiteten.

Hagen rannte geradeaus weiter. Gunhild wusste, dass am Ende des Parks eine nicht ganz zwei Meter hohe Mauer war, aber die konnten sie überwinden. Von dem, was hinter der Mauer lag, hatte Gunhild nur eine vage Vorstellung. Dunvegan Castle war ein einsam stehendes Landhaus, und der nächste Ort dürfte etwa vier oder fünf Kilometer entfernt sein, aber wie man da querfeldein hingelangen konnte, das wusste Gunhild nicht.

Der Park war im Stil eines englischen Landschaftsgartens angelegt, und der Baumbestand war so alt wie das Herrenhaus. Für die Fliehenden war dies eher ein Nachteil, mussten sie doch im unsicheren Zwielicht des Mondes den Bäumen ausweichen. Zugleich erschwerten die Stämme es ihnen, ihre Gegner zu erkennen, die sie vor sich her trieben.

Es war eine Treibjagd. Der Vergleich war absolut passend. Und Hagen und Gunhild waren das Wild, welches von den einäugigen Kreaturen gehetzt wurde.

Da erschien wieder eine Dreiergruppe. Sie kam vom Hügel her und folgte ihnen mit einer Leichtigkeit, dass Gunhild schon fürchtete, die Flucht wäre umsonst. Fast wäre sie stehen geblieben und hätte sich in ihr Schicksal ergeben, aber Hagen zog sie einfach weiter.

Plötzlich stoppte Hagen in seinem Lauf. Vor ihnen erstreckte sich ein Fischteich, dem man ansah, dass er ziemlich tief war, sodass man ihn vermutlich nur schwimmend durchqueren konnte. Das würde sie einiges von ihrem Vorsprung kosten. Zudem war in den Büschen, die den Teich wie einen Halbmond umgaben, bereits das Knacken und Brechen von Gezweig zu vernehmen, und wenn sie nun versuchten, den Teich schwimmend zu durchqueren, brauchten die Jäger nur am Ufer zu warten, dass ihre Beute ihnen direkt in die Arme lief.

Gunhild wandte sich um. Die Situation erschien ausweglos. In ihrem Rücken der Teich, von den Seiten und von vorn ihre Verfolger. Mondlicht blinkte auf bronzenen Waffen, brach sich auf schuppiger Haut und in großen, ausdruckslosen dunklen Augen.

»Hier kommen wir nicht mehr raus!«, entfuhr es Gunhild. »Das war's!«

»Noch nicht ganz«, flüsterte ihr Hagen zu, ohne die Lippen zu bewegen.

»Willst du etwa kämpfen?«, fragte Gunhild entgeistert.

»Das glaubst du doch wohl selbst nicht!«, entgegnete Hagen. »Ich schwinge keinen Kriegshammer.«

Damit spielte er auf Siggi an, der sich in der Anderswelt als großer Krieger erwiesen hatte.

»Und was willst du tun?«, fragte Gunhild. »Sie wegzaubern.«

»Nein«, entgegnete Hagen mit einem freudlosen Lächeln. »Wir werden sie austricksen. Du wirst sehen.«

»Wie denn? Wohin denn?« Gunhild war zwar vom Herzen optimistisch, aber der Sinn für Realität war ihr nicht verloren gegangen.

»Ich kenn da einen Trick. Bleib mir dicht auf den Fersen, wenn ich das Kommando gebe.«

Wilde Hoffnung erfüllte das Mädchen. Hagen hatte keinen Grund sie zu belügen, und wenn das trübe Wasser des Teiches etwas barg, das ihnen ein Weiterkommen ermöglichte, dann wollte sie es wagen.

Gunhild straffte die Schultern. Sie wurde innerlich ganz kalt, und sie sah ihren Jägern mehr mit gespannter Erwartung als mit Furcht entgegen. Sollte es ihnen gelingen, hier ihren Verfolgern ein Schnippchen zu schlagen, dann hatten sie vielleicht doch noch eine Chance zu entkommen und den anderen im Schloss Hilfe aus dem Dorf zu bringen.

Die grünen, einäugigen Monster – Gunhild zählte ein Dutzend, aber es mochten noch mehr sein – kamen unaufhaltsam näher. Sie beeilten sich nicht mehr, schienen daran zu glauben, dass sich ihre Opfer in das Unvermeidliche ergeben hatten.

Als sie nur noch fünf oder sechs Meter entfernt waren, warf sich Hagen herum.

»*Run!*«, befahl er und lief los.

Gunhild folgte ihm, ohne eine Sekunde zu zögern.

Hagen rannte direkt auf den Teich zu – in das Wasser hinein! Aber er versank nicht, nicht mal bis zu den Knien. Und Gunhild, die hinter ihm herplatschte, erkannte sofort, warum dem so war. Eine Mauer aus Stein, die sich unter der Wasseroberfläche entlangzog, glitschig und von Algen bewachsen, aber breit genug, dass man darauf gehen konnte.

»Eine alte Trennwand«, erklärte Hagen im Laufen. »Früher hat ein Vorfahr ... meiner Tante ... dort Fische gezogen. Und mit der Mauer hat er das Becken abgetrennt, damit die alten die jungen nicht fressen.«

Das Wasser war eisig kalt, und Gunhilds nackte Füße waren nach wenigen Schritten bereits gefühllos, aber sie folgte dem Freund, blieb genau in seiner Spur. Einmal wäre sie fast ausgerutscht, aber sie konnte das Gleichgewicht halten, ohne den Rhythmus ihrer Schritte zu verlieren. Doch dieses Missgeschick machte ihr klar, dass diese Flucht mit einem hohen Risiko verbunden war. Wenn sie stürzte, hatte Hagen nicht die Zeit, sie zu retten. Sie musste auf jeden ihrer Schritte Acht geben. Zum Glück führte die Mauer schnurstracks geradeaus.

Dann hatten sie das andere Ufer erreicht. Ihre Verfolger hatten sich anscheinend erst jetzt von der Überraschung erholt. Gunhild hörte ein Aufplatschen und riskierte einen Blick zurück. Zwei der Einäugigen hatten ihnen über den Teich folgen wollen, aber die Mauer verfehlt. Prustend und ziemlich hilflos paddelten sie im Wasser und versuchten wieder an Land zu gelangen. Das Mädchen konnte eine gewisse Genugtuung nicht verbergen. Aber es war zu früh, um sich zu freuen. Die anderen hatten bereits begonnen, den Teich zu umrunden.

Aber Hagen hatte mit seiner List einen ziemlichen Vorsprung herausgeholt, der so groß war wie seit Beginn ihrer Flucht nicht mehr. Nun war der Weg zur Mauer frei.

Hagen bahnte sich seinen Weg durch die Büsche, und Gunhild folgte ihm. Es mochten noch hundert Meter bis zur Mauer sein. Das war zu schaffen.

Ihrer beider Atem ging keuchend, aber sie holten das Letzte aus sich heraus, was sie an Schnelligkeit zu geben in der Lage waren.

Ihre Verfolger schienen ein wenig den Anschluss verloren zu haben, was wohl auch daran lag, dass Hagen den schnurgeraden Kurs auf die Mauer zu verlassen hatte und stattdessen Haken schlagend durch den Park rannte. Dabei nutzte er jede sich bietende Lücke.

Aber obwohl die Meute die Spur verloren zu haben schien, blieb es still. Nichts war zu hören außer den keuchenden Atemzügen der beiden. Die Jäger schienen sich auf andere Art zu verständigen als durch Zurufe. Aber es waren ja auch Wesen der Anderswelt, und welche Möglichkeiten denen offen standen, darüber wollte Gunhild gar nicht erst nachdenken.

Sie hielt sich immer dicht hinter Hagen, und ihre Sportleidenschaft machte sich nun bezahlt. Sie verlor nicht den Anschluss, und sie war keineswegs ein Hindernis ihrer Flucht, wie es so oft in alten Filmen zuging, wenn den Frauen die Kraft ausging, damit der heldenhafte Beschützer sie in einem letzten verzweifelten Kampf retten konnte.

Im Gegenteil. Gunhild bemerkte, als sie über eine kleine Lichtung liefen und der Schein des Mondes auf sie fiel, dass Hagens Schritte schwerer wurden. Hoffentlich hielt er durch. Er war eben kein Sportler wie Siggi – und ein Stich durchfuhr sie, als sie an ihren Bruder und dessen Schicksal dachte.

Dann spürte sie plötzlich einen scharfen Schmerz, der von ihrer rechten Fußsohle ausging, und ihr wurde bewusst, dass sie auch eine Schwachstelle besaß. Sie hatte keine Schuhe an. Sie brauchte nur in irgendetwas Spitziges zu treten, und aus wäre es mit der Flucht.

Besser, nicht daran zu denken. Besser, den Atem zu sparen, als sich mit Diskussionen aufzuhalten. Sie mochten zwar einen guten Vorsprung haben, aber das hieß noch nicht, dass sie ihre Feinde abgeschüttelt hatten.

Endlich tauchte zwischen den Bäumen der dunkle Schatten der Mauer auf. Hagen beschleunigte noch einmal seine Schritte, aber dann blieb er so abrupt stehen, dass Gunhild ihn fast im Laufen umgerissen hätte.

Auf der Mauerkrone, schwarz gegen den sternenklaren Sommerhimmel und von Mondlicht hell umrissen, wartete ein halbes Dutzend der Kreaturen.

Gehetzt blickte sich Hagen um.

»Komm!«, keuchte er. »Es gibt noch mehr als einen Weg aus dieser Falle!« Dann rannte er in Richtung der Rückseite von Dunvegan Castle davon.

Gunhild kam gar nicht auf den Gedanken, Hagens Worte in Zweifel zu ziehen. Wenn sie es getan hätte, würde das die Aufgabe bedeuten. Und tief in ihrem Innern wusste sie, das würde das Ende sein.

Sie warf einen Blick zurück und sah, wie die Jäger von der Mauerkrone sprangen und sich auf ihre Spur setzten. Jetzt saßen ihnen die Verfolger wieder im Nacken.

Wie viele mochten es sein? Zwanzig, dreißig oder mehr? Und was, zum Teufel, wollten die Bestien?

Wieder fiel ihr jene schicksalsträchtige Nacht vor einem Jahr ein, als sie von dunklen Gestalten gehetzt durch den Wald gestolpert waren. Auch damals schien die Zahl ihrer Gegner Legion zu sein. Aber immer wieder hatten sie sich dem Zugriff der Verfolger entwinden können, bis – ja, bis die Rettung von außen gekommen war. Rettung in Gestalt eines geheimnisvollen Fremden, von Vögeln, die ihnen den Weg wiesen, von einer schützenden Höhle, die sie aufnahm. Doch hier gab es keine Macht der Anderswelt, die ihnen Beistand leistete. *Harfner,* rief sie in Gedanken aus, *wo bist du? Warum hilfst du uns nicht?* Doch das Lied der Harfe war verstummt – oder hörte sie es nur nicht, weil ihr eigenes Blut so laut in ihren Ohren pochte?

Hagen unternahm alles, um den Vorsprung zu vergrößern. Jeden Winkel des Parks kannte der Junge, wie er seinen deutschen Freunden erzählt hatte. Hier hatte er oft – meist allein – die Ferien verbracht. Nun kam dies Gunhild und ihm zugute.

Im hinteren Teil, auf den Dunmor Hill zu, war der Park wilder, das Gesträuch nicht so exakt gestutzt. Das war keine Nachlässigkeit, sondern Absicht. Wenn man so wollte, sollte hier eine gezähmte Wildnis entstehen, malerisch und schroff im Gegensatz zu den sanft geschwungenen Linien des vorderen Gartens. Auf der einen Seite nützte die Unregelmäßigkeit des Geländes ihrer Flucht, weil sich hier mehr Deckung bot. Aber man konnte einen von der Seite oder von vorn herannahenden Gegner auch schwerer erkennen, und der Weg war voller Hindernisse. Hier und da peitschten Gunhild Zweige schmerzhaft gegen die Beine und ins Gesicht, so sehr Hagen auch bemüht war, dies zu vermeiden; aber sie waren in viel zu großer Eile, um sich dadurch aufhalten zu lassen.

Immer näher kamen sie der hinteren Begrenzungsmauer, die den Park von dem freien Gelände und dem Hügel trennte. Fast schien es Gunhild, als würden sie auf den Hügel zugetrieben; denn nur am Teich und im Haus hatten die Einäugigen wirklich den Versuch unternommen, sie zu fangen.

Gunhild verlangsamte ihren Schritt. Und jetzt hörte sie auch wieder die Musik – oder war die Melodie nie aus ihren Ohren verschwunden gewesen? Das Lied war befehlend und lockend zugleich, und Gunhild war nahe daran, stehen zu bleiben, aber ein kurzes Straucheln riss sie in die Wirklichkeit zurück.

Für einen kurzen Augenblick überkam sie ein Schwindel, und Zweifel stieg in ihr auf, ob die Flucht wirklich Sinn machte. In diesem Moment war sie nahe daran aufzugeben; vielleicht noch näher als am Teich. Die Musik schien diesen Effekt zu verstärken.

Etwas an ihrer Brust pulsierte warm und hell, sandte Wellen der Kraft aus, Schwingungen, welche die Töne des unsichtbaren Instruments auffingen, einige ausblendeten, andere verstärkten. Die Kraft strömte in ihren Körper, löste ihn aus seiner Starre, gab ihren Muskeln und Sehnen die Freiheit wieder, löste ihren Geist aus der Betäubung, die ihn umfangen hielt.

Der Kristall.

Das Kleinod der Anderswelt.

Gunhild griff nach dem Bergkristall, den sie an der Kette um den Hals trug; dabei zog sie ihn aus dem Ausschnitt ihres dünnen Nachthemds heraus. Hell und klar blinkte der Stein im Mondlicht. Sogleich fiel alles von ihr ab, und sie schritt wieder rascher aus, um Hagen auf den Fersen zu bleiben, der von ihrem kurzen Zögern nichts mitbekommen hatte.

Hagen keuchte zusehends, aber er ließ nicht nach. Wieder suchte er die Deckung der Büsche; denn in einiger Entfernung hörte sie, wie ihre Verfolger das Geäst brachen. Also waren sie doch denselben Gesetzen von Raum und Zeit unterworfen wie die Menschen, konnten nicht überall zugleich sein, zumindest hier im Park. Innerlich atmete das Mädchen auf. Das nahm den Kreaturen einen Teil ihres Schreckens.

Durch eine Lücke in den Bäumen sah sie bereits den Hügel vor sich aufragen. Er hatte irgendwie etwas Beruhigendes an sich, ein Ort, von dem keine Gefahr ausging. Er war ein Symbol der Unvergänglichkeit in der Landschaft.

Der Baumbestand wurde immer dünner, je näher sie dem Hügel kamen; dafür nahmen das Buschwerk und die Sträucher zu. Hagen irritierte das nicht. Unbeirrt lief er weiter.

Die Einäugigen schienen ihre Spur verloren zu haben, und ihr Vorsprung wuchs augenscheinlich. Gunhilds Mut stieg wieder. Dann waren sie aus dem Buschwerk heraus und liefen über einen Weg. Jetzt mussten ihre Verfolger sie deutlich sehen, aber Hagen winkte nur: *Weiter!* Auf Deckung und Heimlichkeiten kam es jetzt nicht mehr an. Jetzt ging es nur darum, wer schneller war. Jede Sekunde zählte.

Der Weg weitete sich zu einer offenen Fläche, und jetzt wusste Gunhild wieder, wo sie waren: an der hinteren Auffahrt zum Herrenhaus, wo eine Pforte in der Mauer sich auf einen Feldweg öffnete, der sich in einem weiten Bogen wie eine Schlange um den Dunmor Hill herumwand. Der große Hügel ragte über der Mauerkrone auf, und über ihm stand voll und bleich der Mond, von einem Lichthof umkränzt.

Dann hatten sie die schmiedeeiserne Pforte erreicht. Hagen hielt sich nicht damit auf, sie zu öffnen. Er bildete mit den Händen eine Feuerleiter und half Gunhild, Höhe zu gewinnen, um das Tor zu erklettern. Gleich nach ihr zog sich Hagen hinauf und ließ sich auf der anderen Seite hinunterfallen.

Einen kurzen Moment gestatteten sich die beiden zu verschnaufen. Aber genau der Moment war zu viel.

Plötzlich waren sie wieder da. Sie hatten auf der anderen Seite gewartet. Aus den Holunderbüschen und Hecken, welche die Mauer von außen säumten, brachen sie von beiden Seiten hervor. Es waren mehr als ein Dutzend. Es war keine Zeit, die Ungeheuer zu zählen.

»Weiter, zum Hügel!«, schrie Hagen, und seine Stimme überschlug sich.

Das war der letzte Ausweg, der noch offen war. Gunhild und Hagen liefen, so schnell sie ihre Füße trugen.

Sie liefen direkt in das Mondlicht hinein. Gunhild hätte nie gedacht, dass der Mond so hell sein könnte. So grell, dass es blendete.

Aber es war nicht der Mond.

Es war der Widerschein des Mondlichts, der sich in Gunhilds Anhänger mit dem Kristall brach. Licht strömte heraus, entfaltete sich in allen Farben des Spektrums: violett und blau, grün und gelb, orange und rot. Strahlend wie die Sonne und abgründig wie das Meer. Leuchtend wie ein Sommerhimmel und glühend wie das geschmolzene Gestein, aus dem die Welt im Innersten gemacht ist. Für einen Augenblick war es Gunhild, als breite sich vor ihren Füßen nicht der staubige Weg, sondern ein Regenbogen aus, auf dem sie entlanglief, frei wie der Wind. Und am Ende des Regenbogens, wo der goldene Schatz auf den Finder wartet, lag Dunmor Hill im gleißenden Licht.

Vor ihnen öffnete sich der Hügel.

Es war, als würde ein Vorhang vor ihren Augen weggezogen. Vor ihnen verschwand ein Teil des Hügels. Es war wie ein Fenster, das sich auftat – nein, eher wie ein Tor, gesäumt von mächtigen Steinen zu beiden Seiten und einer Felsplatte als Türsturz. Licht drang daraus hervor. Gleichzeitig erhob sich das Leuchten, welches Gunhild umgab, und verband sich zu einem Lichtbogen mit dem Glanz, der aus dem Hügel kam.

Dann verlosch das Licht schlagartig, und das Zwielicht des Vollmondes hatte sie wieder. Für einen Moment konnten sie nichts sehen, aber sie hörten, dass sich hinter ihnen die Einäugigen wieder in Bewegung setzten und die Jagd wieder losging.

»Zum Hügel!«, rief Hagen erneut, und so rannten sie den steilen Hang hinauf. Ihre letzte Chance war die Öffnung, die sich dort aufgetan hatte, ganz gleich, wohin sie führen mochte. Sie erreichten mit einem guten Vorsprung das Tor und traten hindurch.

Für einen einzigen, endlosen Augenblick umgab sie absolute Dunkelheit.

Im nächsten Moment war es taghell, und sie standen im Freien, in einer gebirgigen Felslandschaft.

Über ihnen spannte sich ein tiefvioletter, konturloser Himmel, der die Felsen in geradezu unnatürlicher Schärfe hervortreten ließ. Ein stetiger Wind wehte ihnen entgegen; er war klamm, erfüllt von Feuchtigkeit. Gunhild fror. Mit einem Mal wurde ihr bewusst, dass sie unter der Trainingsjacke nur ein dünnes Nachthemd trug, das ihr am Körper klebte. Ihr war kalt, und sie fühlte sie verloren, enttäuscht, verraten. Irgendwie hatte sie geglaubt, in eine Welt des Lichts und der Freiheit hineinzulaufen, wo man sie mit offenen Armen empfangen würde. Doch hier war nichts als nackter Stein, grauer Himmel, eisiger Wind.

Die Harfenmusik war verstummt.

»Ich habe das Gefühl, als wären wir in die Falle

gegangen«, meinte Hagen. Und wie zur Bestätigung tauchten über der nächsten Felskuppe hinter ihnen ihre Verfolger auf.

Es blieb ihnen nichts anderes übrig, als weiter zu fliehen.

Nur wohin?

Sie rannten einen Weg entlang, der mehr einem Bergpfad glich als einem richtigen Weg, und Gunhild tat jeder Schritt weh, barfuß wie sie war.

»Nach oben«, sagte Hagen und lief einen Geröllabhang hinauf. Tapfer folgte ihm Gunhild, aber ein paar Mal, als besonders spitze Steine ihr in die Fußsohle stachen, konnte sie einen Schmerzenslaut nicht mehr unterdrücken.

Hinter ihnen kam ein gutes Dutzend der Verfolger den Abhang hinauf. Ihre klobigen Stiefel machten es ihnen auch nicht leicht, den beiden zu folgen.

Darauf hatte Hagen gehofft. Da hörte er plötzlich hinter sich einen Schrei. Als er sich umwandte, sah er noch, wie der Geröllhang unter Gunhild ins Rutschen kam. Weiter unten sah er ihre Jäger hektisch zur Seite ausweichen. All das nahm er im Bruchteil einer Sekunde wahr, doch er hatte keine Möglichkeit, Gunhild zu helfen, die mit der Geröllawine zu Tal glitt.

Sobald er sich aus seiner Erstarrung lösen konnte, wollte er ihr nachsetzen, aber da war es schon zu spät. Gunhild taumelte, stürzte, rollte noch ein Stück den Abhang hinunter und blieb regungslos liegen. Binnen weniger Augenblicke hatte sich der Kreis der Jäger um sie geschlossen.

Aus den Augenwinkeln nahm Hagen eine Bewegung wahr. Eines der Geschöpfe schwang seinen Arm.

Dann sah Hagen etwas auf sich zufliegen. Er spürte noch den Aufprall des Steins an seiner Schläfe. Dann verließen ihn die Sinne . . .

2
An den Gestaden von Erin

Siggi träumte.

Er stand an einem Meeresufer und lauschte dem Geräusch der Wellen, die auf einen kiesbedeckten Strand spülten. Er versuchte, ein Muster, ein System in dem Rauschen der Wellen zu entdecken. Da, war da nicht eine, die lauter war als die anderen, die höher stieg, weiter auf das Land hinauflief? Er horchte, aber da war nichts mehr, was ihn hätte aufmerken lassen; in einem Rhythmus so gleichmäßig wie der Pendelschwung einer Uhr rollten die Wellen herein und verebbten. Dann wieder eine, die größer war als die anderen. Siggi begann zu zählen; erst als er bei neun angekommen war, wurde der Takt erneut durchbrochen.

Er hob den Kopf. Vor ihm lag das Meer, von einer Farbe, die weder Blau war noch Grün, sondern irgendetwas dazwischen und doch keine Mischung wie aus einem Malkasten, sondern eine Farbe für sich, für die er nur keinen Namen hatte. Weit hinten am Horizont verschmolz der dunkelviolette Himmel mit dem blaugrünen Meer zu einer Einheit, wo er die Farben nicht mehr unterscheiden konnte.

Es ist nur ein Traum, dachte Siggi. *Ich bin nicht wirklich hier; es sind nur Bilder in meinem Kopf.*

Die groben Kiesel und Steine des Strandes verstärkten noch das Geräusch der Wellen, wenn sie sich am Strand brachen. Siggi wusste, dass er an den Gestaden eines großen Ozeans stehen musste; denn er spürte keinen Wind. Diese Wellen kamen von jenseits des Horizonts und hatten einen langen Weg über tausende von Kilometern hinter sich gebracht, ehe ihre Kraft an dieser Küste verebbte.

Siggi starrte auf die Wogen, wie sie in immer dem gleichen Rhythmus heranrollten, und er konnte den Blick nicht davon abwenden. Siggi liebte das Meer, wenn er auch als kleines Kind Angst davor gehabt hatte, damals, an der Nordsee, wo seine Eltern und seine Schwester Gunhild mit ihm Urlaub gemacht hatten. Damals war er noch nicht zur Schule gegangen. Das war jetzt fast zehn Jahre her. Aber den größten Wandel hatte er in jener Nacht vor einem Jahr durchgemacht, als sich für ihn, Gunhild und ihren gemeinsamen Freund Hagen das Tor zur Anderswelt geöffnet hatte.

Seither verspürte Siggi die heiße Sehnsucht nach Abenteuern. Er lächelte, als er daran dachte, dass der ängstliche Knabe, der oft genug von seiner Schwester verteidigt worden war, sich nun durchsetzen konnte.

Bilder stiegen in ihm auf: von tollkühnen Piraten, die unter dem Banner des Totenschädels auf hochbordigen Galeonen das Meer auf der Suche nach Gold und schönen Frauen durchpflügten; von eisengepanzerten Rittern auf stolzen Rossen, die für Gott und König ins Heilige Land zogen um es den heidnischen Muselmanen zu entreißen; von Raumfahrern in goldbedampften Helmen, die durch die luftleere Öde eines fremden Mondes stapften, die Laserpistole griffbereit gegen die Aliens, die jeden Moment hinter einem Kraterwall auftauchen konnten ...

Aber sein Traum änderte sich nicht. Aus ihm wurde

kein wilder Piratenkapitän, kein Kreuzfahrer, kein Astronaut. Es blieben ihm die felsigen Gestade und das endlos rauschende Meer.

Etwas war merkwürdig an diesem Rauschen. Der monotone Rhythmus war zu gleichmäßig. Etwas daran störte ihn. Die Kraft des wilden Ozeans schien ihm gebändigt, und das war nicht richtig. Ein Ozean hatte wild zu sei; niemand hatte ihm zu befehlen, einen Rhythmus zu halten. Das war unnatürlich.

Der Junge schloss die Augen. Jeder neunte Wellenschlag unterschied sich von den vorhergehenden acht, wie deutlich herauszuhören war, wenn man sich darauf konzentrierte.

Nachdem er die Augen geöffnet hatte, sah er es auch endlich. Jede neunte der in regelmäßigen Abständen auf den Strand schlagenden Wellen war sichtlich höher als die anderen.

Schon ein seltsamer Traum, dachte der Junge und spitzte die Ohren. Der Rhythmus des Wellenschlags wurde von einer Art Gesang begleitet. Deutlich hörte er die ersten Zeilen eines Liedes.

»Ich bin der Wind auf dem Meer,
Ich bin des Ozeans Welle,
Ich bin das Brüllen der See ...«

Es war ein Singsang, mehr ein rhythmisches Sprechen als eine wirkliche Melodie, die primitive Form eines Liedes, wie es die ersten Menschen in ihren Höhlen gesungen haben mochten.

»Ich bin der Stier der sieben Leben,
Ich bin der Adler der Klippen,
Ich bin der Hirsch auf dem Hügel ...«

Ein merkwürdiger Text. Siggi kannte die Sprache nicht, in der das Lied gesungen wurde, aber er verstand die Worte dennoch, als seien sie nicht Deutsch oder Englisch oder gar altes Irisch, sondern aus einer Ursprache entnommen, in der alle menschlichen Sprachen ihren Anfang hatten.

»Ich bin der Tropfen Tau,
Ich bin der Lachs im Wasser
Und der Teich unter den Apfelbäumen.«

Neun, dachte er. Die neunte Zeile ist anders. Es wunderte ihn nicht einmal. Er wandte sich um, den Sänger ausfindig zu machen, der diesen unnatürlichen Rhythmus des Meeres mit seinem Gesang zu einem Lied ergänzte. Sein Blick schweifte über einen langsam zu den Dünen hin ansteigenden, zunehmend sandiger werdenden Strand. Hinter den Dünen war alles so wie am Meereshorizont: ein fahles, konturlos waberndes Grau, als würde ein seltsamer Nebel über der Welt liegen, der immer nur einen Teil preisgab.

Siggi ging vorsichtig einen Schritt auf die Dünen zu, und es schien ihm, als weiche damit auch das Grau des Traumnebels einen Schritt zurück. Und mit jedem neuen Schritt bewahrheitete sich seine Vermutung; jeder Meter enthüllte ein wenig mehr an Sicht. Als er die Höhe der Dünen erklommen hatte, konnte er ein gutes Stück weit über eine Ebene blicken, welche von einem Gras bewachsen war, dessen Grün so satt wirkte, als wäre jeder Halm eigens angestrichen worden. Siggi kannte nichts Vergleichbares, und dabei wohnte er auf dem Lande, wo es keinesfalls nur Beton gab, sondern jede Menge Natur.

Ein Stück die Düne entlang, kurz bevor der Abhang zum Meer begann, glomm ein Funke aus dem fahlgrauen, verwaschenen Nebel seines Traums. Das Licht flackerte. Siggi machte ein paar Schritte auf das Leuchten zu.

Aus dem Nebel schälte sich nach und nach ein Feuer heraus. Siggi wurde neugierig. Welche Überraschung mochte sein Traum für ihn bereit halten. Je näher er der Lichtquelle kam, desto deutlicher erkannte er nicht nur die brennenden Scheite eines kleinen Lagerfeuers, sondern auch die Umrisse eines Menschen.

Zunächst war die Gestalt verschwommen, und Siggi konnte nichts erkennen außer dem Schemen, aber dann gewannen die Umrisse an Kontur.

Es war ein Riese, überlebensgroß; nein, doch nicht, der Nebel ließ ihn nur größer wirken. Tatsächlich dürfte Siggi selbst, obwohl er erst fünfzehn war, den Mann am Feuer sicher um Haupteslänge überragen, wenn man den Kopfputz abrechnete. Der Fremde trug eine merkwürdige Haube, aus Vogelfedern gemacht: von Möwen, Eichelhähern, Raben, Gänsen und anderen Federtieren, die Siggi nicht kannte.

Ein Indianer? Aber nein, das war kein Indianer, denn er war nicht in das weiche Leder der Prärieindianer gekleidet, wie Siggi dies aus Büchern kannte, sondern mit einer Vielzahl von Pelzen behangen. Ein seltsamer Aufzug. Siggi konnte nicht ausmachen, wie die Kleidung des alten Mannes geschnitten war. Es waren lange zottelige Tierfelle; es mochte sogar ein Schaf dazwischen sein. Etwas Braunes von Reh oder Hirsch konnte er auch erkennen. Alles kunterbunt durcheinander.

Fasziniert näherte sich Siggi. Mit jedem Schritt konnte er jetzt weitere Einzelheiten erkennen. Das Haar, das zwischen den Federn hervorblitzte und dem Fremden bis auf die Schulter reichte, war pechschwarz. Seine Gesichtshaut war von der Sonne verbrannt und wirkte fast wie gegerbtes Leder. Siggi drängten sich wieder Bilder von Indianern auf, die er mit solch wettergegerbten, braunen Gesichtern gesehen hatte, aber die Augen und die Nase passten nicht dazu.

Was Siggi etwas verstörte, war, dass er nicht hätte sagen können, ob der Mann am Feuer uralt oder jung war. Er hatte eine Haltung und eine Spannkraft, die an einen Sportler erinnerte. Aber dann war da das Gesicht. Es wirkte so, als hätte es mehr als nur ein Jahrhundert erblickt, als würde es seit Anbeginn der Welt die Sonne auf- und untergehen sehen. Das lag an den Augen. Die Pupillen waren fast schwarz; aber der Ausdruck darin ließ Siggi glauben, Jahrtausende spiegelten sich darin. Freud und Leid ganzer Völker hatten in diesem Augenpaar ihre Spuren hinterlassen, als hätte der Fremde dies alles erlebt, wäre dabei gewesen, als sich Völker erhoben hatten und vergangen waren. Nur schwer konnte sich Siggi von dem dunklen Blick des dunklen Mannes lösen.

Über dem Feuer drehte sich an einem Spieß ein Stück Fleisch. Der Junge vermochte nicht zu sagen, ob es von einem Vogel oder einem anderen Tier stammte. Der Geruch stieg ihm nicht in die Nase; aber in Träumen *konnte* man nicht riechen, hatte ihm sein Vater mal erklärt.

Fett troff in großen Tropfen aus dem Fleisch und verdampfte zischend beim Auftreffen auf die brennenden Holzscheite. Siggi sah es ganz deutlich, als würde das Fett in Zeitlupe heruntertropfen und dann von der übergroßen Hitze in feinen Rauch aufgelöst werden.

Der Mann sah Siggi an und sagte etwas. Dabei deutete er auf das Fleisch und hielt Siggi ein Messer hin, wobei er die Klinge in der Hand hielt und ihm den Griff darbot.

Siggi verstand zwar nichts von dem, was der Mann zu ihm sagte. Die Sprache ließ sich mit nichts vergleichen, was er schon mal gehört hatte. Englisch war es in keinem Fall, Deutsch und seine Dialekte von der Küste bis zu den Bergen nicht, aber es klang auch nicht wie Spanisch oder Französisch. Doch aus der Geste des Mannes konnte er klar erkennen, dass dieser ihm zu essen anbot.

Und Siggi hatte Hunger. *Natürlich kann man im Traum Hunger haben,* sagte er sich. *Aber kann man auch essen?*

Er ging ein paar Schritte um das Feuer herum, sodass er den Mann fast berühren konnte. Er nahm das Messer und schenkte dem Mann ein Lächeln, das dieser erwiderte. Das Messer hatte einen Griff, der aus Horn gemacht zu sein schien, und eine seltsame Klinge, stumpf und wie mit vielen kleinen Schuppen besetzt; beim zweiten Hinsehen erkannte er, dass es Vertiefungen waren, wo jemand mit einem harten Gegenstand Stücke absplittert hatte. Die Klinge war aus Stein, aber messerscharf.

Siggi wandte sich dem Feuer zu, und jetzt spürte er deutlich die Hitze, die von der Glut ausstrahlte. Einen Augenblick lang zögerte er, doch der Hunger war stärker. Er setzte das Messer an, und als der Spieß sich unter der Klinge wegdrehte, griff er instinktiv mit der anderen Hand hin. Das Fleisch war heiß. Er riss den verbrannten Finger zurück und steckte ihn in den Mund, und plötzlich war ihm, als habe der Nebel sich schlagartig ein Stück gelichtet, und er hörte andere Laute über dem Rauschen der Wellen: das Knacken der Scheite in der Glut, das Knirschen des Sandes unter seinen Füßen, die Schreie der Vögel hoch oben im Wind. Und dennoch wusste er immer noch, dass dies alles nicht wirklich war, nicht real.

Es ist nur ein Traum.

»Iss!«, sagte eine Stimme, und gehorsam, ohne nachzudenken, säbelte Siggi sich einen Streifen Fleisch ab, spießte ihn auf die Klinge und biss hinein.

Es war gutes Fleisch, fest und von Adern und Sehnen durchzogen; Fleisch, wie ein Jäger es braucht. Er spürte deutlich die Hitze des Fleisches und wie fettig es war. Und doch war es voller Saft und hatte einen Geschmack wie von abgehangenem Wild, dessen Strenge durch die Zeit gemildert war, die es braucht, um das Blut zum Stocken zu bringen. Er schluckte den Bissen hinunter, spürte, wie dieser durch seine Kehle glitt und wie sich im Magen ein warmes, wohliges Gefühl ausbreitete. Erneut biss er in das saftige, fettige, heiße Fleisch – und hörte plötzlich auf zu kauen. Das Messer rutschte aus seiner Hand und fiel mit dem Rest des Bratenstücks in den Sand.

Der Nebel, diese diffuse, graue, wabernde Masse, verschwand, als würde ihn die Sonne dahinschmelzen, und die Umgebung klärte sich. Einzelne Bäume und Büsche schälten sich heraus. Ein Sonnenstrahl brach hervor. Einen Augenblick stand Siggi geblendet da, doch dann sah er klar.

Er stand auf den Höhen der Dünen. Über ihm strahlte die Sonne an einem tiefblauen Himmel. Zu seiner Linken erstreckte sich der gewaltige Ozean und zu seiner Rechten eine mit Gras bewachsene Ebene, von der sich Büsche, Bäume und kleine Gehölze abhoben.

»Au!«, entfuhr es Siggi, und er bemerkte, dass er mit seinen Füßen dem Feuer zu nahe gekommen war.

Schmerz in einem Traum? Vater hat doch gesagt, wenn man Schmerz empfindet, ist man wach. Das war sein Rezept gegen Albträume.

Siggis Gedanken überschlugen sich.

Wenn er Schmerz empfand, war er wach; aber wenn er wach war, wo war er dann? Wieder in der Anderswelt, jener Welt neben dem, was er Realität nannte?

Siggi blickte an sich herab und sah sich selbst in Tierfelle gehüllt, statt des Trikots vom FC Liverpool, den ›Reds‹, das sein Freund Hagen ihm geschenkt und das er getragen hatte, als er zu Bett gegangen war. Erst jetzt bemerkte er, dass an einem Strick, den er statt eines Gürtels um die Hüften trug, ein schwerer Hammer hing. Aber es war nicht der Hammer des Donnergottes, dessen Abbild er an einer Kette um den Hals getragen hatte. Es war eine primitive Waffe, nicht mehr als ein fester Knüppel, an dem mit Lederriemen ein durchbohrter, zurechtgehauener Stein befestigt war.

Und jetzt spürte er auch den Wind, der über seine nackte Haut strich.

Siggi sah auf den hockenden Mann, der immer noch lächelte. Der Junge löste die Steinaxt von seinem Gürtel. Schon einmal hatte er einen zwielichtigen Führer durch die Anderswelt gehabt, der sich als Gott entpuppt und ihnen nicht nur Gutes gebracht und letztlich eine Welt in den Abgrund gestürzt hatte.

Siggi packte den Hammer und hielt ihn drohend vor sich. Jetzt fühlte er sich ein bisschen wohler. Er versuchte sich zurechtzufinden, und mit der Waffe in der Hand ging das besser. Außerdem machte der Streitkolben dem Mann klar, dass dieser nicht mit ihm machen konnte, was er wollte. Und schließlich war Siggi größer als sein Gegenüber, das lächelnd hinter dem Feuer saß und keine Anstalten machte, etwas zu tun.

»Wo bin ich hier? Was soll das?«, fragte Siggi, ohne darüber nachzudenken, ob der Mann ihn verstehen konnte oder nicht.

»Um das zu erfahren«, antwortete ihm der dunkle Mann, »musst du erst meine Prüfungen bestehen.«

Siggi erschrak. Er verstand jedes Wort, so klar und deutlich, als hätte der Mann seine Sprache geredet. Und Siggi begriff: Als er das heiße Fett von seinem Finger gelutscht, den Bissen Fleisch heruntergeschluckt hatte, hatte er etwas von der Anderswelt in sich aufgenommen, war ein Teil von ihr geworden. Er fühlte den Schmerz, also konnte er nicht mehr träumen. Und es reichte nicht mehr, einfach aufzuwachen. Er war gefangen.

Siggis Herz klopfte, und einen Moment lang überkam ihn eine Welle der Angst. Aber dann packte er den Griff des Hammers fester; er gab ihm das Selbstvertrauen zurück. Er musste sich diesem Mann stellen, wenn er einen Weg zurück in seinen Traum und damit in die reale Welt finden wollte. Siggi hatte noch geschmunzelt, als er in dem Reiseführer über Irland gelesen hatte: ›*Irland – das Land, wo die Grenzen zwischen dieser und der Anderswelt dünn sind.*‹ Nun musste er erfahren, dass das stimmte.

»Was sind das für Prüfungen?«, fragte er.

»Du musst mit mir kämpfen – dreimal«, sagte der

Mann. »Wenn du dich gut schlägst, werde ich dir erzählen, wo du bist. Einverstanden?«

Siggi suchte nach Falschheit und Arglist in den Augen des Mannes, aber der Ausdruck in den dunklen Augen war nicht zu deuten.

»Auf Leben und Tod?«, fragte er.

»Das wäre wenig sinnvoll«, sagte der andere nachdenklich, und Siggi glaubte, so etwas wie Schalk in den dunklen Augen aufblitzen zu sehen. Ein Windstoß sträubte das Gefieder des Kopfputzes, sodass der andere einen Moment lang wie eine bepelzte Henne aussah. »Wenn wir auf Leben und Tod kämpfen würden, könnte ich dir dann noch etwas erzählen, wenn du verlierst? Und wie sollte ich mein Versprechen einlösen, wenn ich tot im Gras liege? Es ist eine Übung, um zu sehen, wer von uns der Geschicktere ist. Ein Wettstreit.«

Der Mann zwinkerte Siggi an, und der glaubte sich auf den Arm genommen, ja ein bisschen veralbert. Siggi spürte, wie Wut in ihm aufstieg.

»Dann wollen wir mal«, sagte der Mann und erhob sich.

Siggi blinzelte. Der fellgekleidete Mann war auf einmal gar nicht mehr so klein. Er hielt eine Steinaxt in der Hand, die der Siggis aufs Haar glich, aber woher er die Waffe hatte, konnte der Junge nicht sagen. Er war sich sicher, dass das Ding eben noch nicht da gewesen war. Aber er schüttelte den Gedanken ab. Er wollte in dem Wettstreit siegen.

Sie gingen ein wenig von dem Feuer weg. Siggi hielt den Fremden immer fest im Blick. Der amüsierte Gesichtsausdruck des alterslos erscheinenden Mannes war immer noch da. Siggi ärgerte sich mehr und mehr über dieses Lächeln. Es war, als würde er verspottet, er, der den Hammer des Donnerers geschwungen hatte. Das konnte er nicht auf sich sitzen lassen. Immerhin trug er den Namen eines Drachentöters.

Siggi wog die Waffe in der Hand. Sie hätte schwerer

sein müssen, mit dem Steinklotz am Ende, aber sie lag erstaunlich gut ausgewogen in seinem Griff.

»Fang an«, sagte der Fremde lächelnd, ja, fast ein wenig überheblich, wie Siggi fand. Es war an der Zeit, ihm eine Lektion zu erteilen.

Siggi schwang den Hammer, aber der Fremde war bereits nicht mehr da, wo er gestanden hatte. Der steinerne Kopf donnerte mit voller Wucht in den von spärlichem Gras bewachsenen Sand. Der Junge spürte mehr, als dass er es sah, wie der Fremde seine Waffe hob. Er packte den Stiel seines Hammers fester und ließ sich zur Seite fallen; geschickt rollte er sich ab, wie es ein Torwart gemacht hätte, der eine hohe Flanke abgefangen hatte.

Dort wo er eben noch gestanden hatte, fuhr nun die Waffe des Fremden in den Boden.

Siggi kam wieder auf die Füße und wandte sich sofort wieder seinem Gegner zu. Sie umkreisten sich lauernd. Siggis Nerven waren zum Zerreißen gespannt. Er hatte seinen Widersacher unterschätzt. Der Mann besaß die Geschmeidigkeit und die Reflexe eines wilden Tieres. Er musste doch jünger sein, als es den Anschein hatte!

Der Fremde sprang behände vor, und nur unter Aufbietung all seiner Geschicklichkeit konnte Siggi den Hieb parieren. Er packte den Hammer knapp unter dem Kopf und am Ende und stoppte so den Schlag.

Als die beiden Stiele gegeneinander prallten, dachte Siggi, ihm würde der Arm abfallen, so viel Wucht steckte hinter dem Hieb. Diese Kraft hätte er dem kleinen Mann überhaupt nicht zugetraut.

Und immer noch lächelte der Fremde. Langsam stieg der Zorn immer höher in Siggi und wurde zu einer lodernden Flamme, zu heißer Wut, wie er sie noch empfunden hatte. Er glaubte, dieses abfällige Grinsen bringe ihn noch um den Verstand.

Siggi warf sich nach vorn und legte alle Kraft in den Schlag, aber sein Gegner wich beinahe mühelos aus.

Immer und immer wieder versuchte Siggi seinen Gegner zu stellen, ihn mit Hieben vor sich her zu treiben, und schon bald ging sein Atem keuchend, der Schweiß rann in Strömen, aber trotz aller Anstrengung konnte der Junge den Mann nicht stellen.

Im Gegenteil, der andere schien überhaupt nicht zu ermüden. Er schwitzte nicht einmal, und Siggi bekam den Eindruck, dass der Mann mit ihm spielte. Das machte ihn noch wütender.

Mit allerletzter Kraft warf Siggi sich vor. Er schwang den Hammer in einem großen Bogen. Sein Gegner wich mit der ihm eigenen Geschmeidigkeit aus, aber diesmal tänzelte er nicht zurück. Er holte zum Gegenschlag aus, und der steinerne Kopf seiner Waffe traf Siggis Schaft.

Siggi meinte, ihm würden die Arme ausgerissen, als der Hammer, den er gerade wieder hochreißen wollte, mit voller Wucht getroffen wurde. Mit einem Krachen zerbarst der Stiel, und gleich darauf spürte Siggi, noch bevor er wusste, wie ihm geschah, den Hammer des Gegners in seinem Nacken.

»Ergibst du dich?«, fragte der Mann.

»Ich ergebe mich«, sagte Siggi matt, der sich maßlos über seine Niederlage ärgerte.

»Du hast gut gekämpft«, meinte der kleine Mann mit dem unbestimmbaren Alter.

»Ich habe verloren ...«, meinte Siggi matt.

»Aber du hast dich achtbar geschlagen«, erwiderte der andere. »Und deshalb hast du es verdient, den ersten Teil der Geschichte dieses Landes zu hören, damit du erfährst, wo du bist.«

Der dunkle Mann ging zum Feuer und bückte sich. Als er sich erhob, hielt er einen ledernen Wasserbeutel in der Hand, aus der Haut eines kleineren Tieres gemacht. Siggi hätte schwören können, dass da vor dem Kampf nichts dergleichen gelegen hatte; doch er verbarg seine Verwunderung und sagte nichts.

Der Mann nahm einen tiefen Zug und reichte Siggi wortlos den Schlauch. Der Junge setzte den Wasserschlauch etwas unbeholfen an und bekleckerte sich, aber der Kampf hatte ihn durstig gemacht.

Kaum war der erste Tropfen über seine Lippen geflossen, da fühlte er sich frisch, als hätte er nie gekämpft. Siggi erkannte plötzlich einen der wichtigsten Gründe für seine Niederlage. Er hatte sich wütend machen lassen. Wut war ein schlechter Ratgeber, und da der Mann von mehreren Prüfungen gesprochen hatte, nahm er dies als Lektion an. Er nahm sich vor, dass er sich nicht noch einmal von seinem Gegner provozieren lassen würde.

»Nimm noch ein Stück Fleisch«, lud ihn der Dunkle ein, der sich diesmal im Schneidersitz hinter das Feuer gehockt hatte. Als Siggi sich zu ihm setzte, bemerkte er, dass die Miene des Mannes sich verändert hatte. Das Lachen war aus seinem Gesicht verschwunden, sein Blick war in die Ferne gerichtet, schien einen imaginären Punkt am Himmel zu betrachten, und Traurigkeit zeichnete seine Züge.

»Am besten ist immer«, meinte Siggi, als der Fremde nach einiger Zeit immer noch schwieg, »mit dem Anfang zu beginnen.«

Er hatte es als Scherz gemeint, um die Stimmung aufzulockern, aber der Fremde schien die Worte ernsthaft zu erwägen.

»Wer war eher da«, sagte er dann, nachdenklich und leise, »die Schlange oder das Ei, das Feuer oder das Wasser? Wer kann dies wissen; wer kann es schauen? Nur er, der Himmel und Erde erschuf, Meer und Land und die grüne Insel Erin, auf der wir uns hier befinden.

Doch ich kann dir von den ersten Menschen berichten, die ihren Fuß auf dieses Gestade setzten. Sie kamen von Süden her. Man nennt sie das Steinvolk; sie kannten weder Bronze noch Eisen, noch das Rad. Cessair führte sie an, eine Frau; denn in jenen Zeiten herrschten die

Frauen über die Männer, weil sie dem Herzen der Erde näher waren. Damals war ein großer Teil Erins von Eis bedeckt und die Kälte raffte Cessair und ihr ganzes Volk hinweg, weil sie keinen Schutz dagegen hatten. Nur die großen Steine, die heute noch auf den Hügeln stehen, sind stumme Zeugen ihrer Geschichte.

Und ein Mann. Einer verblieb, wie bei jeder Zeitenwende immer einer verbleiben muss, um den Nachfolgenden zu berichten, was geschah. Sein Name war Fintan. Er war ein Schamane, und er beherrschte die Kunst, seine Gestalt zu wandeln. So überlebte er, in der Gestalt eines roten Stiers, sieben Lebensalter lang und fünf in der Gestalt eines Seeadlers und zwei in der eines weißen Hirschen.

Ich weiß es, denn ich war da...

Und es heißt, dass er so ein Teil von Erin wurde, sodass in jedem Stier, jedem Adler, jedem Hirsch, ja, in jeder Blume und jedem Tautropfen von Erin etwas von Fintan lebendig ist.«

Er verstummte. Siggi wartete eine Zeit lang, ob noch etwas kam; Fetzen des Erzählten wirbelten durch seinen Kopf, und er erinnerte sich an das Lied, das er in seinem Traum gehört hatte. Stier, Adler und Hirsch? Hatte dieser seltsame Mann von sich selbst berichtet, dass er dies alles gewesen war, oder war das nur eine Formel, gab er nur eine alte Legende wieder, die aus Urzeiten überliefert worden war?

»Das war alles?«, konnte er sich schließlich nicht enthalten zu fragen.

»Wenn du mehr wissen willst«, sagte der Fremde, »musst du ein weiteres Mal mit mir kämpfen.«

Siggi war noch so in seinen Gedanken gefangen, dass er einen Augenblick brauchte, um zu verstehen, was der Mann zu ihm gesagt hatte. Dann langte der Junge neben sich, um den Hammer aufzuheben. Aber statt des Hammers bekam er den Stiel einer Streitaxt zu fassen. Und zu seiner Linken lag ein hölzerner Rundschild, der in Blau und Weiß mit Ornamenten bemalt war und in dessen Mitte ein roter Drache prangte.

Siggi wunderte sich nicht mehr über das, was er hier erlebte. Er schwang die Streitaxt probehalber, und auch sie war leichter, als man vermuten konnte. Das Blatt der Axt war aus Bronze, in die Verzierungen geätzt worden waren. Verschlungene Ornamente verwirrten das Auge, wenn man zu lange hinsah.

Wieder traten die beiden gegeneinander an. Siggi nahm sich vor, diesmal absolut ruhig zu bleiben und sich nicht provozieren zu lassen.

Seine Niederlage im Kampf mit den Kriegshämmern hatte ihn noch eine Lektion gelehrt. Er durfte seinen Gegner nicht unterschätzen. In dem Körper dieses dunklen Mannes, dessen Größe sich auf Grund der seltsamen Gewandung so schwer schätzen ließ, wohnte mehr an Kraft und Geschmeidigkeit, als er angenommen hatte. Vielleicht war der Mann wirklich ein Schamane; zumindest sah er so aus.

Sie umkreisten sich. Siggi hatte jeden Muskel angespannt, war voll konzentriert, während das Gesicht seines Gegners wieder jenes überhebliche Lächeln zeigte. Siggi musste sich zur Selbstbeherrschung zwingen. Doch trotz aller Bemühungen war da wieder dieser Zorn. Das hatte er nicht verdient. Irgendwie fühlte er sich nicht ernst genommen.

Auf diesen Augenblick der Unaufmerksamkeit hatte der andere nur gewartet. Er holte zu einem Hieb aus, auf den Siggi erst im letzten Augenblick reagierte. Er schaffte es, den Schild zu heben und den Schlag abzublocken, aber noch bevor Siggi selbst seine Axt erheben konnte, hatte sein Gegner mit unglaublicher Schnelligkeit erneut ausgeholt. Siggi gelang es auszuweichen, und er konterte, aber der Mann war längst nicht mehr da, wo er hätte sein sollen. Siggis Hieb ging ins Leere.

Wieder griff der dunkle Mann an, holte weit aus. Siggi wich zurück, aber sein Gegner nutzte seinen

Schwung nicht für einen Schlag, sondern er rammte den Jungen mit der Schulter. Siggi verlor das Gleichgewicht. Er stolperte zurück und stürzte, aber es gelang ihm, sich über die Schultern nach hinten abzurollen, und er kam unbeschadet wieder auf die Füße. Nur den Schild hatte er verloren.

Sein Gegner nickte anerkennend und begab sich wieder in Kampfstellung. Auch Siggi hob erneut die Axt. Er fluchte innerlich, denn sein Gegner hatte sich zwischen ihn und seinen Schild gestellt, der nun nutzlos im Gras lag.

Was tun? Siggi sagte sich, dass nur der Angriff ihn weiterbringen könnte. Der andere hatte einen Vorteil; Siggi durfte ihn nicht in die Lage versetzen, diesen auszunutzen.

Also ging er zum Angriff über und schlug zu. Der Fremde lenkte den Hieb mit seinem Schild zur Seite. Dann konterte er, und Siggi musste all seine Geschicklichkeit einsetzen, um dem Schlag auszuweichen.

Und dann begann der dunkle Mann mit ihm zu spielen. Pausenlos griff er an, und Siggi wich zurück, darauf bedacht, sich nicht in Richtung des Meeres abdrängen zu lassen. Denn er war sich klar, wenn er auf das Gefälle und in den Kies geraten würde, wäre er endgültig auf der Verliererstraße. Wenn er da nicht schon war.

Siggi keuchte, aber sein Gegner zeigte kein Anzeichen der Erschöpfung. Der Fremde kämpfte mit einer Geschicklichkeit, die Siggi Hochachtung abrang. Aber trotzdem wollte er sich nicht ergeben. Es war für ihn zu einer Frage der Ehre geworden.

Doch letztlich half es alles nichts. Ein Moment der Unachtsamkeit genügte seinem Gegner. Statt mit Axt oder Schild anzugreifen, trat er Siggi die Beine weg. Völlig überrascht, fand Siggi sich auf dem Rücken wieder, die Axt nur noch kraftlos in Händen.

Über ihm stand der dunkle Mann, bereit, den letzten Hieb zu führen.

»Ich gebe auf«, keuchte Siggi, ließ die Axt los und hob den rechten Arm zum Zeichen, dass es keine List war, die er anwandte.

»Ein guter Kampf«, knurrte der Mann. »Du hast die Fähigkeit, einmal ein Krieger zu werden.«

»Ich habe doch wieder verloren«, sagte Siggi. Die zweite Niederlage nagte an seinem Selbstvertrauen.

»Aber das ändert nichts daran, dass du gut gekämpft hast. Und du hast im richtigen Moment aufgegeben. Manchmal ist es besser, das Leben zu behalten und später zurückzuschlagen. Tote Krieger, die sinnlos in einer verlorenen Schlacht fallen, nützen nichts. Aber wer sich zur rechten Zeit ergibt, mag zu anderen Zeiten wieder in den Kampf ziehen.«

»Das ist wahr«, entgegnete Siggi. Es war eine Lehre, die er schon früher einmal erteilt bekommen hatte, doch jetzt begriff er, was damit gemeint war.

Der Mann reichte Siggi den Wasserbeutel, nachdem er selbst einen tiefen Zug genommen hatte, und dennoch erschien es Siggi, als wäre nicht weniger darin als zuvor.

Er trank und setzte den Beutel ab. »Erzähl mir mehr«, bat er.

»Dein Kampf war gut, so hast du die Belohnung verdient«, sagte der Fremde. »Also setz dich. Und iss noch was.«

Beide setzten sich wieder ans Feuer. Siggi schnitt sich noch ein großes Stück von dem Braten ab. Essen und Trinken ließen ihn den Schmerz seiner Niederlage vergessen. Und dann begann der Fremde wieder zu erzählen, als wäre nichts geschehen.

»Partholán war der Zweite, der nach Erin kam. Er kam mit seiner Königin Delgnaid und seinem Gefolge. Damals gab es nur drei Seen in Erin, nur neun Flüsse und eine Ebene. Es gab nicht viel in diesem Land, von dem man leben konnte, und so tranken sie den Tau von den Blättern und aßen die Kräuter des Feldes.

Neun Monate später gebar Partholáns Frau einen Sohn. Sie nannte ihn Tuan.

Ich weiß es, denn ich war da ...

Damals kamen die Fomorier das erste Mal nach Erin, ein hässliches, grausames Volk von Riesen. Sie haben nur ein Auge in der Mitte der Stirn, und es heißt, dass ihre Kinder aus Eiern schlüpfen, wie bei Echsen, und nicht geboren werden wie Menschenkinder. Mit einem Heer dieser Wesen kämpfte Partholán um die Herrschaft von Erin und trieb sie hinaus ins Meer.

Doch dann wurde Partholáns Volk von einer großen Seuche befallen, und nachdem sie sich auf der alten Ebene versammelt hatten, um ihre Toten zu begraben, siechten sie alle dahin, bis auf den letzten Mann.

Tuan blieb allein zurück, und er wanderte von einem leeren Dorf zum andern, von Fels zu Fels, um Schutz vor den Wölfen zu finden. Einundzwanzig Jahre lang lebte er so für sich, bis das Alter ihn entkräftet und in die Knie gezwungen hatte.

Dann kam Nemed, Partholáns Bruder, um Erin in Besitz zu nehmen. Mit zweiunddreißig Schiffen war er in See gestochen und dreißig Personen in jedem Schiff, doch nach einem Jahr und einem Tag auf See waren die meisten von ihnen durch Hunger, Durst oder Schiffbruch gestorben. Neun nur überlebten – Nemed selbst mit vier Männern und vier Frauen.

Tuan sah sie von der Klippe aus, und er versteckte sich vor ihnen. Er war nackt, sein Haupthaar und Bart und seine Nägel waren lang, seine Haut war grau, und er glich mehr einem wilden Tier als einem Menschen. Die Nacht brach herein, und der Morgen dämmerte herauf. Doch Tuan hatte solche Angst, gesehen zu werden, dass er sich über die Klippe ins Meer stürzte.

Doch er starb nicht.

Ich weiß es, denn ich war da ...«

Jetzt konnte sich Siggi doch nicht enthalten zu fragen: »Was soll das heißen: ›Ich war da‹?«

Aber der Erzähler ließ sich nicht beirren und fuhr fort:

»Nemed und sein Gefolge bevölkerten das Land, bis aus den acht über achttausend geworden waren. Und Nemed bekämpfte die Fomorier in vier großen Schlachten, doch dann starb er an einer Krankheit, welche ein Viertel seines Volkes hinwegraffte. So konnten die Fomorier ihre Herrschaft über das Land aufrichten, und sie verlangten als Tribut zwei Drittel aller Milch und zwei Drittel aller Kinder. Schließlich erhoben sich die Nemedier gegen sie und zogen gegen die Feste des Feindes.

Die Männer von Erin waren alle im Kampf,
Nachdem die Fomorier kamen;
Alle von ihnen verschlang das Meer
Bis auf dreimal dreißig.

Die Überlebenden kehrten Erin voll Verzweiflung den Rücken, und es heißt, dass sie in der Fremde zu Grunde gingen und keine Nachkommen hinterließen, die von ihrem Ende berichten konnten.«

Siggi, der immer noch verstimmt darüber war, dass der Fremde auf seine Frage nicht geantwortet hatte, war nicht entgangen, dass zumindest eine Lücke in dieser totalen Vernichtung geblieben war. »Und was war mit Tuan?«, fragte er.

»Um das herauszufinden, musst du wohl noch einmal mit mir kämpfen.«

Der Schamane hatte sich bereit gemacht, ihn der dritten Prüfung zu unterziehen. Er hielt ein Schwert in der rechten Hand und einen blinkenden Schild in der linken, welcher mit einem Ornament verziert war.

Siggi griff neben sich und dort, wo die Axt gelegen hatte, fand er ebenfalls ein Schwert, eine blanke Klinge, fast einen Meter lang, mit gerader Parierstange und einem lederumwickelten Heft, dazu einen Schild aus

Metall, kleiner als den hölzernen, den er während des Axtkampfes verloren hatte. Auch er zeigte als Motiv wieder das Ornament mit dem Drachen, doch feiner ziseliert und ausgearbeitet, sodass er fast zu leben schien.

Siggi wollte sich diesmal nicht nur gut schlagen. Er wollte gewinnen. Ein drittes Mal durfte er dem dunklen Mann nicht unterliegen.

Das Schwert lag schwer in seiner Hand, eine schimmernde Klinge als Metall. Dies war etwas ganz anderes als der Hammer und die Streitaxt, womit er zuvor gekämpft hatte. Das Schwert vermittelte ihm ein Gefühl der Macht. Mehr noch als die anderen Waffen war es ein Symbol des Kriegers und des Kampfes. Genau konnte Siggi sich das nicht erklären, dennoch spürte er das Besondere daran.

Ich bin ein Held ...

Siggi fühlte wieder den Ärger über das abschätzige Lächeln in sich aufzeigen, das den Fremden geradezu gelassen, sich seiner Überlegenheit bewusst aussehen ließ. Als er sich aber auf das Gefühl einließ, wuchs seine Zuversicht, diesmal nicht als Unterlegener den Kampf zu beenden, sondern diesmal die weitere Geschichte als Belohnung für einen Sieg erzählt zu bekommen.

Wieder umkreisten sich beide. Siggi lauerte auf seine Chance, zwang sich aber zur Geduld. Er wollte sich zum einen nicht überraschen lassen und zum anderen nicht derjenige sein, der einen Fehler machte. Sein Gegner hatte bewiesen, dass er jeden Fehler konsequent ausnutzte. Und das hatte jedes Mal Siggis Niederlage besiegelt.

Der dunkle Mann schien alle Zeit der Welt zu haben, während Siggi trotz aller guten Vorsätze mit jedem Augenblick, der verstrich, ungeduldiger wurde. Er begann schon die Möglichkeiten für einen Angriff abzuschätzen, als er eigentlich noch auf die Attacke seines Gegners warten wollte.

Der andere schien nur darauf gewartet zu haben, dass Siggi ins Grübeln geriet. Er warf sich nach vorn, das Schwert zum Schlag erhoben. In einem langen Bogen sauste die Klinge durch die Luft. Siggi konnte sich gerade noch rechtzeitig aus seinen Gedanken losreißen, um mit dem Schild zu parieren. Noch bevor er zu einer Erwiderung ansetzen konnte, hatte sein Gegner schon nachgesetzt.

Woher nahm der kleine Mann nur die Gewandtheit und die Kraft, um Siggi, der doch viel jünger und wendiger war, derart in Not zu bringen? Siggi konnte die Hiebe nur mit Mühe auffangen. Der Schamane führte die Klinge, als sei sie leicht wie eine Feder und als seien Begriffe wie Trägheit und Masse für ihn fremd.

Siggi blieb nur die nackte Verteidigung mit Schild und Schwert. Ihm blieb gar keine Zeit, um einmal zum Angriff auszuholen. Und der Schamane schien überhaupt nicht müde zu werden, während Siggi seine Arme kaum noch spürte. Wieder ging sein Atem keuchend, und er war schweißgebadet. Doch der Schamane zeigte keinerlei Schwäche, und seine Stirn war trocken.

Der Junge wehrte sich nach Kräften, aber sein Gegner ließ ihn gar nicht mehr zu Atem kommen und verdrosch ihn nach Strich und Faden.

Der arme Junge wusste nicht, wie ihm geschah. Der Dunkle ließ ihn viel schlimmer leiden als bei den Duellen mit Axt und Hammer, bis er den Kampf genauso plötzlich beendete, wie er ihn begonnen hatte.

Siggi parierte einen Hieb, geriet ins Stolpern und konnte nur mit Mühe das Gleichgewicht halten. Im gleichen Augenblick setzte der andere nach und führte das Schwert gegen Siggis Kopf. Der Junge versuchte zwar noch den Schild zu heben, doch sein Arm versagte ihm den Dienst.

Siggi sah wie in Zeitlupe das Schwert auf seinen Kopf zukommen, aber er konnte nichts mehr machen.

Will er mich töten?, durchfuhr es ihn.

Dann traf die Klinge ihn seitlich am Kopf, und es wurde schwarz um ihn.

Als er die Augen wieder aufschlug, mit jenem seltsamen Gefühl, das einen überkommt, wenn man aus der Ohnmacht ins Bewusstsein hinüberkippt, sah er den Vogelputz des dunklen Mannes über sich. Wasser benetzte seine Lippen, und der Junge öffnete instinktiv den Mund. Beinahe augenblicklich kehrten seine Lebensgeister zurück. Gierig trank er, verschluckte sich und hustete.

Der Schamane besah sich sein Opfer, stellte fest, dass ihm nichts fehlte, und erhob sich, um zum Feuer hinüberzugehen.

Als Siggi seinen Hustenanfall überwunden hatte, betastete er seinen Kopf, aber dort wo eine stattliche Beule oder eine Platzwunde hätte sein müssen, war – nichts.

»Gut gekämpft, Junge«, kam die Stimme des Schamanen vom Feuer her.

Siggi rappelte sich auf. Er spürte nichts mehr von der Erschöpfung, die ihn während des Kampfes befallen hatte. Auf dem Wasser musste ein Zauber liegen, dass es die Müdigkeit beinahe augenblicklich vertrieb.

»Nun setz dich zu mir, um den letzten Teil meiner Erzählungen zu hören, wenn du noch willst.«

»Du hättest mich töten können«, sagte Siggi.

»Sicher«, antwortete der Mann. »Aber wem hätte ich dann die Geschichte erzählen sollen? Glaub mir, du warst in keiner Gefahr. Es war nur ein Wettstreit, kein Zweikampf auf Leben und Tod.«

Siggi nickte nur. Er folgte wiederum der Einladung und schnitt sich noch ein Stück Braten ab, um dem Fortgang der Erzählung zu lauschen.

»Wieder lag das Land verlassen da bis auf den Lachs, der die Flüsse hinaufwanderte. Und wieder kamen neue Siedler übers Meer herbei. Man nannte sie die Firbolg, die Beutelmenschen, weil sie in Booten aus Häuten kamen, die von luftgefüllten Bälgen getragen wurden. Doch andere sagen, ihr Name rühre daher, weil sie in ihrer Heimat die Erde in Säcken auf die Felder hätten tragen müssen, um ihren Herren zu dienen.

Ihr Anführer Eochai nahm Taltiu, die Tochter des Königs der großen Ebene – dort, wo nur noch die Toten lebten – zur Frau, und nach ihr ist bis heute die Hauptstadt von Ulad, der nördlichen Provinz, benannt. Sie herrschten lange und in Frieden, da Eochai kein Krieger und seine Frau eine große Zauberin war, die alle Gefahren von dem Land fern hielt, so sie es vermochte.

Eines Tages brachte ein Fischer dem König einen Lachs, den er in einem Teich gefangen hatte – an einem Ort, wie er sagte, an dem es keinen Zugang zum Meer gab oder zumindest keinen, den ein Mensch kannte. Da überkam Eochais Frau ein nie gekanntes Verlangen nach diesem Fisch, und sie aß ihn, ganz und gar. Neun Monate später gebar sie einen Knaben, und als man ihn zur Namengebung mit Wasser besprengen wollte, da öffnete er den Mund und sprach: ›Tuan.‹«

»Tuan?« Siggi hielt es nicht länger. »Du meinst, derselbe Tuan, der schon früher ... und schon bei den Steinzeitmenschen ...« Die Worte fehlten ihm. »Wie soll das möglich sein?«

»Die Seele geht durch viele Wandlungen und Verkörperungen von einem Zeitalter zum nächsten, nur den meisten Menschen ist es nicht bewusst. Auch in dir schlummert die Seele eines Helden; hätte ich dich sonst gerufen?«

Siggi nickte nur stumm. Er hatte schon etwas erahnt von dem, was der dunkle Mann ihm andeutete; auch wenn er sich früher eher im Scherz mit Siegfried dem Drachentöter verglichen hatte, war doch eine Kraft in ihm erwacht, seit er einmal von der Hand eines Gottes berührt worden war. Er hatte sich verändert, das wusste er, und er war immer noch dabei, sich zu verändern.

»Wer seid Ihr, Herr?«, fragte er, fast ehrfürchtig.

Die Antwort des Fremden kam leise, als spräche er zu sich selbst. »Ich bin die Spitze einer Waffe, die den Kampf sucht. Ich bin der, der die Zeitalter des Mondes kennt und den Ort, wo die Sonne des Abends ihr Haupt bettet. Mein Name ist ein Wort der Macht; hüte es gut. Ich war Fintan und ich war Tuan von den Partholain, ehe ich Tuan Mac Carell von Ulad wurde. Ich bin der Erzdruide von Erin. Amergin werde ich genannt.«

Siggi starrte ihn mit offenem Mund an. Der Fremde schien gewachsen zu sein, nicht mehr der kleine Mann mit den seltsamen Fellen und dem komischen Federhut, der doch so gut hatte kämpfen können; nein, größer und mächtiger erschien er jetzt, wie ein Zauberer aus einer alten Sage, gehüllt in einen Mantel, der blau war wie die Farbe des Himmels, ehe die Nacht hereinbricht. Dann knackte ein Scheit in der verlöschenden Glut des Feuers, ein Ascheschauer wehte auf, und es war alles wieder wie zuvor.

Der Wind strich über den kahlen Strand. Irgendwo schrie ein Seeadler, und sein Schrei mischte sich mit dem Rauschen der Wellen. Siggi zählte die Wellen, die auf den Strand aufliefen, und die letzte, größte löschte alle vorangegangenen aus.

»Ich möchte wissen, was aus ihnen geworden ist«, ergriff er schließlich wieder das Wort. »Den Firbolg, meine ich.«

Amergin hob den Kopf. Er sah ihm in die Augen. Dann, als habe er einen Entschluss gefasst, stand der Druide auf.

»Kannst du laufen, Junge?«

Siggi zuckte die Schultern. Na ja, immerhin war er Jogger. Da konnte er natürlich laufen. Aber nach seinen Erfahrungen als Kämpfer war er jetzt etwas vorsichtig geworden mit seinen Behauptungen. »Ich denke schon.«

»Dann komm«, forderte Amergin ihn auf und setzte sich in Bewegung.

Siggi folgte ihm auf dem Fuße und passte seinen Lauf dem seines Führers an, der in einen zügigen und stetigen Trab verfiel, einen Trott jener Art, die es ermöglichte, weite Strecken zu laufen, ohne je richtig zu ermüden.

»Wie habt Ihr mich bezwungen?«, fragte Siggi im Laufen. »War ich so schlecht?«

»Nein, im Gegenteil«, antwortete Amergin, ohne ihn dabei anzusehen. »Ich habe gemogelt. Ich habe dich mit deiner eigenen Kraft bekämpft, und ich ließ dich wütend werden, damit du die Ruhe und Beherrschung verlierst. Das musst du noch lernen.«

»Das ist unfair«, empörte sich Siggi.

»Ein alten Mann wie mich verprügeln zu wollen etwa nicht?« Der Druide lachte und warf einen kurzen Seitenblick auf Siggi. »Aber ich werde dich lehren, dich dagegen zu wappnen, dass andere an deiner Kraft zehren.«

»Wie?«, fragte Siggi.

»Warte es ab. Denk dran: Ruhe und Beherrschung«, entgegnete Amergin.

Danach schwiegen sie und liefen eine Weile nebeneinander her. Die Landschaft zog an ihnen vorüber, aber Siggi hatte keinen Blick für die Bäume und Sträucher und für das grüne Meer aus Gras. Ihn beschäftigten das, was der Druide gesagt hatte. Wenn Amergin mit seiner, Siggis, Kraft gekämpft hatte, dann dürfte es darum gar nicht so schlecht stehen. Siggi fand sein inneres Gleichgewicht zurück, und endlich fiel ihm ein, dass er die elementarste Regel der Höflichkeit missachtet hatte.

»Ich habe mich noch gar nicht vorgestellt«, begann er. »Mein Name ist …«

»Ich bin derjenige, der hier Namen vergibt, Junge«, unterbrach ihn Amergin. »Ich werde dich den ›Weißen‹ nennen, wegen deines Blondschopfes. Und ›Finn‹ ist kein schlechter Name in der Sprache von Erin.«

3
Der Hund des Königs

Alles war rot. Aber es war kein gleichmäßiges, durchgehendes Rot. Es waberte in allen Tönen, vom hellen Orange bis hin zum tiefsten Purpur. Nichts war geordnet, alles war in Bewegung. Vor Hagens Augen tanzte ein waberndes Chaos.

Wut erfüllte den Jungen; lodernder, flammender Zorn. Es war schon fast der blanke Hass – Hass auf diese einäugigen, grünen Monster, die ...

Gunhild ...!, durchfuhr es ihn glühend heiß, und allein der Gedanke an das Mädchen ließ den roten Zorn noch heller und intensiver aufflammen. Wilde, alles verzehrende Raserei hatte ihn gepackt. Er war nicht mehr er selbst; nichts anderes hatte Platz neben diesem alles überlagernden Gefühl, das ihn bis in die letzte Faser seines Körpers erfüllte.

Für einen Moment scheint er neben sich selbst zu stehen und sich durch das Rot wie durch ein gefärbtes Glas oder roten Wein zu sehen. Er verschwimmt. Sein Körper zuckt und ist verzerrt, als pulsiere er mit dem Rot; als würden die lodernden Flammen der Wut ihn verzehren. Nein, vielmehr sieht es aus, als wäre er selbst das Feuer seines Zorns.

Nur langsam, ganz langsam verwischte dieser Eindruck, und das Rot vor seinen Augen beruhigte sich, bis es nach und nach verebbte. Hagen hatte keine Ahnung, wie lange es dauerte, bis die Flammen des Zorns niedersanken. Zeit spielte für ihn in diesen Augenblicken keine Rolle.

Doch je mehr der Zorn verrauchte, desto stärker spürte Hagen den pochenden Schmerz in seinem Kopf. Es war, als hätte ihn eine Dampframme am Kopf getroffen, und als schwinge der Schmerz nun vor und zurück. Immer heftiger pulste die Pein durch seinen Schädel. Hagen stöhnte auf. Das gab ihm zumindest die Gewissheit, dass er wieder Herr seiner Sinne war. Aber den Schmerz linderte es auch nicht.

Vorsichtig tastete er mit der rechten Hand nach seiner Stirn. Es fühlte sich klebrig an.

Blut!

Die Verletzung war noch nicht verkrustet, und es quoll noch feucht aus der Platzwunde. Hagen nahm sein T-Shirt und wischte sich das Blut aus dem Gesicht. Dann schlug er vorsichtig die Augen auf.

Das Licht blendete ihn für einen Moment, und der Schmerz stach in sein Gehirn wie ein feuriges Messer.

Da seine Wunde noch blutete, konnte er nicht allzu lange bewusstlos gewesen sein.

Hagen stöhnte auf und kniff die Lider zusammen. Doch er hatte nicht die Absicht, aufzugeben. Wieder öffnete er die Augen und versuchte ungeachtet der Schmerzen, seine Umgebung zu erkennen. Im ersten Moment verwirrte ihn die unwirtliche Felslandschaft ringsum, aber dann kam ihm alles wieder in den Sinn und er erinnerte sich.

Er stand auf, denn er wollte sehen, was aus Gunhild und den grünen Ungeheuern, ihren Jägern, geworden war. Doch die Bewegung war zu hastig, und ihm wurde schwindelig. Kurz stützte er sich auf seine Hände, holte dreimal tief Luft und kam dann auf die Füße.

Vor ihm senkte sich der Geröllhang in die Tiefe. Es war deutlich zu erkennen, wo die Steinlawine abgegangen war, aber von Gunhild und den Monstern war nichts mehr zu sehen.

Für einen Moment schoss ihm die Möglichkeit durch den Kopf, dass noch mehr Geröll den Hang hinuntergedonnert war und beide, sowohl Gunhild als auch ihre Jäger, unter sich begraben hatte. Zum Glück war zu erkennen, dass eine solche Menge Steine, Felsen und Kiesel nicht nachgerutscht sein konnte. Aber wenn sie nicht verschüttet waren, wo waren sie dann hin?

Der Junge begann zu frieren. Zu dem Schmerz kam nun die Wirkung des kalten, schneidenden Windes, der um die Felsen pfiff.

Hagen fand, dass er einen besseren Blick brauchte, und kletterte das letzte Stück den Hang hinauf. Er erreichte ein Plateau, von dem aus er weit in das vor ihm liegende Land sehen konnte. Aber kein lebendes Wesen war zu entdecken. Er war allein.

Oder etwa nicht?

Der Junge wandte den Kopf – und traute seinen Augen nicht. Keine zehn Schritt von ihm, auf dem Pfad, der sich entlang der Klippe hin zog, stand ein Hund; ein irischer Wolfshund, so groß, wie er noch nie einen gesehen hatte. Und er hatte während seiner Besuche bei seiner Tante einige gesehen.

Der hier mochte eine Schulterhöhe von beinahe vier Fuß haben. Das Tier hatte einen mächtigen Schädel, und Hagen wagte sich gar nicht das Gebiss vorzustellen, das in dem Maul verborgen lag. Es musste gewaltig sein. Das lange, eisgraue, zottelige Fell verstärkte noch den Eindruck von Kraft und Wildheit. Wenn ihm dieser Hund an den Kragen wollte, würde er es schwer haben, sich gegen diese Bestie zu verteidigen.

Ein bisschen Angst beschlich ihn. Und genau die konnten Hunde doch wittern, sagte sich Hagen. Viele Hunde wurden dann nervös und erst recht angriffslustig. Der Junge sah in Gedanken schon, wie der Hund ihn ansprang; fast glaubte er schon zu spüren, wie die Reißzähne die Haut durchdrangen.

Hagen schluckte. Jetzt da die Wut über Gunhilds Entführung und sein Zorn auf die grünen Monster geschwunden war, war es regelrechte Furcht, die er empfand.

Der graue Rüde öffnete das Maul und verzog die Lefzen, aber es sah nicht bedrohlich aus. Es sah eher so aus, als ob der Hund grinste.

Er musste sich täuschen. Die Bestie wartete nur darauf, ihn zu zerreißen. Aber der große Wolfshund bleckte weder die Zähne, noch entrang sich der Kehle ein bedrohliches Knurren oder ein tiefes Bellen, wie es Hagen beinahe erwartete. Die gewaltigen Muskeln spannten sich nicht zum Sprung.

Es blieb Hagen nur der Eindruck, dass der Hund lächelte oder ihn – welch absurder Gedanke, fand Hagen – auslachte, weil er vor Angst starr nur dastand und nicht fähig war, den Blick von der Erscheinung zu lösen.

Da wandte sich der Wolfshund um und lief ein paar Schritte, hielt und blickte über die Schulter zurück. Das Spiel wiederholte sich, und erneut drehte sich der Hund zu Hagen um.

Bin ich hier bei »Lassie« oder was? Hagen musste über seinen Gedanken ein wenig schmunzeln. Es war wie im Fernsehen, wenn der Collie, der schottische Schäferhund, den kleinen Timmy oder wer immer gerade sein Herr sein mochte aufforderte, ihm zu folgen, weil jemand in Not geraten war oder der Wald lichterloh zu brennen drohte.

Vielleicht sollte er dem Hund tatsächlich folgen? Denn der Hund machte wirklich den Eindruck, als wollte er ihm etwas zeigen, eben wie im Fernsehen. Und zumindest hatte das Tier bislang keine feindlichen Absichten zu erkennen gegeben. Wer weiß, vielleicht führte ihn der graue Rüde direkt zu Gunhild und ihren Entführern.

Hagen ging ein paar Schritte auf den riesigen Wolfshund zu. Das große, graue Tier neigte den Kopf, betrachtete ihn eingehend, wandte sich ab und rannte wieder ein paar Meter. Selbst bei diesem kurzen Antraben sah Hagen bewundernd die Eleganz der Bewegung, und er wünschte sich fast, dass das Fell des Tieres nicht so zottelig wäre, damit er das Spiel der Muskeln besser beobachten könnte.

Hagen folgte dem Hund, und so waren sie bald in einem gleichmäßigen Trab unterwegs. Immerhin hatte das einen Vorteil. Hagen spürte die schneidende Kälte des Windes nicht mehr. Im Gegenteil, er begann zu schwitzen, doch hielt der Hund vor ihm das Tempo gleichbleibend bei, sodass der Junge in ruhigem Trott folgen konnte.

Der Wolfshund überquerte das Plateau und führte ihn zu einem Weg, der in sanften Bögen abwärts führte. Hagen konnte in der Ferne grüne Lande erkennen, glaubte einen Fluss auszumachen und war irgendwie guter Dinge. Die Gegenwart des Hundes beruhigte ihn mittlerweile.

Das Tier war seine einzige Chance, Gunhild zu finden. Außerdem war der Wolfshund sein Schutz gegen die Unbilden und Gefahren, welche dieses fremde Land zu bieten hatte.

Die Sonne brach durch den konturlosen grauen Himmel. Sie stand tief und rot über dem Horizont, und mit jeder Minute, die verstrich, sank der Feuerball ein Stückchen tiefer. Ihre Strahlen konnten keine Wärme mehr verbreiten, aber Hagen und sein Führer hatten mittlerweile den Windschatten der Hügel erreicht und Hagen fror nicht mehr.

Da die Sonne sich links von ihnen befand, führte ihr Weg nach Norden, aus den felsigen Hügeln hinaus auf die grünen Ebenen des Landes.

Als die Dämmerung schließlich zur Dunkelheit wurde und die Sonne nur mehr eine ferne, rot schimmernde Ahnung war, kam die Kälte zurück und damit die Erschöpfung.

Der Wolfshund schien zu bemerken, dass Hagens Schritte schwerer wurden und sein Atem keuchender ging. Zielstrebig hielt das Tier auf einen Eichenhain mit dichtem Unterholz zu, der einsam in der grasbewachsenen grünen, leicht gewellten Landschaft stand. Überhaupt sah die Gegend so aus, als wäre die sanfte Dünung eines Ozeans mitten in der Bewegung von einem Gott in Land verwandelt worden, so sanft und regelmäßig waren die Kuppen der Hügel.

Als sie das Wäldchen erreicht hatten, drang der Wolfshund zielstrebig in das Gehölz ein. Hagen blieb ihm dicht auf den Fersen. Schon bald erkannte der Junge, dass der Hund einen wunderbaren Platz gewählt hatte. Der Wind drang nicht durch das dichte Unterholz. Unter den Bäumen fand sich genügend trockenes Laub, das ihm ein weiches Bett sein würde.

Hagen schaffte es gerade noch, das Laub aufzuschichten. Dann legte er sich nieder und schlief vor Erschöpfung sofort ein. Er spürte schon nicht mehr, wie der Hund sich neben ihn stellte, mit schräg gehaltenem Kopf, und ihn eingehend beobachtete. Dann legte sich der riesige Hund neben Hagen und kuschelte sich an ihn, um ihm etwas von seiner Wärme zu geben.

Es war bereits hell, als Hagen erwachte. Im ersten Moment wusste er nicht, wo er war, aber dann kehrte die Erinnerung zurück. Wie spät es war, vermochte er nicht zu sagen, aber er nahm an, dass die Zeit in der Anderswelt ohnehin nicht die Bedeutung hatte, die sie in seiner Welt besaß, welche von der Uhr diktiert wurde.

Eine Maus spitzte aus einem der Büsche hervor. Ganz keck krabbelte sie auf den Zweigen herum, spähte hierhin und dorthin. Sie war völlig von ihren Geschäften eingenommen, dass sie den Jungen, der ihr völlig reglos zusah, überhaupt nicht wahrnahm. Sie war bis auf einen Schritt heran, und es schien fast, als würde sie noch dichter herankommen; aber als Hagen sich bewegte, weil es in der Nase juckte, huschte sie in die Deckung des Laubes. Hagen schmunzelte. Na, wenigstens einer, der Angst vor ihm hatte.

Trotzdem erfasste Hagen, nachdem er völlig dem Reich der Träume entkommen war, eine innere Unruhe. Gunhild war noch immer in den Händen der Ungeheuer. Was mochte ihr geschehen sein?

Beinahe geräuschlos kam der Hund aus den Büschen hervor und unterbrach seine Gedanken. Er hechelte, und wieder schien es Hagen, als ob das Tier grinse. Das Spiel des gestrigen Nachmittags wiederholte sich, nur dass Hagen diesmal nicht so lange brauchte, um sich darauf einzulassen.

Er reckte und streckte sich und folgte dem Tier hinaus auf das offene Land. Kaum hatten sie den Wald verlassen, da fiel der Hund wieder in den alten Trott, und Hagen musste sich beeilen, um zu folgen.

Die Wunde an seiner Stirn war verkrustet, der Kopfschmerz weg, und eine Beule war gewachsen, doch ansonsten fühlte er sich wohl. Aber schon nach den ersten Schritten kamen Hunger und Durst.

Seine Kehle fühlte sich plötzlich rau und trocken an, und sein Magen knurrte so laut, dass selbst der Hund es hören musste.

Das Tier ließ sich allerdings nicht beirren; es trottete gleichmäßig vor ihm her. Wenn Hagen seinen Führer nicht verlieren wollte, musste er weiterlaufen. Dabei war es gleichgültig, ob seine Zunge am Gaumen klebte.

Doch er hätte das Gespür des Tieres nicht unterschätzen dürfen. Sie erreichten eine Hügelkuppe – die wievielte eigentlich, fragte sich Hagen –, als er vor sich in der Talsenke einen Teich erblickte. Das Wasser sah verlockend aus und zog ihn magisch an. Der Hund rannte voraus, und Hagen folgte ihm, immer schneller werdend. Das Wasser war so rein und klar, dass man es bestimmt würde trinken können.

Am Ufer wuchsen wilde Früchte, die leuchtend rot hervorstachen. Sie waren so reif und prall, wie Beeren nur sein konnten, stellte Hagen fest, als er am Ufer des Teiches anlangte.

Zunächst aß er ein paar der Früchte. Der Geschmack der Beeren war intensiver, schmeckte mehr nach Erdbeer als jede andere, die er von zu Hause kannte. Das waren Früchte! Dann schöpfte er Wasser aus dem Teich, ohne genau hinzusehen, so sehr war er mit Essen und Trinken befasst.

Als er den gröbsten Hunger und Durst gestillt hatte, wandte er sich dem Teich zu, um sich mit dem kalten Wasser Arme und Gesicht zu waschen. Als er sich über die ruhige Wasserfläche beugte, blickte ihm aus der Tiefe ein Spiegelbild entgegen.

Aber es war nicht sein eigenes Gesicht.

Er hätte einen Jungen im *Manchester-United*-T-Shirt sehen müssen, mit dunklen, wirren Haaren und einer kaum verheilten Narbe auf der Stirn. Was er sah, war ein dunkelhaariger Mann, dessen umschattete Augen hinter einer Maske verborgen lagen – einer Art Brille aus Metall, fein ziseliert, die in einen Helm überging, an dem rechts und links zwei Hörner aufragten. Ein Mantel aus kariertem Tuch umgab seine Schultern; Gold blinkte von Helm und Spangen und Halsreif.

Doch was ihn in den Bann zog, war der Blick dieser Augen. Dunkle Augen, halb verhüllt vom Schatten; Augen, in denen Klugheit lag, Härte und Entschlossenheit. Und ein Feuer, das er kannte; eine Flamme, die den Geist erleuchtete, doch jeden, der ihr zu nahe kam, verbrannte wie eine Motte.

Hagen blinzelte und hob den Kopf. Die Bewegung war zu schnell, und die Wunde an seiner Stirn machte einen schmerzhaften Stich. Sonnenlicht lag über dem Teich. Er beugte sich wieder vor, aber in dem Spiegel des Wassers war nichts anderes zu sehen als sein zerzaustes Haar, das dreckige T-Shirt und sein eigenes, vertrautes, ein wenig verwirrtes Gesicht.

Das Spiegelbild zersplitterte. Die Wasserfläche zerbrach in tausend Wellen. Wie aus einem Traum sah Hagen auf; neben ihm schlappte der Hund Wasser. Der Hund hob den Kopf und blickte ihn an; wieder hoben sich seine Lefzen, dass es aussah, als ob er lachte.

Komm!

Es war nicht das Wort selbst, was in Hagens Kopf aufgeklungen war, aber er sah Bilder, Bilder von Gedanken. Gedanken, die er empfing und in Begriffe umsetzte.

Hagen schwankte zwischen Faszination und Verwirrung. Er sah den Hund groß an. Der Hund legte den Kopf schräg und hechelte.

Komm!

»Ja, gleich«, antwortete Hagen, mehr aus einem Reflex heraus, als dass er wirklich etwas sagen wollte. Er kam sich ein bisschen dämlich vor, mit einem Hund zu reden, aber er fuhr dennoch fort. »Ich will nur noch mal trinken.«

Beeil dich!, meldete sich der Hund, ein wenig respektlos, wie Hagen dachte. *Wir haben noch einen weiten Weg zu laufen.*

»Wohin denn?«, fragte Hagen, dem erst jetzt so richtig aufging, dass er nun die Möglichkeit hatte, zumindest ein paar Dinge in Erfahrung zu bringen. Der Hund mochte gesehen haben, was mit Gunhild passiert war. Aber sicher konnte er ihm sagen, wohin ihr gemeinsamer Weg führte.

Zu Menschen, war die lapidare Antwort des großen Hundes.

Der Junge schaufelte sich mit beiden Händen das kalte Wasser ins Gesicht, um wieder klar denken zu können. Auch brauchte er Zeit, um sich darüber klar zu werden, was die Antwort des Hundes zu bedeuten hatte.

»Was für Menschen?«, fragte er und sah dem Hund direkt in die Augen.

Menschen deiner Art, war die Antwort, die direkt in Hagens Kopf zu entstehen schien. *Sie können dir helfen, und du kannst was für sie tun.*

»Und was?«, fragte Hagen.

Gehen wir. Sie werden es dir sagen, sprachen die Bilder in seinem Kopf.

»Und was ist aus Gunhild, dem Mädchen, geworden, das die einäugigen Monster entführt haben? Hast du was gesehen?«

Der Hund antwortete nicht. Er legte nur den Kopf schief und sah Hagen an.

»Hast du mich nicht verstanden?«, hakte Hagen nach. »Das blonde Mädchen ...« Hagen zögerte einen Moment. »Das *Weibchen*?«

Aber der Hund sah ihn nur mit schiefgelegtem Kopf an und zeigte sein Lächeln, aber er schien nicht zu verstehen. Oder tat der Hund nur so? Wie viel verstand das Tier überhaupt von dem, was Hagen fragte?

Komm, wir laufen. Menschen helfen dir und du ihnen, sagte der Hund.

Dann wandte sich das Tier um und setzte sich in Bewegung.

Wieder ging es schnurstracks nach Norden, als gäbe es für den Wolfshund nur diese und keine andere Richtung. Hagen glaubte, dass sein bepelzter Führer schneller war als am Morgen. Der Junge musste so seinen Atem sparen und konnte seinen Begleiter nicht mit Fragen löchern. Um mit dem Hund Schritt zu halten, musste er ziemlich rennen. Das war kein gemütlicher Trott mehr, und Hagen kam tüchtig ins Schwitzen.

Doch allmählich begann er sich an den Schritt des Wolfshundes zu gewöhnen, und desto mehr Zeit hatte er, seine Umgebung zu beobachten. Sie rannten über offenes, hügeliges Grasland. An den Südhängen der Hügel waren oft kleine Gehölze oder Buschwerk zu finden. Manchmal zogen sich verfallene Steinmauern an den Hängen entlang, aus Bruchsteinen aufgeschichtet, sodass man kaum entscheiden konnte, wo das Werk des Menschen endete und das der Natur begann. Von den Kuppen eines Hügels hatte Hagen in der Ferne eine Schafherde gesehen, die von sich gemächlich bewegenden Hütehunden umkreist wurde, aber ansonsten trafen sie weder Mensch noch Tier auf ihrem Weg. Die Einförmigkeit dieses grünen Wiesenmeeres wurde nur von Gebüsch und kleinen Wäldchen unterbrochen, die wie Inseln aus dem grünen Meer des Hügellands ragten.

Aus einem Baum stieg ein Falke oder ein anderer Greifvogel auf. Hagen war fasziniert von dem Anblick, weil sich das Tier wie in Zeitlupe aus dem Wipfel erhob und nur ganz langsam an Höhe gewann. Es sah aus, als wolle ihn die Erde nicht aus ihrem Bann der Anziehungskraft in sein Element, die Luft, entlassen.

Der Anblick des Vogels und sein Bemühen, Höhe zu gewinnen, ließ einen unangenehmen Gedanken in Hagen aufkeimen.

Auch die Hunde hatten sich um die ferne Schafherde bewegt, als hätten sie alle Zeit der Welt. Vielleicht, so dachte Hagen, war ihr Lauf – sein eigener und der seines grauen Führers – nicht natürlich, sondern sie bewegten sich irgendwie schneller; vielleicht lief die Zeit für sie anders, sodass sich ihre Umgebung scheinbar langsamer bewegte. Wenn dem so war, dann musste er viel schneller sein, als ein normaler Mensch je laufen könnte. Und er musste eine größere Strecke zurückgelegt haben, als er sich vorzustellen vermochte.

Wie lange rannten sie überhaupt schon so durch die Lande? Wenn die Zeit keine Rolle spielte, war diese Frage kaum zu beantworten.

Welche Fähigkeiten mochten noch in dem grauen Hund stecken, der gleichmäßig mit weit ausgreifenden

Schritten vor ihm herlief und keine Anzeichen von Müdigkeit zeigte?

Die Sonne hatte ihren höchsten Punkt gerade überschritten, als sie von einer Hügelkuppe in ein flaches Tal blickten, durch das sich in weiten Schlaufen ein gemächlich dahinströmender Fluss zog. Der Hund wich ein wenig von seinem strikten Nordkurs nach Westen ab, soweit Hagen das, nur mit der Sonne als Richtungsweiser, feststellen konnte.

Zur Furt, signalisierte ihm der Hund. Hagens Verstand sah neben dieser Information den Hund durch eine flache Stelle des Flusses laufen. Der Junge gab keine Antwort, denn das Tier wartete nicht auf eine Erwiderung, sondern rannte mit unverminderter Geschwindigkeit voran.

Während des Laufens konnte Hagen ein einsames Gehöft ausmachen, das ein gutes Stück abseits des Flusses am Rand eines Waldes stand. Ein strohgedecktes Dach, mit Steinen und Stricken gesichert, glänzte über geweißten Steinwänden. Rauch, der durch das Stroh drang, stand in einer unbeweglichen Fahne über dem Dach. Das Haus duckte sich förmlich in den Schutz des Waldes. Ob dieser Hof das Ziel ihrer Reise war?

Weiter, wie müssen noch viel weiter, gab ihm der Hund zu verstehen, als habe das Tier erraten, was er dachte.

Aber das überraschte den Jungen nicht mehr. Wenn das Tier ihm Gedanken senden konnte, so war es doch nur natürlich, wenn der Hund auch seine Gedanken empfing.

Als sie dem Fluss näher kamen, machte Hagen als Erstes die Furt aus, die der Wolfshund mit traumwandlerischer Sicherheit ansteuerte. Man konnte sehen, wie der Fluss sich an dieser Stelle weiß an den Steinen brach und versuchte, die lästige Barriere hinwegzuspülen, auf dass er seinen Weg zum Meer ungehindert fortsetzen konnte. Diese Stromschnelle machte es möglich, den recht breiten Fluss – er mochte fünfzig oder sechzig Meter durchmessen – an dieser Stelle zu überqueren.

Dann sah Hagen eine Gestalt am Ufer stehen. *Ein Mensch,* ging es ihm durch den Kopf. *Der erste Mensch in diesem menschenleeren Land…*

Es war eine Frau, die unterhalb der Furt damit beschäftigt war, Wäsche zu waschen. Sie schlug große weiße Tücher, wahrscheinlich Laken, auf einen Felsen und spülte sie dann in dem klaren, reinen Wasser des Flusses aus. Sie bewegte sich ganz natürlich, nicht so zeitlupenhaft wie der Vogel und die Herde und der Rauch über dem Haus. Aber sie sah kein einziges Mal von ihrer Arbeit auf.

Der Hund machte keine Anstalten, seinen Lauf zu verlangsamen. Er rannte in das Wasser hinein, als wisse er genau, was er tue. Und da Hagen sich dem Tier ohnehin auf Gedeih und Verderb ausgeliefert hatte, folgte er dessen Beispiel. Durch die Sohlen seiner Turnschuhe spürte er rundgewaschenen Kies, der ihm einen guten Halt bot. Das kalte Wasser spritzte um seine Knie und saugte sich in seine Jeans.

Sie mochten den Fluss zur Hälfte überquert haben, als Hagen trotz des lauten Platschens die Stimme der Wäscherin hörte. Zuerst glaubte er, die Stimme käme woanders her, da sie so gar nicht zu der äußeren Erscheinung passen wollte: Die Haltung, die Kleidung – ein schwarzes, zerlumptes Kleid mit einer langen Schürze und einem dunklen Kopftuch – und das ganzes Gehabe waren das einer alten Frau. Doch die Stimme war so klar und rein wie die eines jungen Mädchens.

»Himmel, Erde, Sonne, Mond und Meer,
Früchte der Erde und Seegetier,
Münder, Ohren, Augen, Besitztümer,
Füße, Hände, Zungen von Kriegern,

Rösser, Schwerter, schöne Streitwagen,
Speere, Schilde, Gesichter von Menschen,
Masten im Morgenwind, Tau auf Blättern,
Tag und Nacht, Ebbe und Flut ...«

Es waren die verschiedensten Dinge, von denen sie sang, und doch ergaben sie eine Gesamtheit: das Bild von etwas, das größer war als die Summe seiner Teile. *Erin,* dachte er. *Es ist das Land Erin, von dem sie singt, und alles, was es bedeutet.* Er versuchte, den Sinn des Ganzen zu erfassen, doch die Bilder entglitten ihm und er stolperte. Wasser spritzte hoch, benetzte sein Gesicht.

Vorsicht, warnte der Hund. *Wir müssen ein Stück stromab laufen, weil das Ufer hier sumpfig ist.*

So mussten sie an der Frau vorbei, die weiter ihr Lied sang. Aber die Melodie zog Hagen nicht mehr derart in Bann wie zuvor. Es war, als habe der Hund den Zauber gebrochen.

Endlich hatten sie das andere Ufer erreicht. Hagen warf einen Blick auf die Frau, die gebeugt ihre weißen Tücher auswrang. Einen Moment glaubte er an eine Sinnestäuschung, aber je näher sie der Alten kamen, desto deutlicher konnte er es sehen. Ihre schwieligen Hände umkrallten die Laken. Fast überdeutlich konnte Hagen die von Arbeit gezeichneten Hände der Frau sehen. Die Frau wrang das Wasser aus den Tüchern, aber was herauskam, war nicht das klare Nass, sondern eine dunkle Flüssigkeit, rot und dick wie Blut.

Und auch das Lied hatte eine dunklere Note bekommen:

»Zerstörung, Viehraub, gewaltsamer Tod,
dreifache Rätsel, Kriegsfahrten, Heere
Herbergen, Verbote, Invasionen,
Satiren, Schlachten, schierer Mut ...«

Hagens Blick fiel auf den Fluss, und er sah, dass das Wasser unterhalb der Waschstelle ebenso rot war: ein Strom aus Blut, der sich träge seinen Weg durch das grüne Tal zwischen den Hügeln bahnte.

Hagen fühlte, wie eine kalte Hand nach seinem Herzen griff. War das eines jener bösen Omen, von denen man immer wieder hörte? Betraf es ihn oder Gunhild, die in der Gewalt der Ungeheuer war? Oder betraf es gar die Menschen dieses Landes? Waren alle tot?

Beachte sie nicht. Weiter!, hechelte der Hund neben ihm.

Hagen verdrängte die Gedanken und folgte seinem grauen Führer, der nach dem Schlenker wieder die nördliche Richtung einschlug. Das Tier hatte sich nicht um die Alte und ihre Wäscherei gekümmert.

Der Fluss blieb hinter ihnen zurück. Hagen folgte weiter dem Hund, aber immer wieder ließ er seinen Blick über die Landschaft vor ihm schweifen, um nur nicht daran zu denken, was hinter ihnen lag. Und jedes Mal, wenn das Bild des blutigen Flusses und der träge aus den Tüchern tropfenden Röte vor seinem geistigen Auge entstehen wollte, trieb der Wolfshund ihn an. Hagen war ihm dankbar dafür.

Die Sonne neigte sich wieder dem Westen zu, als Hagen nach und nach einen Wechsel in der Landschaft bemerkte. Die sanften grünen Hügel wurden zunehmend felsiger, die Anstiege schroffer. Allmählich wurde aus der Hügellandschaft ein Felsengarten.

Die Gipfel waren nicht allzu hoch, aber das Gestein stach hier durch den Grasbewuchs, und die Moore blinkten nicht mehr so tückisch unter der grünen Decke, sondern wurden zu vereinzelten Tümpeln, in Felsen gebettet. Auch das Gras war längst nicht mehr so saftig wie auf den Hügeln, der Boden unter seinen Füßen nicht mehr so weich und federnd wie in der Ebene.

Der Wolfshund lief, so es möglich war, kaum Anstiege, aber auch unter der Erde wurde der Boden felsiger. Die Humusschicht war hier selbst in den Tälern deutlich dünner als in im Hügelland oder gar in der Flussniederung.

Die Sonne verschwamm über dem Horizont und versank schließlich fast gänzlich. Mit zunehmender Dämmerung stieg vom Boden ein zunächst kaum wahrnehmbarer fahler Dunst auf, der mehr und mehr zum Nebel wurde. Wie ein grauer Schleier legte er sich über das Land, und das letzte rote Licht der untergehenden Sonne schimmerte hindurch, als wäre das Blut des Flusses zu Licht geworden.

Wieder überschritten sie einen kleinen Kamm, und Hagen war froh, dass der Fels glatt war; denn so fand er leichter Halt, als wenn er über ein Geröllfeld laufen müsste.

Der Hund führte ihn schnurstracks nach unten, und durch den dichter werdenden Nebel konnte Hagen im schwachen Licht der Dämmerung Bäume erkennen. Zu seiner Freude – aber auch Überraschung – waren es fruchttragende Apfelbäume.

Hagen wich vom Weg ab; denn jetzt spürte er, dass er außer den Erdbeeren an jenem Teich noch nichts gegessen hatte, und der Hunger begann in seinen Eingeweiden zu wühlen.

Hagen hielt an und streckte die Hand nach dem erstbesten Apfel aus.

NEIN!, klang es befehlend in seinen Gedanken auf, und dann überfiel ihn geradezu eine wüste Bilderflut. Hagen sah, wie er in den gepflückten Apfel biss, und beinahe im selben Augenblick wand er sich von Krämpfen geschüttelt und mit schmerzerfüllten Gesicht am Boden.

Sofort riss er seine Hand zurück.

»Sind die giftig?«, fragte er den Hund, aber statt einer Antwort sah ihn dieser nur durchdringend an. Das war Hagen Antwort genug.

Aber mochten nicht auch andere Gefahren auf sie lauern? Gefahren, denen selbst der Hund nicht ohne Hilfe zu begegnen vermochte? Hagen war kein Kämpfer, doch wenn er wenigstens eine notdürftige Waffe hätte, könnte er vielleicht hilfreich sein, wenn es darum ging, Angreifer abzuwehren. Es gab wohl nur wenige Menschen hier, aber das mochte sich ändern. Und nicht alle mochten ihm freundlich gesinnt sein.

Ein unterarmdicker Ast, geknickt vom letzten Sturm, hing nur noch an einem Fetzen Rinde von Baum. Er war etwa fünf Fuß lang. Hagen riss ihn ab, aber die Rinde und ein paar Zweige störten ihn noch.

Wie sehr wünschte er sich nun, sein Taschenmesser dabei zu haben, aber das lag sicher verwahrt in der Nachttischschublade. Doch als Hagen nach unten blickte, sah er vor seinen Füßen einen scharfkantigen Stein. Im letzten Licht des Tages mühte sich Hagen mit den Zweigen und der Rinde ab.

Es ging besser, als er gedacht hatte. Nicht allzu viel später hatte er einen recht brauchbaren Stecken, wie er ihn in den *Robin-Hood*-Filmen bei Little John gesehen hatte. Alles in allem fühlte er sich nun nicht mehr ganz so wehrlos.

Der Hund hatte sich hingesetzt und ihm die ganze Zeit neugierig zugesehen. Des Öfteren hatte er, ohne dass ihm von Hagen dabei Beachtung geschenkt worden wäre, die Lefzen hochgezogen und gegrinst.

Weiter!, drängte der Wolfshund nun, nachdem Hagen seine Arbeit vollendet hatte.

Sie liefen in die Nacht hinein, aber der am Himmel stehende Mond wies ihnen den Weg. Sie kamen auf einen Weg, der von Kutschen oder Karren befahren wurde. Er war also offensichtlich von Menschen gemacht.

Sie folgten dem Weg, begegneten aber keiner Seele und sahen keine menschliche Behausung. Doch sie kamen ihr näher, denn das Gras in den Spurrinnen der

Kutschen und Karren hatte keine Zeit gehabt, nachzuwachsen.

Hagen packte seinen Stab fester. Er war entschlossen, ihn einzusetzen, wenn es nötig war. Einen Moment stutzte der Junge in seinem Lauf. In der Ferne konnte er ein Licht erkennen. Dort mussten Menschen sein.

Der Hund hielt zielstrebig auf den Lichtschein zu, und Hagen, den Knüppel fest gepackt, folgte ihm. Inzwischen lief der Hund nur noch im gemächlichen Trott, der es Hagen erlaubte, trotz der Dunkelheit mit ihm Schritt zu halten.

Teltin!, verkündete der Hund.

»Wer oder was ist denn das?«, fragte Hagen.

Der Ort, wo die Menschen sind, kam die Antwort seines grauen Führers.

Sie kamen dem Licht immer näher, und im Schein des Mondes und der Fackeln am Tor erkannte Hagen eine Art Burg. Aus Holz errichtet, mit Wällen und Türmen, überragte sie einen hohen Ringwall aus Erde. Sie war ganz anders, als die Burgen, die man aus Ritterfilmen kannte. Dennoch hatte sie für Hagen etwas Beruhigendes: Hier gab es Menschen – Menschen, die offensichtlich den unheimlichen Erscheinungen dieses ebenso faszinierenden wie seltsamen Landes zu trotzen wussten.

Er wünschte sich, den Burghof zu betreten, um zu sehen, was sich hinter dem Ringwall verbarg. In der Dunkelheit war nur wenig zu erkennen. Wo waren die Menschen?

Teltin, die Burg des Königs, kommentierte der Wolfshund den Anblick der Feste, die mit jedem Schritt gewaltiger aufragte. Doch von Wachen oder Menschen überhaupt war nirgendwo etwas zu sehen oder zu hören.

Dafür hörte Hagen ein Knurren.

Es gibt Geräusche, die so tief sind, dass man sich fragt, ob man sie wirklich hört oder nur durch die Knochen des Schläfenbeins wahrnimmt, die mit ihnen mitschwingen, sodass der Ton sich fortpflanzt, bis er den ganzen Schädel erfüllt, in den Zähnen singt und in den Augenhöhlen dröhnt. Und doch hat man keinen Augenblick einen Zweifel daran, *dass* man diesen Laut wirklich hört. So ein Laut war dieses Knurren. Ein tiefer, animalischer Laut. Ein Laut, der sagte: Du bist in Gefahr!

In den Kegel aus Licht, der aus dem halb geöffneten Torbogen drang, schob sich ein gewaltiger Schatten. Schwarz wie die Nacht war er, aber selbst als Licht auf ihn fiel, änderte sich die Schwärze nicht; vielmehr schien sie das Licht in sich aufzusaugen.

Ein Hund; es war eindeutig ein Hund, der da in den Lichtkreis trat. Ein Tier noch gewaltiger als Hagens grauer Führer.

Schwarz wie die Nacht war sein Fell, schwärzer noch seine glühenden Augen: zwei Pfühle von Dunkelheit, schwarz wie zwei Stück Kohlen, schwarz wie die Finsternis, die hinter den Sternen lauert. Nur ihre innere Glut hob sie vom Rest des Körpers ab.

Hagen umklammerte seinen Stab, aber er fühlte sich dadurch ganz und gar nicht besser. Die Haltung des schwarzen Hundes, dessen Fell so zottig war wie das des grauen Wolfs, war drohend. Seine Ohren waren vorgestellt, die Lefzen gehoben; aber es lag kein Anflug eines Grinsens darin, sondern eine unverhüllte Drohung. Hagen verstand, was es heißen sollte: *Keinen Schritt weiter!*

Gedanken und Bilder des dunklen Wächters klangen in Hagens Kopf auf. Aber es war alles so gänzlich anders als bei dem grauen Wolf. Alles, was Hagen empfand, war von Angriffslust und Hass gezeichnet. Er spürte, dieser schwarze Hund, der das Tor bewachte, würde sie zerreißen, wenn sie auch nur einen Schritt auf die Burg zu machten.

Du kannst hier nicht vorbei, Hund der Dé Danann!

Die Worte waren kalt wie ein Wind, der aus den Eisfeldern des Nordens weht.

Ich vielleicht nicht, antwortete der Graue. *Aber mein Held!*

Der Junge hatte den Sinn des Satzes überhaupt noch nicht begriffen, als der schwarze Hund auf ihn zusprang. Die zehn, zwölf Schritt Distanz waren für ihn kein Hindernis. Aber in dem Moment, als das riesige schwarze Tier über ihm war, erkannte Hagen, dass er dieser Held sein musste.

Das Maul weit geöffnet, zum Biss bereit, ging der Schattenhund auf ihn los. Hagen stand wie erstarrt, und von da an hatte er das Gefühl, alles würde wirklich nur noch in Zeitlupe ablaufen. Jedes Detail erschien ihm überdeutlich: Er konnte das Spiel der Muskeln selbst unter dem dichten Fell noch verfolgen, sah, wie die schwarzen Haare sich im Wind regten, konnte die kohlschwarzen Augen der Bestie sehen, die ihn mit ihrem Blick bannten.

Mehr aus Reflex als aus irgendeiner Planung oder überlegten Reaktion riss Hagen seinen Knüppel hoch. Das geöffnete Maul der Bestie schloss sich um den Stab, und Hagen hörte das Holz unter dem Biss ächzen. Fast glaubte der Junge, die Fänge des Hundes würden den Stab zermalmen, in Stücke zerfetzen und sich dann über ihn hermachen. Aber das Apfelbaumholz hielt den mächtigen Kiefern des schwarzen Hundes stand.

Dann schlugen die dunklen Augen ihn in ihren Bann.

Angst.

Du hast Angst.

Angst, die das Blut zu Wasser werden lässt, die Knochen erweicht.

Er spürte, wie ihm die Kontrolle entglitt; spürte, wie seine Arme nachgaben, wie sich das geifernde Maul mit den blitzenden Fängen näher und näher schob, spürte den heißen Atem der Bestie in seinem Gesicht.

Angst ist ein Zittern in den Muskeln, ein Wurm in den Gedärmen, ein Geschmack im Mund wie von bitterem Salz.

Wie leicht wäre es doch, sich einfach fallen zu lassen, einfach aufzugeben, vom Sein in das Nichtsein hinüberzugleiten, jenen Ort, wo es keine Träume mehr gibt, keinen Schmerz, keine Hoffnung.

Das Ende der Angst ist der Tod.

Irgendwo, unter den Schichten der Angst, der Verzweiflung, der Hoffnungslosigkeit, auf jener untersten Ebene, wo die Finsternis am tiefsten ist, glomm ein winziger Funke. Es war kein Licht, nicht einmal ein Flämmchen, aber es glühte weiter und weigerte sich, einfach zu erlöschen, wie der Docht einer Kerze verglimmt, wenn die Flamme bereits ausgebrannt ist. Aus irgendeiner unvorstellbaren Quelle wurde ihm Nahrung zuteil, und er glomm heller und heller, bis die Glut in den Augen stach, rot wie Feuer, rot wie Blut.

Vor Hagens Augen wurde alles rot. Wut und Zorn stiegen in ihm auf, Zorn über seine eigene Hilflosigkeit. Der Junge dachte an Gunhild und wie er auch ihr nicht hatte helfen können. Und schon das reichte aus, um den roten, lodernden Zorn erneut in sich aufwallen zu lassen.

Der Laut, das aus Hagens Kehle drang, war wie das Knurren eines Hundes. Dann ließ er den Stab los. Der Wächter war für einen Augenblick verwirrt.

Hagen tat etwas, das er nie für möglich gehalten hätte. Er warf sich nach vorn, ungeachtet des herumwirbelnden Steckens, in den sich der Hund immer noch verbissen hatte. Das Holz traf ihn an der Schulter, aber er ignorierte den Schmerz, ja, spürte ihn kaum. Alles um ihn herum war von einem roten Schleier überzogen. Und als er seine Hand hob, war ihm, als habe sie keine feste Form mehr, sondern zucke wie die Flamme eines Feuers.

Mit einem Satz schwang sich Hagen auf den Rücken

des Tieres und nahm den mächtigen Hals des Hundes in den Schwitzkasten, noch bevor dieser richtig begriffen hatte, was eigentlich geschah. Der schwarze Hund knurrte aus tiefster Seele, aber mit seinen mächtigen Zähnen konnte er nun nicht mehr an seine Beute heran. Der Hund war verwirrt, bestürzt. Anscheinend hatte er sich so daran gewöhnt, sein Opfer nur durch die Kraft seines Willens einzuschüchtern, dass er gar nicht mehr wusste, was es hieß, zu kämpfen. Doch er war immer noch voller Kraft; ja, in seinen mächtigen Muskeln steckte weit mehr an Stärke, als ein bloßer Mensch aufbringen konnte. Noch war der Kampf nicht entschieden. Die schwarze Bestie spannte ihren Rücken und versuchte Hagens Griff zu brechen.

Der klammerte sich fest, gar nicht bewusst, was er da tat. Eisern hielt er den Wächter gepackt, wehrte jeden der Versuche des Hundes ab, ihn abzuschütteln.

Zorn wogte rot in Hagen. Und bald begann der Junge selbst zu versuchen, seinen Gegner zu Boden zu zwingen, aber der schwarze Hund widerstand. Ungeheure Kräfte maßen sich. Hagen, nicht mehr Herr seiner Sinne, warf sich mit dem ganzen Gewicht nach vorn. Die Beine der Bestie gaben nach, und das Tier ging zu Boden.

Der Hund war zu überrascht, dass ihn jemand niedergerungen hatte, und für einen Moment erschlafften seine Muskeln. Diesen Augenblick, kaum mehr als der Bruchteil einer Sekunde lang, nutzte Hagen. Wie ein Wrestler packte er die Kiefer des Tieres und zerrte sie auseinander.

Millimeter für Millimeter öffnete sich das gewaltige Maul, obwohl der Hund verzweifelt zuzubeißen versuchte.

Hagens Schenkel umklammerten die Brust des Tieres wie in einem Schraubstock. Statt eines siegesgewissen Knurrens entrang sich der Kehle des Hundes ein panikartiges Winseln. Furcht, ja, Todesangst hatte das Tier gepackt. Verzweifelt versuchte es dem stählernen Griff seines Gegners zu entkommen. Aber Hagen, im Rausch des Kampfes gefangen, ließ nicht locker.

Dann endlich brachen mit einem laut vernehmlichen Knacken die Kiefer des Hundes. Das Maul schnappte auseinander. Mit einer blitzschnellen Bewegung drehte Hagen den Schädel des Tieres zur Seite, und das Genick des Hundes brach. Mit einem Zittern erschlaffte der mächtige Körper der schwarzen Bestie unter den Händen des Siegers, der sich mit einem Triumphschrei aufrichtete.

Der Blick des Jungen war noch wirr, beherrscht von der Raserei, die ihn erfasst hatte. Hagen schritt durch das Tor der Königsburg.

Vor ihm öffnete sich der Hof. Schnurstracks hielt Hagen auf das große runde Haupthaus zu und trat durch dessen offene Tür ins Innere. Nach einem kurzen Korridor, der sich zu einer Vorhalle weitete, kam er durch eine weitere Tür und gelangte in eine riesige, von einer Galerie umgebene Halle, in deren Zentrum unter einem offenen Abzug ein Herdfeuer brannte. An einem Spieß drehte sich ein ganzer Eber, dessen Geruch verriet, dass er nahezu gar war.

Hagen beachtete überhaupt nicht die Tafel, die in einem Halbkreis im hinteren Teil der Halle stand. An ihr saßen Männer, tranken und aßen und unterhielten sich, bis die Geräusche plötzlich erstarben.

Noch völlig im Rausch seines Zorns, erreichte der Junge das Schwein, packte dessen Haxe, und mit einer einzigen Bewegung riss er den Schinken heraus und biss hinein.

Er nahm dabei überhaupt nicht wahr, dass alle in Raum Versammelten ihn entgeistert anstarrten, als wäre ihnen ein Geist erschienen, der ihren nahen Tod verkündete.

»Wer bist du«, fragte eine Stimme von der Kopfseite

der Tafel her, »dass du hier hereinmarschierst und den Anteil des Helden in Anspruch nimmst?«

Hagens Blick klärte sich ein wenig, und er erkannte, dass er auf die Frage antworten musste, aber noch hatte er den Mund so voll, dass er kaum verständlich sprechen konnte. Also kaute der Junge weiter; denn noch war er sich der Situation, in der er sich befand, gar nicht richtig bewusst. Zu sehr hatte ihn der Kampf mit dem Wächter aufgewühlt. Er war sich überhaupt nicht klar, was er mit seinem plötzlichen Eindringen in die Festgesellschaft angerichtet hatte. Waffen blitzten auf, Gold blinkte an Armen und Halsreifen, an Teilen von Rüstungen. Drohendes Gemurmel erhob sich. Ein Handzeichen dessen, der ihm die Frage gestellt hatte, hielt die Männer in Schach.

»Antworte!«, sagte einer der Krieger. »Conor Mac Nessa, der König von Ulad, hat dich gefragt.«

Hagen sah dem Mann in die Augen. Der Sprecher war ein massiger, muskelbepackter Kerl, rothaarig und -bärtig, breit gebaut und bekleidet mit einer Felljacke und einem karierten Kilt. Über Gesicht und Arme des Mannes zog sich eine Zeichnung oder Tätowierung, ein blaues Muster aus Kreisen und Spiralen.

Ehe Hagen etwas erwidern konnte, entstand in der Vorhalle ein Tumult. Hektische Stimmen drangen herein. Gleich darauf betraten einige einfach gekleidete Männer und eine Wache die Halle. Sie trugen den Kadaver des Hundes, dessen Kiefer und Genick gebrochen war. Blut troff aus dem Maul der schwarzen Bestie.

»Der Fremde hat Euren Hund getötet, Herr«, meldete die Wache und deutete dabei auf Hagen.

Der Mann am Kopfende der Tafel, der, wie Hagen nun erkannte, der König sein musste, wurde blass im Gesicht. Er schluckte schwer, und er brauchte ein paar Augenblicke, um sich zu sammeln.

»Den Hund, den mir Cullan, der Schmied, zum

Wächter gab? Wer schützt nun mein Haus und mich vor den Ungeheuern, die im Finstern lauern?«

Hagen stand da, den angebissenen Schinken in seinen Händen, und sah den König an. Er war sich seiner Stärke wohl bewusst, und noch waren seine Ängste nicht wieder zurückgekehrt.

»Darüber ließe sich reden«, begann er, und in ihm funkelte etwas von dem Feuer des Gottes auf, dem er einst gedient hatte – damals, in jener anderen Zeit, als es ihn in die Unterwelt verschlagen hatte. Er war ob seiner Schläue und seiner Listen berühmt gewesen. »Vielleicht können wir uns da einigen. Mein Hund gegen den euren …«

Hagen stockte. Während er sprach, hatte er sich umgewandt, aber sein grauer Begleiter war verschwunden.

Er hörte, wie ringsum mit metallischem Knirschen Schwerter aus den Scheiden glitten. Äxte wurden gezückt, Schilde von den Haken genommen. Hagen blickte nach rechts und links, wo sich die Männer jetzt von ihren Bänken erhoben. Er sah in blau bemalte, bärtige Gesichter, narbig und von vielen Kämpfen gezeichnet. Hier fehlte einem ein Ohr, da ein Auge, dort ein ganzer Arm. Aber dennoch war mit diesen Männern nicht zu spaßen; diese wilden, verwegenen Gestalten, gekleidet in buntgemusterte Stoffe, unter denen Teile von Rüstungen im Licht der Fackeln blinkten, waren Krieger, die schon mehr als eine Schlacht siegreich bestanden hatten.

Hagen schluckte, und die rote Wut verebbte. Er steckte ganz schön in der Klemme. Er konnte nicht hoffen, mit diesen mehr als zwei Dutzend Kriegern fertig zu werden, die bewaffnet und gerüstet waren wie das Spiegelbild im Teich, das er gesehen hatte. Aber er musste jetzt seine Rolle weiterspielen und durfte keine Schwäche zeigen.

»Also«, Hagen zwang sich zu einem Grinsen, »wenn

kein anderer Hund da ist, dann werde ich ihn wohl selbst ersetzen müssen.«

»Wie lautet dein Name?« Der König trat aus dem Schatten nach vorn ins Licht, sodass Hagen ihn näher betrachten konnte. »Einen Krieger wie dich kann ich immer gebrauchen, wenn du bereit bist, in meine Dienste zu treten.«

König Conor war hochgewachsen, mit breiten Schultern. Er trug ein feingliedriges Kettenhemd, mit goldenen Ornamenten bestückt; darüber fiel ein roter, fast violetter Umhang von seinen Schultern bis zu seinen Knöcheln herab. Das dunkle Haar, gehalten von einem schlichten Stirnreif, zeigte erste graue Strähnen. Die blauen Augen blickten streng.

Hagen spürte, dass ihm die Unschlüssigkeit, mit der er den König gemustert hatte, zum Verhängnis werden konnte. Er durfte nicht mehr zögern.

»Warum nicht?«, gab er zurück. »Und was meinen Namen betrifft, so heiße ich ...«

»Cullans Hund«, mischte sich mit ätzendem Tonfall der Krieger ein, der Hagen zuvor zur Antwort gedrängt hatte. »Oder möchtest du Fergus Mac Roy, dem Recken des Königs widersprechen?«

Dabei zog er ein gewaltiges Breitschwert aus der Scheide und stützte sich darauf, sodass Hagen die mächtige Klinge im Feuerschein sehen konnte, ebenso wie die mächtigen, mit Reifen geschmückten Armmuskeln des Mannes, der sie führte.

»Kein übler Name für einen Krieger«, kam eine Stimme aus dem Halbdunkel abseits der Festtafel. Sie gehörte einem ganz in Blau gekleideten älteren Herrn, der sich bisher zurückgehalten hatte. Er trug keine Waffe; er brauchte keine. Seine Augen funkelten, als er mit fester Stimme fortfuhr: »Und so sage ich, Cathbad der Druide: Sei willkommen, Cúchullin.«

4
Die Insel unter dem Meer

Gunhild spürte, wie der Hang unter ihr ins Rutschen kam, aber sie hatte keine Möglichkeit, der zu Tal gleitenden Lawine zu entkommen. Sie ruderte verzweifelt mit den Armen, verlor den Halt und fiel.

Alles um sie herum drehte sich. Sie glaubte zu schreien, aber das Grollen des Felsens, das Prasseln und Peitschen der Steine, die sie umschwirrten, war wie Donner in ihren Ohren. Einen Augenblick lang meinte sie Hagen zu sehen, wie er stürzte; oder war es die Welt um sie her, die kippte und schwankte? Kein fester Ort mehr, der sie hielt; alles war in Bewegung. So wie die Hoffnung in dem Augenblick geschwunden war, als sie das verheißungsvolle Tor im Hügel durchschritten hatte und sich in dieser felsigen Öde wiederfand, so schwand nun auch ihr letzter Halt: Selbst die feste Erde war in Fluss geraten.

Trotz zahlloser kleiner Prellungen und Schürfwunden, die ihr das scharfkantige Gestein zufügte, hatte Gunhild Glück, weil ihr Körper nicht unter die Massen der Steine und kleineren Brocken geriet.

Die einäugigen Monster wichen zur Seite, aber es

war keine übertriebene Hast in ihren Bewegungen. Vielmehr konnte man den Eindruck haben, als wüssten sie genau, wo die Bahn der Lawine verlaufen würde, denn sie blieben keinen Meter neben der Stelle stehen, wo diese auf der Ebene ihren Schwung verlor. Fast schien es, als verebbte der Felsrutsch in dem Moment, da er seinen Zweck erfüllt hatte, Gunhild in die Hände ihrer Fänger zu liefern.

Als sich der Staub verzog, hob Gunhild den Kopf. Alles drehte sich um sie. Sie hatte das Gefühl, als wäre sie in eine Wäschetrommel geraten – eine Schleuder, die zudem mit lauter kleinen Steinen gefüllt gewesen war. Gunhild blinzelte ein paar Mal, und als Erstes sah sie in das riesige Auge eines der Ungeheuer, die sie gehetzt und verfolgt hatten.

Gunhild schloss die Augen, in der Hoffnung der Albtraum würde vergehen und sie würde in dem Gästezimmer von Dunvegan Castle erwachen. Aber nichts dergleichen geschah. Im Gegenteil, es machte alles nur schlimmer. Vor ihren inneren Augen stiegen schreckliche Bilder auf: wie sie von ihren Häschern zerrissen wurde, wie sie die unfassbarsten Dinge mit ihr anstellten – Folter, Vergewaltigung, Mord. Sie kniff die Augen ganz fest zu und hoffte, sie würde nicht viel von dem spüren, was die Monster ihr antun würden. Gab es nicht in den Geschichten immer an dieser Stelle für die Heldin eine erlösende Ohnmacht?

Als nach einer Weile immer noch nichts geschehen war, machte sie die Augen wieder auf. Und nun erkannte sie auch, dass nicht nur eine dieser Kreaturen bei ihr stand, sondern ein halbes Dutzend – riesig, grün geschuppt, waffenstarrend und doch ...

Bei näherem Hinsehen stellte sie fest, dass die Ungeheuer, bei Licht betrachtet, gar nicht so unheimlich aussahen. Und wie bei Menschen einer fremden Rasse, die man zunächst gar nicht auseinander halten kann, weil einem nur ihre Fremdartigkeit auffällt, so erkannte Gunhild jetzt, dass die grünen Wesen sich überhaupt nicht glichen wie ein Ei dem anderen, wie sie zuerst angenommen hatte. Sie waren nicht einmal einheitlich in ihrer Farbe, sondern schattiert von einem sanften Braun über Moosgrün bis zu einer hellen, gefleckten Färbung wie Blätter im Frühling. Auf dieser Schuppenhaut trugen sie verschlungene Muster von blauer Farbe; es war nicht zu erkennen, ob es eine Tätowierung war oder nur aufgemalt. Keine Form glich der anderen. Da gab es Bänder mit laufenden Spiralen, Sonnen- und Mondsymbole, aber auch einfache geometrische Formen und Schlangenlinien.

Auch die Kleidung und Rüstung der Wesen waren höchst unterschiedlich. Einige hatten nur eine Art Ledergeschirr mit aufgesetzten Metallplatten, die bronzen blinkten. Andere trugen ein Kettenhemd aus feingenieteten Gliedern, dazu eine Art Schild vor der Brust, der an Schulterstücken und Metallgliedern befestigt war. Alle größeren Metallteile waren mit Ziselierungen versehen: ineinander verschlungenen Spiralformen, wobei ein Motiv, das eines Kreises mit drei umlaufenden Beinen, immer wiederkehrte. Bei allen ließ jedoch die Rüstung genügend Bewegungsfreiheit für Arme und Beine und den langen, muskulösen, stachelbewehrten Schwanz.

Unheimlich jedoch blieben die Gesichter, von denen sie eines direkt anblickte, beherrscht durch ein einziges, dunkles großes Auge. Es schien dem Anführer der Bande zu gehören, denn es wurde beschattet von einem Helm, der mit Hörnern und gedrehten Formen verziert war, die Muscheln oder Schlangen ähnelten. Zwei scharfe Stoßzähne ragten wie die Hauer eines Ebers rechts und links der langen Schnauze empor, die mit nadelscharfen Knochenreihen besetzt war – wie die Zähne eines Hais.

Gunhild schauderte und wich unwillkürlich zurück. Das Wesen stieß einen Laut aus, der zwischen einem

Zischen und einem Seufzen lag. Dann folgte eine Reihe von Lauten, als wollte es ihr etwas sagen, aber sie ergaben für Gunhild keinen Sinn. Ja, sie hatte sogar Mühe, einzelne Worte zu unterscheiden. Lag es nur daran, dass sie die Sprache nicht kannte, oder waren diese fremdartigen, lippenlosen Münder nicht dazu geeignet, menschliche Worte zu formen?

Und dann überkam sie die ganze Wucht der Erkenntnis.

Diese Wesen waren nicht einfach nur hirnlose Monster. Sie waren intelligent. Sie besaßen eine Kultur, eine Kunst, ein Mittel der Verständigung. Sie konnten *denken.* Und mit Fremden, die denken können, kann man auch reden.

Was tut man bei der ersten Begegnung mit Aliens? Was sollte sie ihnen sagen?

Sie richtete sich auf. Die linke Schulter tat ihr weh, aber sie ignorierte den Schmerz. »Ich Gunhild ...« Das klang wie ›Ich Tarzan‹. Gunhild musste unwillkürlich lachen.

Der Anführer der Fremden wich zurück. Dann hob er die Arme, fuchtelte mit seinen Waffen, einer Art Schwert in der rechten und einer stachelbewehrten Keule in der linken Hand. Gunhild riss die Arme hoch und schloss wieder die Augen. Hatte sie die Lage doch falsch eingeschätzt? War dies jetzt das Ende?

Sie wartete auf den fallenden Hieb, den alles auslöschenden Schmerz. Ihre Hände gingen fast automatisch zu dem Kristall an ihrem Hals, der ihr immer Kraft und Zuversicht gegeben hatte. Doch da war nichts. Statt dessen ertasteten ihre Finger etwas Neues, Fremdes. Ein Halsreif, aus schwerem, gedrehten Metall, vorne offen, mit zwei fein ziselierten Knäufen. An die Stelle des Schreckens trat Verwunderung.

Eine andere Welt mit anderen Gesetzen ...

Dann spürte sie eine beinahe zarte Berührung an der Schulter. Gunhild schlug die Augen wieder auf und sah, dass das Wesen sich wieder zu ihr heruntergebeugt hatte und sie vorsichtig an der Schulter fasste. Die Waffen hatte es fallen lassen. Der Blick aus dem dunklen Auge drückte nichts von dem aus, was Gunhild erwartet hatte. Da war nichts zu lesen von blanker Mordlust; nein, eher eine eigenartige Mischung aus Scheu, Besorgnis und … Neugier.

Aber was wollte dieser einäugige Fremde von ihr? Warum hatten er und seine stummen Gefährten Hagen und sie selbst durch den Park gehetzt?

Hagen!

Was war aus ihm geworden? War er entkommen? Hatten sie ihn getötet?

Es hatte keinen Sinn, nach ihm zu fragen. Die Einäugigen konnten sie nicht verstehen.

Sie versuchte auf die Beine zu kommen, um sich umzusehen, aber sofort schwindelte ihr wieder, und fast wäre sie erneut gestürzt.

Beinahe augenblicklich spürte sie hilfreiche Hände, die stützten. Der Griff der Kreaturen war trocken und warm. Sie schienen geradezu besorgt um sie zu sein, wenn diese Geschöpfe solcher Gefühle fähig waren.

Es war alles irgendwie unwirklich, wie in einem Science-Fiction-Film. *Die weiße Königin vom Mars.* Gudrun nickte und hob die Hände. Die Reaktion war, dass die Wesen sie losließen, sie aber aufmerksam im Auge behielten, ob sie nicht gleich wieder strauchelte.

Gunhild wollte daraufhin in die Richtung gehen, aus der sie gekommen war, aber die Grünhäutigen ließen das nicht zu. Sanft fassten sie das Mädchen am Arm, und dann deuteten sie in eine andere Richtung; Gunhild hatte keine Ahnung, ob es Norden, Süden, Osten oder Westen war. Der graue, wabernde Himmel ließ keine Orientierung zu.

»Ich soll mit euch kommen?«, fragte sie, mehr an sich selbst gewandt als an die Einäugigen, die sie ohnehin nicht verstanden. »Warum?«

Aber es kam natürlich keine Antwort. Gunhild versuchte sich über ihre Lage klar zu werden. Da stand sie nun, zerschunden von dem Sturz mit der Lawine, frierend in einer Trainingsjacke und einem zerrissenen Nachthemd, das ihr in Fetzen vom Körper hing und kaum vor dem schneidenden Wind schützte. Und als hätten sie ihre Gedanken daran erinnert, wie kalt es hier war, begann sie am ganzen Leib zu zittern.

Einer der Grünen trug zu dem Brustpanzer einen Mantel aus Fell, den er Gunhild überwarf. Der Umhang roch muffig, aber zumindest wurde ihr wärmer; denn der Wind konnte den schweren Pelz nicht durchdringen. Den Schmerz in ihrer Schulter, den der schwere Umhang noch verstärkte, beachtete sie nicht. Sie biss einfach die Zähne zusammen.

Sie warf dem Einäugigen, der auch ohne den Umhang nicht zu frieren schien, einen dankbaren Blick zu und nickte. Der verbeugte sich unbeholfen, und sein lippenloser Mund verzog sich zu einem Lächeln.

Na ja, zu einem Grinsen. Wie bei einem Krokodil. Gunhild führte den Gedanken vorsichtshalber nicht zu Ende.

Nun fror sie zwar nicht mehr so, aber sie war immer noch barfuß, umgeben von einäugigen, grünen Wesen, die sie irgendwohin verschleppen wollten. Und wenn sie es sich recht überlegte, es blieb ihr nichts anderes übrig, als ihnen zu folgen.

Sie kamen sehr langsam voran, und nach einiger Zeit schien es den Wesen *zu* langsam zu gehen. Plötzlich spürte Gunhild von zwei Seiten einen Griff, und gleich darauf fühlte sich das Mädchen emporgehoben. Zwei der Einäugigen hatten mit ihren verschränkten Armen eine Art Sitz gebildet, auf dem sie jetzt thronte.

Kaum hatte Gunhild Halt gefunden, fielen die Wesen in einen gleichmäßigen Trott, der sie schneller voranbrachte.

Das Mädchen hatte von seinem erhöhten Punkt

einen besseren Überblick. Von allen Seiten kamen weitere dieser echsenhäutigen Wesen herbei. Es mochten mehr als drei Dutzend sein, die sich nun formierten und mit ihr durch den Felsengarten marschierten.

Nun konnte Gunhild zwischen den Felsen auch hier und da Pflanzen entdecken: hartes, büschelförmiges Gras, das zwischen den Steinen wuchs, Flechten und bizarre Moose, die in der Dämmerung wie Schimmelpilze wirkten, welche mit fahlen Fingern in Luft griffen, um sich aus dem Nebel ihre Nährstoffe zu ziehen.

Gunhild schmeckte Salz in der Luft. Irgendwo voraus musste das Meer sein. Auch die Landschaft änderte sich weiter, der Boden wurde sandiger. Es ging abwärts, und sie musste sich an ihren Trägern festklammern, als diese sich auf dem unsicheren Grund ihren Weg nach unten suchten.

Es wurde dunkler. Irgendwie schien die Zeit aus den Fugen geraten zu sein, denn als sie durch das Tor getreten waren, war es Nacht gewesen, und jetzt war es Tag, und es ging auf den Abend zu.

Die hereinbrechende Dämmerung schränkte den Blick, der in dieser nebligen Luft ohnehin begrenzt gewesen war, noch weiter ein. Doch Gunhild hatte kaum noch Sinn für die Umgebung. Ihre ganze Aufmerksamkeit war darauf gerichtet, von ihrem schwankenden, unsicheren Sitz nicht herunterzufallen.

Erst als ihre Träger anhielten und die Schaukelei aufhörte, schreckte Gunhild wieder auf. Vor ihr hörte sie ein gleichmäßige Branden von Wellen an einen Strand. Es musste das Gestade eines Ozeans sein.

Der Wind war stärker geworden, strich nun über die offene Fläche des Strandes und trieb den Sand der Dünen mit sich. In der fahlen Düsternis hob sich das Meer dunkel von dem helleren Sand ab; nur die Schaumkronen leuchteten wie phosphoreszierende Streifen.

Weit rechts von sich glaubte Gunhild eine hellen, flackernden Punkt zu erkennen, als brenne dort ein kleines Lagerfeuer. Gunhild sehnte sich nach einem Feuer, nach Wärme und Licht, und sie fragte sich, wer es wohl entzündet hatte und sich an den Flammen wärmte.

Fast gewaltsam riss sie den Blick von dem fernen Feuerschein los und wandte sich wieder dem dunklen, bedrohlich wirkenden Gestade zu. Ein vor ihr aufragender Schatten entpuppte sich als ein großer Steinhaufen, wie ein Mahnmal für einen Helden aus grauer Vorzeit. Drei weitere, schlankere Steine, halb im Sand vergraben, wiesen in Richtung des Strandes. Und dahinter begann der Ozean.

Schwarz und geheimnisvoll brandete ihr das Meer aus der Tiefe entgegen. Wenn man die Augen schloss, glaubte man fast einen Rhythmus in den Wellen erahnen zu können, aber er blieb fremd, unmenschlich wie die schattenhaften Kreaturen, die sie umgaben. Sehnsucht nach dem schwachen Licht des Feuers packte das Mädchen, aber als es wieder hinsah, war das Licht nicht mehr da, war verloschen oder ausgelöscht worden oder von dem alles überlagernden Nebel verschluckt.

Gunhild fühlte sich vorsichtig abgesetzt. Sie spürte den kalten Sand unter ihren Füßen. Abwärts ging's, dem Meer zu. Der Abhang der Dünen zum Meer war steil, aber die stützenden Hände ihrer Begleiter verhinderten, dass sie ins Straucheln kam.

Plötzlich platschte sie ins Wasser. Zur ihrer Überraschung war das Wasser nicht kalt, sondern fühlte sich angenehm warm an.

Sechs der einäugigen Wesen traten vor, legten Waffen und Schilde nieder. Sie fassten sich bei den Händen und bildeten, knietief im Wasser stehend, einen Kreis. Dann begannen sie mit tiefer Stimme zu rufen, in einer Art Sprechgesang.

Gunhild verstand kein Wort dessen, was die sechs sangen, aber es schien ihr, als wäre es eine Beschwörung. Wer oder was beschworen wurde, das konnte das

Mädchen nicht verstehen. Aber etwas im Tonfall brachte eine Saite in ihr zum Klingen; doch was es war, vermochte sie nicht zu sagen.

»Manannaaan!«, endeten die beschwörenden Rufe der Einäugigen, und gleich darauf öffneten die sechs den Kreis und sanken auf die Knie. Die übrigen taten es ihnen gleich. Ohne dass es Gunhild eigens gesagt oder gezeigt werden musste, kniete sie ebenfalls nieder.

Daraufhin begann die Beschwörung von vorn. Immer noch eigenartig berührt, folgte Gunhild den Blicken der Einäugigen, die aufs Meer gerichtet waren. Aber sie konnte nichts erkennen.

»Manannaaan!«, so endete auch der zweite Gesang.

»Manannaaan!«, fielen die übrigen ein. Ohne dass es ihr bewusst geworden war, hatte auch Gunhild instinktiv in den Ruf eingestimmt.

Zunächst geschah nichts. Aber dann kam aus den Tiefen des Meeres ein fahles Leuchten, das die Umgebung in ein ungewisses Licht tauchte. Was danach geschah, hielt Gunhild im ersten Augenblick für eine optische Täuschung, für einen Streich, den ihr ihre Augen spielten.

Sie blinzelte, um in dem matten Licht aus der Tiefe mehr zu erkennen. Aber es war Tatsache, was sie sah: Das Wasser begann sich zurückzuziehen. Nicht so wie bei Ebbe; nein, eher wie bei Moses in der Bibel, als sich das Rote Meer teilte. Der Ozean gab den Weg in die Unterwelt frei.

Auf einem gut zehn Meter breiten Streifen begann sich eine Art Straße in das Meer zu öffnen. Das Wasser wurde zu einer Mauer. Gunhild sah nach rechts und links und konnte sehen, was sie kaum glauben konnte. Wo eben noch Wasser war, lag jetzt der Sand und weiter hinten der Meeresboden trocken, als wäre das völlig natürlich.

Wer hatte so gewaltige Kraft, dem Ozean in dieser

Form zu gebieten? Nur ein Gott oder ein Wesen mit einer vergleichbaren Macht war in der Lage, das Meer zu teilen. Gunhild erschauerte. Wer oder was auch immer diese Straße in die Tiefe geöffnet hatte, musste unvorstellbare Kräfte besitzen.

Die Einäugigen erhoben sich und setzten sich in Bewegung. Gunhild schluckte, aber innerlich hatte sie resigniert; denn wer das Meer teilen konnte, der würde über den Fluchtversuch eines Mädchens nur lachen können. Und dann waren da noch diese Diener, denen sie ja auch nicht entkommen konnte. Ganz klar, sie musste mit.

Zugleich regte sich aber in ihr auch etwas wie Neugier. Was erwartete sie da unten? Etwas in ihr, die Abenteurerin, wollte ergründen, was am Boden der See auf sie wartete. Das Unbekannte lockte, zog sie magisch an.

Der Sand unter ihren Füßen war völlig trocken; das Wasser hatte sich vollständig zurückgezogen. Die Wasserwände zur Rechten und zur Linken türmten sich mittlerweile hoch über ihren Kopf. Der Anblick war so fantastisch, dass ein Gefühl von Gefahr zunächst überhaupt nicht aufkam.

Der Sand wurde zu Kies, der in eine gepflasterte Straße überging. Doch es war kein richtiges Kopfsteinpflaster, sondern bestand aus ineinander verschränkten sechseckigen Feldern aus einem dunklen, vermutlich vulkanischen Gestein. Und als der Weg sich zu senken begann, erkannte sie, dass dies nur die Oberflächen von langen Säulen waren, die in die Tiefe führten, wie eine Treppe, deren Stufen in Urzeiten für Riesen geschaffen worden war.

Gunhilds bloße Füße tappten über den Stein, und auch er war, wie das Wasser und der Sand, angenehm warm anzufühlen. Es war, als wäre da eine Fußbodenheizung. Der Gedanke war so absurd, dass sie unwillkürlich grinsen musste.

Rechts und links war nichts zu erkennen; die dunkle Flut, die wie eine gläserne Mauer zu ihren Seiten stand, verdeckte alles. Hoch oben, wo anfangs noch ein Streifen Himmel zu sehen gewesen war, in seiner fahlen Gräue nur wenig heller als das Meer, waren nun Wasser und Luft zu tintiger Schwärze verschmolzen. Gunhild hatte das Gefühl, durch einen Tunnel zu gehen, der sich immer weiter verengte. Wäre das Licht nicht gewesen, das ihnen aus der Tiefe entgegendrang, sie hätte keinen Schritt mehr tun können.

So aber ging sie tapfer weiter, den Blick auf die Füße gerichtet; denn sie musste darauf achten, auf den sechseckigen Stufen nicht den Tritt zu verlieren, und sie hatte das Gefühl, wenn sie auch nur einmal ausrutschte, würde alles über sie zusammenbrechen, die ganzen tausende und abertausende Tonnen von Wasser, die über ihr lasteten. Natürlich war dies ein absurdes Gefühl; denn wer auch immer sie hierhergeführt hatte, würde sie nicht einfach ihrem Schicksal überlassen, ohne ihr zumindest ein paar Fragen zu stellen – und vielleicht auch ein paar zu beantworten.

Sie blickte erst wieder auf, als ihre Begleiter rings um sie her anhielten.

Vor ihnen erhob sich ein Tor.

Es war aus Bronze gefertigt, grün vom Alter und den Salzen des Meeres, und es verlor sich nach oben in der Dunkelheit. Rechts und links war es gesäumt von zwei mächtigen Pfeilern aus Stein, die seltsame Gravierungen trugen – Zeichen einer unbekannten Schrift, die aus langen Linien mit Reihen von Querstrichen bestand. Doch sie waren so sehr von Muscheln und Algen überkrustet, dass es Gunhild nicht möglich gewesen wäre, sie zu deuten, selbst wenn sie die Schrift hätte lesen können.

Das Tor selbst war schmucklos bis auf einen großen runden Buckel in der Mitte, eine Art Schild, der jenes Symbol von drei umlaufenden Beinen trug, das Gunhild bereits kannte. Der Anführer der Gruppe hob seine schwere bronzene Keule und schlug damit gegen den Schild. Es dröhnte wie ein riesiger Gong.

Ringsum kamen die Wasserwände in Bewegung, als sich die Schallwellen durch die Steinpfeiler fortpflanzten. Noch ehe die Wellenfront verebbte, tat sich das Tor vor ihnen auf.

Licht flutete heraus. Halb geblendet trat Gunhild mit ihren Begleitern hindurch, und als ihre Augen sich an die Helligkeit gewöhnten, sah sie auf, und ihr stockte der Atem.

Vor ihr lag eine Stadt.

Das Leuchten schien aus den Mauern und Türmen selbst heraus zu kommen, die sich vom Grunde des Meeres aufschwangen, und an manchen Stellen brach sich das Licht zu einem Prisma in allen Farben des Regenbogens: rot und orange; gelb, grün und blau; indigo und violett. Es war wie auf den teuren Gläsern ihrer Mutter, die, als Siggi und sie noch kleiner waren, sorgfältig vor Kinderhänden verschlossen waren.

Kristall!, schoss es Gunhild durch den Kopf. *Das ist Kristall.*

Es war ein gewaltiges Schloss unter dem Meer, ein Kristallpalast, mit dem selbst das Märchenschloss aus *Schneewittchen* nicht konkurrieren konnte.

Neun Türme zählte sie, einer davon höher als der andere, bis sich der letzte oben im Dunkel verlor. Inmitten der Türme erhob sich ein gewaltiger Bau, dessen Grundriss mindestens achteckig war. Er bestand aus mehreren Stockwerken, und mit jeder neuen Etage änderte sich ihr Bild, bis eine gedrehte, zu vielfachen Fassetten geschliffene Spitze den Abschluss bildete.

Über dem gewaltigen Bauwerk wölbte sich kuppelförmig der Ozean, erfüllt von irisierenden Reflexen, dem Schimmer von Sternen in einer windigen, von Wolkenfetzen durchzogenen Nacht gleich, als wäre das

Meer nichts anderes als ein verkleinertes Modell des Himmels.

Gunhild konnte keine Technik erkennen, die hier für frische Luft sorgte. Alles musste jenem zaubermächtigen Wesen gehorchen, das dies hier geschaffen hatte und bewahrte. Das war ein Paradies, ein Ort der Schönheit.

Wer etwas so Schönes und Einmaliges schaffen konnte, der konnte nicht gänzlich böse sein. Zwar war sie gewaltsam entführt worden, aber es mochte etwas völlig anderes dahinter stecken. Und, stellte Gunhild realistisch fest, sie hatte auch gar keine andere Wahl, als dem Unbekannten ins Auge zu blicken.

Also ging sie mit ihrer Eskorte weiter, auf ein breites Portal zu, dessen Türflügel aus den Panzern von Meerestieren gemacht zu sein schienen, welche in allen Farben schillerten.

Wie von Geisterhand wurde das Tor geöffnet. Es gab den Blick auf eine Halle frei, die Gunhild erneut den Atem stocken ließ. Der Boden der Halle sah aus wie ein Schachbrett, und das Mädchen konnte erkennen, dass das Muster aus Perlmutt war. Die Muscheln, aus denen diese Fliesen herausgeschnitten worden waren, mussten riesig sein. Das Muster setzte sich spiralförmig in den Säulen fort, welche die Decke des Saales stützten.

Erst als Gunhild die Halle betreten hatte, bemerkte sie eine Gruppe von jungen Frauen, die am Fuße einer weit geschwungenen Treppe stand und sie zu erwarten schien.

Die Frauen war in fließende, knöchellange Gewänder gehüllt, die an den Hüften von einem schmalen Gürtel zusammengehalten wurden. Und sie sangen ein Lied.

Die Worte waren nicht zu verstehen, aber in der Melodie lag Freude und Trauer zugleich; und plötzlich wusste Gunhild, wo sie eine solche Melodie schon einmal gehört hatte: Sie erinnerte an das Lied des Harfners, das sie aus dem Schlaf geweckt und mit dem alles angefangen hatte.

Als das Mädchen durch die Tür trat, kamen die jungen Frauen auf sie zu und eine von ihnen löste sich aus der Gruppe. Sie trug ein Diadem auf der Stirn, das ganz aus Perlen gemacht war, und an der Schließe, die ihr langes Gewand über der Brust zusammenhielt, funkelte es von Edelsteinen, in Silber gefasst. In ihrer Hand hielt sie eine Muschel mit Wasser. Doch als sie näher kam, roch Gunhild das Aroma von Seetang und einer unbekannten Süße und bemerkte eine leichte Grünfärbung des Getränks.

Die Einäugigen hatten hinter Gunhild einen Halbkreis gebildet und verneigten sich vor der jungen Frau, die auf sie zukam. Instinktiv machte Gunhild einen Knicks.

Die Frau trat zu ihr heran und hielt ihr die Muschel mit einer Bemerkung hin, die Gunhild nicht verstand. Aber die Stimme der Frau war von einer Sanftheit und Güte, die jeden Argwohn vergessen ließ.

Gunhild griff nach der Muschel und kostete davon.

Der Trank schmeckte nach Waldmeister und anderen Kräutern. Und Honig war auch unter den Zutaten. Das Getränk war erfrischend und süß zugleich. Aber da war noch mehr. Es schmeckte irgendwie ein bisschen nach dem Meer, der ungezähmten See. Doch welche Ingredienz diesen feinen Unterton hervorrief, vermochte Gunhild nicht zu ergründen.

Nachdem sie das Getränk für trinkbar befunden hatte, setzte sie an und nahm einen großen Schluck. Erst jetzt spürte sie, wie durstig sie war, und sie trank die Muschel ganz leer.

Und plötzlich verstand sie die Worte des Gesangs.

»Es liegt eine Insel unter dem Meer,
Um die herum sich die Seepferde tummeln,
Gewiegt von weiß-schwellender Wogen Glanz,
Überspannt von des Bogens Schimmer.

Dort glänzt vielfältiger Farben Pracht,
Und süße Musik erklingt allezeit.
Kummer und Leid sind dort unbekannt,
An dem Ort, wo die Frauen weilen ...«

»Willkommen in Tir fa Thonn, dem Land unter der Welle«, erklang eine warme, weiche Stimme.

Verstört blickte Gunhild auf und sah sich der lächelnden Frau gegenüber. Sie war schön, von einer Schönheit, die etwas Übernatürliches, ja, Übermenschliches hatte. Das Gesicht war schlank, die Wangenknochen setzten hoch an. Ihre Nase war nicht zu groß und nicht zu klein. Der Mund war fein geschwungen. Das Gesicht wurde von haselnussbraunen Haaren umrahmt, die bis auf die Schulter fielen. Aber es waren vor allem die Augen, die den Blick unwiderstehlich anzogen: mandelförmig, groß, mit grünen Pupillen, in denen sich das Licht brach.

»Wo bin ich?«, fragte Gunhild irritiert.

»Auf der Insel unter dem Meer«, erklärte die Frau mit einem Lächeln. »Ich bin Brigid, die Tochter des guten Gottes.«

»Wieso verstehe ich dich?«, fragte Gunhild.

»Wer in die Anderswelt kommt und isst oder trinkt, der geht dann ganz in diese Welt über. Er wird ein Teil davon. Und darum verstehst du unsere Sprache.«

»Seid ihr Gefangene?«, fragte Gunhild, die froh war, wieder mit jemand sprechen zu können. Bei dieser Frage warf sie einen verstohlenen Seitenblick auf ihre einäugigen Entführer.

Das Lächeln der Frau war beinahe amüsiert. Mit einer Mischung von Bewunderung und Zuneigung sah sie auf die Kreaturen, die Gunhild und Hagen durch den Park gehetzt hatten.

»Die Fomorier sind unsere Verbündeten«, erwiderte sie. »Wir leben hier unter dem Schutze Manannán Mac Lirs.«

»Jetzt begreife ich gar nichts mehr. Diese ... diese Wesen haben mich mit Gewalt hierher verschleppt, sie haben meinen Freund Hagen und mich gehetzt und ... und ...«

»Es ist nicht so schlimm, wie es dein Herz vielleicht sagt«, wurde Gunhild geantwortet. »Alles wird sich erklären.«

»Wann? Wie?«, fragte Gunhild.

»Der Herr dieses Ortes wird es dir sagen. Folge mir; ich bringe dich zu ihm.«

Gunhild nickte nur und heftete sich an die Fersen der jungen Frau, die mit ihr die geschwungene Treppe hinaufging. Der Perlmuttbelag war kühl und glatt unter den nackten Füßen; es war ein eigenartiger Reiz, auf diesem kostbaren Material zu gehen.

Am Absatz der Treppe angelangt, erreichten sie einen breiten Korridor, dessen Wände aus Glas bestanden. Durch das harte, durchscheinende Kristall blickte man wie in ein Aquarium, in dem sich die Tiere des Meeres tummelten. Schulen von Fischen zogen vorbei, glitzernd in dem Schein des Lichts, das von den Türmen der Stadt ausging. Dann schob sich eine hellere Gestalt dazwischen, langgezogen, mit scharfen Finnen; einen Augenblick lang blitzte der helle Bauch auf, der Halbmond des Maules, gesäumt von spitzen Zähnen. Ein Hai? Ehe Gunhild es hätte sagen können, war der Jäger wieder im Dunkel verschwunden. Und dann sah sie den größten Schatten von allen, groß wie ein Haus. Ein Wal – aber so groß konnte ein Wal nicht sein! Es musste sich um den Urvater aller Wale handeln, von dem sie in einem alten Sagenbuch gelesen hatte, der den Seefahrern wie eine schwimmende Insel im Meer erschienen war. Und er sang, ein tiefes, wortloses Lied, das die kristallenen Scheiben des Ganges erzittern ließ.

Gunhild machte, dass sie weiterkam. Doch irgendwie, dachte sie, passte das alles nicht zusammen. Da wurde sie mit Gewalt in die Anderswelt entführt, nur um an diesen Ort der Wunder zu gelangen, wo selbst Jäger und Beute in Frieden zu leben schienen.

Und merkwürdig war es schon, dass sie hier offensichtlich erwartet worden war.

Doch die Wunder des Palastes aus Perlmutt und Kristall lenkten sie immer wieder ab. Schnell verlor sie die Orientierung; denn sie achtete nicht darauf, wohin ihr Weg sie führte, sondern hatte nur Augen für die Schönheit der Umgebung.

Einmal konnte sie einen Blick aus dem Fenster erhaschen, und in der Tat war das Meer wie der Himmel über der Erde oder der Anderswelt. Die seltsame blaugrüne Färbung verlieh ihm ein wunderbares Aussehen.

Da sah sie die Seepferde.

Sie waren wie wirkliche Pferde, nur dass sie die Tiefen des Meeres durchpflügten, statt über trockenes Land zu galoppieren. Ihre Bewegungen waren kraftvoll und zugleich von einer schwerelosen Anmut. Mähnen und Schweife wallten hinter ihnen her wie vom Wind bewegt, nur dass es hier keinen Wind gab. Die langen Schläge ihrer mit Schwimmhäuten bewehrten Füße trieben sie voran. So umkreisten sie einander, spielerisch, wie in einem Reigen, Jäger auf einer endlosen Jagd, Sucher ohne Ziel.

Fast wie ich, denn auch ich weiß nicht, was mich hier noch erwartet, schoss es Gunhild durch den Kopf. *Auch ich strebe einem unbekannten Ziel zu.*

Ihr Weg führte nun nach oben, einer langen Wendeltreppe folgend, die wie das Gehäuse einer riesigen Schnecke wirkte. Schließlich langten sie vor einem gewaltigen Portal an, das aussah, als wäre es mit Fischschuppen überzogen. Es glänzte, als würde sich das Licht auf der Haut eines Lachses brechen, der aus der Gischt eines schäumenden Wildbaches emporschnellte.

Sie waren noch zehn Schritte davon entfernt, als das Tor aufschwang. Es gab den Blick frei auf ein Wunder der Architektur.

Ein Saal tat sich ihnen auf, achteckig, gesäumt von vier weißen und vier schwarzen Säulen im Wechsel, die eine mächtige Kuppel stützten. Hohe Fenster ließen Licht ein und gaben den Blick frei auf die Meerestiefen. Das Licht wurde von den geschliffenen Kristallen reflektiert und warf Schauer von farbigen Spiegelungen auf den Boden.

Erst jetzt ging Gunhild auf, dass es gar keine offensichtliche Lichtquelle gab. Hier unter dem Meer gab es keine Sonne, aber sie hatte auch keine Lampen oder Ähnliches gesehen.

Doch ehe sie sich nähere Gedanken darüber machen konnte, fiel ihr Blick auf das seltsame Objekt, das sich im Zentrum des Raumes erhob. Dort stand auf einem Podest, einer grob behauenen Steinsäule, die mit eingehauenen Spiralen und verschlungenen Bändern verziert war, der Kopf eines Fomoriers.

Im ersten Augenblick hielt sie es für einen Scherz, und zwar einen schlechten. Dass man Feinden den Kopf abschlug, nun gut, das mochte in einer primitiven Kultur vorkommen. Aber ihn dann auch noch auf einem Sockel zur Schau zu stellen zeugte von einem ziemlich makabren Geschmack.

Dann sagte sie sich, dass das Ding bestimmt nicht echt war; aber für eine Nachbildung war der Kopf zu perfekt: die grüne Haut, die lange Schnauze, die Hauer rechts und links und das eine, alles beherrschende Auge.

Wie unter Zwang trat sie näher. Das Auge wurde von einem Deckel aus irisierendem Silber verschlossen, bedeckt von fein ziselierten Ornamenten. Und als Gunhild einen weiteren Schritt darauf zu machte und noch einen, überlief es sie wie ein Schauder. Denn sie erkannte, dass dieser abgetrennte Kopf keineswegs tot war. Er atmete. Er lebte.

Es gab nur eine Möglichkeit, sich Gewissheit zu verschaffen. Gunhild streckte ihre Hand aus, um nach der silbernen Kappe zu greifen, die das Auge des Fomorier bedeckte.

»Das würde ich nicht tun«, sagte Brigid, ihre Begleiterin.

»Warum nicht?«, fragte Gunhild, ohne den Blick von dem Haupt zu lösen. »Was ist das?«

»Das ist das Haupt Balors, des Königs der Fomorier.«

»Warum ist sein Auge bedeckt?«, fragte Gunhild.

»Wenn es geöffnet wird«, antwortete eine andere, tiefere Stimme aus dem Hintergrund des Raumes, »ist sein Blick tödlich.«

Nur mit einer geradezu unmenschlichen Willensanstrengung gelang es Gunhild, sich vom Anblick des Kopfes loszureißen. Sie sah zu dem Sprecher hinüber, der an einem der Fenster stand und aufs Meer hinaus sah.

»Wer seid Ihr?«, fragte Gunhild.

Die Gestalt am Fenster wandte sich um. Ein weiter, grünblauer Mantel wallte in der Bewegung, in einem fließenden Farbenspiel, das die Sinne verwirrte – mal grün, mal blau, mal von einer dritten, undefinierbaren Farbe wie das Meer unter dem Himmel, wenn eine Wolke sich vor die Sonne schiebt.

Das Gesicht des Mannes war alt und ewig jung zugleich. Der Wind des Ozeans hatte tiefe Furchen in dieses Gesicht gegraben, die Sonne seine Haut gegerbt. Frost versilberte die Spitzen seines Bartes und die buschigen Brauen, legte sich als ein Schimmer um Schläfen und Nacken. Und dennoch hatte das Alter nie dieses Antlitz berührt. Uralt allein war die Weisheit, die sich in den Augen spiegelte, tiefen Teichen von der Farbe des Meeres.

»Ich bin Manannán Mac Lir, der Herr der Insel.«

Es verschlug Gudrun die Sprache. Gewiss, sie hatte so etwas erwartet, aber dem Gott, der dieses ganze Wunderwerk unter dem Meer bewirkte, Auge in Auge gegenüberzustehen war nun doch eine ganz andere Sache.

»Komm her«, winkte er.

Sie tat einen Schritt auf ihn zu, und dann sah sie noch etwas anderes im Blick dieser meergrünen Augen. Eine Traurigkeit, eine tiefe Schwermut und eine Erschöpfung, die nicht aus einer einzigen menschlichen Lebzeit geboren war, sondern aus langen Jahrhunderten von Kämpfen, Siegen und Niederlagen, an deren Ende die Niederlagen überwogen hatten.

»Dann seid Ihr der Gott, der diesen Zauber hier bewirkt?«, fragte Gunhild. Sie hatte so viele Fragen, die ihr auf der Seele brannten. »Aber warum –?«

Manannán unterbrach sie mit einer Geste. »Wir waren einst Götter«, sprach er, »oder Göttern gleich. Was weißt du von den Tuatha Dé Danann, den Kindern der Großen Göttin?«

Gunhild sah ihn nur ratlos an.

»Lass mich erzählen, vielleicht wirst du dann klarer sehen.«

Gunhild nickte.

»Es war am Tag von Beltane«, begann er, »als die Tuatha Dé Danann nach Erin kamen. Sie kamen auf Schiffen, die durch die Luft fuhren, und ein Nebel umgab sie, sodass keiner Zeuge ihrer Ankunft wurde außer einem Seeadler, der in der Höhe kreiste.

Der Adler aber flog fort, bis er nach Tara in der Großen Ebene kam, wo Eochai, der König der Firbolg, zu jener Zeit über Erin herrschte. Dort schwang der mächtige Vogel sich zu Boden und wurde zu einem Menschen; denn er war kein anderer als Tuan, der

Gestaltwandler, der Älteste von Erin, wiedergeboren als einer der Firbolg. Und er ging zum König und berichtete ihm, es habe ein neues Volk in Erin Fuß gefasst – doch ob von dieser Erde oder aus den Lüften oder vom Himmel, das wisse keiner – und sich im Westen von Connacht niedergelassen.

Da ging Eochai mit den Seinen zurate, und man beschloss, einen Helden aus den Reihen der Firbolg zu den Ankömmlingen zu senden, dass er mit ihnen rede. Also wählten sie Sreng, der ein großer Krieger war, und er nahm seinen starken rotbraunen Schild und seine zwei dicken Speere und sein Schwert und brach von Tara auf in Richtung Connacht, wo die Fremden waren.

Als die Tuatha Dé Danann ihn kommen sahen, sandten sie einen ihrer eigenen Helden, Bres, den man den Schönen nannte, mit seinem Schild und Schwert und seinen beiden Speeren ihm entgegen.

Also gingen die beiden Helden aufeinander zu, und als sie in Sprechweite waren, rammte jeder von ihnen seinen Schild in den Boden und blickte den anderen misstrauisch an. Bres war der Erste, der das Wort ergriff, und als Sreng hörte, dass der Fremde in seiner eigenen Sprache zu ihm redete, fasste er Vertrauen, und sie senkten ihren Waffen und traten aufeinander zu, um Fragen nach des anderen Herkunft und Stamm zu stellen.

›Wir sind die verlorenen Söhne Nemeds‹, sprach Bres. ›Lange Zeit sind wir in fernen Landen umhergeirrt, bis wir das Land unserer Träume wiederfanden. Nun sind wir gekommen um hier zu bleiben, und wir fordern die Herrschaft über die Hälfte von Erin.‹

›Wer ist es,‹, der dies fordert? fragte Sreng.

›Nuadu ist unser König, und er trägt das Schwert der Macht. Und von seinem Gefolge sind die größten der Dagda, den man auch den guten Gott nennt, und Angus Óg, sein Sohn, sowie Ogma der Weise, Goibniu der Schmied und Diancécht der Heiler, und viele andere sind nicht weniger mächtig als sie, Krieger und Sänger, Schmiede und Handwerker ...‹«

»... doch einige sagen, Manannán, den man den Sohn des Meeres nennt, sei der größte von allen«, warf da Brigid ein, die ebenso wie Gunhild schweigend gelauscht hatte.

Manannán lächelte – ob amüsiert oder geschmeichelt, war schwer zu sagen – und fuhr fort:

»›Und als größte unter den Frauen nennt man die Mórrigan, die Krähe der Schlacht, und die drei Töchter des Dagda: Macha, die Göttin des Kampfes; Ériu, die Herrin des Landes; und Brigid, zu der die Dichter aufschauen und die zudem eine Heilerin ist und eine Kräuterkundige, wie es heißt, und sich auch auf das Schmiedewerk versteht ...‹«

Jetzt war es an Brigid zu lächeln.

»› ... und unter den anderen Frauen sind viele Schattengestalten und Königinnen; doch Dana, die man die Mutter der Götter nennt, steht über allen.‹

Da staunte Sreng über die Macht und Herrlichkeit des Volkes der Göttin Dana; am meisten jedoch beeindruckten ihn die schlanken, spitzen Speere, die Bres trug. Bres selbst aber sah mit Staunen die dicken, starken Speere, die Sreng trug, und er fragte, ob alle Waffen der Firbolg von derselben Art seien. Und am Ende tauschten sie je einen Speer miteinander, damit die Krieger auf jeder Seite die Waffen der anderen in Augenschein nehmen könnten. Sie selbst aber schworen, dass sie beide Freunde bleiben würden, was immer auch geschehen sollte.«

Der Erzähler schwieg, bis Gunhild nicht umhin konnte zu fragen: »Und wie ging es weiter?«

»Sreng ging zurück nach Tara und überbrachte die Forderung und zeigte den Speer, und er riet den Firbolg, die Herrschaft über Erin zu teilen und nicht gegen ein Volk in den Kampf zu ziehen, das über so viel bessere Waffen verfüge als sie. Da ging Eochai mit den Seinen zurate und sie kamen zu dem Schluss: ›Wir werden nicht das halbe Land diesen Fremden überlassen; denn wenn wir es tun, werden sie uns bald das ganze nehmen.‹

Es war am Mittsommertag, als die Schlacht begann. Dreimal neun Krieger der Tuatha Dé Danann zogen gegen dreimal neun Krieger der Firbolg in den Kampf, und sie wurden geschlagen und alle von ihnen getötet.

Doch am Abend der Schlacht sammelte die Mórrigan die Gefallenen auf, und der Dagda tauchte sie in seinen großen Kessel, und als er sie wieder herauszog, waren sie heil und gesund wie zuvor.

Dies war einer jener vier Schätze, welche die Göttin Dana aus der Fremde mitgebracht hatte: der Kessel des Lebens, den der Dagda hütete; das Schwert der Macht, das Nuadu führte; der Speer des Sieges, den Macha trug; und der Lia Fál, der Große Stein, den man auch den Stein des Schicksals nennt.

Doch als die Firbolg am zweiten Tag der Schlacht sahen, dass dieselben Krieger wie zuvor wieder gegen sie ins Feld zogen, da ergrimmten sie und kämpften noch härter und entschlossener, und am Abend des Tages gehörte der Sieg wiederum ihnen. Da riet Tuan seinem König, den Gefallenen die Köpfe abzuschlagen und sie auf die hohen Steine zu stellen, die das Feld säumten, damit der Feind sie nicht wieder in der Nacht zum Leben erwecken könne; denn er hatte in der Gestalt eines Fuchses den Dagda bei seinem Tun beobachtet. So geschah es, und seitdem nennt man das Feld dieser Begegnung Mag Tuired, die Ebene der Grabsteine.«

Gunhilds Blick war unwillkürlich zu dem Kopf des Fomoriers auf seiner Steinsäule gegangen, doch der Erzähler fuhr bereits fort:

»Am dritten Tag der Schlacht von Mag Tuired wurden große Taten auf beiden Seiten vollbracht, und viele Helden fanden den Tod. Am schrecklichsten aber wütete Nuadu mit dem Schwert der Macht, bis Sreng, der Held der Firbolg, ihm entgegentrat. Lange währte ihr Kampf, und sie schlugen sich viele Wunden, doch am Ende trennte Sreng seinem Gegner die rechte Hand ab, und Nuadu wurde von seiner Leibgarde vom Schlachtfeld getragen.

In jener Nacht waren die Fomorier zu erschöpft vom Kampf, um aufs Feld zu gehen und den Gefallenen die Köpfe abzuschlagen, und so arbeiteten die Mórrigan und der Dagda die ganze Nacht daran, die Toten wieder ins Leben zu rufen.

Am vierten Tage zog Macha, die Göttin des Kampfes, an der Spitze der Tuatha Dé Danann in die Schlacht, und ihr Speer leuchtete wie die Sonne. Da überkam Eochai, den König der Firbolg, ein großer Durst, und er ging vom Schlachtfeld hinweg, um etwas zu trinken. Seine Leibgarde ging mit ihm. Doch die drei Söhne Nuadus folgten ihm, und sie trieben ihn und seine Männer bis an den Strand des Meeres, und dort gab es einen wilden Kampf, in dem König Eochai sowie seine Verfolger fielen. Dort begrub man ihn, und man häufte einen Cairn, ein großes Grabmal aus Steinen, über ihm und errichtete drei hohe Steine daneben, um der Söhne Nuadus zu gedenken.«

»Ich habe sie gesehen«, sagte Gunhild aufgeregt, die zwischen den Kämpfen und den vielen seltsamen Namen etwas den Überblick verloren hatte. Doch das Bild des Steinhaufens am Strand und der drei aufragenden Felsen, die den Weg ins Meer wiesen, stand ihr noch genau vor Augen. »Dann ist es also wahr ... ich meine«, sie kam ins Stottern, »nicht nur ... bloß eine alte Geschichte.«

Natürlich hatte sie nie wirklich daran gezweifelt, aber irgendwie hatte sie plötzlich das Gefühl, nun selbst in die Geschichte hineingeraten zu sein; denn es ist immer etwas anderes, etwas nur zu hören oder zu lesen oder es mit eigenen Augen zu sehen. Oder etwa nicht?

»Ich meine nur«, schloss sie lahm, um ihre Verlegenheit zu überspielen, »es hat mich gewundert, dass am Ende beide Könige tot waren und eine Frau als Siegerin dasteht – wie hieß sie? Macha? Das ist bei den alten Sagen, die ich kenne, nie so.«

»Vielleicht wäre es besser gewesen, wenn in Erin die Frauen die Macht übernommen hätten«, seufzte Manannán. »Dann soll dir Brigid den Rest der Geschichte erzählen.«

Eine Pause trat ein, ehe Brigid mit leiser Stimme anfing zu reden.

»Nuadu war nicht tot, nur schwer verwundet. Diancécht, der Heiler, hatte die Blutung seines Armes gestillt. Aber auch die Firbolg waren zu wenige und zu erschöpft, um noch weiterzukämpfen. So schloss man Frieden. Nuadu bot ihnen die Wahl zwischen den fünf Vierteln von Erin an – Ulad, dem Norden; Mumu, dem Süden; Connacht, dem Westen; Laigen, dem Osten; und Míde, dem Zentrum –, und Sreng entschied sich für Ulad. Als Gegenleistung für den Friedensschluss forderte er die Vermählung mit Macha, die er im Kampf gesehen und bewundert hatte. Und so geschah es.

Die Tuatha Dé Danann nahmen Besitz von Tara, und von jener Zeit an nannte man es das Tara der Könige, das über allen anderen Orten steht; denn sein König ist der Hochkönig über ganz Erin.«

»Und damit begann das Unheil«, ergriff nun Manannán Mac Lir wieder das Wort. »Denn es gab ein Gesetz bei den Tuatha Dé Danann –«

»Genug!«, unterbrach ihn Brigid. »Du hast nun die Geschichte aus der Sicht der Männer erzählt, Oheim. Doch unser Gast hat in einem Recht, wenn auch vielleicht unwissentlich gesprochen: Am Ende, wenn der

Kampf vorbei ist, sind es immer die Frauen, welche die Last von Krieg und Gewalt zu tragen haben.

Kind«, sagte sie, an Gunhild gewandt, »willst du mir folgen, damit ich dir die andere Seite der Geschichte zeigen kann, die Seite der Frauen? Nein«, fuhr sie rasch fort, als Gunhild etwas sagen wollte, »antworte nicht vorschnell. Nicht nur die Sonne wirft Schatten. Auch der Mond hat eine dunkle Seite, und die Göttin, der ich diene, fordert Gehorsam, mitunter Tränen und manchmal auch Blut. Aber nur wenn du diese Seite kennst, wirst du verstehen, warum wir dich aus der Welt der Menschen zu uns geholt haben – um des Übels willen, das Erin befallen hat.«

Gunhild blickte von ihr zu Manannán und wieder zurück. Sie hatte mehr Fragen als je zuvor und wusste nicht einmal, wo sie beginnen sollte; es fehlte ihr einfach noch zu viel an Informationen, um überhaupt die richtigen Fragen zu stellen. Aber sie wusste, dass sie sich im Grunde bereits entschieden hatte.

Sie hatte keine Ahnung, wohin der Weg sie führen würde. Konnte es noch fantastischer werden als an diesem Ort unter dem Meer, der allen Naturgesetzen widersprach? Doch nicht die Befürchtung, dass dies alles über ihnen zusammenbrechen könnte, wenn selbst die Götter, alt und müde geworden, ihre Kraft verloren, war es, was sie zu ihrem Entschluss gebracht hatte. Es war mehr das Gefühl, dass sie selbst schon ein Teil dieser Geschichte geworden war – und eine unbändige Neugier, herauszufinden, wie es weiterging.

»Gut«, sagte sie, »ich komme mit.«

Sie ergriff Brigids Hand, und diese führte sie an dem etwas verblüfften Manannán Mac Lir vorbei um das Podest herum, auf dem Balors Haupt ruhte. Gunhild sah, dass dort etwas in den Boden eingelassen war; es sah fast aus wie das Zeichen Manannáns, das umlaufende Dreibein. Doch dieses Symbol war geschwungen, nicht eckig, und vielfach in sich gedreht: eine dreifache Spirale.

Gunhild sah auf das verwirrende Muster, und es schien ihr, als begännen die Spiralen zu kreisen, wie ein Wirbelsturm, ein Tornado, wie sie ihn vom Fernsehen her kannte. Sie wandte den Blick ab und hob den Kopf.

»Du musst den Schritt selbst tun«, sagte Brigids Stimme neben ihrem Ohr.

Sie trat in den Kreis. Im selben Moment steigerte sich der Wirbel vor ihren Augen zu einem Sturm aus Licht und spiralförmigen Schatten, und schon fühlte sie sich mitgerissen. Sie packte Brigids Hand fester. Dann nahm der Wirbel aus Licht sie beide auf, und ihr schwanden die Sinne …

5
Das Schwert im Stein

»Ich muss mal 'ne Pause machen«, keuchte Siggi. »Ich hab Seitenstiche.«

Die Sonne stand hoch am Himmel und brannte ihm direkt in die Augen. Siggi hatte das Gefühl, als habe sie sich schon seit Stunden nicht mehr vom Fleck gerührt. Im Gegensatz zu ihm. Er und der kleine dunkle Mann waren gelaufen und gelaufen, bis selbst Siggi, der sich für einen geübten Jogger hielt, die Zunge aus dem Hals hing. Er hatte kaum noch auf seine Umgebung geachtet, nur noch auf den hämmernden Rhythmus seiner Schritte. Jetzt schmerzten ihn die Lungen und das Zwerchfell und selbst die Milz. Von seinen Füßen ganz zu schweigen.

Die Schuhe, die er trug, waren auch für einen längeren Dauerlauf kaum geeignet. Es war nicht mehr als ein Paar Lederlappen, mit Bändern zusammengeschnürt, und er wunderte sich, dass sie nicht längst in Fetzen herunterhingen.

Sein Begleiter sah ihn von der Seite an. Er atmete völlig flach, als hätte er sich nicht im Geringsten verausgabt. In seinem struppigen Fellgewand und mit seinem Federkopfputz sah er eher aus wie ein Höhlenmensch als wie – wie hatte er sich doch gleich genannt – der Erzdruide von Erin.

Siggi stöhnte und stützte sich an einem großen Stein ab. Er traute sich nicht, sich hinzusetzen, aus Angst, die flatternden Muskeln würden ihn nicht mehr aufstehen lassen.

»Wo sind wir hier?«, fragte er.

»Im Land der Toten«, sagte Amergin.

Siggi blickte erschrocken auf. Sie befanden sich in einem großen, flachen Kessel, umgeben von bewaldeten Hängen, über die der Blick weit ins Landesinnere schweifte. Vom Meer war weit und breit nichts mehr zu sehen. Dafür gab es Steine – jede Menge Steine. Große und kleine, solche, die wie Säulen in den Himmel ragten, andere, die schief standen oder zerbrochen und umgestürzt dalagen, wie wahllos von der Hand eines Riesen verstreut.

»Das hier ist Mag Tuired, die Ebene der Grabsteine.«

Siggi fuhr unwillkürlich von dem Stein zurück, an dem er lehnte.

»Grabsteine?«, fragte er. Seine Stimme kippte, da seine Kehle wie ausgetrocknet war. Aber er war entschlossen, sich nicht so einfach einschüchtern zu lassen. »Wer liegt denn hier begraben?«

»Hier war die große Schlacht, in der die Tuatha Dé Danann, das Volk, das aus dem Westen kam, unter ihrem König Nuadu die Firbolg besiegten. Du wolltest doch wissen, was aus dem Volk König Eochais geworden ist. Nun, was aus allen besiegten Völker wird: Sie verstreuten sich. Einige zogen in den Norden und gründeten dort ihr eigenes Reich, unter der Oberherrschaft des Hochkönigs zu Tara, andere nach Süden und Westen und verschmolzen mit dem Land, in dem sie lebten. So wie es auch ihren Bezwingern selbst ergehen sollte, als deren Zeit gekommen war.«

»Und wer liegt jetzt hier begraben?«

»Lies selbst!« Der Druide deutete auf den Stein. Und da sah Siggi die Inschrift. Sie war nicht auf der Vorderfläche des Steins, wo er sie erwartet hatte, sondern entlang einer Kante angeordnet, sodass die eine Hälfte im Licht lag und die andere im Schatten. Und außerdem war es gar keine richtige Schrift. Das heißt, es waren nur Linien, die irgendjemand in den Stein gekratzt hatte: Reihen von Querstrichen in unterschiedlichen Abständen, oben und unten eingefasst von eingerollten Spiralen.

»Ich kann das nicht lesen«, sagte er unwillig. »Was sind das für Markierungen?«

»Das sind Ogham-Zeichen. Ogma von den Tuatha Dé Danann hat sie erfunden, als Bres der Schöne, Nuadus Sohn, in Tara herrschte.«

Die Sonne brannte ungefiltert von dem wolkenlosen Himmel. Nur im Westen türmten sich am Horizont die Wolken auf, aber sie waren zu weit entfernt, um das grelle Licht des Tages zu mildern. Vor Siggis Augen verschwamm der Fels mit der Inschrift. Doch in demselben Moment, als sich sein Blick verschleierte, traten die Zeichen auf dem Stein in übernatürlicher Klarheit hervor.

L-A-M-N-U-A-D-U

»Dann liegt hier der König dieses Volkes begraben, der Sieger der Schlacht?«

»Nein.« In Amergins Augen blitzte es auf. »Nur seine Hand.«

»Aber ...«, Siggi schüttelte verwirrt den Kopf, »ich dachte, dass sein Sohn – wie hieß er doch gleich – danach König wurde?«

»Bres, den man den Schönen nannte. Ja, man wählte ihn zum Hochkönig von Erin, nachdem die Firbolg besiegt waren. Denn es hieß bei den Tuatha Dé Danann, dass keiner über sie herrschen solle, der nicht vollkommen an Gestalt sei. So war das Gesetz. Nuadu hatte seine Hand in der Schlacht verloren, und so konnte er nicht länger König sein.

Aber sobald Bres Herrscher geworden war, zeigte er, dass auch in einem schönen Körper ein hässlicher Geist wohnen kann. Er war der geizigste und unbeliebteste König, der je in Erin regierte. Er beutete das Volk aus und ließ immer höhere Steuern eintreiben. Und wer zu seiner Burg kam und an seiner Tafel Platz nahm, dessen Messer wurde nicht fettig vom Fleisch und dessen Atem roch nicht nach Bier, denn es gab dort nur Wasser und hartes Brot. Und es gab keine Wettkämpfe mehr in Erin, bei denen sich die Männer der Tuatha Dé Danann miteinander hätten messen, und keine Feste, bei denen sie hätten prahlen können.

Eines Tages kam Corpre, der Barde der Tuatha Dé, nach Tara. Er wurde in eine kleine, dunkle Kammer geführt, wo es kein Feuer gab, keinen Stuhl und kein Bett, und zu essen brachte man ihm drei kleine, harte Haferküchlein. Da dichtete er eine Satire gegen den König.«

»Eine Satire?« Siggi traute seinen Ohren nicht. »Also, ich kann mir nicht vorstellen, dass es einen Politiker gibt, der sich von so was beeindrucken lässt.«

»Oh«, sagte Amergin, »damals stand der Meisterdichter auf einer Stufe mit dem König, und seine Lieder besaßen die Kraft, dessen Herrschaft zu stürzen. Und dies war es, was Corpre gegen ihn sang:

Ohne Essen genug auf dem Teller;
ohne genug Milch, dass ein Kalb davon satt wird;
ohne Schutz, ohne Licht im Dunkel der Nacht;
ohne genug, einen Liedermacher zu entlohnen:
das sei hinfort das Schicksal von Bres.«

»Unter ›Satire‹ stell ich mir was anderes vor«, konnte Siggi sich nicht enthalten zu bemerken.

»Dann nenne es einen Fluch. Jedenfalls verließ von dem Tag an Bres das Glück, und die Tuatha Dé Danann vertrieben ihn und setzten Nuadu wieder als König ein.«

»Aber ich dachte, das ging nicht, weil ...«

»... weil er keine Hand mehr hatte? Diancécht, der Heiler, hatte ihm eine Hand aus Silber angepasst, welche Goibniu, der Schmied, für ihn geschaffen und Ogma, der Weise, mit Ogham beschrieben hatte, sodass sie sich bewegte wie eine Hand aus Fleisch und Blut. Und seitdem nannte man ihn Nuadu Argetlam, Nuadu mit der silbernen Hand.

Doch das Schwert Nuadus, welches Wunden schlägt, die niemals heilen, war mitsamt seiner Hand auf dem Feld von Mag Tuired verblieben – und dort liegt es bis auf den heutigen Tag.«

Siggi wandte sich um. Die Sonne war ein winziges Stück weitergewandert; weit genug, dass die Steine Schatten auf die Ebene warfen. Die Wolken im Westen hatten sich höher aufgetürmt, und ein Wind war aufgekommen, welcher der schlimmsten Hitze die Kraft nahm. Aber der Wind war nicht der Grund, der ihn frösteln ließ.

»Du meinst, unter diesem Stein?«

Amergin nickte. Der Blick seiner dunklen Augen war ausdruckslos, aber Siggi meinte dennoch, etwas Lauerndes darin zu lesen.

»Ein Schwert, das eines Helden würdig ist.«

Dieser Alte, dachte Siggi, *verfolgt seine eigenen Pläne, und ich bin mir nicht sicher, ob mir das schmeckt.* Er hatte so seine Erfahrungen mit der Anderswelt, damals, als er mit Gunhild und Hagen in jenes unterirdische Reich gelangt war, wo verfeindete Völker seit Jahrhunderten einen Streit ausgetragen hatten, aus dem keiner am Ende als Sieger hervorgehen konnte.

Gunhild! Und Hagen! Wo sie wohl sein mochten? Ob sie noch friedlich in ihren Betten schliefen? Er hatte gar nicht mehr an seine Schwester und seinen Freund gedacht, aber nun überfiel ihn der Gedanke umso drängender. Er musste fort von hier, musste zu ihnen.

Immerhin, eine Waffe wäre nicht schlecht. Er vermisste den Hammer, den er bei seinem früheren Abenteuer getragen hatte. Aber das Amulett an seinem Hals, das ihm verblieben war, war ihm ebenso wie der Rest seiner Kleidung nicht auf seiner Reise in die Anderswelt gefolgt.

Probeweise drückte er gegen den Stein. Der Fels war mindestens zweieinhalb Meter hoch und einen Meter im Durchmesser. Das Ding musste Tonnen wiegen.

Er drückte stärker, dann mit aller Kraft, bis ihm die Arme schmerzten.

Der Fels bewegte sich nicht. Nicht um einen Millimeter.

Der Alte hatte sich auf den Boden gehockt und kratzte etwas in den Sand. Nicht ein Muskel in seinem Gesicht zuckte. Er hätte selbst aus Stein gehauen sein können, wie der Felsen.

»Tja«, sagte Siggi, nur um ihn zu provozieren, »dann bin ich wohl doch nicht der Held, den du suchst...«

»Komm her«, meinte Amergin. »Spielst du eine Partie Fidchell mit mir?«

Siggi setzte sich zu ihm. Auf dem Boden sah er so etwas wie ein Spielfeld, acht mal acht Felder, mit acht hellen Steinen auf seiner Seite und acht dunklen auf der Seite des Druiden.

»Du kannst ziehen oder überspringen, gerade und

schräg«, erklärte dieser. »Und wenn man einen Stein des Gegners überspringt, kann man ihn wegnehmen. Wer mit einem Stein die andere Seite des Feldes erreicht, gewinnt. Verstanden?«

Siggi nickte. »So ähnlich wie Dame«, sagte er.

»Fidchell ist kein Spiel für Frauen, sondern für Könige – und Krieger. Bist du bereit?«

»Du fängst an«, sagte Siggi forsch.

»Wenn du meinst, du seist kein Held, was bist du dann?«, fragte der Alte, während er den ersten Zug machte. »Verstehst du etwas von Schmiedekunst?«

Siggi versuchte sich zu konzentrieren. »Na ja, ich kann einen Auspuff schweißen«, meinte er. »Beim Mofa.«

Der Druide verschob einen weiteren Stein, um eine Angriffslinie aufzubauen. »Kannst du Wunden heilen?«

Siggi schloss seine Reihen. »Ich habe einen Erste-Hilfe-Kurs gemacht. Für einfache Verbände reicht's.«

Der dritte Stein schoss im Zickzack nach vorne. »Kannst du singen?«

Damit hatte er Siggis wunden Punkt erwischt. »Also, bis vor kurzem war ich Sopran. Jetzt singe ich eine Oktave tiefer. Meistens.«

Das Muster auf dem Spielbrett wurde komplexer, Zug folgte auf Gegenzug.

»Kannst du Harfe spielen?« Der Druide ließ nicht locker.

Siggi grinste. »Wie ein Engelchen im Himmel. E-Gitarre, Mann. Heavy Metal. Tam-ta-tam-ta-tam – do-do-*doooo*! Na ja, einfache Griffe«, fügte er hinzu.

Der Druide war leicht irritiert, und sein nächster Zug erschien Siggi nicht ganz so überlegt. Er konterte mit einem Doppelsprung.

»Kannst du kämpfen?«, fragte Amergin, während er Siggis ersten Stein schlug.

Diese Lektion hatte Siggi gelernt. »Ja«, sagte er einfach, »wenn es sein muss.« Und zog seinen Stein ein Feld zurück.

»Das gilt nicht«, erklärte der Druide verärgert. »Du kannst immer nur in eine Richtung ziehen.«

»Oh-oh.« Siggi schüttelte den Kopf. »Davon war nicht die Rede. Und was nach den Regeln nicht verboten ist, ist erlaubt. Oder willst du als Spielverderber dastehen?«

Der Alte blickte mit gerunzelter Stirn auf das Spielfeld. Siggis unerwarteter Zug hatte die ganze Stellung verändert. Wenn er jetzt selbst dem Beispiel des Jungen folgte, konnte er den drohenden Verlust seines vordersten Spielsteins verhindern. Er legte den Finger auf den Stein.

»Du hast mich noch gar nicht gefragt, ob ich kochen kann«, fuhr ihm Siggi in seine Überlegungen hinein. »Und ob! Spagetti Bolognese. *Al dente!*«

Amergin machte seinen Zug. Blitzschnell, noch ehe der Alte begriff, wie ihm geschah, hatte Siggi die Gelegenheit ausgenutzt und mit einem Vierfachsprung über die eigenen und gegnerischen Steine das andere Ende des Spielfeldes erreicht.

»Und außerdem bin ich Jugendmeister im Schachclub von Odenhausen!«

Der Alte wich zurück. Ein paar Augenblicke sagte er gar nichts; dann begann er mit geschlossenen Augen zu summen, eine Melodie, die Hagen an irgendetwas erinnerte, doch an was, hätte er nicht sagen können. Ihm war, als hätte er diese Weise schon irgendwann einmal gehört, wie etwas, das man im Traum vernimmt, aber beim Erwachen vergessen hat.

»Samíldanach«, sagte er dann. »Ein Meister jeglicher Kunst.« Er öffnete die Augen. »Dein Gesicht glüht«, stellte er fest.

Siggi griff sich an die Wangen. In der Tat, sein Gesicht war ganz heiß. Und seine Ohren vermutlich auch, vor Aufregung, weil er es nach dem ersten verpatzten Wettkampf mit dem Alten diesem nun so richtig gezeigt hatte.

»So war es an dem Abend, als der Sohn des Lichts nach Tara kam«, fuhr Amergin fort. »Es strahlte so hell, dass die Wachen am Tor zueinander sagten: ›Seit wann geht die Sonne im Osten unter und nicht im Westen?‹ Doch es war nur Lugh, der von Meer her kam und dessen Gesicht leuchtete wie die Sonne.«

»Lugh?« War das wieder eine neue Geschichte? »Wer war Lugh?«

»Der Sohn Machas der Goldhaarigen, der Kriegsgöttin von Erin. Wer sein Vater war, weiß keiner. Einige sagen, er sei der Sohn Nuadus selbst gewesen. Andere behaupten, er stamme von Balor, dem König der Fomorier, ab; doch wer glaubt, dass die Fomorier mit den Tuatha Dé Danann Kinder zeugen können, der muss schon sehr einfältig sein. Aber es ist wohl wahr, dass er nur von einer Seite von den Kindern der Göttin Dana abstammte, auf der anderen jedoch aus einem Volk der Erde und des Dunkels, wie die Sonne am Abend immer ins Dunkel hinabsinkt, um am nächsten Morgen wiedergeboren zu werden.«

Siggi ließ sich von der dichterischen Sprache diesmal nicht einlullen. »Du meinst, von den Firbolg?«

Der Druide hob die Brauen, sagte aber nichts dazu. Siggi dachte sich seinen eigenen Teil dazu. *Wenn es wirklich stimmt, sagte er sich, dass du diese ganze Geschichte miterlebt hast, alter Mann, wie immer du heißt, dann hattest du bestimmt auch da deine Finger im Spiel.*

»Von Gestalt glich er einem jungen Mann«, fuhr der Alte fort, »und er war gewandet wie ein König, und so trat er vor das Tor von Tara und begehrte Einlass. Und als die Türsteher ihn fragen, wer und von welcher Herkunft er sei, da sprach er: ›Lamfada werde ich genannt, der mit der langen Hand, und ich bin der Ziehsohn Taltius, der Tochter des Königs der Großen Ebene, und Manannán Mac Lirs, des Herrn der Insel.‹

›Was kannst du?‹, fragten darauf die Türsteher, denn es gab ein Gesetz, dass keiner, der sich nicht auf eine Kunst verstehe, in Tara eingelassen werde.

›Fragt mich‹, antwortete Lugh. ›Ich bin ein Handwerker.‹

›Wir haben bereits einen Handwerker‹, antworteten sie, ›Goibniu den Schmied.‹

›Fragt mich. Ich bin ein Kräuterkundiger.‹

›Wie haben bereits einen Kräuterkundigen, Diancécht den Heiler.‹

›Fragt mich. Ich bin ein Weiser.‹

›Wie haben bereits einen Weisen, Ogma, den Erfinder der Schrift.‹

›Fragt mich. Ich bin ein Sänger.‹

›Wie haben bereits einen Sänger, Corpre, den Meisterdichter.‹

›Fragt mich. Ich bin ein Harfenspieler . . .‹

Und so ging es weiter und weiter, und auf jede Frage sagten ihm die Türsteher, dass es bereits einen unter den Tuatha Dé Danann gebe, der sich auf diese Kunst verstehe.

Da sprach Lugh: ›Geht nun zu eurem König und fragt ihn, ob er einen in seinem Gefolge hat, der all dies zugleich beherrscht, und wenn es einen gibt, dann werde ich umkehren und niemals mehr in Tara Einlaß begehren.‹

Die Türhüter gingen zum König und sagten ihm: ›Da ist ein junger Mann am Tor, der sich Lamfada nennt, doch sein Name sollte Samíldanach sein, der Meister aller und jeglicher Kunst. Denn alles, was irgendeiner in Tara kann, vermag auch er und dies alles zugleich.‹

Da ging der König selbst hinaus, um den Fremden mit dem Fidchell-Brett zu prüfen. Sieben Partien spielten sie, und Lugh gewann sie alle. Da bat König Nuadu ihn herein und ließ ihn auf dem Sitz des Wissens Platz nehmen, und dreizehn Tage lang lauschten er und sein Gefolge dem, was Lugh Lamfada sie lehrte.«

Siggi wartete, dass noch etwas kam, aber der Alte hatte anscheinend seine Geschichte zu Ende erzählt und schwieg jetzt. Der Schatten des Felsblocks hatte sich über das Fidchell-Spielfeld geschoben. Siggi blickte wieder zu dem hohen Stein auf. Verdammt, es musste doch eine Möglichkeit geben, dieses Ding zu knacken!

Er stand auf und besah sich den Felsen. Der Stein war flacher, als es zunächst den Anschein gehabt hatte; irritiert von der Inschrift, hatte Siggi zuerst versucht, ihn von der Schmalseite her zu bewegen, was natürlich mit der größten Kraftanstrengung verbunden war. Wenn er nun von der flachen Seite aus dagegen drückte …

Ruhig, immer nur mit der Ruhe, sagte er sich. Der Steinblock war trotz allem zwei bis drei Tonnen schwer. Keine Chance.

Er brauchte einen Hebel. Kraft mal Kraftarm gleich Last mal Lastarm, das hatte er in der Schule gelernt. *Gib mir einen genügend langen Hebel, und ich werde die Welt aus ihren Angeln heben,* wie der alte Archimedes gesagt hat. Er brauchte einen Baumstamm, der lang genug war und dick genug, dass er nicht brach, aber auch leicht, sodass man ihn schleppen konnte und …

Er sah sich um. Kein Baum weit und breit. Im Süden sah er einen grünen Streifen Wald am Horizont, aber der mochte Kilometer weit entfernt sein.

Ein Seil? Woher nehmen? Siggi befingerte den Lederriemen, der seine Gewandung zusammenhielt – jene seltsame Fell- und Lederkleidung, mit der er in der Anderswelt aufgewacht war. Aber selbst wenn er auch noch den Alten um dessen Gürtel bat und beide aneinander knotete, würde es nicht reichen.

Siggi spürte, wie die Wut wieder in ihm hochkochte. Dieser verdammte Stein! Aber er beherrschte sich. *Ruhe und Beherrschung!* Das war es, was der Druide ihn gelehrt hatte. Dies hier war eine Aufgabe, die es zu lösen galt, und der Alte hätte ihn nicht hierhergebracht, wenn es keine Lösung dafür gäbe.

Er setzte sich nieder. Vielleicht, wenn er es sich nur lange und fest genug wünschte, dann würde der Stein sich von alleine heben. Wie in *Krieg der Sterne.* Immerhin war dies die Anderswelt, und da gab es so etwas wie Magie und Macht. *Möge die Macht mit dir sein!* Aber er war nicht Luke Skywalker, und das hier war kein Kino.

Denk nach! Ein unbewegliches Objekt, das es zu bewegen galt. Wie würde Lugh Lamfada diese Aufgabe lösen? Oder Hagen? Wenn alle anderen Möglichkeiten ausscheiden, dann ... dann muss man die Sache eben von einer anderen Seite angehen.

Wenn wir das Ding nicht bewegen können, dachte er, *dann lassen wir es einfach stehen.*

Er besah sich den Untergrund. Rechts und links ruhte der riesige Block auf gewachsenem Fels. Dazwischen war loser Sand.

Siggi begann zu graben.

Schon bald hatte er, selbst mit bloßen Händen, eine Vertiefung in den Boden gescharrt. Als er sich einen flachen, scharfkantigen Stein zu Hilfe nahm, ging die Arbeit schneller voran. Direkt über ihm ragte der Felsblock empor; gegen die ziehenden Wolken schien er in einer Abwärtsbewegung begriffen zu sein, als senke er sich langsam, aber stetig auf ihn herab. Aber Siggi schenkte dem keine Beachtung. Er grub immer tiefer, bis der Stein in seiner Hand auf Metall knirschte.

Dann nahm er wieder die Hände und legte Stück für Stück das längliche, harte Objekt frei, das in der Höhlung zum Vorschein kam.

Es war eine Klinge. Sie war aus Bronze oder einem ähnlichen, golden schimmernden Metall. Obwohl sie so lange in der Erde gelegen hatte, war weder Rost noch Grünspan daran. Die Klinge war blattförmig, mit einer langen Rinne in der Mitte, und ohne jede Verzierung; ihre schlanke, geschwungene Form war Schmuck genug. Die Parierstange, im schrägen Winkel angesetzt und in zwei Knäufen endend, war aus demselben Stück gegossen, ohne Ansatz, und das Heft …

Um das Heft schlossen sich die Finger einer knöchernen Hand.

Vorsichtig, unendlich vorsichtig, löste Siggi den Griff der Knochenfinger und zog das Schwert hervor.

Er richtete sich auf und hob die Klinge. In diesem Augenblick brach ein Lichtstrahl hervor und ließ das Schwert aufglänzen, rann wie Feuer und brennendes Gold die Hohlkehle entlang und fing sich in der Spitze. Wahrlich, dies war eine Waffe, die eines Helden würdig war. Und sie sang.

Es war ein tiefer Ton, ein Summen eher, wie von einer elektrischen Spannung. Sie übertrug sich auf Siggis Hand und seinen Arm und durchfloss ihn, bis sein ganzer Körper unter Strom zu stehen schien. Sie gab ihm Kraft und Zuversicht. Nun würde er alles meistern können, was ihm bevorstand.

Das Licht verblasste, und das Prickeln auf seiner Haut verschwand.

Siggi besah sich die Klinge näher. Er konnte keinen Fehler daran sehen, nicht einmal einen Kratzer. Das Schwert wirkte so neu, als sei es gerade erst aus der Esse des Schmiedes gekommen. Er hob den Daumen, um die Schärfe der Schneide zu prüfen.

»Das würde ich nicht tun«, sagte Amergin.

Siggi hatte den Alten ganz vergessen. Der kleine, dunkle Mann stand hinter ihm; er hatte den Bemühungen des Jungen wortlos zugesehen und war erst jetzt, als das Schwert ans Licht kam, nahezu lautlos hinzugetreten.

»Und wieso nicht?«, fragte Siggi, ohne einen Blick von der Klinge zu nehmen.

»Habe ich dir nicht gesagt? Die Wunden, die dieses Schwert schlägt, werden niemals heilen.«

»Oh«, sagte Siggi und ließ rasch die Hand sinken.

»Hier, ich habe eine Scheide für das Schwert mitgebracht. Darin kannst du es tragen.«

Er reichte Siggi ein längliches Objekt, das mit Leder bezogen war; als der Junge es entgegennahm, spürte er einen festen Kern unter der Lederhülle, Holz vermutlich. Siggi schob das Schwert hinein, und es passte genau. Die Scheide war fest mit einem Gürtel verbunden, den Siggi sich um die Hüften schlang.

»Du hast das alles schon vorher gewusst, nicht wahr?«, fragte er. »Und genau geplant?«

»Ich habe es gehofft«, sagte der Druide. »Und es ist immer besser, auf alles vorbereitet zu sein.« Er warf einen prüfenden Blick zum Himmel. »Wir sollten uns beeilen, von hier wegzukommen. Es wird bald regnen.«

Inzwischen hatten die Wolken, die von Westen heraufgezogen waren, den ganzen Himmel bedeckt. Wind war aufgekommen, peitschte die spärlichen Gräser, die hier wuchsen, und pfiff zwischen den Steinen. Die Wolken rasten mit einer Geschwindigkeit über den Himmel, dass man meinte, zu fliegen, und ein Geschmack wie von feuchter Wolle lag in der Luft, der von Regen kündete.

»Lass mich das Grab noch zuschaufeln«, sagte Siggi und machte sich gleich ans Werk, die Höhlung unter dem Felsen wieder mit Sand zu füllen. »Immerhin ist es eines Königs Hand, die hier begraben liegt.«

Er beeilte sich, so gut er konnte. Selbst wenn er jetzt das Schwert eines Helden trug, mochte es besser sein, rasch einen schützenden Wald zu suchen. Er blickte nach Westen. Dort, wo die fahle Helle über dem Land lag, lag nur freies, baumloses Land.

Der Gedanke, auf offenem Feld einem Unwetter preisgegeben zu sein, ließ ihn schaudern.

6
Ein Sturm über Connacht

Hier gab es nichts. Das war der erste Schock gewesen, als der Wirbel, der sie hinweggetragen hatte, sie wieder entließ. Sie hatte sich auf einer weiten, verkarsteten Ebene wiedergefunden, auf der kein Baum wuchs, kein Strauch. Eine riesige Öde, durchzogen von schmalen, lang gestreckten Klüften, die in unergründliche Tiefen führten, wannenförmigen Becken und kleinen schüssel- oder trichterförmigen Hohlräumen, die das Gestein auf Schritt und Tritt durchlöcherten.

Damals hatte sie noch keinen Blick gehabt für die Farbtupfer, die zwischen den ausgewaschenen Kalksteinfelsen erblühten: die blauen Glocken des Frühlingsenzians, der weißlich-purpurne Steinbrech, Silberwurz und Kuckucksknabenkraut, selbst eine Vielzahl wilder Orchideen, aber auch einfache Pflanzen wie Klee und Heidekraut. Sie hätte sie nicht einmal benennen können, so beschränkt wie ihre Kenntnis von wilden Blumen war. Nein, der erste Eindruck war beherrscht gewesen von grauweißem Fels, einem riesigen, fahlen Himmel und dem Meer, das von Westen her gegen die hohen Klippen donnerte.

Sie waren im Westen. Das war klar; so klar, dass Gunhild überhaupt nicht auf den Gedanken kam, die Tatsache infrage zu stellen. Sie hatte mit einem Schritt die gesamte Weite von Erin durchquert, um von der einen Küste an das andere Ende der Insel zu gelangen. Und, wie es schien, ans Ende der Welt.

Sie wandte den Blick vom Meer ab, gen Osten, ins Landesinnere, und was sie dort sah, erschreckte sie fast noch mehr.

»Cruachan.«

Brigid, ihre Begleiterin, hatte es ausgesprochen. Es war ein Wort, das aus einer älteren Zeit zu stammen schien, bevor die Menschen in dieses Land kamen. Und auch das, was es bezeichnete war alt, uralt.

Mehr ein ringförmiger Wall als ein Gebäude, überhöht von einem ebenso gedrungenen Turm, duckte die Feste sich unter den endlosen Himmel. Aufgeschichtet aus mächtigen, grob behauenen Steinblöcken, die fugenlos ineinander passten, schien es aus dem Fels emporzuwachsen: eine Warze der Erde, ein steinernes Geschwür, unnatürlich und fremd. Und doch der einzige Schutz in diesem nackten Land, in dem man sich schutzlos und allen Blicken preisgegeben vorkam wie eine Fliege an der Wand im mitleidlosen, klaren Licht des Morgens.

»Da sollen wir hin?« Gunhild blickte nach unten. Sie trug immer noch Hagens Jacke und darunter nichts als das Nachthemd, in dem sie geschlafen hatte. Ihre Füße waren immer noch bloß und zerschunden von ihrer Flucht. Der Kalkstein war voller scharfer Spitzen und Kanten. Wenige Schritte, und ihre Füße würden wieder zu bluten anfangen, schlimmer als vorher.

Brigids Blick folgte dem ihren. Sie erkannte das Problem. Mit einer raschen Bewegung zog sie das Messer aus der Scheide, die an ihrem Gürtel hing, und schnitt einen breiten Streifen von ihrem langen, durchscheinenden Gewand ab. »Hier, binde dir das um die Füße!«, sagte sie.

Der Stoff, der so zart wirkte, war fester, als Gunhild es vermutet hatte. Während sie sich die Füße umwickelte, fuhr Brigid fort: »Es ist nur ein kleines Stück die Felsen hinab. Von dort aus führt ein Pfad bis vor das Tor von Cruachan.«

Dennoch konnte Gunhild nur mit größter Vorsicht über die scharfkantigen Felsen klettern, und der Pfad war schmal und mit spitzen Steinen bedeckt. Nach der Hälfte des Wegs begann sie zu humpeln. Die alten Schnitte an ihren Füßen platzten wieder auf, und schließlich musste Brigid sie mehr tragen als stützen, damit sie überhaupt noch weiterkonnte.

An ihre Ankunft in der Feste erinnerte sie sich kaum noch. Sie wusste noch, wie das Licht plötzlich der Dunkelheit gewichen war, erinnerte sich an einen niedrigen Gang mit nach innen geneigten Wänden. Dann hatte sie sich in einem Raum wiedergefunden, der eher einer Höhle glich als einem Zimmer. Alles war aus Stein, selbst die Tische und Schränke. Das Lager, auf das man sie bettete, war ein mit Stroh gefüllter Kasten aus drei steinernen Platten, der sich an die massive Wand anschloss. Dann hatte sich eine Frau über sie gebeugt und ihr eine Tonschale mit etwas zu trinken an die Lippen geführt.

Es war nicht Brigid. Diese Person war älter, eine Frau in den besten Jahren. Ihr Haar war braun, hier und da schon von weißen Strähnen durchzogen, und ihre Gestalt füllig und schwer. Sie trug ein einfaches, braunes Gewand aus einem gewebten Stoff, der am Hals von einer bronzenen Schließe zusammengehalten wurde. Bronze blinkte auch an ihren Ohrläppchen und an ihrer Hand.

Dies alles nahm Gunhild mit einem Blick wahr, als ein Bild, das sich ihr einprägte, eher als eine Summe von Einzelheiten. Gehorsam nahm sie einen Trunk aus der Schale. Gleich darauf spuckte sie ihn wieder aus. Das Gebräu war höllisch bitter.

»Trink!«, sagte die Frau. »Das ist nur ein Absud aus Weidenrinde. Er nimmt dir die Schmerzen.«

Ein Aspirin wäre wohl zu viel verlangt, dachte Gunhild. Sie nahm einen weiteren Schluck und hielt ihn diesmal bei sich. Mit Todesverachtung leerte sie auch den Rest der Schale.

»Das ist gut«, sagte die Frau, und auf Gunhilds unausgesprochene Frage fuhr sie fort: »Willkommen im Haus der Frauen. Ich bin Ériu, Brigids Mutter. Man nennt mich auch die Mutter des Landes. Aber jetzt müssen wir uns erst um deine Füße kümmern.«

Aus dem Hintergrund des Raumes erklang ein meckerndes Lachen. »Moos!«, sagte eine zittrige Stimme. »Moos und Heide, im Sommervollmond geerntet, wenn die hellen Zeiten des Mondes, des Jahres und des großen Zyklus der Jahreszeiten sich verstärken. Dazu Eisenkraut und Färberröte, zu einem Brei gerührt, aufgetragen mit Spinnweben, um die Blutung zu stillen ...« Die Stimme verebbte.

Gunhild hatte noch nie eine so alte Frau gesehen. Gewiss, ihre eigene Großmutter war auch alt, aber sie war eine reizende Dame mit einem weißen Dutt und einer Vorliebe für geblümte Schürzen. Diese Frau war – verhutzelt. Gunhild fiel kein besseres Wort dafür ein. Ihr Rücken war so gebeugt, dass ihr Kinn auf der Brust lag, sodass der Schatten ihre gekrümmte Nase noch größer machte. Ihr Gesicht, soweit es im flackernden Schein der Talglichter erkennen ließ, war wie altes Leder, genarbt und von tiefen Runzeln durchzogen. Aus dem zahnlosen Mund troff Speichel. Die spärlichen weißen Haare hingen ihr wirr ins Gesicht. Sie waren halb unter einem schwarzen Kopftuch verborgen, das entweder einmal eine Spitzendecke gewesen war oder inzwischen so voller Löcher, dass es wie gehäkelt wirkte. Auch ihre übrige Kleidung war schwarz, ein undefinierbares Gewand, welches nur aus Fetzen und Zipfeln zu bestehen schien. Wenn es jemals eine Hexe gegeben hatte, so hatte sie in dieser alten Frau ihr Urbild gefunden.

Aber Hexen sollten sich bekannterweise auf Kräuterkunde und Heilkunst verstehen. Und dennoch ...

»Spinnweben?« In Gunhilds Stimme lag ein leiser Hauch von Hysterie.

»Es gibt nichts Besseres in der Natur«, erklärte Brigid. »Glaub mir, wir stammen einer hohen Rasse von Kriegern ab, die viele Schlachten geschlagen haben. Wer sonst als wir Frauen hat immer die Wunden verbinden müssen?«

»Wir wollen dir nichts Böses, Kind«, sagte Ériu. »Vertraue der alten Caillech. Sie ist die größte Heilerin von Erin.«

Zögerlich streckte Gunhild den Fuß aus. Die Alte kam herangewackelt. Der Griff ihrer knotigen Hände war überraschend sanft.

»So feine Füße«, meckerte sie. »So zarte Haut! Komm her, mein Kleines, mein Küken. Ich war auch einmal jung. Ja, jung und schön. Eine Kriegsmaid. Eine Königin ...«

Gunhild musste sie wohl ungläubig angestarrt haben, denn die Alte hob das Kinn und streifte ihr Kopftuch zurück. An ihrem faltigen Hals glänzte ein Reif aus gedrehtem Gold, der vorne in zwei Tierköpfe auslief.

Gunhild griff unwillkürlich nach dem goldenen Halsreif, den sie selbst trug. Sie hatte ihn noch nie im Spiegel betrachten können, aber sie hätte schwören können, dass er das genaue Gegenstück dazu war.

»Glaubst mir nicht, was?« Die Alte runzelte die Stirn, soweit das überhaupt noch möglich war. »Schau, den hat mir der junge Amergin geschenkt. Seine Geliebte war ich, ja. Oder war's Nuadu, der König mit der silbernen Hand? Oder Lugh, unser Sonnenheld; den haben wir alle geliebt ... Ach, ich weiß es nicht mehr. Es ist so lange her ...«

Doch während sie vor sich hin brabbelte, hatten ihre erfahrenen Hände bereits damit begonnen, die Binden von Gunhilds Füßen zu wickeln. In einem steinernen Tiegel rührte sie eine Salbe an; Gunhild konnte nicht sehen, woraus sie bestand, aber sie kühlte die schmerzenden Stellen sofort. Also ließ das Mädchen sich zurücksinken, schloss die Augen und überließ sich ganz den Zuwendungen der alten Heilerin.

Eine geraume Zeit später – es war schwer, hier im Halbdunkel der Höhle, zu sagen, ob es sich um Minuten oder Stunden handelte – war der Schmerz in ihren Füßen einem dumpfen Pochen gewichen. Gunhild saß auf einem steinernen Schemel, eine Schüssel mit dampfender Suppe in den Händen, die Ériu aus einem großen Kessel geschöpft hatte, und löffelte die heiße Brühe in sich hinein. Jetzt erst merkte sie, wie hungrig sie war – und wie gut es tat, diesen Hunger zu stillen.

»Das war gut«, sagte sie, als sie fertig war. »Kann ich noch etwas haben?«

Ériu nahm ihr die Schüssel ab. »Vom Kessel des Dagda geht keiner weg, dessen Hunger ungestillt geblieben wäre – es sei denn der gute Gott selbst.«

»Der Kessel ... des Dagda ...?«

Gunhild blinzelte, aber sie konnte den Kessel, der über dem Feuer stand, nicht genau erkennen. Erst jetzt merkte sie, wie satt sie war. Sie hätte keinen Bissen mehr herunterbringen können. Das Stroh, auf dem sie saß, war so weich, und auch ihre Füße taten jetzt gar nicht mehr weh. Und sie war so müde. Sie konnte die Augen nicht mehr offen halten. Und so ließ sie sich zurücksinken und schlief.

Ich hätte nicht so viel essen sollen, dachte sie noch, als sie bereits in den Schlaf hinüberglitt.

Zuerst war da nichts. Nur eine große, rote Leere, die sie umfing. Eine wärmende Hülle, in der sie geborgen war. Sie wollte sich drehen, aber hier gab es kein Oben und kein Unten. Hier war die Mitte, das Zentrum aller Dinge. Jeder Weg, der von hier wegführte, ging nach außen. Und dort draußen lauerte das Chaos, der Abgrund; jene endlose Leere, aus der kalt und erbarmungslos der Sturm der Zeit wehte.

Gunhild wusste, was hinter dem Abgrund lauerte.

Nein, sie wollte nie wieder hier weg, wollte nie wieder die Sicherheit, die Wärme, die Geborgenheit gegen die Kälte der Außenwelt eintauschen. Hier war sie eins mit sich selbst.

Dann sah sie den Kessel.

Er war uralt, doch er glänzte wie neu. Ein Feuer schimmerte um seinen Rand und ließ die Beschläge, mit denen der große, halbmondförmige Henkel befestigt war, wie lebendige Wesen erscheinen. Es waren verschlungene Formen, so stark vereinfacht und zugleich so kompliziert, dass man kaum erkennen konnte, was sie darstellten. Doch im Licht der Flammen traten sie deutlich hervor: Hund und Hase, Reh und Hirsch und zwischen ihnen eine Frau mit ausgebreiteten Armen, als wolle sie die ganze Welt umfassen.

Die Herrin der Tiere, fuhr es Gunhild durch den Kopf.

Dann weitete sich das Rund des Kessels, und Gunhild sah sich auf einem Ringwall stehen, gleich den Mauern von Cruachan. Doch dieser Wall war älter, aus Erde errichtet, mit Büschen und Bäumen besetzt, und in seinem Zentrum war eine Art Altar, ein Tisch aus einem einzigen schwarzen Stein. Gunhild hatte das Gefühl, als sei sie schon einmal an diesem Ort gewesen, doch sie konnte nicht sagen, ob diese Begegnung in der Vergangenheit oder Zukunft lag.

Uisnech, der Nabel der Welt.

Sie wusste nicht, woher sie diesen Namen kannte; aber sie wusste, dass das, was sie sah, kein Traum war, sondern eine Vision, die ihr zuteil wurde, von welcher Macht und zu welchem Zweck auch immer.

Sie musste plötzlich an Hagen denken, ihren Freund, den sie verloren hatte. Ob die Vision ihr auch zeigen konnte, wo er war? Gunhild versuchte sich zu konzentrieren, aber gegen die Macht, die sie in Bann hielt, war jede Gegenwehr vergebens.

Der Kreis des Walles weitete sich mehr und mehr, bis er den ganzen Horizont umfasste, und weiter und weiter. Der Sog riss sie mit sich. Dunkelheit brach herein, durchbrochen von den Schatten nachtschwarzer Bäume. Und zwischen den Bäumen sah sie den roten Mann.

Er war riesig. Sein Bauch war so groß wie ein Ballon, aufgebläht wie nach einem gewaltigen Mahl, sodass sein Wams ihm unter die Achseln hinaufgerutscht war und seine Hose ihm um die Knie schlotterte. Er trug einen braunen Mantel, der hinter ihm auf dem Boden schleifte, und seine Füße steckten in haarigen Pantinen. Mit jedem Schritt, den er tat, sank er tief in den Boden ein. In der Hand trug er eine Art Mistgabel aus Holz, auf die er sich aufstützte. Seine Haut war rot am ganzen Körper, glänzend von Fett, und rot war auch sein Haar, das in wilden Borsten emporstand.

Und dennoch, so grotesk diese Gestalt erscheinen mochte, war nichts Lächerliches daran. Eine urtümliche Kraft ging davon aus, eine Kraft, die aus der Erde selbst entstammte, welche der rote Mann durchpflügte.

Er hob den Kopf. Und in diesem Moment wusste Gunhild, wenn sein Blick dem ihren begegnen würde, dann würde er sie sehen und sie erkennen, sie durchschauen bis auf den Grund ihrer Seele ...

Gunhild schreckte auf. Über ihr wölbte sich Mauerwerk aus grob behauenen Natursteinen, nur matt erleuchtet. Sie war wieder in der höhlenartigen Kammer, in einem der Kastenbetten an der Wand. Das Stroh auf der Lagerstatt piekste an ihren Beinen. Das Feuer im Herd war niedergebrannt; der Kessel, zur Seite geräumt, sah jetzt so aus wie ein ganz gewöhnlicher großer runder Topf.

»Ah, mein Täubchen! Aufgewacht?«, meckerte eine Stimme in ihrem Rücken. Es war die Alte in den schwarzen Lumpen. »Hast gut geschlafen? Bist hungrig?«

»Der rote Mann ...«, stammelte Gunhild. »Wo ist er hin?«

»Du hast den Dagda gesehen?« Die Stimme der Caillech war plötzlich schärfer geworden, der Glanz ihrer Augen härter. »Wie sah er aus?«

»Er war ... riesig. Sein Bauch schleifte über die Erde. Und er trug einen langen Zinken, auf den er sich stützte.«

»Ah, das ist lange her.« Die Alte wiegte den Kopf. »Das war, als die Fomorier wieder ins Land kamen. Bres hat sie uns auf den Hals gehetzt, der Schönling, der Geizkragen, der Unglücksbringer. Nachdem sie ihn abgesetzt hatten, verstehst du?«

Gunhild verstand nichts, aber um die Alte zum Weiterreden zu bringen, murmelte sie so etwas wie: »Ja und dann?«

»Also, der Dagda ging zu ihrem Lager, zu den Fomoriern, um sie auszuspionieren und sie aufzuhalten, bis die Männer von Erin bereit für die Schlacht wären. Aber die Fomorier wollten sich über ihn lustig machen, verstehst du, und so kochten sie eine Suppe für ihn; denn der Dagda liebte eine gute Suppe, immer schon, ich weiß ...«

Sie versank ins Träumen, raffte sich dann aber wieder auf.

»Und so füllten sie alle Kessel, die sie hatten, mit Milch und Mehl und Fett, bis zum Rand, und sie taten ganze Ziegen und Schafe und Schweine hinein. Dies war die Gastfreundschaft der Fomorier; denn, so sagten sie, sie wollten sich nicht lumpen lassen, nachdem die Tuatha Dé Danann ihren König Bres wegen seines Geizes verjagt hätten. Und Indech, einer ihrer Anführer, sagte zum Dagda: ›Wenn du einen Tropfen davon übrig lässt, werden wir dich töten!‹

Und dann schaufelten sie eine tiefe Grube, hörst du, Schätzchen, und da hinein gossen sie die Suppe, und sie gaben dem Dagda einen Löffel, der war so groß, dass ein Mann und eine Frau gemeinsam darin liegen konnten um zu … he-he-he, na, du weißt schon …«

Sie schaute Gunhild von der Seite an, aber die tat ihr nicht den Gefallen zu erröten.

»Aber er hat die Suppe ausgelöffelt, der Dagda, bis auf den Grund, und den Kies auf dem Grund der Grube ebenso. Und sein Bauch war so voll, dass er bis auf den Boden hing, und so schwer, dass seine Füße in die Erde sanken. Und sie jagten ihn mit Hohn und Spott davon. Aber als er den Wald verließ, wo das Lager der Fomorier war, da traf er auf die Mórrigan.«

»Die Mórrigan?«

»Ja, die Mórrigan, die große Königin, die Krähe der Schlacht. Aber du musst sie gesehen haben, mein Hühnchen, wenn du *ihn* gesehen hast. Sie fuhr auf ihrem Wagen, dem Streitwagen mit dem Roten Stier und der Braunen Kuh …«

»Ich habe nichts gesehen«, sagte Gunhild.

Die Caillech verzog das Gesicht. »Nichts sehen, nichts hören, nichts reden, was? Aber ich weiß, was sie gesagt hat, mein Täubchen.« Ihre Stimme sank zu einem Flüstern:

»Ich sehe eine Welt,
die mir nicht lieb ist:
Sommer ohne Blumen,
Kühe ohne Milch,
Frauen ohne Zucht,
Jeder Mann ein Verräter,
Jeder Knabe ein Mörder …
Eine üble Zeit.«

Gunhild wurde es langsam etwas unheimlich zumute. Die Alte war offensichtlich nicht nur ein bisschen verrückt. Und dennoch, auch wenn sie sich sicher war, in ihrem Traum nichts dergleichen gehört zu haben, kamen ihr die Worte bekannt vor. Aber vielleicht war es auch nur dieser Ort, an dem alles wie ein Echo von etwas anderem wirkte, von Taten und Schicksalen, die sich in einer fernen Zeit ereignet hatten.

Sie erinnerte sich an das Lied der Harfe, mit dem alles angefangen hatte. Und plötzlich ging ihr auf, dass diese seltsame, berückende Melodie eine perfekte Begleitung zu den Zeilen gebildet hätte, die sie soeben gehört hatte.

Aber nein, dachte sie, das war ein schönes Lied gewesen, ein zauberhafter Klang; nicht zu vergleichen mit diesen schrecklichen Worten. Sie schüttelte den Gedanken ab.

»Hunger?«, fragte die Alte.

Gunhild nickte. Erst jetzt merkte sie plötzlich, wie hungrig sie mit einem Mal wieder war.

»Die Reise in die Geisterwelt strengt an, was?« Die Caillech hielt ihr ein Schüsselchen hin, in dem ein weißlicher Brei schwamm. Es war ein grob gemahlenes Getreide, in Milch gequollen. Und es war salzig! Aber die Milch schmeckte würzig, und nach der ersten Überraschung stellte Gunhild fest, dass man sich daran gewöhnen konnte.

»Hier, zieh, das an!« Die Alte reichte ihr ein Kleid aus einem hellen Stoff, einer Art Leinen. Gunhild sah sich um, wo sie sich anziehen könnte, aber an ein Badezimmer hatte man hier offensichtlich nicht gedacht. So zog sie sich einfach das zerrissene Nachthemd über den Kopf und streifte sich das Kleid über. Es kratzte nur ein bisschen. Sie hätte sich gerne gewaschen, aber das musste warten.

Die Schuhe, welche die Alte ihr hinstellte, waren nicht mehr als Lederlappen mit verstärkten Sohlen, mit dünnen Riemen zusammengeschnürt. Gunhild hatte ein wenig Mühe, sie zu befestigen, schaffte es aber schließlich doch. Ihre Füße, wie sie feststellte, waren fast schon geheilt. Nur noch ein paar gerötete Stellen auf der Haut zeugten von den Verletzungen, die sie sich zugezogen hatte.

»Geh, mein Vögelchen, du wirst erwartet.«

Gebückt, um sich nicht den Kopf an der niedrigen Decke zu stoßen, ging Gunhild hinaus auf den Gang, durch den sie gekommen war. Der Gang war gewunden und düster; die geneigten Wände schienen sich in einer unmerklichen Bewegung herabzusenken.

Sie ging auf den Lichtschimmer zu ihrer Rechten zu; nach wenigen Schritten jedoch kam sie an eine Zisterne, die von oben her, durch einen schmalen Schacht, erleuchtet wurde. Drunten blinkte Wasser. Dahinter war nur ein niedriges Fenster zu sehen, das auf einen anderen Gang hinausführte. Doch ansonsten gab es hier kein Weiterkommen.

Also drehte sie sich und folgte dem Gang in der anderen Richtung. Nach einer weiteren Biegung kam sie an eine Kreuzung; doch rechts und links schienen nur Kammern zu liegen. Also folgte sie dem Hauptgang und stand nach ein paar weiteren Schritten plötzlich im Freien.

Die Sonne, die hinter einem Wolkenschleier an dem fahlen Himmel stand, schien sich noch um keinen Millimeter weiterbewegt zu haben. Es hätte warm sein können, wenn der Wind, der von Westen her über die Hochebene strich, nicht so viel Kühle mit sich gebracht hätte.

Gunhild fröstelte. Sie stieg die wenigen Stufen hinauf, die der Eingang in den Boden eingelassen war. Hinter ihr ragte der Wall von Cruachan empor; aus der Nähe sah sie, dass er streckenweise schon mit Gras überwachsen war, als habe die Natur bereits angefangen, sich zurückzuerobern, was man ihr abgetrotzt hatte.

Im Windschatten des Walles, auf einer kleinen steinernen, mit Grassoden belegten Bank, saß Ériu, erkennbar an ihrem braunen Gewand, und war mit irgendetwas beschäftigt. Gunhild konnte nicht genau erkennen, was es war. Neugierig trat sie näher.

Breitbeinig saß die Herrin da. Zwischen ihren Schenkeln hielt sie eine Art schlankes, hohes Fass und in den Händen einen Stampfer, den sie rhythmisch auf und ab bewegte.

»Was machst du da?«

Die Frau sah von ihrer Arbeit auf. »Oh, ich sehe, du bist aufgewacht«, sagte sie anstelle einer Begrüßung. »Ich mache Butter«, fuhr sie fort. »Hast du das noch nie gesehen?«

»Nein«, musste Gunhild zugeben. Butter war etwas, das sie nur in Goldpapier aus dem Supermarkt kannte. *Kerrygold.* Irische Markenbutter ...

»Willst du es auch einmal versuchen?«

Gunhild ließ sich neben ihr auf der Bank nieder. Das Butterfass war schwerer, als sie vermutet hatte. Die Tonne war mit einem Deckel verschlossen, der eine runde Öffnung aufwies; durch sie führte der Schaft des Stößels.

»Immer nur auf und nieder drücken«, erklärte Ériu. »Im Innern ist ein Holzquirl, der rührt den Rahm, bis er zu Butter wird.«

»Das ist ja ganz einfach.«

Einfach war es nur am Anfang. Als die Masse im Inneren fester wurde, brauchte man schon mehr Kraft. Bis Ériu ihr schließlich Einhalt gebot, war Gunhild in Schweiß gebadet.

»Jetzt ist es gut.« Mit zwei Handgriffen löste sie die Zwingen, die den Deckel hielten. Die Butter im Innern war weißgelb und sahnig, fast wie Käse.

»Mmh. Schmeckt viel besser als die gekaufte.«

»Das liegt an der Milch.«

»Und woher kommt die Milch?« Gunhild hatte

immer noch nicht den Vers der Alten vergessen: *Kühe ohne Milch . . .*

»Komm mit!«

Ériu nahm das Butterfass hoch und stützte es auf die Hüfte; die Leichtigkeit, mit der sie das schwere Gewicht hob, erstaunte Gunhild. Sie gingen den Pfad hinab, der dem Wall folgend nach unten führte. Hier, unterhalb des gedrungenen Turmes, der die Ringfeste überragte, gab es Grotten im Kalkstein, teils ausgewaschen, teils mit Feuer und primitiven Geräten von Menschenhand vertieft. Doch niemand lebte hier mehr.

Niemand außer der Kuh. Sie hatte einen Stall für sich allein, eine Höhlenkammer mit zwei Ausgängen. Der eine öffnete sich in einer Art großem Fenster über einer natürlichen Barriere in eine Vorkammer. Der andere führte hinaus auf eine Weide, die mit niedrigen Mauern aus Natursteinen eingefasst war.

Die Kuh war braun, von einer gleichmäßigen, matt glänzenden Farbe. Nur ihr Schwanz war schwarz, ihre Hörner und ihre großen feuchten Augen.

»Wie heißt sie?«

»Wir nennen sie nur Donn Cuailgne, die Braune von Cooley. Das ist die Gegend, woher sie kommt, ein Ort in Laigen, dem Osten von Erin.«

Nicht sehr einfallsreich, dachte Gunhild. Doch bevor sie noch weiterfragen konnte, fuhr Ériu schon fort:

»Es wird in Zukunft deine Aufgabe sein, sie zu melken.«

Gunhild verschlug es die Sprache. »Ich . . . soll da rein?« Sie schluckte. Die Kuh war riesig. Und wenn das Tier austrat oder sie auf die Hörner nahm? »Ich kann überhaupt nicht melken.«

»Dann wirst du es lernen. Komm!«

Sie stiegen über die Trennwand, und Ériu nahm einen Holzeimer von der Wand und einen einbeinigen Hocker, der daneben lehnte. Die Kuh stand ganz friedlich da und rührte sich nicht; auch nicht, als sie näher kamen.

»Braves Tier«, sagte Gunhild und tätschelte ihre Flanke. Aus der Nähe betrachtet, wirkte die Kuh noch größer. Das Tier wandte den Kopf und schaute Gunhild aus großen, feuchten Augen an. Fast glaubte sie, etwas wie Intelligenz in dem dunklen Blick zu lesen.

Ériu stellte den Eimer unter das Euter. »Setz dich hier neben! Den Kopf stützt du gegen die Flanke, dann kannst du nicht umfallen. Du brauchst nur die Hände; du brauchst nichts zu sehen.«

Gunhild hockte sich auf den Melkschemel und tastete nach den Zitzen. Sie fühlten sich kalt an. Sie zog daran, aber nichts geschah.

»Nicht ziehen, drücken! Du musst ein Gefühl dafür bekommen.«

Gunhild drückte. Immer noch tat sich nichts. Sie versuchte es erneut, rechts, links, und hielt wieder inne. Die Kuh, irritiert von soviel Unverstand, tat einen Schritt zur Seite.

Gunhild kippte auf dem einbeinigen Schemel nach vorne und hätte fast das Gleichgewicht verloren. Die Kuh sah sie an und schien zu grinsen. Gunhild rutschte ein Stück näher heran, schob den Holzeimer mit dem Fuß vor sich her und versuchte es erneut. Ja! Es klappte! Ein dünner Strahl Milch spritzte heraus – genau auf die Stelle, wo soeben noch der Eimer gewesen war, bevor die Kuh ihn weggetreten hatte.

»Blöde Kuh!«, fluchte Gunhild. Langsam hatte sie das Gefühl, dass Absicht dahinter steckte. Sie tastete nach dem Eimer, fand ihn aber nicht. Also tauchte sie, immer noch auf dem Schemel balancierend, unter den Bauch der Kuh und sah sich um. Na bitte! Da lag das Ding.

Sie richtete den Eimer wieder auf. Im selben Augenblick schlug ihr etwas Langes, Haariges ins Gesicht, und sie verlor das Gleichgewicht und stürzte.

Als sie sich mit tränenden Augen wieder aufrappelte, zuckte der Schwanz der Kuh nur noch. Dann strich er ihr sanft, beinahe entschuldigend über den Arm.

»Ich glaube, sie mag dich«, kam Érius Stimme aus dem Hintergrund.

»Ich liebe sie auch«, knurrte Gunhild, packte sich Eimer und Schemel und rückte dem Tier erneut zu Leibe. Diesmal ging es besser, und sie schaffte es tatsächlich, dem Euter ein wenig Milch zu entlocken und sie in den Eimer zu landen. Aber es war ein mühsames Geschäft, weil sie immer wieder den Rhythmus verlor. Als der Eimer ungefähr zu einem Drittel voll war, hatte Ériu ein Einsehen und löste sie ab. Mit geübten Strichen füllte sie den Kübel bis zum Rand.

»Du siehst, es ist ganz einfach ...«, sagte sie.

»... wenn man es kann«, ergänzte Gunhild, die sich immer noch nicht ganz gefasst hatte. »Wie alles im Leben.«

Als sie zum Wohntrakt zurückgingen, Ériu mit dem Butterfass, Gunhild mit dem schweren, überschwappenden Bottich, fragte das Mädchen wie beiläufig: »Diese Geschichte, die die ... die alte Frau mir erzählt hat, ist die wahr?« Sie berichtete kurz von der Geschichte mit dem Dagda und dessen gewaltigem Bauch. Von ihrer eigenen Traumvision sagte sie nichts.

»Ach, die Caillech erzählt viel, wenn der Tag lang ist. Aber es ist wahr, dass Bres, nachdem die Tuatha Dé Danann ihn verjagt und Nuadu wieder zum König gemacht hatten, die Fomorier gegen sie ins Land führte.«

»Die Fomorier ...« Sie hatte die grünhäutigen, einäugigen Gestalten noch genau vor Augen. »Woher kamen sie? Wer ... oder was *sind* sie?«

»Oh, sie waren schon früher da«, sagte Ériu. »Ich weiß nicht, ob immer, aber es gab sie schon eine lange Zeit. Sie waren nie ganz aus Erin verschwunden. Sie lebten am Rand der Welt – weit genug entfernt, dass man sie nicht sah, aber nahe genug, um ihre Gegenwart zu spüren. Einige sagen, sie seien unsere Brüder – Abkömmlinge der Tuatha Dé Danann, die auf der langen Irrfahrt unseres Volkes durch einen Zauber verwandelt wurden. Aber das glaube ich nicht.

Einer ihrer Anführer, Elathan mit Namen, nannte Bres seinen Sohn – doch wie das zu verstehen ist, darüber lässt sich streiten. Denn Begriffe wie ›Vater‹ oder ›Mutter‹ kennen sie nicht. Vielleicht war es nur in einem übertragenen Sinne gemeint.«

Gunhild nickte. Sie musste an Hagen denken, der sich auch einmal als Sohn eines der Fürsten der Anderswelt gefühlt hatte – und schrecklich enttäuscht worden war.

»Es heißt selbst von Lugh mit der langen Hand, er sei der Sohn oder Enkel Balors gewesen, des Königs der Fomorier; doch dies ist gewiss eine üble Nachrede. Denn er war einer von uns.«

»Lugh?« Den Namen hatte Gunhild schon gehört, aus dem Mund der Alten. »Was ist mit ihm?«

»Er war unser Held. Er hat uns gerettet, in der Schlacht.«

Bevor sie weitererzählen konnte, hatten sie die Bank vor dem Haus wieder erreicht, und dort wartete Brigid bereits auf sie. Statt in ihr langes, durchscheinendes Gewand war sie heute in helles Leinen gekleidet, knapp geschürzt, mit festem Schuhwerk aus Leder. Sie trug ein Schwert in der Hand und in der anderen einen großen, länglichen Schild, reich verziert mit verschlungenen Ornamenten. Ein weiterer, nicht ganz so schmuckvoll, und ein ähnliches Schwert lehnten an der Bank.

»Komm her!«, sagte sie zu Gunhild. »Jetzt beginnt ein weiterer Teil deiner Ausbildung.«

Das Hantieren mit den Waffen gefiel Gunhild besser als das Kühemelken, zumal sie immer sehr sportlich gewesen war. Aber bald merkte sie, dass es hier nicht auf Gewinnen oder Verlieren ankam, sondern allein auf die Technik. Natürlich war Brigid ihr überlegen, doch bei dem zehnten Versuch, einen Überhandschlag korrekt auszuführen, wich die anfängliche Begeisterung rasch.

»Höher, höher mit der Hand und aus dem Handgelenk heraus schlagen! Du musst hinter die Deckung des Gegners gelangen. Sonst machst du dich nur selbst müde.«

»Ich bin schon müde genug«, fauchte Gunhild, »und dieses verdammte Schwert wird immer schwerer.«

Doch Brigid trieb sie unnachgiebig an, und als sie schließlich die Waffen senkten, konnte Gunhild die Arme kaum noch heben.

Bevor sie ins Haus gingen, um sich an der Zisterne zu waschen, warf Gunhild noch einen letzten Blick zum Himmel empor. Nur ein matter Dunst dämpfte das endlose Blau; keine Wolke in Sicht. Die Sonne hatte bereits ihren höchsten Punkt überschritten und neigte sich dem Westen zu. Es war schwer abzuschätzen, wie spät es war, wenn man keine Uhr hatte. Aber die Zeit war ihr sehr lang vorgekommen.

Dann übergab Brigid sie wieder in die Obhut der Alten. Die Caillech gurrte und gluckste, nannte sie »mein Täubchen« und »mein Kindchen«, ließ sie an Töpfchen und Tiegelchen riechen und aus dem Schwall ihrer teils unverständlichen Worte konnte Gunhild nur den einen oder anderen Happen an Information aufschnappen. In den Behältern waren meist Kräuter, teils getrocknet, teils mit Fett zu Salben verrieben, teils in Flüssigkeiten aufgelöst. Ein Kraut, das *sraif* genannt wurde, sei gut zur Wundheilung, erfuhr sie; es erinnerte sie an Weinranken. Ein anderes, *lungait* genannt, das sie nicht identifizieren konnte, gegen die Verfärbung der Wunde. Ein drittes, *argetliub*, was »Silberpflanze« bedeutete, war gut für die Haut. Ein viertes –

»Ah, das kenne ich! Das ist Minze.«

»Gut, mein Häschen, sehr gut. Und wozu nützt es?«

»Für Tee, denke ich. Bei Erkältung, zum Beispiel.«

»Ja, gut, sehr gut. Am besten mit Holunder und Scharfgarbe gemischt. Und immer warme Decken bereit halten, weil man dann schwitzt. Aber es hilft noch mehr. Gegen Magenbeschwerden, bei Durchfall und gegen die Monatsschmerzen der Frauen. Du kennst das?«

Gunhild nickte stumm und ein wenig fassungslos.

»Aber nicht zu viel, sonst bekommt man Brechreiz! Minztee lindert Koliken und hellt die Stimmung auf. Ein paar Tropfen Öl sind gut gegen Ohrenschmerzen; in Wasser gelöst verringern sie Juckreiz und Sonnenbrand. Und ein Blatt Minze im Beutel sorgt dafür, dass immer Geld hereinkommt...«

Und so weiter. Gunhild schwirrte bald der Kopf von den vielen Namen und Gerüchen. Dann kam der anstrengende Teil. Denn ebenso unbeirrbar, wie sie ihr zunächst alles vorgeplappert hatte, nahm die Alte sie dann ins Gebet. Mit geschlossenen Augen musste Gunhild die Kräuter wiedererkennen, musste ihre Eigenschaften und Verwendungsformen hersagen. Und immer, wenn sie nicht mehr weiter wusste, stach sie die Alte mit ihrem knochigen Finger. Am Ende hatte sie das Gefühl, nur noch aus blauen Flecken zu bestehen. Und sie war müde, entsetzlich müde.

Schließlich murrte sogar die Alte: »Ich glaube, es hat heut keinen Zweck mehr mit dir, Kindchen. Pass auf den Kessel auf; ich habe etwas mit den beiden anderen zu bereden.«

Also hockte Gunhild sich an den Herd. Der große Kessel war unten schwarz von Ruß, aber am Rand schimmerte er wie reines Gold. Sie rührte in der Suppe und kostete davon. Nicht übel, vielleicht ein bisschen fad. Ein bisschen Maggi könnte nicht schaden.

Ein bisschen Magie könnte nicht schaden.

Sie grinste. Vielleicht waren ja die Kräuter der Alten noch zu etwas anderem nutze.

Sie öffnete eines der Tiegelchen, die auf dem steinernen Bord standen, und roch daran. Nein, das war zu süß. Und das, mit der Ogham-Rune mit den fünf doppelten Querstrichen, das war Eibe, und die war hochgiftig. Davor hatte die Caillech sie gewarnt.

Aber das hier, das roch wie Thymian. Eine gute Prise hinein, besser zwei. Und ein paar zerstoßene Eicheln. Gerbsäure, das zieht den Magen zusammen. Dazu eine Handvoll von diesen getrockneten Wacholderbeeren. Lorbeer müsste sie haben, aber den gab es hier nicht.

Sie hörte, wie draußen der Wind um die Mauern pfiff, aber es störte sie nicht. Sie war wie im Rausch. Mit traumwandlerischer Sicherheit nahm sie von diesem und jenem, verschmähte das eine, bediente sich reichlich beim anderen. Es war, als käme das Wissen, das sie sich in den langen Stunden mit der alten Hexe angeeignet hatte, ihr nun unbewusst zu Hilfe. Sie wusste so genau, was sie tat, dass sie nicht einmal darüber nachdachte.

Der Rauch verdichtete sich. Der Sturm heulte.

»Mischt ihr alle, mischt am Schwalle!
Feuer, brenn, und Kessel, walle!«

Shakespeare, *Macbeth.* Sie kannte es zwar nur aus einer Schülerversion, die ihre Theatergruppe geprobt hatte, aber diese Zeilen waren ihr im Gedächtnis geblieben.

Die Mauern von Cruachan erzitterten.

»Was machst du da?«

Gunhild blickte auf. Der ganze Raum war von dunklem Rauch erfüllt. Man konnte kaum die Hand vor den Augen sehen. Und ihre Augen tränten, sodass sie erst recht nichts erkennen konnte.

Wo kam dieser ganze Qualm her? Er wirbelte und tanzte, heulte und fauchte: ein entfesselter Hexenkessel. Das Wort bekam für sie auf einmal eine ganz neue Bedeutung.

Gesichter schälten sich aus den brodelnden Schwaden.

»Wir müssen den Kessel rausschaffen, sonst fliegt uns das Dach über dem Kopf weg.« Das war Érius befehlsgewohnte Stimme.

»Ich fasse mit an.« Das war Brigid.

»Ich auch.« Die Caillech.

Wie von Geisterhänden hob sich der Kessel von der Feuerstelle. Aber es war wohl der Qualm, der diesen Eindruck erweckte.

Durch die wallende Schwärze kämpften sie sich ins Freie. Die Sonne stand tief über dem Horizont – unwahrscheinlich tief. Wolken ballten sich am Himmel, vermengten sich mit dem Rauch aus dem Kessel. Dass ein so kleiner Topf so viel Qualm entwickeln konnte!

Sie schleppten sich über die freiliegende Treppe hinauf zu dem gedrungenen Turm, der die Ringmauern überragte. Hier blies der Wind am stärksten, zerrte an Kleidern und Haaren. Mittlerweile war es finster wie in der Nacht. Wetterleuchten erhellte den Himmel. Von Westen her zogen schwefelgelbe Sturmfronten heran. Regen peitschte das uralte Mauerwerk.

Gunhild konnte nicht verstehen, was die Frauen sprachen. Sie wollte sich entschuldigen für das, was sie angerichtet hatte, aber sie wusste nicht, was sie sagen sollte, und bei diesem Wind wäre es ohnehin vergeblich gewesen. Sie war durchnässt bis auf die Haut, und ihr war kalt.

»Geh zurück!« Da war Érius Stimme an ihrem Ohr. »Du wirst dir noch den Tod holen.«

Gehorsam wandte sie sich um und stieg wieder hinab. Der Wohntrakt war immer noch voller Rauch.

Also folgte sie der Burgmauer, bis sie zum Stall kam. Die braune Kuh wartete bereits auf sie. So gereizt sie noch vor Stunden gewesen war, jetzt war sie ganz ruhig.

Gunhild drückte ihre Stirn an die warme Flanke der Kuh und atmete tief durch.

Ich bin hier, dachte sie. *Hier kann mir nichts geschehen.*

Und ihr war, als würde ihr – ob als fernes Echo oder tief aus ihrem Innern – eine Antwort zuteil. Es war die Stimme der Göttin, die sie so lange nicht mehr gehört hatte. Ihre Hand ging zu dem Halsreif, den sie trug, der einmal das Halsband der Göttin gewesen war. Es gab ihr Kraft.

Sei ruhig, mein Kind. Schlafe!

7
Im Herzen des Waldes

Sie waren noch auf dem offenen Feld, weit von dem schützenden Wald entfernt, als die ersten Regentropfen fielen. Erst waren sie geradezu erfrischend nach der Hitze des Tages, dann eher störend: große Tropfen, die einem ins Gesicht klatschten. Dann wurde der Regen stärker.

»Schneller«, rief Amergin. »Wir müssen den Wald erreichen.«

Gepeitscht von dem westlichen Wind, der auf der freien Ebene nirgends ein Hindernis fand, prasselte der Regen nahezu waagerecht nieder, eine kalte, unbarmherzige Hand, die einen im Laufen zur Seite drückte, weg von dem sicheren Pfad. Das Erdreich wurde zu Schlamm; Wasserfontänen spritzten auf, wo die Regentropfen einschlugen.

Siggis Kleidung war längst vom Regen durchtränkt; das nasse Fell zerrte an ihm wie Bleigewichte. Die Schwertscheide schlug ihm beim Laufen gegen die Beine, und er hatte Mühe, nicht zu stolpern und das Gleichgewicht zu verlieren. Die Lederschuhe, völlig durchweicht, fanden kaum Halt auf dem glitschigen

Boden. Und der Wind riss und zerrte an ihm, als wolle er ihn mit Absicht zu Fall bringen.

»Hierher!«

Blindlings folgte er seinem Führer, hinein in den peitschenden Wind. Der Regen, wenn es denn überhaupt möglich war, wurde noch stärker, stach wie mit tausend Nadeln. Siggi hatte das Gefühl, durch Wasser zu waten, Wasser zu atmen; durch eine Welt, in der die Grenzen der Elemente aufgehoben waren und alles nur noch Wasser und Wind war, eine Flut, die alles Leben hinwegfegte.

Sollte dies sein Schicksal sein, nachdem er durch seine Klugheit das Schwert der Götter erlangt hatte: mitten auf der Ebene im Wasser zu ertrinken? Schlugen nun die Götter zurück?

Er stolperte und schlug aufplatschend vornüber in einen Tümpel. Für den Bruchteil eines Augenblicks überkam ihn der Wunsch, hier liegen zu bleiben und zu warten, wie die Lungen sich mit Wasser füllten, bis alles zu Ende war. Nur frei sein von dem peitschenden Regen und der Kälte, die der Sturm mit sich brachte ... Dann fasste ihn eine starke, sehnige Hand am Arm und riss ihn hoch.

Es war keine Verständigung mehr möglich. Schritt für Schritt, in den eisigen Wind gelehnt, gingen Siggi und der dunkle Mann in den Sturm hinein. Zeit und Raum verschmolzen zu einer Einheit. Es gab keine Vergangenheit mehr und keine Zukunft, nur noch den nächsten Schritt, indem man den einen Fuß vor den anderen setzte, und das graue, blinde Wüten ringsum.

Dann war die Macht des Sturmes gebrochen, und sie taumelten in eine Wand von nassen Blättern und Zweigen hinein, die sich um sie schloss, und in das dunkle, feuchte, atmende Innere des Waldes.

Keuchend lagen sie auf dem lehmigen Waldboden. Immer noch umgab sie das Prasseln des Regens, härter noch als zuvor, doch zugleich gedämpft durch das dichte Blätterdach, das einen Teil der Wucht des Sturmes abfing.

»Oh, Mann«, schnaufte Siggi, als er wieder ein bisschen Atem geschöpft hatte, »wenn's hier regnet, dann aber richtig.«

»Wir sind noch nicht in Sicherheit«, war Amergins einzige Antwort. »Komm, weiter.«

Wie zur Bestätigung ging ein Schwall von Wasser auf sie nieder, der aus dem windgeschüttelten Geäst losgerissen worden war. Auch hier unter den Bäumen regnete es. Das Blattwerk, längst vollgeladen mit Wasser, konnte der Wucht des Sturmes nicht länger standhalten und gab Lücken frei, in denen der tiefgraue Himmel sichtbar wurde. Und selbst hier auf dem Waldboden suchte sich die Flut zwischen Wurzeln und Unterholz in immer neuen Rinnsalen und Bächen ihre Bahn.

Seufzend rappelte Siggi sich auf und folgte dem Druiden. Im Augenblick hatte er nur noch den einen Wunsch: sich irgendwo hinsetzen zu können, wo es warm und trocken war. Aber das war hier in der verregneten Wildnis wohl eine vergebliche Hoffnung.

Tiefer und tiefer ging es in den Wald hinein, doch der Junge hatte kaum Augen für die Umgebung. Die Arme vor dem Gesicht, um sich vor zurückschnellenden Zweigen zu schützen, achtete er vor allem auf den Boden zu seinen Füßen, wo Wurzeln und Gestrüpp das Vorankommen erschwerten. Er merkte wohl, dass es abwärts ging. Immer mächtiger wurden die Bäume, immer tiefer das Halbdunkel. Es musste schon auf den Abend zugehen; Siggi hatte längst jegliches Zeitgefühl verloren.

Dann fand er sich plötzlich in einem umschlossenen Raum wieder. Der Übergang kam so abrupt, dass er das Gleichgewicht verlor und sich unsanft auf den Boden setzte.

»Wo sind wir?«

Ringsum herrschte Finsternis, bis auf einen schmalen Spalt, wo das gefilterte Dämmerlicht des Waldes hereindrang.

Keine Antwort. Dann hörte Siggi in der Dunkelheit ein Klicken, wie von Stein, der gegen Stein schlägt, und sah Funken aufblitzen. Einer der Funken glomm weiter, wurde zu einem züngelnden Flämmchen. In seinem Licht sah er das Gesicht des Druiden, über eine Feuerschale gebeugt, die auf einem Dreifuß ruhte.

Die Flamme warf fantastische Schatten auf die Wände des Raumes, und Siggis Blick folgte ihnen nach oben. Er suchte nach Ecken und Winkeln, um sich zu orientieren, aber vergeblich. Er fand nur gewundene Linien, die hinauf ins Dunkel führten. Aber es war keine Höhle, in der sie sich befanden; denn es war kein Stein, der sie umgab. Das fühlte er. Nein, es war mehr wie Holz, doch nicht zu Brettern geschnitten und zu Wänden und Decken zusammengefügt; dies war ein lebendiger Stoff, dessen Wurzeln tief ins Erdreich drangen, während sich seine Ausläufer wie Finger in den Himmel hinaufstreckten. Und plötzlich wusste er, wo sie sich befanden.

»Wir sind im Innern eines Baumes«, beantwortete er seine eigene Frage.

Das Staunen in seiner eigenen Stimme war nicht zu überhören. Ein Baum, der so groß war, dass sein hohles Innere zwei Menschen Raum bot, und der dennoch lebte! Wie groß mochte der Umfang dieses Baumes sein? Und wie hoch der Wipfel? Und an das Alter dieses Baumes mochte er gar nicht erst denken, doch er spürte, dass das, was ihn umgab, uralt war, Jahrhunderte, vielleicht Jahrtausende, und erfüllt von einer Weisheit, die nicht von Menschen kam, sondern aus der Erde und dem Himmel selbst.

»Dies hier ist das Herz des Waldes«, sagte Amergin leise, »die große Eiche – der Baum, in dem alle Welten ihren Ursprung haben. Hierher kommen die Druiden von Erin, wenn sie alle Stufen ihrer Ausbildung durchlaufen haben um in seinem Inneren wiedergeboren zu werden. Kein anderer ist je an diesem Ort gewesen. Keiner außer dir, Finn. Und es scheint, nachdem du an diesem Tag zum Helden geworden bist, sollst du in der Nacht auch noch zum Magier werden.«

Er warf etwas in die Glut, und Rauch wallte auf. In seinem roten Widerschein schien die Gestalt Amergins zu wachsen. Ihr Schatten streckte sich die Wände hoch; die Federn seines Kopfputzes breiteten sich aus zu schwarzen Schwingen, die ihn umflatterten. Das Gesicht des Druiden verzerrte sich; das eine, linke Auge blinkte hell, während das andere sich dunkel umschattete.

Siggi blinzelte. Der Rauch machte ihn benommen. Was hatte der Druide da in die Feuerschale getan? Irgendwelche Drogen? Misteln und Stechapfel und Tollkirsche – womit auch immer die Druiden ihren Zauber wirkten ... Er hatte darüber gelesen, aber im Augenblick konnte er keinen klaren Gedanken fassen.

Er wich zurück, bis er das Holz des Baumes im Rücken spürte, und ließ sich langsam daran heruntersinken. Da war der Baum. Der Baum hatte so lange hier gestanden, war seit Ewigkeiten hier gewesen. Er würde nicht so schnell von den Stürmen weggerissen und von den Fluten fortgespült werden, die immer noch irgendwo dort draußen tobten. Das gab ihm Sicherheit.

Urplötzlich war er an einem anderen Ort, zu einer anderen Zeit, und er hörte eine Stimme, die er kannte.

»Ich habe keineswegs die Absicht, euch zu sagen, woher der Weltenbaum kam.« Die Stimme klang verärgert. *»Er ist einfach da. Denkt einfach an eine Kraft, die so ist wie die Anziehungskraft zwischen einem Magneten und einem Stück Eisen. Man kann sie nicht sehen, aber sie ist vorhanden. Ohne die Kraft des Weltenbaumes würde alles auseinander fallen und sich in der Unendlichkeit verlieren.«*

Odin, dachte Siggi. Aber der graue Gott war tot. Er hatte selbst gesehen, wie er starb, damals, vor einem Jahr, in den fahl leuchtenden Höhlen der Anderswelt. Und jetzt ging er wieder vor ihm, in seinem abgerissenen Mantel, und gleich würde er sich umdrehen und ihn ansehen, mit seinem linken, heilen Auge. Und dann würde er das andere Auge öffnen, mit dem er in das Innere der Welt blickte ...

»Es ist nicht tot. Was ich darin gesehen habe ...« Das war Gunhilds Stimme, und Siggi spürte den Schauder, der darin lag. *»Ich kann darüber nicht reden.«*

Gunhild! Er musste sie suchen. Wenn dieser Baum wie ein Magnet war, dann konnte er seinen Linien folgen. Er schloss die Augen. Er brauchte sich nur treiben zu lassen, den Kraftfeldern nach. Doch als er die Augen wieder öffnete, sah er ein anderes Bild:

Ein junger Mann, der in einer Halle saß, an einem lang gestreckten Tisch. Er war gekleidet in ein rotes Gewand, eine Art Kittel, mit goldenen Bändern an Ärmeln und Saum, die mit verschlungenen Ornamenten verziert waren. Goldreifen glänzten an seinen Armen. Seine Haut war hell und sein Haar schwarz, aber sein Gesicht war abgewandt, sodass Siggi es nicht erkennen konnte.

Hagen!, wollte er rufen und dann noch einmal, aber diesmal als Frage: *Hagen?* Plötzlich kamen ihm Zweifel. War dies wirklich Hagen? Der Hagen, den er kannte, war geschickt gewesen und klug, fast schon ein wenig gerissen, aber das hier war ein junger Krieger, mit muskulösen Armen, und auch das Haar war ein wenig zu lang und ...

Dreh dich um, dreh dich doch um, damit ich dein Gesicht sehen kann!

Doch der Mann am Tisch tat ihm den Gefallen nicht. Dann fiel ein Schatten über ihn und ein weiterer, und eine helle Stimme rief: »Komm, Cúchullin, komm! Auf in den Kampf!«

Das Bild verschwamm in einem Wirbel von Bewegung, und er flog. Er flog, wie ein großer Vogel fliegt, ein Seeadler. Die Ebene glitt unter ihm hinweg, und er wusste, dass er gen Westen flog. Es war Nacht, doch seine Augen waren scharf wie nie zuvor und durchdrangen die Finsternis. Irgendwo in der Ferne hörte er das Meer.

Er sah das Licht auf dem Turm der Festung, ehe er die Mauern selbst wahrnahm, ein gedrungenes, zyklopisches Bauwerk aus riesigen Quadern. Kein wärmender Schein drang aus den dunklen Fensterschlitzen, doch auf der obersten Plattform sah er drei Gestalten, die sich um einen Kessel scharten.

»Das war ein mächtiger Sturm, den unser junger Schützling hier entfacht hat«, sagte die eine. Es war eine junge Frau, die trotz des Windes und der Kühle der Nacht in ein dünnes, wallendes Gewand gekleidet ging. Silber glänzte auf ihrer Brust, und Perlen schimmerten in ihrem langen, dunkelblonden Haar.

»Die Erde wird tief davon trinken und neue Frucht hervorbringen«, sprach die zweite. Sie hatte die breiten Hüften und vollen Brüste einer Matrone, die schon Kinder geboren und gesäugt hatte. Sie ging in selbstgewebtes Leinen gekleidet, Bronze blinkte an ihrem Hals und an ihren Armen, und ihr erdbraunes Haar, wenngleich noch voll, zeigte bereits die ersten weißen Strähnen.

»Ein Sturm, den man bis Ulad hören wird«, kicherte die dritte, ein uraltes Weiblein, gebeugt von der Last der Jahre. Ihr Haar war schlohweiß, ihr Gesicht von Falten durchfurcht, und ihre Hände waren wie knorrige Äste, knotig und verkrüppelt vom Alter. Ihr Gewand war schwarz wie die Nacht, löchrig und ohne jeden Schmuck bis auf den goldenen Reif, der an ihrem Hals blinkte. Der Blick ihrer Augen war hell und scharf.

Und da war noch eine vierte Gestalt bei ihnen, die das scharfe Auge des Adlers zuvor nicht gesehen hatte.

Ihr Haar war hell wie der Sommerweizen, und war da nicht ein langer Zopf, der über die Schulter wippte …?

Gunhild!, wollte Siggi rufen, doch in diesem Augenblick entschwand das Bild.

Und dann sah er aus großer Höhe auf etwas Helles hinab, ein Rechteck, das langsam größer wurde. Und je schneller er darauf zustürzte, umso mehr Einzelheiten konnte er erkennen. Es war ein Bett, und auf diesem Bett lag jemand. Er hatte die Bettdecke weggestrampelt, und seine bloßen Beine schauten heraus. Sein hellblonder Schopf lag schweißgetränkt auf dem Kissen.

Seltsam, dachte Siggi, *da bin ich nun in einem Traum, und in dem Traum träume ich, dass ich mir dabei zusehe, wie ich träume.* Und mit einem Mal wusste er, sobald der wilde Sturzflug seines Geistes mit dem Schlafenden auf dem Bett zusammentreffen würde, dann würde er aufwachen, und alles wäre vorbei –

»Nein, nein!« Er schlug um sich. Seine Hand platschte in kaltes Wasser.

Wasser? Wieso Wasser? Wo war er?

»Ganz ruhig.« Aus den wabernden Nebeln, die ihn umgaben, schälte sich Amergins Gesicht. »Komm, steh auf! Wir müssen hier raus.«

»Was?« Siggi richtete sich auf. Es war immer noch dunkel. Ihm schmerzte der Kopf. Der Regen schien aufgehört zu haben, oder seine Ohren hatten sich so daran gewöhnt, dass er ihn gar nicht mehr wahrnahm. Was er jedoch sehr wohl spürte, war die eisige, schmutzige Brühe, in der er saß.

»Das Tal wird überflutet«, erklärte der Druide. »Die Erde kann die Wassermassen nicht mehr aufnehmen, und so fließt alles am tiefsten Punkt zusammen. Wir müssen auf den Baum, wenn wir hier nicht ertrinken wollen.«

Draußen war es stockdunkel. »Jetzt? Bei Nacht?«

»Es wird uns wohl nichts anderes übrig bleiben.«

Siggi stand auf und watete durch das kniehohe Wasser zum Ausgang. Draußen gurgelte schwarz die Flut. Er konnte sehen, wie sie immer noch anstieg. Er warf einen Blick nach oben, am Stamm des Baumes hinauf. Es war so dunkel, dass man gerade mal die Hand vor Augen sehen konnte. Irgendwo in drei oder vier Meter Höhe erspähte er einen dunkleren Schatten. Ein vorspringender Ast, wie es schien.

»Hier ist ein Seil. Versuch, es über den Ast zu werfen«, sagte Amergins Stimme an seinem Ohr. »Vorsicht, am Ende ist eine Sichel. Ich musste es mit irgendetwas beschweren«, fügte er fast entschuldigend hinzu.

Klar, dachte Siggi. *Eine Sichel. Wie bei Asterix und Obelix. Druiden haben immer eine Sichel dabei.* Trotz ihrer misslichen Lage konnte er nur mit Mühe ein Kichern unterdrücken.

Beim ersten Mal verfehlte er den Ast und musste sich vor der herabsausenden Sichel in Sicherheit bringen. Dann verhakte sich die Sichel irgendwo im Geäst, aber die Äste schwankten so sehr, dass es unmöglich war, daran hochzuklettern, und zu gefährlich, da die Befestigung sich jederzeit lösen konnte. Erst nach mehrmaligem Rütteln und Zerren kam das Seil wieder frei. Mittlerweile reichte ihnen das Wasser schon bis zur Brust, und Amergin musste Siggi am Gürtel festhalten, damit er nicht fortgespült wurde.

Der dritte Wurf war perfekt. Das Geschoss flog in hohem Bogen empor, beschrieb eine elegante Kurve und landete auf dem Rückschwung mit der Spitze unmittelbar oberhalb von Siggis Kopf in der Rinde des Baumes.

Siggi machte die Sichel los, verknotete das Seil mit einer Schlaufe und zog es fest. Dann machte er sich an den gefährlichen Aufstieg.

Vorsichtshalber hatte er die Lederschuhe ausgezogen und in den Gürtel gesteckt. Die Rinde der uralten

Eiche war glitschig vom Regen, doch ihre Furchen waren tief, sodass er mit den Zehen Halt darin fand.

Als er die Astgabel erreicht hatte, legte er sich schwer atmend mit dem Oberkörper voran hinein. Noch immer schwindelte ihm der Kopf. Er fühlte sich ausgepumpt wie noch nie in seinem Leben.

»Zieh mich rauf!«, kam die Stimme Amergins von unten. Das Wasser musste dem kleinen Mann inzwischen bis zum Hals stehen.

Seufzend begann Siggi das Seil Hand über Hand einzuholen. Nachdem auch der Druide, nass wie eine Katze, den rettenden Ast erreicht hatte, stiegen sie gemeinsam noch ein Stück höher, bis sie eine größere Gabelung fanden, wo sie sitzen konnten, ohne Gefahr zu laufen, bei der leisesten Bewegung wieder herunterzufallen. Dort erwarteten sie frierend und müde, aber zu erschöpft, um wirklich zu schlafen, den nahenden Morgen.

Es scheint das Schicksal von Schamanen zu sein, immer irgendwann in einem Baum zu enden, ging es Siggi durch den Sinn. Hatte nicht auch Odin, der Göttervater, im Baum gehangen, neun Tage und neun Nächte? Wahrscheinlich hatte er sich festgebunden, um nicht herunterzufallen.

Was gar keine so schlechte Idee war. Siggi holte das Seil ein und wickelte es paar Mal um die Astgabel, bis er sich eine Art Hängematte gebaut hatte.

Irgendwann musste er dann doch eingenickt sein, denn als er die Augen aufschlug, war es heller Tag. Die Vögel zwitscherten. Hoch über den Baumkronen war der Himmel blau, als hätte ihn nie eine Wolke getrübt.

Unten gurgelte noch das schmutzigbraune Wasser, aber der Pegel war schon merklich gefallen. Nicht mehr lange und sie würden den Abstieg wagen und weitermarschieren können, ohne sich mehr als nasse Füße zu holen.

Siggi zog das Schwert aus der Scheide und betrachtete es. In dem klaren Licht des neuen Tages glänzte es, als wäre es nie auf dem Schlachtfeld gewesen.

Amergin, der wie ein großer bepelzter Vogel ein Stück höher in einer anderen Baumgabelung saß, beobachtete ihn mit halb geschlossenen Lidern.

»Eines würde mich noch interessieren«, sagte Siggi, als er in Gedanken noch einmal die Ereignisse des letzten Tages an sich vorbeiziehen ließ.

»Hmh«, machte Amergin. Es war weder eine Aufforderung noch eine Abfuhr.

»Wenn dieses Schwert auf dem Schlachtfeld verloren ging«, fuhr Siggi fort, »wer hat dann den Stein aufgestellt und die Inschrift verfasst? Ich meine, wenn man wusste, wo es lag, warum hat man es dann nicht längst geborgen?«

»Die Inschrift?« Amergin zuckte die Achseln. »Wer wohl? Ich natürlich.« Er erhob sich. »Schauen wir, dass wir weiterkommen.«

Der Abstieg gestaltete sich unproblematisch. Nachdem sie eine Zeit lang durch fast hüfttiefes Wasser gewatet waren, erreichten sie schließlich höheren Grund, und auch wenn der Boden immer noch schlammig war, kamen sie jetzt besser voran. Es gab keinen richtigen Weg durch den Wald, auch wenn sie mitunter Pfade fanden, die entweder von wilden Tieren oder von Jägern gebahnt worden waren. So wand sich ihr Weg mal hierhin und dorthin, aber im Großen und Ganzen ging es, wie Siggi feststellte, wenn er durch das Blätterdach einen Blick auf die Sonne erhaschen konnten, nach Süden.

Nach etwa einer Stunde oder auch zwei – es war ohne Uhr für Siggi relativ schwierig zu schätzen – trafen sie auf das erste ernst zu nehmende Hindernis.

Es war ein Fluss. Zu normalen Zeiten mochte es nicht mehr als ein größerer Bach sein, den man an vielen Stellen ohne Schwierigkeiten durchwaten konnte, aber die Regenfälle des gestrigen Tages hatten ihn zu einem

Strom anschwellen lassen, der sich mit reißenden, schlammigen Fluten durch sein Bett wälzte. So war an ein Überqueren nicht zu denken.

»Ein Stück weiter unten ist eine Furt, wo wir selbst jetzt vielleicht hinüber können«, meinte Amergin. »Aber dort ist jemand, dem ich nur ungern begegnen würde.«

Siggi hob die Brauen. Jemand, den der Erzdruide fürchtete? Oder wollte er einfach nur nicht gesehen werden? »Und wer sollte das sein?«, fragte er.

»Nur eine alte Bekannte«, wich der Druide aus. »Sie wäscht dort ihr Linnen am Fluss. Außerdem würde es einen ziemlichen Umweg bedeuten.«

Siggi verstand jetzt gar nichts mehr. Er warf einen Blick in die aufgewühlten Wasser des Flusses. »Hier scheint auch jemand Wäsche gewaschen zu haben«, sagte er. Zwischen den lehmigen Fluten trieben hier und da dunklere Schlieren, rot wie Blut.

»Ich glaube, wir sollten es in jedem Fall besser flussaufwärts versuchen«, meinte Amergin.

Siggi zuckte nur die Achseln. »Mir soll's recht sein.« Er wusste nicht so recht, was er von den Bemerkungen seines Begleiters halten sollte, aber da der Alte sie nicht weiter kommentierte, ließ er es dabei bewenden.

Also zogen sie flussaufwärts, immer dem Ufer folgend, mal näher, mal weiter entfernt, je nachdem wie die Uferbank und der Bewuchs es erlaubten. Als der Wald wieder dichter zu werden begann, bekamen sie den Fluss streckenweise gar nicht mehr zu sehen, aber sein Tosen bildete eine ständige Geräuschkulisse zu ihrer Rechten.

Siggi hatte, da es seine Idee gewesen war, die Führung übernommen, obwohl er keine Ahnung hatte, wo genau ihr Ziel lag. Zudem war sein Begleiter heute ungewöhnlich wortkarg, und da auch Siggi sich lieber den Atem für den Marsch aufsparte, war es ein schweigsames Paar, das sich seinen Weg durch das Gehölz bahnte.

Dann hatte Siggi mit einem Mal das Gefühl, als habe sich das Rauschen des Flusses verändert. Wenn er die Ohren spitzte, konnte er es deutlich vernehmen: ein härteres, grollendes Geräusch. Es klang fast wie ein Wasserfall – oder eher wie Stromschnellen, Felsen, die den Lauf des Flusses verengten und an denen sich die aufgewühlten Wasser brachen. Vielleicht gab es dort eine Möglichkeit, auf die andere Seite zu gelangen.

Er kletterte auf allen vieren einen Hang hinauf, um von dort einen Blick auf den weiteren Verlauf des Flusses zu werfen. Jenseits der Bäume, die den Rand des Wassers säumten, glaubte er so etwas wie eine Holzkonstruktion zu erkennen, die sich über den Fluss spannte

»Da ist so etwas wie eine Brücke«, rief er und wandte sich zu seinem Begleiter um.

Doch da war niemand mehr. Der kleine dunkle Mann war verschwunden, als habe ihn der Erdboden verschluckt.

8
Der Meisterschlag

Wie eine Kanonenkugel schoss der harte, faustgroße Ball auf Hagen zu. Ohne richtig zu wissen, was er tat, hob der Junge den Arm und sprang hoch, den Blick auf den Ball geheftet. Und zum Glück hatte er die Sonne im Rücken, sodass er nicht geblendet wurde.

Für einen winzigen Moment schien es Hagen so, als hätte er den Ball falsch berechnet und würde ihn verpassen. Dann aber prallte der Ball hart in seine Hand. Aua! Schmerz durchzuckte ihn wie ein Blitz. Aber er hatte sein Ziel erreicht. Der Ball fiel zu Boden und lag vor ihm auf dem kurzgeschorenen Rasen.

Gemurmel kam von den Zuschauern an der Seitenlinie, dann Beifall.

»Cúchullin! Cúchullin!«, hörte er jemanden anfeuernd rufen. Aber es war nur eine einzelne Stimme, die bald versiegte.

Man traute dem Jungen, der den Hund des Königs getötet hatte, viel zu, aber das hier war doch etwas anderes. Es war Sport, und nicht jeder, der auf dem Schlachtfeld große Taten vollbrachte, hatte dies dann auch auf dem Platz, wo es um Ehre und Ruhm ging, bestätigen können. Der Junge jedoch, den man Cúchullin nannte, schien nicht nur im Kampf ein Großer zu sein, sondern auch im Spiel.

Hier in der Burg des Königs und im unmittelbaren Umkreis herrschte Friedenspflicht. Recken des Königs fochten statt mit richtigen Schwertern und Äxten mit Übungswaffen aus Holz gegeneinander – oder mit Schläger und Ball. Sportlicher Wettkampf statt Waffengang. Hagen hatte die wilde Aufregung erfasst, die ihn immer ergriff, wenn er in einer Mannschaft antrat. Sei es Fußball, Eishockey oder Rugby. Immer wieder war es das große Gefühl, einen Wettkampf mit anderen gegen andere zu bestreiten. Es siegte nicht der körperlich Stärkere, sondern meist jene Mannschaft, die das Können des Einzelnen mit dem Mannschaftsgeist kombinierte.

Und er hatte nicht gerade eine Profi-Mannschaft im Rücken. Aber er hatte sich selbst in diese Sache hineingeritten, und jetzt musste er sehen, wie er mit heiler Haut davonkam. Um nicht zu sagen, als Held ...

Es hatte alles beim Frühstück begonnen; das heißt, genau genommen schon vorher. Er war mit einem Brummschädel aufgewacht und mit einem Geschmack im Mund, als hätte sich tagelang nicht die Zähne geputzt. Waren es die Nachwehen jener übernatürlichen Wut, die er empfunden hatte, als er in die Halle des Königs gestürmt war? Bei Licht betrachtet, schienen es ihm freilich eher die Nachwehen des Mets zu sein, jenes süßen, erfrischenden und ach so trügerischen Honigbiers, von dem er letzte Nacht ausgiebig gekostet hatte.

Bei Licht betrachtet. Oder besser nicht. Das Licht stach ihm in die Augen, sodass er zunächst kaum sehen konnte, wo er sich befand. Dann erkannte er durch zusammengekniffene Lider, dass er offensichtlich dort geschlafen hatte, wo er betrunken umgefallen war: hinter seinem Sitz in der Halle des Königs.

Die peinliche Feststellung wurde ein wenig durch die Tatsache relativiert, dass es anderen offensichtlich ebenso ergangen war. Zwar hatten die meisten der Zecher inzwischen das Weite gesucht. Doch die zerwühlten Binsen am Boden zeugten davon, dass noch andere hier genächtigt hatten, und in dem einen oder anderen Winkel schnarchte noch eine Leiche.

Hagen zog sich vorsichtig an der Bank hoch, bis er aufrecht saß. Nachdem er sich erst an diese Position gewöhnt hatte, war es nur eine Frage der Zeit, bis er wieder auf den Beinen stand.

Er war noch immer so sehr mit sich selbst beschäftigt, dass er nur am Rande wahrnahm, wie sich das Licht im Eingang verdunkelte. Eine schlanke Gestalt, die sich anmutig bewegte. Ein Mädchen. Sie trug ein Bündel in den Händen.

»Herr, dies schickt Euch der König zum Anziehen.«

Was vermutlich hieß, dass er nicht gerade wie eine Zierde des Königshofes aussah. Es sei denn, der König hatte grundsätzlich etwas gegen T-Shirts – oder gegen Manchester United.

»Wo kann ich mich waschen?« Das war alles, was er herausbrachte.

»Draußen, am Brunnen.« Sie sah ihn an, als habe er mit dieser Frage seine völlige Blödheit unter Beweis gestellt. Oder als sei er ein Monster, dem alles zuzutrauen wäre.

Er stierte sie aus blutunterlaufenen Augen an. »Wo gibt's Frühstück?«

»In der gefleckten Halle.« Sie drückte ihm das Bündel in die Hand und floh.

Draußen am Brunnen tauchte Hagen erst einmal den Kopf ins Wasser, dann schüttelte er sich wie ein Hund. Danach fühlte er sich etwas besser. Das Kleiderbündel entpuppte sich als ein wadenlanger roter Kittel mit bunten Bordüren. Er kam sich etwas auffällig vor. Aber vielleicht war das bei Helden die übliche Kleidung. Die Beinkleider, mit vielen Schnüren und Laschen, und die Lederlappen, die hier als Schuhe dienten, ließ er lieber beiseite. Da zog er Jeans und Turnschuhe vor.

Da er ein dringendes Bedürfnis verspürte, sah er keine andere Möglichkeit, als sich an einer nahen Hauswand zu erleichtern. Dabei hatte er das Gefühl, dass aus allen Ecken Blicke auf ihn gerichtet waren. Er zog den Reißverschluss hoch und wandte sich um.

Im Tageslicht wirkte die Burg König Conors nicht mehr so bedrohlich und übermächtig wie am Abend. Gewiss, sie war immer noch eindrucksvoll: die zweistöckige, runde Königshalle mit ihrem umlaufenden geschnitzten Gebälk; die Wirtschafts- und Nebengebäude; die Stallungen; die hohe, von Türmen gekrönte Umfassungsmauer. Doch bei näherer Betrachtung erwies sich die Architektur als eine Mischung von gemauertem Stein, Holzbohlen und Fachwerk, die Ringmauer streckenweise als eine Verbindung von Erdwall und Holzpalisade. Das Dach des Rundbaus war mit Schindeln gedeckt, die übrigen Gebäude mit Binsen. Es erinnerte ihn mehr an ein Indianerfort aus einem Wildwestfilm – mit ein paar Elementen aus einem Schweizer Bergbauerndorf – als an eine Ritterburg, wie er sie sich als kleiner Junge vorgestellt hatte.

Hagen packte sich einen der Jungen, die am Brunnen herumlungerten.

»Die gefleckte Halle!«

»D-d-da ...« Der Kleine zeigte mit dem Finger.

Er hätte es auch selber herausfinden können. Die gefleckte Halle, ein langgezogener Bau, war erkennbar an ihrem Bewurf aus Rauputz, bei dem man abwechselnd Kalk und Lehm verwendet hatte.

Im Inneren war die Halle geräumig; Tische standen dort und Bänke, und an den Längsseiten gab es Türen, die zu kleineren Schlafkammern führten. An dem Gerät, das an den Wänden hing, erkannte man, dass es sich offensichtlich um einen Wohnraum für Männer handelte, vermutlich den der unverheirateten Krieger.

Eine ältere, nicht unfreundliche Frau brachte ihm etwas zu essen: Rührei mit Schinken, dazu Brot und gesalzenen Fisch. Zu trinken gab es freilich nur Wasser. Hagen probierte erst vorsichtig, weil er seinem Magen noch nicht traute, langte dann aber herzhaft zu, als er merkte, wie hungrig er war.

»H-h-hast ... d-d-du ... den Hund ... w-w-w ...«

Er blickte auf. Der Junge, ein braunhaariger, ein wenig dicklicher Bursche, der ihm auf dem Hof den Weg gewiesen hatte, stand neben ihm und hatte sich offensichtlich den Mut gefasst, ihn anzusprechen.

»Sprich deutlich!«, sagte Hagen, mit vollem Mund, aber nicht mehr so knurrig wie zuvor.

»Cuscrid spricht immer so«, sagte eine andere Stimme. »Er kann nichts dafür. Er will dich fragen, ob du wirklich den schwarzen Hund mit bloßen Händen getötet hast.«

»Mit bloßen Händen und einem Apfelholz«, erklärte Hagen. »Und wer bist du?«

Der Sprecher trat ins Licht. Es war ein flachshaariger Junge, sicherlich einen Kopf kleiner als Hagen selbst. »Mein Name ist Laegaire Buadach, du kannst Laeg zu mir sagen.« Es klang wie ›Loy‹. »Wenn du mal einen Wagenlenker brauchst, ich kann am besten mit Pferden umgehen. Obwohl wir eigentlich nicht mehr mit Wagen kämpfen, so wie früher«, fügte er hinzu. »Und das hier sind meine Brüder«, fuhr er fort, »wir gehören zum Trupp der Wölflinge.«

Die beiden anderen, ein oder zwei Jahre älter als er, waren ihm wie aus dem Gesicht geschnitten.

»Dann seid ihr vermutlich die Krieger von morgen?«

»Wir können kämpfen, so gut wie die Großen«, sagte Laeg beleidigt. »Wir kämpfen jeden Tag. Wir ziehen nur noch nicht auf Kriegsfahrt.«

Hagen unterdrückte ein Schmunzeln. »Und was macht ihr, wenn ihr nicht gerade kämpft?«

»Das hier.« Er zauberte ein Stück Holz hervor, eine Art Keule mit abgeflachtem Blatt, und eine mit Schweinehaut überzogene Holzkugel. »Hurling.« Er ließ den Ball auf dem Schläger tanzen. »Spielst du Hurling?«

Jetzt galt es, den gewonnenen Status nicht zu verscherzen. »Na klar.« Er hatte schon einmal ein Spiel gesehen, während eines Besuchs bei seiner Tante. Ein verdammt schnelles Spiel, wie er sich erinnerte, eine Mischung von Football und Feldhockey. Wenn er auch annahm, dass die Regeln in der Anderswelt nicht die gleichen waren wie die der Gaelic Football Association.

»Spielst du mit uns?« Die Sehnsucht in der Stimme war nicht zu überhören.

»Warum nicht?«

»Jaaa!« Die Jungen jubelten. Und Laeg, der sich offensichtlich zu ihrem Sprecher gemacht hatte, fügte übermütig hinzu: »Komm, Cúchullin, komm! Auf in den Kampf!«

Sie rannten hinaus aus der Halle, über den Hof und durch das Tor der Umfriedung, wo das freie Feld begann.

In der Nacht hatte es geregnet, die Ausläufer eines Unwetters, das weiter im Süden getobt hatte. Hagen hatte davon überhaupt nichts mitbekommen, so fest hatte er geschlafen. Dafür war die Luft jetzt rein und klar. Der Boden war noch feucht. Die Sonne spiegelte sich in den Pfützen, die nur langsam trockneten.

Hier fand er auch die Krieger wieder, die er in der Burg vermisst hatte. Typen, denen Hagen nicht unbedingt nachts in einer einsamen Gasse begegnen mochte, wenn auch die meisten von ihnen ihm an Körpergröße unterlegen waren. Davon abgesehen, sagte er sich, war er ihnen bereits in der Nacht begegnet, wenn auch unter besonderen Umständen. Und er hatte sich nicht so schlecht geschlagen.

Einige der Männer kämpften mit schweren Holzschwertern gegeneinander; es war weniger ein Fechten als ein aufeinander Eindreschen, wobei jeder abwechselnd mit aller Wucht auf den Schild des anderen haute. Das Klack-klack hallte über das ganze Feld. Andere übten sich im Speerwerfen, und wieder andere ritten auf Pferden einen Parcours ab. Sie ritten in voller Kriegsrüstung, aber ohne Steigbügel, wie Hagen feststellte. Nicht unbedingt die beste Voraussetzung für einen Kampf zu Pferd.

Am Rande des Feldes hatten sich die übrigen Wölflinge versammelt und warteten. Sie waren zu fünft. Da waren die drei Söhne des Königs: Follaman und Fiachra, beide blond, und ihr schwarzgelockter Bruder Cormac. Dann war da noch Erc Mac Felimid, der spitznasige, mausgesichtige Sohn des Barden, dessen Haar so hell war, dass es fast weiß wirkte, und ein dunkelhaariger, hochgewachsener Junge mit tödlichen grünen Augen.

»Das ist Conall Cearnach, unser bester Spieler. Wir nennen ihn Lamtapaid, die schnelle Hand.«

Conall musterte Hagen mit wenig Begeisterung.

»Gut«, sagte er dann, »so können wir zwei Mannschaften bilden, zu je fünft. Eigentlich brauchen wir neun, aber soviel kriegen wir nie zusammen. Ich führe die eine Mannschaft an, du kannst die andere übernehmen.« Es klang wie ein großzügiges Zugeständnis.

Hagen zog eine Braue hoch. Conall war offensichtlich alles andere als erfreut, dass jetzt ein anderer kam, der ihm die Führerschaft im Team streitig machte. Sollte er den Burschen brüskieren oder gute Miene zum bösen Spiel machen?

Aber, dachte er sich, *was soll's. Ich bin ja hier nur ein Gast.*

Er öffnete den Mund um etwas zu sagen, als ihn eine raue Stimme in seinem Rücken der Antwort enthob.

»Ach, Cullens Hund spielt heute mit den Welpen.«

Hagen wandte sich langsam um. Vor ihm, breitbeinig, die Arme in die Hüften gestützt, stand Fergus Mac Roy, der Recke des Königs, dem er gestern beim Gelage den Anteil des Helden weggeschnappt hatte. Er war nackt bis auf einen buntkarierten Kilt und ein paar feste Schuhe. Das lange rote Haar und der buschige Bart standen von seinem Kopf ab. Rot war auch der borstige Pelz, der Brust, Arme und Beine bedeckte. Auch sein narbiges Gesicht war unter der blauen Bemalung rot angelaufen – rot vor Wut.

Na, dachte Hagen, *jetzt habe ich nicht nur einen, sondern gleich zwei gegen mich. Der Tag fängt gut an.*

Er versuchte es mit Diplomatie. »Hör mal«, sagte er, »es tut mir leid wegen gestern Abend. Ich wollte dich da nicht irgendwie kränken.«

Fergus ließ auch nicht den geringsten Willen zum Einlenken erkennen. »Gestern beim Met hast du den Mund weit genug aufgerissen. Mit jedem von uns würdest du's aufnehmen, hast du getönt.« Hatte er wirklich so etwas gesagt? Er erinnerte sich nicht. »Und jetzt zieht der Hund wohl den Schwanz ein, was?«

Diese Anspielungen auf seinen neuen Namen machten Hagen langsam sauer. Aber das war wohl auch der Zweck der Übung. Er ließ sich nichts anmerken.

»Ich habe mir sagen lassen, hier wird nicht gekämpft.« Er erinnerte sich an Laegs Worte.

»Wer spricht denn von Kämpfen?« Fergus grinste. Es war kein freundliches Grinsen. »Machen wir ein Spiel. Du und die Welpen gegen mich und meine Krieger.«

Hagen zögerte einen Moment. »Mit Conall und dir haben wir vielleicht eine Chance«, zischte ihm Laeg ins Ohr.

»Also gut«, sagte Hagen. »Zwei Mannschaften. Wer als Erster neun Punkte hat, hat gewonnen.« Das würde das Spiel nicht so sehr in die Länge ziehen.

»Das ist ein Scheiß-Spiel«, knurrte Conall Cearnach und warf seinen Schläger auf den Boden. »Da mache ich nicht mit.«

Fergus' Grinsen wurde tückisch. »Du kannst bei uns mitspielen, Conall. Einen Mann mit einer schnellen Hand können wir Krieger immer brauchen.«

Hagen und die anderen sahen einander entgeistert an…

Und so war es gekommen, dass Hagen nun mit einer Horde Jungs gegen die besten Krieger von Teltin im Hurling angetreten war.

Hagen hob den Blick und konnte sehen, dass er allein auf weiter Flur stand. Ohne lange nachzudenken, senkte er den Schläger unter den Ball. Es klappte, als hätte er nie etwas anderes getan. Hagen balancierte die Holzkugel auf der Schaufel aus.

Ohne auf den Ball zu blicken, rannte er los. Von rechts erschien Fergus' mächtige Gestalt. Der Kilt und die lange Mähne des Recken wehten wie Fahnen um die Wette.

Hagen konnte ihn kommen sehen. Der Recke des Königs galt als der beste Spieler, doch Hagen hatte schnell bemerkt, dass dieser Ruf insbesondere daher rührte, dass er roh und voller Kraft spielte. Fergus suchte das Zusammenspiel nur, wenn es zu seinem Vorteil war. Er war kein Mannschaftsspieler, eher ein Einzelkämpfer, der sich in der Sportart geirrt hatte. Doch gerade diese Tatsache machte ihn im direkten Zweikampf so gefährlich.

Und so hatten auch beide Mannschaften während des Spiels ein unterschiedliches Gesicht gezeigt. Cúchullins Wölflinge hatten sich ihre Chancen erspielt, während Fergus' Krieger oft nur auf Einzelleistungen gesetzt hatten. Dennoch war Hagens Mannschaft inzwischen hoffnungslos im Rückstand: Es stand acht zu fünf für den Gegner.

Hagen sah sich um. Seine Mitspieler waren alle gut

abgeschirmt. Fergus' Mannschaft lernte so langsam. Und so sehr sich die Jungen auch bemühten, es gelang niemanden, sich freizulaufen, sodass Hagen ihn hätte anspielen können.

Es gab keine andere Möglichkeit, als sich Fergus zum Zweikampf zu stellen. Im harten Einsatz Mann gegen Mann war Hagen dem muskulösen Kämpen unterlegen, aber er war jünger und wendiger. Und mit einer List mochte es möglich sein, den Zweikampf zu gewinnen.

Hagen stoppte seinen Lauf, ließ den Gegner herankommen. Alles in allem machte der Junge den Eindruck, als wisse er nicht weiter. In Fergus' blaurotes Gesicht trat ein triumphierender Ausdruck. Kein Zweifel, der Junge, der den Hund Conors getötet hatte und ihm quasi den Platz streitig gemacht hatte, würde jetzt dafür büßen.

Doch das hier war Hurling – ein Spiel, das auf der einen Seite mit großem Körpereinsatz gespielt wurde, aber zum anderen auch im und mit dem Kopf gewonnen wurde. Sicher, das Spiel war wilder in der Anderswelt. Foulspiel gab es so gut wie gar nicht, und Hagen schmunzelte bei dem Gedanken, als man ihm erklärte, dass Faustschläge und Beißen verboten waren. Die Härte und Wildheit dieser Welt hatte auch auf das Spiel abgefärbt. Aber Hagen hatte das ins Kalkül gezogen.

Fergus' Männer schirmten alles ab, damit der Recke des Königs den Ball erobern konnte. Das war typisch für Fergus' Mannschaft. Die Leute spielten nur mit Blick auf ihren Mittelstürmer, und gerade sein wilder Angriff mochte die entscheidende Lücke reißen, die Hagen suchte.

Noch wenige Schritte, dann war Fergus heran. Der Junge stand da, den Ball auf dem Schläger balancierend. Und in dem Moment, wo Fergus ihm den Ball vom Blatt spitzeln wollte, kam Bewegung in Hagen. Beinahe lässig lupfte er die Kugel über den Anstürmenden hinweg, und mit einer Körpertäuschung war er an Fergus vorbei, der voller Ungestüm noch einige Schritte weiterlief, bevor er merkte, dass sein Gegner ihn überlistet hatte.

Der Weg war frei. Hinter sich hörte er den keuchenden, von Flüchen durchsetzten Atem von Fergus, der sich wieder an seine Fersen geheftet hatte. Hagen musste sich ihm noch mal stellen, und wieder bedurfte es einer List, um Fergus aussteigen zu lassen.

Hagen hob den Ball leicht an. Dann drehte er sich im Laufen herum, sodass er den Ball zwischen sich und seinem Verfolger hatte und Fergus direkt ins Gesicht sah. Der stutzte einen Moment, und dieser Augenblick des Zögern genügte Hagen. Er ließ sich fallen, riss dabei den Schläger hoch, und während der Ball über seinen Kopf hinweg in Richtung Tor sauste, traf Hagens Schuhspitze genau gegen Fergus' Kinn.

Der Ball klärte die Latte, die in Schulterhöhe zwischen zwei Pfosten aufgehängt war, um Haaresbreite. Leider darüber. Hätte er nicht so wuchtig zugeschlagen und etwas präziser zielen können, hätte er das Tor unter der Querlatte getroffen. So gab es nur einen Punkt anstelle von dreien.

Sechs zu acht. Der gegnerischen Mannschaft genügte ein einziger Treffer, ganz gleich in welchem Feld, um das Spiel zu entscheiden. Cúchullins Wölflinge mussten sich dagegen schon etwas Besonderes einfallen lassen um das Blatt noch zu wenden.

»Auszeit!«, rief Hagen. Die anderen glotzten ihn blöde an. »Nur eine kleine strategische Besprechung«, grinste er. Fergus setzte sich gerade wieder auf und blinzelte wie eine Eule. Er machte den Eindruck, als sei mehr als nur sein Kinn beschädigt worden.

Hagen und sein Team steckten die Köpfe zusammen. Hagen umfasste die beiden Nächststehenden an den Schultern, und die anderen taten es ihm gleich, sodass sie einen geschlossenen Kreis bildeten. Es sah aus wie ein geheimes Ritual; aber wenn es bei den Gegnern diesen Eindruck erweckte, so konnte das nicht schaden.

»Okay, Jungs«, sagte er. »Sie werden Fergus schicken. Er wird mit aller Gewalt versuchen durchzubrechen. Wir müssen ihn hindern, koste es, was es wolle. Ich versuche ihn wütend zu machen, damit er die Beherrschung verliert. Geht an den Mann, achtet nicht auf den Ball. Um den kümmert sich Laeg.«

»Und wen schicken wir nach vorn?«

»Den kleinsten von uns. Den, von dem sie es am wenigsten erwarten.« Er zwinkerte Erc Mac Felimid zu. Der wurde noch ein bisschen blasser um seine spitze Nase.

»Und denkt dran, ihr seid die Wölflinge! Cúchullins Wölfe! Könnt ihr auch heulen wie die Wölfe?«

»Uhuuuuu-uuu!« Ein Wolfsgeheul stieg aus neun Jungenkehlen empor. Alle Angst, die der eine oder andere von ihnen verspürt haben mochte, war verflogen.

Auch die Gegner hatten sich inzwischen beraten.

»Cúchullin muss vom Platz«, erklärte einer von ihnen, ein untersetzter Kerl mit schwarzen, buschigen Brauen, der für seine scharfe Zunge bekannt war. Fergus, der mit Ball und Schläger an der Mittellinie stand, rieb sich immer noch das Kinn. »Er hat versucht, unseren Mannschaftsführer kampfunfähig zu schlagen.«

»Es war kein Schlag, sondern ein Tritt«, erklärte Hagen. »Und außerdem war es ein Unfall. Wenn der große Fergus Mac Roy einen kleinen Tritt nicht verträgt, dann soll er zu seiner Mama gehen ...«

Wenn es seine Absicht gewesen war, den Recken des Königs in Wut zu versetzen, so war ihm das gelungen. Fergus brüllte auf. Seine Kiefer mahlten. Er schnappte sich den Ball und stürmte los.

Follaman Mac Conor warf sich ihm entgegen. Fergus wischte ihn mit dem Ellenbogen beiseite. Fiachra und

Cormac hängten sich an ihn wie Kletten. Er schüttelte sie achtlos ab. Hagen tänzelte vor ihm her. »Hier bin ich!«, rief er. Fergus hob den Ball mit dem Schläger in die Luft und holte aus. Sein Ziel war nicht das Tor. Sein Ziel war der Gegner.

Die schwere Holzkugel, mit aller Wucht geschlagen, konnte töten.

In diesem Augenblick rollte sich Cuscrid, der Stotterer, mit Todesverachtung vor Fergus' Füße.

Der Recke taumelte. Der Ball hing in der Schwebe. Fergus konnte die angefangene Bewegung nicht mehr aufhalten. Der Schläger sauste durch die Luft – und verfehlte.

Der Ball, den Gesetzen der Schwerkraft folgend, tropfte herab, genau auf Fergus' Stirn, prallte dort mit einem trockenen »Plopp!« auf und hüpfte zur Seite. Mit unendlichem Erstaunen auf dem Gesicht ging Fergus in die Knie. Laeg, der nur auf diesen Moment gewartet hatte, pfückte sich den Ball aus der Luft und schickte ihn mit einem langen, gezielten Schlag über den Boden in Richtung Seitenauslinie.

Dort hatte sich, unbemerkt von allen, der kleine Erc vorgearbeitet. Er stoppte die Kugel, die auf ihn zurollte, und rannte, sie auf dem Schläger balancierend, zurück in die Mitte des Feldes, in den Rücken des Gegners, um freie Bahn auf das Tor zu haben.

Zwischen ihm und dem Tor stand nur noch Conall Cearnach.

»Pass auf!«, rief Hagen.

Aber es war bereits zu spät. Mit wenigen Schritten hatte Conall die Distanz verkürzt. Mit einer geschickten Drehung seines eigenen Holzes schlenzte er Erc den Ball vom Schläger. Erc lief noch einige Schritte weiter wie ein kopfloses Huhn, ehe er zu Boden ging.

Conall stand völlig ungehindert da. Er warf den Ball in die Luft und schlug. Der Ball flog hoch über das Spielfeld, genau auf die Lücke zwischen den Pfosten des gegnerischen Tores, viel zu hoch, als dass irgendein Sterblicher ihn noch hätte erreichen können.

Hagen sprang.

Es gibt Momente im Leben, die so perfekt sind, dass man sie nur ein einziges Mal erfahren kann. Der erste Kuss. Der Augenblick der Liebe. Der Moment der Erkenntnis, in dem die Dinge, die man seit Jahren im Geiste zu ordnen bemüht war, sich plötzlich wie von selbst zusammenfügen und einen Sinn ergeben.

Beim Hurling nennt man diesen Moment den Meisterschlag.

Der Schläger beschreibt einen Halbkreis. Sein Bogen schneidet sich am höchsten Punkt mit der Flugbahn des Balles und findet Kontakt. Für den unendlichen Bruchteil einer Sekunde verharren beide in der Bewegung.

Dann begann die Zeit wieder zu fließen, der Ball schoss über das Feld, über die Köpfe der Gegner hinweg und senkte sich einen Fingerbreit unter der Latte ins Tor.

Ringsum herrschte atemlose Stille. Nur die Vögel sangen.

»Neun zu acht«, sagte Hagen.

Dann brach ein unbeschreiblicher Jubel los. Die Wölflinge packten Hagen und hoben ihn auf ihre Schultern. »Cúchullin! Cúchullin!« Die Zuschauer griffen den Siegesschrei auf: »Cúchullin!« Hagen grinste über das ganze Gesicht. »Cúchullin, unser Held! Wir haben gewonnen!«

Den Verlierern hatte es die Sprache verschlagen. Auch sie packten ihren Anführer und trugen ihn vom Feld, aber aus anderen Gründen. Der verfehlte Ball hatte den Recken des Königs so unglücklich am Kopf getroffen, dass er das Bewusstsein verloren hatte.

Als sich der Siegestaumel etwas gelegt hatte und Hagen wieder Boden unter den Füßen fand, kam

Conall, der als Einziger von der gegnerischen Partei noch geblieben war, über das Feld auf ihn zu.

»Das war kein schlechter Schlag«, sagte er.

»Deiner auch nicht«, erwiderte Hagen.

»Aber nicht gut genug, wie es scheint.«

»Du bist nicht gerne Zweiter, nicht wahr?« Hagens Stimme war frei von jeder Kritik. Es klang wie eine rein sachliche Feststellung.

Conalls grüne Augen funkelten. »Wer ist das schon?«

»Wenn ich nicht Cúchullin wäre«, erklärte Hagen, »wäre ich damit zufrieden, Conall Cearnach zu sein.«

Die Augen des anderen weiteten sich. »Du ... du ...« Er wusste nicht, ob er über das Lob glücklich oder erbost sein sollte. »Wenn du willst, tragen wir es gleich hier aus. Es kann nur einen geben.«

Hagen hob die Hand. »Du hast Mut. Aber ich sag dir eins: Ich werde nicht ewig hier bleiben. Irgendwann, bald, gehe ich dorthin zurück, von wo ich gekommen bin. Und dann braucht der Trupp der Wölflinge einen Anführer, den sie respektieren können. Also, wollen wir solange Freunde sein?«

Er hielt ihm die Hand hin. Nach nur unmerklichem Zögern schlug Conall ein.

Als sie zur Burg zurückgingen, sagte Conall: »Du wirst dir wegen Fergus etwas einfallen lassen müssen. Er wird diese zweite Niederlage nicht so einfach hinnehmen. Er ist ein tapferer Krieger, aber ein bisschen beschränkt. Gestern warst du ein Ärgernis, heute bist du sein Todfeind.«

»Vielleicht sollten wir mit meinem Vater reden«, meinte Follaman.

Aber es war nicht nötig, den König aufzusuchen. Als sie den Hof erreichten, kam ihnen bereits Felimid, der Barde, entgegen.

»Kommt mit! Der König erwartet euch in der Halle. Euch alle«, fügte er hinzu.

»Aber wir haben nichts getan!«, sagte der kleine Erc.

»Keine Angst«, beruhigte ihn Hagen. »Wir haben Fergus und seine Krieger in einem fairen Wettstreit besiegt.«

»Das soll der König entscheiden«, sagte der Barde. »Jetzt kommt!«

Sie traten ein in die hohe, dämmrige Halle. König Conor Mac Nessa saß auf seinem Hochsitz; bei ihm war Cathbad der Druide. Ringsum standen die Krieger des Königs. Fergus, in einen Stuhl zusammengesunken, saß auf der Seite und starrte ihnen mit blutunterlaufenen Augen entgegen.

9
Der rote Stier

Am Morgen nach dem Sturm sah Gunhild zum ersten Mal den roten Stier.

Sie erwachte, und einen Augenblick wusste sie nicht, wo sie war. Sie lag im Stroh; die Halme piekſten überall, und es umgab sie ein warmer Mief wie von – Kuhstall!

Plötzlich fiel ihr wieder alles ein. Wie die Alte – die Caillech, verbesserte sie sich – ihr den Kessel zum Aufpassen gegeben hatte und wie sie damit begonnen hatte, die Suppe zu würzen. Nein, berichtigte sie sich erneut. Anfangs mochte das vielleicht wirklich der Grund gewesen sein, aber dann hatte sie geradezu wahllos Kräuter hineingeworfen. Sie verstand selbst nicht, wie sie dazu gekommen war; es war wie ein Rausch gewesen, und doch hatte sie auf einer anderen, tieferen Ebene genau gewusst, was sie tat.

Und dann war der Sturm gekommen. Als hätte sie ihn hervorgerufen ...

Aber das war Unsinn. Sie richtete sich auf. Im klaren Licht des Morgens war all das, was sie von dem brodelnden Qualm des Kessels in Erinnerung behalten hatte, wie ein böser Traum. Jetzt sah alles einfach und handgreiflich und nüchtern aus. Die braune Kuh muhte leise. Ihr Euter war geschwollen; wahrscheinlich musste sie schon wieder gemolken werden.

Gunhild stand auf, klopfte sich, so gut es ging, das Stroh und den Dreck aus dem Kleid und trat vor den Eingang des Stalles. Fern im Osten stand die Sonne über dem Horizont: ein feuriger Ball, erst halb geformt, der sich aus den unteren Schichten der Atmosphäre schälte. Und auf einem Hügelrücken, direkt unterhalb, stand der rote Stier.

Dass er rot war, erkannte sie sofort. Obwohl er eigentlich nur als ein Schatten erscheinen müsste, weil die Sonne hinter ihm stand, schien er aus einem inneren Feuer heraus zu glühen. Nur seine Hufe und die Quaste seines Schwanzes waren schwarz wie die Nacht, und seine Hörner waren weiß wie Schnee.

Sie sah dies alles mit einer gerade unwahrscheinlichen Schärfe, als hätte sich ein Schleier vor ihren Augen gehoben. Ob es die klare Luft nach dem Regen war, die alle Dinge deutlicher hervortreten lässt, oder ein Rest von Zauber, der noch über der Welt lag? Vielleicht war es auch einfach so, dass der rote Stier von ihr gesehen werden *wollte.*

Sie musste blinzeln, weil ihr die Sonne in die Augen stach. Als der blinde Fleck vor ihren Augen endlich verschwunden war und sie wieder aufblicken konnte, war der Hügelkamm leer.

Also ging Gunhild wieder hinein und nahm sich Holzeimer und Schemel, um die Kuh zu melken. Sie hatte das Bedürfnis, etwas wieder gutzumachen nach dem Unheil, das sie angerichtet hatte.

Sie spürte eine gewisse Beklemmung, als sie mit dem mehr oder weniger vollen Eimer den drei Frauen wieder unter die Augen treten musste. Aber keine von ihnen machte ihr irgendwelche Vorwürfe. Es schien eine stillschweigende Übereinkunft zwischen ihnen zu geben, die Vorgänge vom gestrigen Abend gar nicht zu erwähnen. Also sagte Gunhild auch nichts von dem roten Stier.

Und so ging es weiter, auch den folgenden Tag und den nächsten. Allerdings hatte sie sich getäuscht, was die Art der Unterweisung betraf, die ihr in diesen Tagen zuteil werden sollte. An Zauber und Magie hatte sie gedacht, an uralte Künste, in die man sie einweisen und die in ihr geheime Fähigkeiten wecken würden, von denen sie nie geahnt hatte. Immerhin hatte sie ja schon unter Beweis gestellt, dass sie zaubern konnte. Aber nichts dergleichen. Stattdessen wurde sie immer besser im Kühemelken.

Sobald sie diese erste Pflicht des Tages erfüllt und ihr Frühstück verzehrt hatte, führte Ériu sie in die häuslichen Tätigkeiten ein. Sie lernte, wie man Käse machte, indem man mit einem Tuch die Molke aus dem Bottich schöpfte, dieses ausdrückte und die Masse in vorgefertigte Holzrahmen presste. Sie backte das erste Mal in ihrem Leben Brot, in einem alten Steinofen, der in den Felsen eingelassen war. Sie erfuhr, wie man Fische räucherte und Fleisch in Salz einlegte, wie man Marmelade aus Hagebutten, Schlehen und Holunderbeeren kochte und Honig aus Bienenwaben schleuderte, die man zuvor den Bienen weggenommen hatte. Und welche Worte man dabei zu sagen hatte, damit alles gelang.

Brigid führte sie in die Kriegskunst ein. Sie lernte mit Schwert, Speer und Axt umzugehen ebenso wie mit Pfeil und Bogen. Sie erfuhr auch einiges über Strategie und die logistischen Probleme der Verpflegung eines Heeres im Feld. Auch die Kampflieder lernte sie, mit denen die Krieger in die Schlacht zogen. Nur Reiten lernte sie nie.

»Pferde gibt es nur im Osten«, meinte Brigid dazu. »Dort reiten Krieger auf Pferden. Die Tuatha Dé Danann dagegen kämpften nur auf dem Streitwagen.«

Doch auch davon hielt man sie fern, sei es, dass es hier keine Pferde und Wagen gab, sei es, weil man befürchtete, sonst könnte sie auf und davon fahren.

Manchmal kam sie sich vor wie eine Gefangene. Dann, wenn ihr ganz elend war, nahm sie Zuflucht im Stall bei der braunen Kuh. Bei ihr fand sie immer Trost.

Auf diese Weise sah sie den roten Stier erneut. Es war in der Abenddämmerung. Diesmal kam er näher heran. Er sprang den Hügel hinab, übermütig wie ein junges Kälbchen. Seine weißen Hörner waren nadelspitz. Der Dunst, den seine Nüstern in der kühlen Luft ausstießen, brannte wie Feuer. Er hatte etwas Schreckliches an sich in seiner ungestümen Kraft, doch zugleich sehnte Gunhild die Begegnung herbei, wie sie noch nie in ihrem Leben etwas ersehnt hatte.

Der Stier verschwand in der Niederung des Tales. Er tauchte nicht wieder auf.

Schließlich gab es da noch die langen Sitzungen mit der Caillech, in der Gunhild nicht nur mehr über Kräuter lernte, als sie je in ihrem Leben wissen wollte, sondern auch über die Zeiten, zu denen man sie pflücken und zubereiten musste und was man dabei zu sagen hatte. Sie erfuhr, dass es dabei nicht nur auf Tag- und Nachtzeit ankam, sondern auch auf die hellen und dunklen Zeiten des Mondes, der wechselnden Monate, der Jahreszeiten und der großen Zyklen des Universums. Sie lernte die Feste des Jahres auswendig – Beltane und Lughnasad, Samain und Imbolc – und wie sie sich mit den Richtungen des Himmels und der Erde zu einem endlosen Kreislauf verbanden. Selbst die Farben der zwölf Himmelsrichtungen konnte sie hersagen.

Danach, wenn der Kessel auf dem Herd stand, erzählten die drei Frauen ihr Geschichten.

Es waren Geschichten von Liebe und Hass, Treue und Verrat, von Verwandlungen und Zauberflüchen. Da war die Geschichte von den Kindern Lirs, die in

Gestalt von Schwänen durch die Welt zogen und einsam ihre Lieder sangen. Oder die von den Söhnen Tuireanns, die als Vergeltung für einen Totschlag unmögliche Taten vollbringen mussten und am Ende doch verraten wurden. Vor allem aber war es die Geschichte vom letzten Kampf der Tuatha Dé Danann, der zweiten Schlacht von Mag Tuired.

»Während der Dagda«, erzählte Brigid, »den Tuatha Dé Danann den nötigen Aufschub verschaffte, hatte Nuadu Argetlam, der mit der silbernen Hand, die Druiden und Schmiede, die Heiler, die Mundschänke und die Krieger Erins zusammengerufen. Und jeder von ihnen versprach, alles in seiner Macht Stehende zu tun, um die Feinde aufzuhalten.

Die Druiden schworen, Feuer auf die Fomorier auszugießen. Die Schmiede, jedes Schwert und jeden Speer, der in der Schlacht zerbrechen sollte, durch einen neuen zu ersetzen. Die Heiler wollten jede Wunde heilen, die in der Schlacht geschlagen wurde, die Mundschänke die Feinde mit Durst quälen, bis sie nicht mehr kämpfen konnten. Die Krieger gelobten, für jeden der Ihren sieben Gegner zu erschlagen. Und Corpre, der Barde, versprach, eine Satire gegen die Fomorier zu dichten, die ihnen den Mut zum Kämpfen nehmen würde.«

»Sie waren schon immer gut im Prahlen vor der Schlacht, die Männer«, warf Ériu ein.

»Also zogen die Heere der Fomorier und der Tuatha Dé Danann gegeneinander, bis sie zur Ebene von Mag Tuired kamen. Und dort lagen die beiden Armeen sich gegenüber.

›Die Männer von Erin wagen es, uns eine Schlacht zu liefern‹, sprach Bres zu Elathan, seinem Ziehvater. ›Ich gebe mein Wort‹, sprach dieser, ›dass morgen ihre Knochen in kleinen Stücken auf dem Feld liegen werden, wenn sie nicht aufgeben und uns Tribut zahlen.‹«

»Die Fomorier waren anscheinend auch nicht viel besser«, meinte Gunhild, »was das Prahlen betrifft.«

»Die Tuatha Dé Danann aber beschlossen, dass Nuadu Argetlam sich von der Schlacht selbst fern halten solle. Denn mit seiner Hand hatte er auch das Schwert des Sieges verloren, und auch wenn sie ihn wieder als König eingesetzt hatten, so hatten sie doch Zweifel, ob er sie zum Sieg führen könnte.«

»Aber da gab es doch noch so eine magische Waffe«, wandte Gunhild ein. »Was war mit dem Speer?«

»Der Speer des Lichts?« Ériu runzelte die Stirn. »Macha, die Goldhaarige, hatte ihn nach der ersten Schlacht von Mag Tuired mit nach Norden genommen, und mit ihrem Weggang verlor sich die Spur des Speeres im Dunkel.«

»Also«, fuhr Brigid fort, »zogen am ersten Tag nur die einfachen Krieger der Tuatha Dé Danann in den Kampf, während die Fürsten und Recken das Zelt Nuadus schützten. Und gegen sie zogen Elathan und Indech, die Fürsten der Fomorier, und ihr König, Balor mit dem Bösen Auge.«

»Balor mit dem Bösen Auge ...«

Gunhild war sich gar nicht bewusst, dass sie laut gesprochen hatte. Sie erinnerte sich, mit einem Schauder, an eine andere Szene, die sie selbst erlebt hatte: ein Haupt, das tot war und doch lebte, ein Auge, das verschlossen war und doch sah, und an eine Stimme aus dem Hintergrund, tief und dröhnend wie das Rauschen des Meeres: *»Wenn es geöffnet wird, ist sein Blick tödlich.«*

Mit einem Mal war es für sie nicht mehr nur eine alte Geschichte; sie hatte vielmehr das Gefühl, als wäre sie selbst ein Teil davon. Sie hatte das Antlitz Balors gesehen, es beinahe berührt ...

Sie schauderte.

Brigid sah Gunhild fast mitleidig an, als könne sie lesen, was in dem Mädchen vorging. Mit sanfter Stimme fuhr sie fort: »An jenem Tage wurde das Auge Balors nicht geöffnet. Doch sein Heer war schrecklich genug, und so kühn und entschlossen die Krieger auch waren, mussten sie doch am Ende des Tages das Feld räumen.

Wenn auch die Verluste der Fomorier weit größer waren als die der Tuatha Dé Danann, so waren diesen doch nicht genügend Krieger verblieben, um sie erneut in den Kampf zu schicken. Und die Toten blieben tot auf dem Felde liegen.«

»Aber«, warf Gunhild ein, »wie war das mit dem Kessel des Dagda? Ich dachte, er besäße die Gabe, Tote zum Leben zu erwecken.« Sie warf einen misstrauischen Blick auf den Kessel.

»Aber dazu«, kicherte die Caillech, »muss man ihn erst haben!«

»Er war nie wirklich der Kessel des Dagda«, erklärte Ériu, »auch wenn er manchmal so genannt wurde. Er war immer zuallererst der Kessel der Göttin, die du auf seinem Rand abgebildet siehst. Die Herrin der Tiere ist alt, viel älter als die Götter unter der Sonne. Sie ist es, von der alles Leben ausgeht.«

»Und darum haben wir ihn mitgenommen, mein Kleines, verstehst du?«, griff die Caillech den Faden auf.

»Ihr habt ihn *gestohlen*?«

»Ach! Sag mir, wie kann man etwas stehlen, das einem gehört?«

»Die Männer haben ihn missbraucht, für ihre Politik, für ihren Krieg. Darum haben wir ihn ... in Sicherheit gebracht.«

»Aber ob das klug war?«, wagte Gunhild einzuwenden.

»Sie haben sich auf ihren Zauber gestützt. Aber aller Zauber vergeht. Jetzt mussten sie sich auf ihre eigenen Fähigkeiten verlassen.«

»Darum«, fuhr Brigid fort, »zogen am nächsten Tag alle in den Kampf, die eine Waffe tragen konnten, selbst die Druiden und Heiler. Ogma führte den rechten Flügel an und die Mórrigan den linken, Angus Óg, der Sohn des Dagda, das Zentrum. Nur der Dagda selbst blieb zurück, da er noch nicht genesen war, sowie Nuadu mit der silbernen Hand, der die Schlacht von einem Hügel aus beobachtete.

An diesem Tag hielten die Tuatha Dé Danann das Feld, aber am Abend waren sie so erschöpft, dass sie sich in ihr Lager zurückziehen mussten. Am Abend dieses Tages sprach Nuadu: ›Wenn der Morgen kommt, dann wird keiner mehr hier bleiben, sondern der Dagda, mein Bruder, und ich werden mit in den Kampf ziehen, und wenn wir dabei unser Leben lassen. Denn sonst, fürchte ich, wird es niemanden mehr geben, über den wir noch herrschen können.‹

Und so begann der dritte Tag der Schlacht, und er war der schrecklichste von allen. Stolz und Schande lagen dicht beieinander, Angst und Zorn, und man sah rotes Blut auf weißer Haut bei vielen jungen Kriegern. Und der Lärm von Speer gegen Schild und Schwert gegen Schwert und die Schreie der Kämpfer und das Sirren von geworfenen Speeren und das Klirren der Rüstungen lag wie Donnergrollen über dem Schlachtfeld.

Doch als der Mittag kam, wendete sich die Schlacht gegen die Tuatha Dé Danann. Nuadu Argetlam fiel im Zweikampf mit Balor, dem König der Fomorier, und seine silberne Hand, die wie mit ihm verwachsen gewesen war, löste sich von seinem toten Arm und rollte in den Staub. Angus Óg starb im Kampf gegen Elathan, als Bres, der mit den Fomoriern kämpfte, ihn von hinten erstach. Und der Dagda erlitt eine tiefe Wunde durch einen Speer, den Indech gegen ihn schleuderte, und musste vom Feld getragen werden.

In dieser Stunde der Not kam Lugh Lamfada mit den Reitern der Sidhe aus dem Land der Verheißung und hemmte die Flut, welche die Männer der Tuatha Dé Danann hinwegzuschwemmen drohte ...«

»Lugh!«, krähte die Caillech. »Lugh mit dem langen Arm. Unser Sonnenheld!«

»Er kam auf Manannáns Stute geritten, die Aonbarr, Einmähne, heißt und die so schnell ist wie der blanke Frühlingswind, und Meer und Land sind für sie eins. Und er trug Manannáns Brustpanzer, der seinen Träger vor jeglichen Wunden schützt, und in der Hand trug er Manannáns Schwert, Fregarthach, der Antworter, genannt. In der Mitte des Schlachtgetümmels trafen Balor und Lugh aufeinander, und Lugh rief dem König der Fomorier Schmähworte entgegen. Da ergrimmte Balor und sprach zu den Seinen: ›Hebt mein Augenlid, damit ich diesen Schwätzer sehe, ehe er stirbt.‹

Da hoben sie das Augenlid, das sonst immer verschlossen ist, und wäre der Blick Balors nicht auf Lugh gefallen, so wäre ganz Erin vor dem schrecklichen Blick dieses Auges vergangen. Doch Lugh hielt in seiner Hand den Lia Fál, den Stein des Schicksals, letzter und größter der vier Schätze von Erin, und dieser warf den Blick zurück in das Auge Balors, und er wurde von seinem eigenen Blick geblendet. In diesem Augenblick nahm Lugh Lamfada das Schwert Manannáns und schlug ihm den Kopf ab.«

»So groß war der Zauber dieses Augenblicks«, sprach Ériu, »dass die Mórrigan ihre Hände in das Blut Balors tauchte und den Himmel damit rot färbte.«

»Der Widerschein von Balors Blick hatte die Fomorier erfasst, und sie wandten sich um und flohen. Und keiner von ihnen entkam an diesem Tag lebend den Speeren der Tuatha Dé Danann.«

Das Feuer im Herd war niedergebrannt. Ein Scheit knackte in der Glut und warf einen Funkenschauer empor, der in den Schatten verglomm.

»Und das war's dann?«, konnte sich Gunhild nicht enthalten zu fragen. »Ich meine, was kam danach? Sie haben diesen Lugh zum König gemacht, vermute ich, und...«

»Nein, nicht Lugh!« Die Stimme Érius klang ungewöhnlich schroff.

»Ah, es wäre schön gewesen, ja«, warf die Caillech ein, »aber er wollte nicht, das Bübchen!«

»Er *wollte* nicht?«

»Nein«, sagte Brigid. »Sie boten es ihm an, als er Bres' Leichnam nach Tara schleppte und ihnen vor die Füße warf. Aber er sagte: ›Ich bin nur zur Hälfte ein Kind der Sonne, zur Hälfte bin ich aus dunkler Erde gemacht.‹ Und er wollte ihnen nicht sagen, was er damit meinte.

Den Lia Fál aber nahm er mit, dass keiner jemals seine Macht missbrauche. Doch es heißt, wenn der Erlöser des Landes darüber schreitet, dann wird der Stein schreien.

Dann ritt Lugh Lamfada davon, und niemand hat ihn je mehr gesehen.

Also wählte man den Dagda zum Anführer, aber er nahm den Namen eines Königs nicht an. Er regierte, so gut er's vermochte, bis die Gälen, die Söhne Mils, ins Land kamen.«

»Noch eine Invasion?«, stöhnte Gunhild.

»Ja, aber die letzte. Und es gab keinen Krieg mehr. Die Helden waren müde. So einigte man sich friedlich mit den Ankömmlingen. Die letzten der Tuatha Dé Danann zogen sich zurück in die hohlen Hügel und das Land unter dem Meer, in die entlegenen Stätten am Rande der Welt.

Und dort traf man auf die Fomorier ...«

»Ich hatte mir schon so was gedacht«, meinte Gunhild.

»Wieso?«

»Nun ja, die Freundschaft, die zwischen euch herrschte, den Frauen und den Echsenwesen unter dem Meer, und das Haupt Balors in Manannáns Turm – da musste es irgendwie zu einer Einigung gekommen sein.«

»Ja, diesen Streit haben wir begraben«, ergriff Ériu wieder das Wort. »Wir waren einfach zu wenige, sie und wir. Aber das Land ist immer noch uneins und zerrissen ... und wir können es aus eigener Kraft nicht mehr einen.«

Gunhild sagte nichts. Aber sie verstand nun sehr viel mehr. Mehr vielleicht, als die drei glaubten. Sie hatte nun zumindest eine Vorstellung davon, warum man sie aus ihrer eigenen Welt entführt hatte; man hatte jemanden gesucht, um eine Aufgabe zu erfüllen, die man selbst nicht mehr leisten konnte. Und sie hatte sogar eine Ahnung, warum die Wahl auf sie gefallen war. Sie dachte an den Kristall, den sie auf ihrer Brust getragen hatte und der sich nun auf wundersame Weise in einen Halsreif verwandelt hatte. Er hatte ihr das Tor geöffnet; vielleicht hatte er auch die Wesen der Anderswelt zu ihr geführt.

Doch sie wusste nicht, wie weit sie diesen drei seltsamen Frauengestalten trauen konnte. Sie hatte das Bild des roten Mannes vor Augen, das sie in ihrer Vision geschaut hatte, und die urtümliche Kraft, die von ihm ausging, verband sich in ihrer Vorstellung mit dem Bild des roten Stiers – kraftvoll, wild und gefährlich. Und sie hatte die andere Seite noch nicht vergessen, von der Brigid bei ihrer ersten Begegnung gesprochen hatte, die dunkle Seite der Göttin.

Gunhild merkte, dass die drei sie ansahen, als warteten sie auf eine Reaktion. Sie gähnte. »Ich bin müde«, sagte sie. »Ich möchte schlafen.«

Im Schlaf träumte sie wieder. Doch diesmal war es kein Flug durch Raum und Zeit. Sie sah eine Frau, schwarz gewandet, die Hände in Blut getaucht, die den Himmel rot färbte. Krähen umflatterten sie. Und die Frau rief etwas. Was sie schrie, war nicht zu verstehen.

Aber ihre Stimme war Gunhilds Stimme.

10
Das Gesetz der Fianna

»Amergin! Amergin?«

Keine Antwort. Ringsum Stille bis auf das Zwitschern der Vögel, das Rascheln des Windes in den Blättern und das unaufhörliche Geraune des nahen Flusses.

»He, Druide? ... Tuan?«

Siggi hatte nach seinem Begleiter gerufen. Dann hatte er angefangen, ihn zu suchen. Schon wenige Schritte, nachdem er den schmalen Wildpfad verlassen hatte, war er völlig desorientiert gewesen. Er war allein in einem unbekannten Land, ganz auf sich selbst gestellt, und hatte keine Ahnung, wo es lang gehen sollte.

Zum Glück hatte das Rauschen des Wassers ihm eine ungefähre Richtung gewiesen, so war er ein Stück unterhalb der Stelle, wo er den Druiden verloren hatte, wieder auf den Fluss gestoßen. Vor ihm spannte sich die Brücke, die er zuvor erspäht hatte.

Na ja, ›Brücke‹ war fast ein bisschen zu viel gesagt. Es war eine etwas zweifelhafte Holzkonstruktion, die sich über ein paar Felsblöcke hinzog, welche den Fluss unterteilten. Unterhalb der Brücke fiel das Wasser über eine Stufe hinab in einen Teich. An gewöhnlichen

Tagen mochte dies ein richtiger kleiner Wasserfall sein, doch geschwollen wie der Fluss war, war die Stufe jetzt kaum zu erkennen, und nur die Wirbel im Fluss zeugten von den Tiefen, die unter der Oberfläche lauerten.

Dafür ragten die Felsen, welche die Brücke trugen, immerhin weit genug aus dem Wasser, dass die Flut den Steg nicht hatte mit sich reißen können. Es waren nicht mehr als ein paar grob behauene Balken, mit Steinen verkeilt, und ein Geländer an einer Seite, das mit Holzlatten festgespleißt und mittels Verstrebungen an zwei Pfosten rechts und links des Ufers verankert war.

Am Rande, im Schatten der Bäume, waren die Balken noch glitschig, doch wo die Sonne hinkam, war die Feuchtigkeit schon aufgetrocknet. Siggi tastete sich Schritt für Schritt weiter. Das Wasser des Flusses schäumte und brodelte unter seinen Füßen, und die Rasanz, mit der es unter der Brücke entlangschoss, ließ ihn schwindeln.

Da hörte er etwas im Unterholz sirren, und eine Sekunde später traf ihn etwas mit der Wucht eines Geschosses am linken Arm.

»Au!«

Unwillkürlich warf er den Oberkörper zu Seite, und der Druck riss das Geländer, gegen das er sich stützte, aus seiner Verankerung. Siggi taumelte und schwenkte das Holz, das nur noch an einem Ende fest hing, wie einen Dreschflegel, um das Gleichgewicht zu halten.

Zwei weitere Steine sirrten heran, verfehlten ihn aber, da er mit beiden Armen wild um sich ruderte. Dann brachten ihn zwei, drei schnelle Schritte bis zu dem nächsten Felsblock im Strom, wo er auf allen vieren landete.

»Verdammt!«, fluchte er. Im Gebüsch am anderen Ufer gab es Bewegung, doch es war nicht festzustellen, wie viele Angreifer dort lauerten. Siggi zog sein Schwert. »Kommt raus, ihr Feiglinge!«

Einen Moment lang tat sich nichts. Nur das Zwitschern der Vögel war zu hören, hell und klar, deutlich zu vernehmen selbst über dem Tosen der Stromschnellen. Dann raschelte es im Gesträuch auf der anderen Seite der Brücke, die Zweige teilten sich, und ein roter Schopf kam zum Vorschein.

Er gehörte zu einem jungen Mann – eher noch ein Junge, verbesserte sich Siggi, kaum älter als er selbst. Er war bekleidet mit einem braunen Kittel aus grob gewebtem Stoff, der von einem Strick zusammengehalten wurde. Außerdem war er barfuß. In den Händen trug er einen festen, dicken Stock, der fast so groß war wie er selbst.

»Das hier ist unsere Brücke, Fremder. Wer hier rüber will, muss einen Zoll bezahlen.«

»Ach ja?«, sagte Siggi. Das Ganze erinnerte ihn an ein Spiel, das die Jungen an seiner Schule trieben. »Und wenn ich keine Lust dazu habe?«

Der Rothaarige steckte die Finger in den Mund und stieß einen Pfiff aus. Sogleich wurden die Hasel- und Weidensträucher rechts und links von ihm lebendig. Es musste mehr als ein halbes Dutzend von diesen Wegelagerern sein, die meisten noch junge Burschen. Sie alle waren ärmlich gekleidet, und sie trugen Stöcke oder Steinschleudern in den Händen.

Siggi wurde klar, dass seine Lage gefährlicher war, als er zunächst geglaubt hatte. Wenn er jetzt den Rückzug antrat, über die schmale Brücke, dazu noch ohne Geländer, konnte ihn ein wohlgezielter Stein sehr schnell ins Straucheln bringen. Und unten warteten die Stromschnellen auf ihn.

Er versuchte es mit einem entwaffnenden Lächeln. »Leider hab ich nichts, womit ich euch bezahlen könnte.«

Der rothaarige Bursche ließ sich nicht beirren. »Und was ist mit diesem schönen Schwert da? Reich es uns rüber, mit dem Heft zuerst, und wir lassen dich laufen.«

»Hol's dir doch, wenn du kannst!«

Die Haltung der Umstehenden in den Büschen wurde drohender. Stöcke wurden gehoben, Schleudern gespannt. Siggi überlegte sich, was passieren würde, wenn er mit einem schnellen Antritt die letzten Meter zurücklegen und mit dem Schwert zuschlagen würde. Zwei, drei Hiebe, dem würde auch der Bursche mit seinem Stock nicht viel entgegensetzen können. Siggi spannte die Muskeln ...

... und hörte plötzlich in seinem Inneren eine Stimme sagen: *»Die Wunden, die dieses Schwert schlägt, werden niemals heilen.«*

Nein, das konnte nicht der Sinn der Sache sein. Diese Bande von Halbwüchsigen bestand so offensichtlich aus armen, halb verhungerten Kerlen, von Not getrieben, dass es nicht richtig wäre, hier mit einer Waffe der Götter dazwischenzufahren.

»Okay«, sagte er also, »ganz cool bleiben, Jungs.« Er steckte das Schwert in die Scheide. Dann drehte er sich um – wohl wissend, dass er dabei allen den Rücken zuwandte – und brach das bereits halb daneben hängende Stück des Brückengeländers los. Nun besaß er einen Kampfstock, der ebenso dick und lang war wie der seines Gegners.

»Also«, fuhr er fort, an den Rothaarigen gewandt, »wenn du Mut hast, dann tragen wir es zwischen uns beiden aus. Nur du und ich, mit Stöcken. Und wenn du dich nicht traust, dann nenn ich hier vor allen anderen einen Feigling. Na, wie ist es?«

Er hörte das Gemurmel der Umstehenden. Er war überzeugt, dass sein Trick funktionieren würde. Er konnte sich selbst an eine ähnliche Situation erinnern, nur dass er damals derjenige gewesen war, den man einen Feigling genannt hatte. Er hatte sich am Ende eine blutige Nase geholt und eine Beule am Kopf. Danach hatte er es vorgezogen, wegzulaufen – bis zu dem Zeitpunkt, als er in die Anderswelt gelangt war und gelernt hatte zu kämpfen. Jetzt hatte er keine Angst mehr.

Erst als sein rothaariger Gegner mit vorgehaltenem Stock auf die Brücke trat, erkannte Siggi, was für einen Fehler er hier gemacht hatte.

Er befand sich auf feindlichem Gebiet. Der andere kannte jeden Fußbreit dieser Brücke. Und er hatte sicher schon oft auf diese Weise gekämpft – Siggi dagegen noch nie.

Der Rothaarige wirbelte seinen Stock. Er grinste. Dann schlug er zu, so schnell, dass Siggi nur noch reflexartig die Arme hochreißen konnte. Ein Wirbel von Schlägen hagelte auf ihn ein, schneller, als das Auge ihnen folgen konnte. Siggi wich Schritt für Schritt zurück. Das Wasser spritzte hoch, machte den Steg glitschig. Ein Schlag traf ihn in die Rippen. Er sog scharf die Luft ein und fiel auf ein Knie nieder.

»Na?«, sagte der andere. »Hast du genug?«

Siggi schlug zu, ein tiefer, mit aller Kraft geführter Hieb. Der Rothaarige blockierte ihn mit dem unteren Ende seines Stockes. Wieder schlug Siggi zu; er merkte, dass er mehr Kraft hatte als sein Gegner, und ließ es ihn spüren. Rechts, links und wieder von oben; jetzt war der andere daran, zurückzuweichen. Lange würde die Abwehr nicht mehr standhalten. Der Stock des anderen schwang zurück, und Siggi sah die Lücke –

Ein unter der Hand geführter Schlag traf ihn voll gegen die Schienbeine.

Siggi konnte nur noch staunend zusehen, wie er stürzte. Alles schien in Zeitlupe abzulaufen. Die Welt ringsum kippte. Er sah seinen eigenen Stock durch die Luft segeln, und sein Gegner sah ihn mit ebenso ungläubigem Entsetzen auf sich zukommen, versuchte noch die Arme hochzureißen, aber zu spät.

Gemeinsam stürzten sie hinab in die schäumenden Fluten.

Die Felsen!, war Siggis erster Gedanke, als das Wasser

über ihm zusammenschlug. Aber das Becken unterhalb der Brücke war tiefer, als er gedacht hatte. Die Strömung zog ihn hinab, bis ihm die Luft knapp wurde. Krampfhaft kämpfte er mit Armen und Beinen dagegen an. *Ruhig,* dachte er, *ruhig, nur keine Panik!* Aber wie sollte man keine Panik kriegen, wenn man keine Luft mehr kriegte, wenn einem die Lungen platzten, die Ohren dröhnten?

Rote Schlieren im Wasser, rot wie Blut. *Die Wäscherin am Fluss, sie wäscht das Schicksal der Menschen.* Er wusste nicht, woher ihm der Gedanke gekommen war, aber er sah, mit einer übernatürlichen Klarheit, dass der Tod jetzt ganz nahe war. Alles verengte sich auf einen Punkt, eine Lichtquelle am Ende eines langen Tunnels. Er schwamm auf diesen Punkt zu, bis seine Muskeln versagten, und weiter und weiter; mit einem letzten Rest von Kraft aus einer Quelle, von der er nie geahnt hatte, dass sie überhaupt besaß, schwamm er hinauf, schwamm hinauf ins Licht.

Sein Kopf durchbrach die Oberfläche des Wassers, und Luft, herrlich süße Luft, strömte in seine Lungen.

Er sah sich um. Der Sturz und die Strömung hatten ihn ein gutes Stück stromabwärts getrieben, wo er in eine ruhigere Zone in Ufernähe gespült worden war. Zu seiner Verwunderung stellte er fest, dass das Wasser hier ganz flach war, sodass es ihm, als er aufstand, nur bis zu den Oberschenkeln reichte. Er hatte das Gefühl gehabt, aus einer unendlichen Tiefe aufgetaucht zu sein; stattdessen war er anscheinend nur unter Wasser weitergeschwommen. Oder täuschte er sich?

Wo war sein Gegner? In der Mitte des Flussbetts war die Strömung immer noch reißend und wild. Da! Ein roter Schopf tauchte aus den Wirbeln auf. Zwei Arme, die wild um sich schlugen. Der Kopf verschwand, kam wieder zum Vorschein. Und plötzlich war Siggi klar, was los war. Der Bursche, der mit ihm auf der Brücke gekämpft hatte, konnte überhaupt nicht schwimmen.

Ohne einen weiteren Gedanken zu verschwenden, stürzte Siggi sich kopfüber in die Fluten.

Die Strömung riss ihn sofort mit sich. Schemenhaft sah er unter Wasser einen Felsen auftauchen. Nur eine reflexhafte Bewegung mit den Armen trieb ihn daran vorbei. Das Wasser war eiskalt; es war ihm vorher gar nicht so aufgefallen. Er musste sich beeilen, ehe ihn die Kälte zu lähmen begann.

Siggi kämpfte sich an die Oberfläche. Sein Blick ging suchend über das aufgewühlte Wasser. Von dem Rotschopf war nichts zu sehen.

Er tauchte wieder, schwamm ein Stück unter Wasser. Da, ein Schatten wie von einem treibenden Baumstamm. Der Schatten bewegte sich, wenn auch mit schwächer werdenden Zuckungen. Mit drei, vier raschen Zügen war Siggi heran. Seine Hände packten in groben Stoff. Wie einen großen, nassen Sack zog er den fremden Jungen mit sich nach oben.

Sie durchbrachen die Oberfläche. Hier war die Strömung schon etwas glatter geworden, wenn auch immer noch so schnell, dass man nicht dagegen ankämpfen, sondern sich nur mittragen lassen konnte. Die Ufer waren so hoch und felsig, dass es keinen Sinn hatte, einen Aufstieg zu versuchen. Also vertraute Siggi sich einfach dem Fluss an.

Dann begann der fremde Junge sich zu wehren. Er war immer noch halb benommen und wusste nicht, was er tat. Rein instinktiv klammerte er sich an Siggi fest, und das zusätzliche Gewicht drückte sie beide nach unten. Siggi schluckte Wasser, kam spuckend wieder hoch, und wieder krallte sich der andere an ihn und zog ihn hinab. Siggi bekam keine Luft mehr. Ohne nachzudenken, schlug er um sich. Seine Faust traf etwas Weiches, und das Gewicht in seinen Armen erschlaffte.

Dann war die Macht des Stromes gebrochen, und sie trieben hinaus in ruhigeres Gewässer. Siggi schleppte seine Last durch die flache Randzone und die Uferbank hinauf und leistete sich dann endlich den Luxus, erschöpft daneben zusammenzubrechen.

Aber nur für einen Moment. Er war nass und ihm war kalt, und auch wenn die Sonne noch schien, hatten ihre Strahlen kaum genug Kraft, ihn in Minutenschnelle zu trocknen. Er musste aufpassen, dass er sich keine Erkältung zuzog oder Schlimmeres. Nachdem er das Unwetter letzte Nacht mit heiler Haut überstanden hatte, wäre es doch ein Witz, wenn er sich jetzt nach diesem kleinen erfrischenden Bad eine Lungenentzündung holte.

Also stemmte er sich wieder hoch. Bis auf das Rauschen und Gurgeln des Stromes war es gespenstisch still. Selbst das Zwitschern der Vögel in den Bäumen schien verstummt zu sein.

Siggi wandte sich seinem Gegner zu, der regungslos neben ihm auf der Uferbank lag. Das sommersprossige Gesicht unter dem roten Haar war totenblass, und die Lippen begannen sich bereits blau zu verfärben. Er atmete nicht mehr.

Wieder überkam Siggi ein Anflug von Panik: Hatte er einen Toten an Land gebracht? Doch er gab dem Gefühl gar keine Zeit, sich auszubreiten. Er wusste, was zu tun war. Er hatte nicht umsonst einen Erste-Hilfe-Kurs mitgemacht; jetzt musste sich zeigen, was die Ausbildung wert war. Er nahm den Kopf des Jungen und bog ihn nach hinten, damit die Luftwege frei lagen. Dann holte er tief Luft, umschloss mit geöffnetem Mund Nase und Lippen des Ohnmächtigen und blies seinen Atem hinein.

Einundzwanzig, zweiundzwanzig. Zeit zum Luftholen. Und wieder beatmen. Kein Lebenszeichen, nichts. Und dasselbe noch einmal von vorn. Immer noch nichts. Siggi hörte und sah alles, was um ihn geschah, mit einer übernatürlichen Klarheit; selbst das Knacken in den Zweigen entging ihm nicht. Die anderen von der Bande näherten sich. Aber er ließ sich dadurch nicht ablenken. Einatmen. Ausatmen.

Da, das Flattern eines Pulses an der Schläfe! Der Körper des Jungen zuckte. Das Zwerchfell spannte sich zum Würgreflex. Siggi konnte gerade den Kopf des Jungen auf die Seite drehen, als sich ein Schwall von Wasser und Erbrochenem aus dem Mund ergoss.

Der Junge atmete. Rasselnd sog er die Luft in die Lungen. Erneut würgte er, aber es kam nur noch wässrige Spucke. Wieder atmete er zitternd ein, dann aus. Allmählich kehrte etwas Farbe in die blassen Wangen zurück. Aber erst als sich die Atmung zu normalisieren begonnen hatte, schlug er vorsichtig die Augen auf.

»Ich ... habe gewonnen ...« Er musste wieder husten und schnappte nach Luft.

Siggi grinste. Der Rothaarige war anscheinend nicht klein zu kriegen. Irgendwie imponierte ihm der Bursche.

»Das sollten wir vielleicht noch mal in Ruhe bereden«, meinte er lässig.

Der andere wollte sich aufrichten, doch Siggis hellglänzendes Schwert zeigte mit der Spitze genau auf seine Kehle.

»Und ihr anderen könnt jetzt auch aus den Büschen rauskommen!«, fuhr Siggi mit lauterer Stimme fort.

Ringsum raschelte es im Uferschilf. Dann traten die Wegelagerer einer nach dem anderen, ein wenig schafsgesichtig, ans Tageslicht.

Jetzt, wo er sie von nahem sah, bestätigte sich Siggis erster Eindruck, den er an der Brücke gewonnen hatte. Es war eine ziemlich armselige Bande. Ihre Kleidung beschränkte sich auf zerlumpte Kittel und Lederlappen an den Füßen, soweit sie nicht barfuß gingen. Und sie hatten neben Stöcken und Steinschleudern und dem einen oder anderen Messer, das im Gürtel steckte, auch keine weiteren Waffen. Zudem schienen sie aus allen möglichen Stämmen und Völkern zusammengewürfelt zu sein: Es gab Große und Kleine, Hell- und Dunkelhaarige; nur mager und hohlwangig wirkten sie alle. Dem einen fehlte ein Auge, dem anderen eine Hand, der dritte hatte eine verschorfte Wunde an der Stirn. Alles in allem: Robin Hood und seine Mannen hatte Siggi sich anders vorgestellt.

»Und was wird jetzt?«, fragte der Junge am Boden.

Siggi blickte auf ihn runter. »Du sagst: ›Ich ergebe mich‹, und dann lasse ich dich frei.«

»Ich ergebe mich.« Der Junge grinste. »Kann ich jetzt aufstehen?«

Siggi zog das Schwert zurück, und der andere setzte sich auf. Er war immer noch ein bisschen blass um die Nase.

»Ich schätze, du hast mir das Leben gerettet. Ich heiße Oisín.«

»Und dann ist das hier wohl Oisíns Bande?«

Oisín stellte sie der Reihe nach vor. Den baumlangen, blonden Kerl, der ihn mit dem Stein getroffen hatte, nannten sie Goll Mac Morna. Ein stämmiger, untersetzter Schwarzhaariger hieß Bran Beg, sein Bruder, der einen halben Kopf größer war, Bran Mór – der kleine und der große Rabe. Dann waren da noch Caoilte, Cascorach, Iollan und Conan. Den Namen konnte Siggi sich wenigstens merken, auch wenn er sich Conan den Barbaren etwas anders vorgestellt hatte als dieses magere Kerlchen. Und der kleinste der Gruppe, der aussah, als wäre er nicht älter als zehn, hieß Oscar, wie der Filmpreis von Hollywood.

»Und wie heißt du?«

Aus einem Impuls heraus, den er sich selber nicht erklären konnte, sagte Siggi: »Nennt mich Finn.« Das war der Name, den der Schamane ihm gegeben hatte.

»Dann ist das jetzt hier Finns Bande. Denn wir haben ein Gesetz, dass immer der Stärkste unser Anführer wird. Er muss für die anderen kämpfen. Jetzt bist du unser Chef.«

Na, dachte Siggi, *das habe ich jetzt davon.* Er blickte sich um. Von seinem Begleiter, der auf so mysteriöse Weise verschwunden war, gab es immer noch weit und breit keine Spur. Er war jetzt wirklich auf sich allein gestellt und hatte noch eine Schar Halbwüchsiger am Hals, die zu ihm aufsahen, als habe er alle Weisheit der Anderswelt gepachtet. Nun denn, wenn sonst keiner hier sagte, wo es lang ging, dann musste er wohl die Initiative ergreifen.

»Gibt es hier irgendwo was zu essen?«

»Wir haben nicht viel, aber was wir haben, teilen wir gern«, sagte Oisín. »Komm!«

Sie brachen auf. Wieder ging es in den Wald hinein. Die Pfade waren noch immer schlammig vom Regen der vergangenen Nacht und halb von Farnkraut und Brombeergestrüpp überwachsen. Doch hier, jenseits des Flusses, war die Farbe des Laubwerks eine andere geworden. Es war nicht mehr der grüne Sommerwald, sondern die Blätter der Eichen hatten sich hier bereits rot und gelb verfärbt. Selbst das Heidekraut, das in den Lichtungen zwischen den Bäumen den Boden bedeckte, war bereits verblüht. Man hatte das Gefühl, es wäre schon Herbst und ginge auf den Winter zu.

»Wohnt ihr hier im Wald?«, fragte Siggi, nur um etwas zu sagen.

»Na klar«, sagte Oisín, fügte dann aber schnell hinzu: »Na ja, nicht so richtig. Es gibt hier eine Stadt, wo unsere Eltern wohnen. Tlachtga heißt sie.«

»›Lachgar‹?«

»*Tlachtga.* Eine alte Siedlung der Firbolg. Aber heute ist es nur noch ein Dorf. Und da die Äcker jetzt abgeerntet sind, braucht man uns nicht mehr auf den Feldern. Darum haben wir uns im Wald ein Lager gebaut...«

»Und von dort aus überfallt ihr harmlose Reisende, die des Wegs kommen?«

Oisín sah ihn von der Seite an, als wollte er sagen: Na, so harmlos siehst du auch wieder nicht aus! Siggi wurde sich einmal mehr der seltsamen Kleidung bewusst, die er trug – Felle und Lederstücke –, und des bronzenen Schwerts an seiner Seite.

»Nein«, sagte der Junge dann, »eigentlich warten wir auf die Steuereintreiber, die jedes Jahr um Samain hierher geritten kommen. Aber wahrscheinlich kommen sie doch wieder mit einem ganzen Trupp, und dagegen hätten wir ohnehin keine Chance ...«

Siggi wollte noch etwas erwidern, um mehr über die Hintergründe zu erfahren. Aber in diesem Augenblick traten sie auf eine Lichtung hinaus, wo sich das Lager befand.

An einem Hang, wo das Felsgestein aus dem lehmigen Boden hervorstach und eine Art natürliche Wand bildete, hatte man aus Ästen und Laubwerk Gestelle errichtet, die den Regen abhalten sollten. Es waren keine richtigen Hütten, aber schon mehr als bloße Stellwände. Das Unwetter der letzten Nacht hatte sie ziemlich zerzaust, doch fleißige Hände waren bereits dabei, sie wieder in Stand zu setzen. Siggi zählte noch etwa ein halbes Dutzend Leute, die im Lager geblieben waren. Sie sahen genauso verhungert und abgerissen aus wie jene, die er bereits kennen gelernt hatte.

Unter dem Felsen war eine Feuerstelle, an der ein paar Töpfe aus Tongeschirr in der Glut rösteten. Daneben saßen ein etwas älterer Junge und ein Mädchen, die gemeinsam irgendwelche Knollen schälten und die Stücke in die Töpfe verteilten. Das Mädchen blickte auf und sah Siggi an. Einen Augenblick schlug sein Herz höher, da sie fast aussah wie Gunhild, aber dann sah er, dass ihr langes, flachsblondes Haar stumpf und strähnig war und die mandelförmigen Augen in dem schmalen, fein geschnittenen Gesicht leblos blickten, als sei alle Hoffnung darin erloschen.

»Das sind Dermot und Gránia«, sagte Oisín neben ihm. »Ihre Eltern wollten sie nicht heiraten lassen. Seitdem leben sie hier bei uns im Wald.«

Siggi konnte nicht anders, er musste unwillkürlich in Gedanken die Szene vergleichen mit jener anderen, die er auf seiner ersten Reise in die Anderswelt gesehen hatte: dem unterirdischen Reich der Lichtalben, erleuchtet von geheimnisvollen Kristallen, mit Hallen, die in feinster Filigranarbeit aus dem lebenden Fels herausgetrieben worden waren – jedes Gebäude ein Kunstwerk, Natur, die in unvergänglichen Fels eingefangen worden war …

Und dennoch. Das war Vergangenheit. Das hier war die Gegenwart – und eine Aufgabe, der er sich zu stellen hatte.

Mit entschlossenen Schritten trat er an das Feuer heran. Die erstaunten Blicke der Umstehenden beachtete er gar nicht. »Nun, was gibt's zu essen?«

»Kohlsuppe mit Kartoffeln, wie immer.«

»Dann nehm ich heute mal Kohlsuppe.«

Das Mädchen schöpfte ihm etwas aus einem der Töpfe in eine irdene Schale und reichte ihm einen hölzernen Löffel. In der Suppe schwammen auch irgendwelche Fleischfasern, die Siggi lieber nicht analysieren wollte. Wenn er Glück hatte, war es Schaf. Wenn nicht, vielleicht Eichhörnchen.

Dennoch schmeckte die Suppe gar nicht so schlecht. »Es fehlt vielleicht noch ein bisschen Salz.«

»Wir haben Salz, Herr«, sagte Gránia, das Mädchen.

»Und Brot«, fügte Dermot hinzu.

Er nahm das Salz entgegen – einen Brocken von undefinierbarer Farbe – und das Brot, einen am Feuer gebackenen, halb verkohlten Fladen. Alle schauten ihn erwartungsvoll an. Also brach er das Brot in der Mitte durch, streute etwas Salz darauf und biss hinein. »Gut«, sagte er. »Ihr könnt den Rest haben.« Und gab die Stücke nach rechts und links weiter.

Offensichtlich hatte er das Richtige getan, denn nun griffen auch die anderen zu, und alle gruppierten sich um die Feuerstätte und ließen die Schüsseln reihum gehen. Zu trinken gab es Wasser aus einer nahen Quelle, und nie hatte Siggi irgendein Mineralwasser so gut geschmeckt wie dieses hier.

»Wir hätten ja gerne Bier gebraut«, meinte Goll, der Dicke, zwischendurch. »Aber die Steuereinnehmer lassen uns nicht genug Gerste dafür übrig.«

Siggi registrierte es, sagte aber nichts. Irgendetwas störte ihn an dieser ganzen Szene. Irgendwas gehörte nicht hierher. Doch erst als er die Reste seiner Suppe mit dem Brot aus der Schüssel wischte, überkam ihn plötzlich die Erkenntnis.

Kartoffeln!

Kartoffeln in der Suppe? Nun gut, Kartoffeln gehörten zum irischen Eintopf wie das Salz, der Kohl und das Hammelfleisch. Das hatte ihm Hagen bereits am ersten Abend erklärt. Kohl und Kartoffeln, das Arme-Leute-Essen. Aber doch, bitte, nicht vor 1492! Kartoffeln kamen aus der Neuen Welt, und die war erst durch Christoph Kolumbus entdeckt worden. Das hatte er in der Schule gelernt. Und das hier, das war reines Mittelalter!

Oder gehörten Kartoffeln bereits so sehr zur irischen Mythologie, dass sie diesen kleinen historischen Fehler in Kauf nahm?

»Woher kommen die Kartoffeln?«, fragte er, an Oisín gewandt. »Ich meine, wer hat sie nach Erin gebracht.«

»Die Tuatha Dé Danann, nehme ich an«, erklärte dieser, noch mit vollen Mund, »als sie von Westen kamen. Sie brachten uns viele schöne und wertvolle Dinge – das Harfenspiel und die Heilkunst, den Bronzeguss und die Schrift.«

»Aber«, sagte Siggi verwirrt, »wieso beuten sie euch jetzt bis aufs Blut aus?«

»Doch nicht die Männer von Dea!« Jetzt war es an Oisín, ihn verwundert anzusehen. »Die Söhne Mils, die Gälen. Die neuen Eroberer. Sie beherrschen das Land. Sie knechten das Volk.«

»Und was ist mit dem Volk der Göttin Dana geschehen? Mit Nuadu mit der silbernen Hand – und Lugh, dem Alleskönner?«

»Nuadu ist lange tot. Er fiel im Kampf gegen die Fomorier, als diese erneut vom Meer kamen, um das Land mit Krieg zu überziehen. Doch Lugh Langhand, wie wir ihn nennen, hat sie geschlagen, und danach wählte man ihn zum König. Aber er übergab die Herrschaft an den Dagda, den man den guten Gott nannte. Und es gab eine kurze Zeit des Friedens und Wohlstands für alle – bis die Milesier kamen.«

»Und was dann?«

»Die Männer von Dea – die Tuatha Dé Danann – wollten nicht mehr kämpfen. Sie waren erschöpft. Sie hatten das Land in einer blutigen Schlacht erobert, hatten es mehr als einmal gegen Invasoren verteidigt. Ihre Krieger waren tot. Die zaubermächtigen Waffen, die sie einst besaßen – der Speer des Lichts, das Schwert der Macht –, waren verschollen. Auch den Kessel des Dagda hat man seit langem nicht mehr gesehen; doch wie es heißt, hatte auch er die Kraft verloren, neues Leben zu spenden. Und wo der Stein des Schicksals ist, in dem das Königtum von Erin verborgen liegt, weiß nur Lugh Langhand allein, wenn es ihn noch gibt. Und so riefen sie Amergin den Erzdruiden als Mittler an, und er tat den Spruch, dass den Kindern Mils die eine Hälfte des Landes zustehe, den Kindern von Dea dagegen die andere.«

»Aber dagegen ist doch nichts einzuwenden«, meinte Siggi. »Ein faires Angebot.«

»Er meinte die obere Hälfte und die untere.«

»Verstehst du?«, mischte sich Gránia ein. Ihre Stimme klang schrill. »Sie verschwanden! Sie zogen sich zurück in die hohlen Hügel, in die verwunschenen Burgen im äußersten Westen und auf die Insel unter den Wellen im östlichen Meer. Ja, sie schlossen Frieden mit ihren alten Feinden, den Fomoriern, und gingen weg. Sie haben uns einfach im Stich gelassen.«

»Sieh dich doch um«, sagte Dermot, und seine Stimme klang bitter: »Die du hier siehst, das ist das Volk von Erin, das Treibgut, das nach jeder Welle der Invasion angespült zurückblieb. Hier siehst du die Kinder vieler Nationen – von Partholánern und Nemediern, Firbolg und Tuatha Dé, selbst von den Milesiern, die nicht so glücklich waren, zu den Siegern zu gehören, und von anderen Völkern, die keine Sage, keine Chronik nennt. Wir, das Volk, sind immer die Leidtragenden der Geschichte – und jetzt stöhnen wir unter der harten Hand der neuen Herren, die uns den dritten Teil von allem wegnimmt, was wir erwirtschaften. Und warum? Nur weil sie die Macht besitzen.«

»Ich mach sie alle«, knurrte Goll Mac Morna, der bis jetzt geschwiegen hatte.

»Seine Eltern wurden letztes Jahr von den Steuereinnehmern erschlagen«, erklärte Oisín. »Sein Vater Morna hatte sie um Aufschub gebeten, weil er seine Familie nicht mehr ernähren konnte. Seine Frau, Golls Mutter, hatte gerade wieder ein Kind bekommen, das siebte. Jetzt ist es tot.«

»Aber was sollen wir tun?«, fragte der kleine Oscar.

Alle hockten um die erlöschende Glut, und keiner sprach. Als Siggi in die Runde blickte und die hohlwangigen Gesichter, die zerlumpten Gestalten, die hängenden Schultern sah, aus denen Niedergeschlagenheit, ja, völlige Mutlosigkeit sprach, da packte ihn so etwas wie ... nein, *Wut* war es nicht. Es war das innere Bedürfnis, diesen verzweifelten Menschen wenigstens ein bisschen Hoffnung zu geben.

»Hört mich an«, sagte er. Alle hoben den Kopf. »Die alten zaubermächtigen Waffen sind nicht tot.« Er zog sein Schwert. »Dies hier ist die Klinge, die Nuadu im Kampf gegen die Firbolg führte. Der Erzdruide selbst hat mich an den Ort geführt, wo sie verborgen lag. Dies ist das Schwert der Macht. Mit ihm werden wir die Krieger des Nordens besiegen.«

Alle starrten ihn an, als käme er selbst aus dem Reich der Legenden und nicht sie.

»Ja, ich weiß«, sagte er, »sie sind stark und gut gerüstet und an Zahl überlegen. Aber ihr habt einen großen Vorteil. Ihr kennt das Land. Und sie werden sich für unbesiegbar halten. Das müssen wir ausnutzen.

Und noch eins«, fügte er hinzu, als er merkte, dass seine aufmunternden Worte noch immer nicht halfen. »Oisín hat mir gesagt, euer Gesetz sei, dass immer der Stärkste regiert. Doch jetzt seid ihr nicht mehr Oisíns Bande, sondern Finns Kriegerschar, und ich gebe euch ein neues Gesetz: ›Einer für alle und alle für einen!‹ Wenn wir zusammenstehen, sind wir gemeinsam stärker als jeder für sich allein.«

Da sah er das erste Mal wirklich so etwas wie Hoffnung in den Gesichtern aufkeimen.

Er konnte nur hoffen, dass er sie nicht enttäuschen würde.

11
Das Geheimnis von Emain Macha

»Aua«, sagte Conall Cearnach mit unterdrückter Stimme. »Das sieht böse aus.«

Die Mienen der Krieger, die sie in der Runden Halle des Königs erwarteten, waren alles andere als Vertrauen erweckend. Fergus, dem Recken des Königs, sah man an, dass er sich am liebsten gleich auf sie gestürzt hätte. Das Gesicht des Königs war ausdruckslos. Nur das Gesicht des Druiden, Cathbad, war sanft wie immer, doch er wirkte sehr nachdenklich, wie er sich durch den grauen Bart strich.

»Bringen wir es hinter uns!«, sagte Hagen und schritt, gefolgt von seinen Wölflingen, durch das Rund der Halle, bis er vor dem erhöhten Podest mit dem Thron des Königs stand.

»So«, sagte König Conor. »Du hast es also geschafft, mit einer Hand voll unerprobter Jungen meine besten Krieger zu schlagen.«

»Es war nur ein Spiel«, verteidigte sich Hagen. »Und es war ein fairer Wettstreit. Und was die ›unerprobten Jungen‹ betrifft«, er konnte die Wölflinge in seinem

Rücken geradezu knurren hören, »immerhin haben wir gewonnen.«

»Es war ein unfairer Kampf«, sagte einer der Krieger. »Er hat Fergus Mac Roy durch einen Fußtritt außer Gefecht gesetzt.«

»Das ist Connla, der Falsche«, zischte Laeg an Hagens Ohr. »Pass auf ihn auf.«

»Ich würde sagen, der edle Fergus hat sich durch seinen eigenen Ball außer Gefecht gesetzt«, begann Hagen. Er hielt jedoch inne, als Fergus, der bislang zusammengesunken auf seinem Stuhl gesessen hatte, Anstalten machte, sich hochzustemmen, um sich auf ihn zu stürzen.

»Schweigt!«, gebot der König. »Alle beide! Und du«, sagte er zu Fergus, »hältst Frieden in der Halle des Königs!« Fergus ließ sich mit einem Fauchen zurücksinken.

»Was also soll ich mit euch machen, des Königs Hund und des Königs Krieger?«, überlegte Conor laut. »Ungern möchte ich auf einen von euch beiden verzichten. Aber wenn ich den Dingen nicht Einhalt gebiete, wird es früher oder später zu Mord und Totschlag kommen.«

»Herr«, sagte einer der Umstehenden, ein gecken-haft gekleideter Mann mit Stutzerbärtchen, »darf ich reden?«

»Sprich, Ailell.«

»Ailell, der Honigzüngige«, wisperte Laeg.

»Herr, Ihr kennt das alte Wort: *Es kann nur einen geben.* Lasst die beiden es miteinander auskämpfen, wie es Sitte ist: an einen Pflock gebunden, mit einem Arm auf dem Rücken. Und Fergus Mac Roy, Eurem Recken, sollte als dem Herausgeforderten die Ehre des ersten Schlages zustehen.«

Wenn die das machen, dachte Hagen, *das überlebe ich nicht. Dieser Fergus hat einen Schlag – wo der hinhaut, da wächst kein Gras mehr.*

Der König schien den Vorschlag ernsthaft zu bedenken. Dann sagte er: »Ich habe mich mit meinem Druiden, beraten. Erzähle ihnen, Cathbad, was du gesehen hast.«

Aller Augen richteten sich erwartungsvoll auf den Druiden. Der räusperte sich und begann:

»Dies ist, was die heiligen Ogham-Stäbe mir sagten, als ich sie warf. Dreimal warf ich sie, und dreimal, in unterschiedlicher Weise, ergaben sie ein und dieselbe Lesung.

Und als ich sie das erste Mal warf, sah ich zwei Vögel aufsteigen, eine Lerche und eine Schwalbe. Die Lerche stieg hoch empor, bis man sie nicht mehr sah; die Schwalbe aber flog dicht am Boden entlang, als ob ein Unwetter drohte. Aber ich maß dem keine Bedeutung zu.

Als ich die Stäbe das zweite Mal warf, flogen wieder zwei Vögel auf, ein Sperling und ein Zaunkönig. Der Sperling verschwand im Geäst der Bäume und wurde nicht mehr gesehen. Der Zaunkönig aber verfing sich im Dornengestrüpp und verblutete. Und ich wunderte mich darüber.

Als ich die Stäbe das dritte Mal warf und meine Blicke zum Himmel richtete, sah ich einen Raben und einen Falken, die miteinander stritten. Und der Rabe hackte dem Falken ein Auge aus. Da wusste ich, dass ich im Vogelflug ein Wahrzeichen gesehen hatte.«

Der Mann verstand es, beim Erzählen Spannung aufzubauen, das musste Hagen ihm lassen. Er sah, wie die anderen alle gebannt auf den Druiden starrten. Auch er selber konnte sich diesem Bann nicht entziehen.

Dennoch war er nicht vorbereitet auf das, was jetzt kam:

»Dies aber ist es, was die Stäbe beschrieben«, rief der Druide aus. Er hob eine tönerne Schüssel, in der es hölzern rasselte. »Und zum Zeichen, dass ich wahr gesehen habe, werfe ich sie erneut...«

Mit Schwung schleuderte er den Inhalt auf den Boden. Holzstäbe hüpften auf dem hartgestampften Grund. Sie formten sich zu einem Muster – viel zu regelmäßig, wie es schien, als dass bloßer Zufall es hätte hervorrufen können.

»Emain Macha«, las der Druide.

Hagen konnte die Schriftzeichen nicht erkennen, die auf den Stäben eingeschnitzt waren, aber die anderen in der Halle, sofern sie überhaupt lesen konnten, waren hinreichend beeindruckt. Fergus, dessen Gesicht noch eben wutgerötet gewesen war, war blass geworden.

»Dies ist darum mein Urteilsspruch«, ergriff der König wieder das Wort. »Beide, Fergus und Cúchullin, werden bei Sonnenuntergang hinaufgehen nach Emain Macha. Wer am Morgen als Erster zurückkehrt, wird dann der eine und einzige Recke von Ulad sein.«

War Fergus vorher blass gewesen, war er jetzt totenbleich. Hagen verstand die Aufregung nicht ganz, aber er begriff, welch ganz reale Gefahr ihm drohte. Wenn er mit dem Recken in der Dunkelheit allein war, wer garantierte ihm dann, dass Fergus nicht diese seltsame Prüfung mit einem kräftigen Hieb aus dem Hinterhalt für sich entschied?

Aber Cathbad enthob ihn mit dem nächsten Satz dieser Sorge – und machte die ganze Angelegenheit nur noch geheimnisvoller:

»Ich aber erlege euch beiden auf, dass keiner von euch die Hand gegen den anderen erhebt. Und wer gegen diesen Spruch fehlt, unter dem soll die Erde sich auftun und ihn verschlingen.« Er nahm den Krug und warf ihn auf den Boden, dass er zerschellte. »Ich, Cathbad, habe dies gesprochen.«

Die Krieger um Fergus murmelten untereinander. Hagen spürte, wie seine Freunde näher rückten, wie um ihm beizustehen. Der König blickte auf die Scherben des Kruges hinab, als wäre ihm die ganze Sache zuwider.

»Jetzt geht«, sagte er dann, »und kommt einander nicht mehr unter die Augen, bis die Sonne sinkt.« Er winkte müde mit der Hand. »Ihr Jungs, geht spielen! Und ihr Krieger, tut das, was ihr am besten könnt: Kämpft. Morgen werde ich drei Trupps hinausschicken, die Steuern einzutreiben. Den in den Süden wird mein Recke anführen, wer es auch sei.«

Fergus blickte auf und wollte etwas sagen, aber der König schnitt ihm mit einer Handbewegung das Wort ab.

»Fort mit euch!«

Hagen und seine Freunde machten, dass sie wegkamen. Noch im Gehen spürte Hagen die bohrenden Blicke von Fergus in seinem Rücken. Doch es war nicht nur Zorn in dem Blick des Recken gewesen, als er aufgesehen hatte, sondern auch etwas wie Furcht – nein, mehr noch, ein tiefer, unmenschlicher, übernatürlicher Schrecken.

So verbrachten Hagen und die anderen den Nachmittag weitab von den Kriegern am Fluss. Erst angelten sie, dann zogen sie ihre ohnehin nassen Kittel aus und sprangen ins Wasser. Übermütig wie richtige Wolfswelpen tollten sie in dem flachen Gewässer am Ufer umher und spritzten sich gegenseitig nass. Sie waren froh, dem täglichen Einerlei zumindest für heute entkommen zu sein.

Nur Hagen war nachdenklich. Ihm gingen die Worte des Druiden nicht aus dem Sinn. Ob der Alte nun etwas gesehen hatte oder nicht, er hatte ihnen damit etwas sagen wollen. Und die Sache mit den Stäben – wenn es ein Trick war, dann ein verdammt guter.

Während ihre Kleider, die sie auf die Büsche der Umgebung verteilt hatten, in der Nachmittagssonne trockneten, hockten die Jungen am Ufer um ein Feuer, das Laeg mit Hilfe seiner Brüder entzündet hatte, und brieten die Fische, die sie vorher gefangen hatten.

»Was ist Emain Macha?«, fragte Hagen, während er

den Stock mit seinem Fisch umdrehte, um auch die andere Seite garen zu lassen.

Conall Cearnach sah ihn von der Seite an. »Das weißt du nicht?«

»Der ›Hügel der Macha‹«, vermute ich. »Aber wer oder was ist – oder war – Macha?«

»Macha, die Goldhaarige«, klärte Conall ihn auf. »Sie war eine Fürstin und Kriegerin – und eine vom Zaubervolk, sagt man. Sie war die erste Königin von Teltin, aber sie war nie glücklich hier, ehe sie starb.«

»Dann ist sie also schon lange tot?«

»Sie ist nicht tot. Die Kinder der Göttin Dana sterben nicht so wie wir; weißt du das nicht? Sie ist...« Seine Stimme stockte.

»... eine Ban-Sidhe.« Erc hatte es ausgesprochen, der kleine, mausgesichtige Sohn des Barden Felimid. Er duckte sich, als fürchtete er, der Himmel könnte jeden Moment auf ihn herabfallen. Aber es geschah nichts. Die Sonne schien.

»Eine Banshee?« Seine Tante Meg hatte ihm von den Banshees erzählt, den Geistern, die angeblich um das Haus heulten, wenn jemand gestorben war. Sie kämen, hatte sie gesagt um die Seele des Toten ins Jenseits hinüberzuholen. Und manchmal auch die eines Lebenden. Hagen hatte sich köstlich gegruselt bei diesen alten Geschichten. Jetzt war ihm nicht mehr so wohl zumute. Und dennoch: »Ich habe keine Angst vor Geistern!«, erklärte er.

»Du bist ja selbst...«, begann Erc, stockte dann aber mitten im Satz. »Ich meine, du hast ja schon den schwarzen Hund besiegt«, schloss er lahm. »Kein Wunder...«

Hagen spürte die Kluft zwischen sich und seinen neugewonnenen Freunden wachsen. »Erzählt mir etwas über Macha«, sagte er darum rasch, und um seine eigene Unwissenheit nicht allzu deutlich zu machen, fügte er hinzu: »Ich will eure Version der Geschichte hören. Was wisst ihr darüber?«

Erst kamen die Worte zögerlich, dann überboten sich die Jungen gegenseitig mit immer neuen Einzelheiten.

»Sie war eine Zauberin …«

»… und sie hatte einen Speer, der sie unbesiegbar machte.«

»Sie war die Braut des Königs der dunklen Menschen …«

»… die gibt es immer noch hier. Typen wie Cormac hier. Nicht braun- oder rothaarig wie die meisten von uns. Wir nennen sie auch die schwarzen Gälen, aber sie waren schon hier, bevor die Gälen kamen.«

»Aber sie war eine vom Zaubervolk, von den … den …«

»… den Tuatha Dé Danann.« Das war Erc, der die alten Legenden kannte.

»Er hatte sie im Kampf gewonnen. Der König, meine ich. Aber sein Volk war besiegt worden. Und darum ist es hierhergezogen. Vielleicht ist sie auch freiwillig mit ihm gekommen. Oder als Preis für irgendwas, ich weiß es nicht.«

»Jedenfalls hat man sie hier nicht geliebt«, brachte Follaman etwas Ruhe in das aufgeregte Gerede. »Und darum hat sie sich immer häufiger zurückgezogen, in die Hügel. Und als sie dann schwanger war, da sagten die Leute, es wäre gar nicht das Kind des Königs, sondern ein Erdgeist hätte ihr beigelegen – ein Hirsch, ein Stier, ein Eber; mit allem wollte man sie in den Wäldern gesehen haben.«

»Der König aber glaubte an seine Frau«, nahm Laeg den Faden auf, »und um ihre Unschuld zu beweisen, forderte er ihren schärfsten Kritiker zu einem Gottesurteil heraus. Dreimal sollte er den Hügel umkreisen, der heute Emain Macha heißt, auf seinem Streitwagen, und sie sollte mit ihm um die Wette laufen, zu Fuß. Und wenn sie gewänne, dann sollte keiner mehr zweifeln, dass Machas Kind sein eigenes sei.«

»Eine komische Wette«, konnte Hagen sich nicht enthalten einzuwerfen. »Und außerdem, die Frau war doch schwanger, oder nicht?«

»Aber sie war eine Zauberin«, erklärte ihm Laeg ganz ernsthaft. »Und er glaubte an sie.«

Hagen sagte nichts. Plötzlich musste er an Gunhild denken. Ob die auch an ihn glaubte? Ob sie noch daran glaubte, dass er kommen würde, um sie zu retten? Ob sie überhaupt noch lebte?

»Und wie ist die Sache ausgegangen?«, fragte er schließlich.

Conall Cearnach ergriff das Wort. »Dreimal umkreisten sie den Hügel. Und beim ersten- und beim zweitenmal war Macha stets einen Schritt voraus. Beim drittenmal jedoch, als die Runde fast vollendet war, da ...«

»... da b-b-brachen ihre W-w-wasser ...«, sagte Cuscrid.

Hagen hatte diesen Ausdruck noch nie gehört, aber er konnte sich denken, was jetzt kam.

» ... und sie gebar einen Sohn.«

»Ich hatte gedacht, sie starb.«

»Ja, sie starb«, sagte Conall. »Aber bevor sie starb, verwandelte sie sich. Sie stülpte ihr Inneres nach außen, und das war schrecklich anzuschauen. Und sie tat einen schrecklichen Fluch: dass Ulad eines Tages so hilflos daliegen würde wie eine Frau in den Wehen, wenn der Feind käme. Und darum üben sich die Krieger von Ulad jeden Tag im Waffenkampf, um auf diesen Augenblick vorbereitet zu sein.«

»Sie aber hat man dort bestattet auf dem Hügel, der seitdem ihren Namen trägt. Und man hat große Steine um den Hügel gesetzt, damit sie diesen Bannkreis nicht verlassen kann. Denn seitdem hört man in Mondnächten ihr Heulen, weil sie immer noch keine Ruhe gefunden hat.«

Eine tolle Story, wollte Hagen sagen, als sein Blick auf

das kleine Lagerfeuer fiel. »Au, verdammt! Mein Fisch ist halb verkohlt.«

»Dann schmeckt er am besten!«, rief Laeg aus. »Du musst nur die Haut vorsichtig abmachen.«

»Vorsichtig! Dass ich nicht lache!« Er hatte sich schon fast die Finger verbrannt. Aber das Fleisch unter der schwarzen Schuppenhaut war rosa und duftete köstlich. Er blies darauf und kostete vorsichtig. »Ah, das schmeckt gut.«

»Es geht doch nichts über einen frischen Lachs!«, erklärte Conall, als er die Zähne in seinen eigenen Fisch schlug.

»Und was ist aus dem Kind geworden?«, fragte Hagen zwischen zwei Bissen.

»Keine Ahnung«, meinte Laeg.

Doch Erc, der Kleine, wusste es besser: »Es wuchs als Ziehson der alten Königin Taltiu auf, nach der die Burg Teltin ihren Namen hat. Und eines Tages, heißt es, sei ein Fremder gekommen und habe ihn mit sich genommen. Wahrscheinlich ist er zu seinem Volk, den Tuatha Dé Danann, zurückgekehrt. Aber wo sie sind, weiß keiner mehr.«

Er sah Hagen von der Seite an. Der sagte nichts, wischte sich nur die Finger an den nackten Oberschenkeln ab und stand auf. »Kommt, gehen wir noch eine Runde schwimmen, ehe es zu kalt wird.«

Aber keiner hatte mehr rechte Lust. Also wuschen sie sich im Fluss die fettigen Finger und zogen ihre Sachen wieder an, die inzwischen einigermaßen trocken waren. Als sie das Feuer austraten und Sand darüber streuten, stand die Sonne schon tief über den Bäumen. Es war Zeit, zurückzukehren.

Fergus Mac Roy stand bereits gerüstet und gewappnet im Hof, als sie durch das Tor kamen. Er trug einen schweren Helm mit einem Kamm in der Form eines Ebers sowie ein feinmaschiges Kettenhemd und Arm- und Beinschienen. An seinem Gürtel hing ein langer

Dolch, und er hielt eine Axt in der rechten Hand und einen großen lederbezogenen und mit Bronze beschlagenen Schild in der linken. Um seine Schultern hatte er einen karierten wollenen Mantel geschlungen, der über der Brust mit einer Fibel befestigt war. Er sah aus, als zöge er in den Krieg. Er musste wirklich Angst haben.

König Conor stand bei ihm. Neben ihm lag in einem großen Haufen eine Ansammlung von Waffen und Gerätschaften, welche die Knechte herbeigetragen hatten.

»Ich will mir nicht sagen lassen, dass ich dich ungerüstet in diesen Kampf ziehen ließ, Cúchullin«, erklärte der König. »Nimm dir von diesem Rüstzeug, was du brauchst; es ist mein eigenes.«

Hagen trat heran und besah sich den Haufen genauer. Es waren in der Tat Waffen, Schilde und Rüstungen von erlesener Qualität, fein ziseliert, aber dennoch scharf und stark, Meisterwerke der Schmiedekunst. Er nahm ein Kettenhemd auf. Das Ding musste fast einen halben Zentner wiegen. Er hatte nie gelernt, sich in so etwas zu bewegen; mit soviel Eisen am Leib wäre er ungefähr so wendig wie eine Schildkröte.

Aber er durfte den König nicht brüskieren. »Vielen Dank, Majestät«, sagte er daher. »Aber ich glaube nicht, dass mir das nützt. Ich hätte nur gern meinen Stock aus Apfelholz zurück; das dürfte die beste Waffe gegen alles sein, was in der Nacht auf mich lauert.«

Und so zog er, den Stecken als eine Art Wanderstab benutzend, zusammen mit dem waffenklirrenden Fergus zum Tor hinaus, in Richtung des Hügels, der in den letzten Strahlen der untergehenden Sonne erglühte.

Jetzt erst, als sie näher kamen, sah Hagen deutlich, was Laeg gemeint hatte, als er von dem Bannkreis sprach, den man um den Hügel gezogen hatte. Der Hügel der Macha war nicht hoch, eher sanft gewölbt. Doch entlang der Linie, die ihn von dem umgebenden

Land abgrenzte, standen Steine, teilweise mannshoch, die man mit viel Mühe herbeigeschleppt und aufgerichtet hatte. Sie waren unbehauen, doch in der langen Reihe, die sie bildeten, wirkten sie wie Zähne.

Ansonsten war der Hügel, abgesehen von ein paar Sträuchern, die darauf wuchsen, kahl bis auf jenes seltsame Bauwerk, das sich in seinem Zentrum erhob.

Aus der Ferne wirkte es wie ein Tisch aus Stein. Doch wenn man näher kam, zeigte sich, dass etwas mit den Dimensionen nicht stimmte. Dieser Tisch war für Riesen gemacht; seine mächtige Platte war viel zu hoch für gewöhnliche Menschen. Und zwischen den seitlich aufgestellten Steinen, die ihre Stützen bildeten, führten Stufen hinab in die Dunkelheit.

»Da sollen wir hinein?«, fragte Hagen, an Fergus gewandt.

Der sah ihn nur finster an, dann bequemte er sich doch zu einer Antwort: »Ich geh da nicht rein.«

Ein Freund einsilbiger Worte, stellte Hagen fest. Aber, dachte er, das kann ich auch. »Dann warten wir hier.« Na ja, fast.

Sie hockten sich in den Schatten des steinernen Monuments, auch um dem Wind zu entgehen, der hier auf der kahlen Hügelkuppe pfiff. Sie saßen ein gutes Stück auseinander, so weit entfernt, dass sie einander gerade mit den Fingerspitzen hätten berühren können. Der Wind heulte lauter. War da nicht eine andere, schrillere Note in seinem Heulen? Hagen spitzte die Ohren. Aber da war nichts, nur das Singen des Luftzugs zwischen den Steinen.

Er legte den Kopf in den Nacken und blickte zu dem dunkler werdenden Himmel empor. Inzwischen war die Sonne ganz hinter dem Horizont verschwunden; nur ein roter Streifen von gebrochenem Licht, wie der Widerschein einer Feuersbrunst aus einem Reich jenseits der Welt, hüllte die westlichen Baumwipfel in einen Mantel aus glühendem Dunst. Das Licht schwand. Die Sterne traten hervor. So hatte er sie oft gesehen, allein, von seinem Zimmerfenster aus: den großen Bären, den Jäger mit seinem leuchtenden Gürtel, die anderen, denen er seine eigenen Namen gegeben hatte: Schmetterling und Schlange, Drache und Einhorn. Wie mochten wohl die Bewohner der Anderswelt diese Sterne nennen? Ob sie auch Bezeichnungen dafür hatten?

Hagen war oft allein gewesen, abends in seinem Zimmer. Sein Vater war auf See gewesen und nur alle paar Monate nach Hause gekommen, solange der Junge sich erinnern konnte. Seine Mutter hatte nachts in einer Kneipe gearbeitet oder in einer Bar, und so hatte er sich abends selbst etwas zu essen gemacht und dann auf sein Zimmer zurückgezogen, um die Sterne anzuschauen.

Plötzlich überkam ihn ein unerklärliches unendliches Heimweh nach den vertrauten Dingen, die er daheim gekannt hatte. Er war allein, in einer fremden Welt; er hatte nicht die geringste Ahnung, wie er je wieder nach Hause kommen sollte. Und hier saß er nun, an einem unbekannten Ort, in der Dunkelheit, im feuchten Gras, im Rücken den kalten Stein eines uralten Grabes und neben sich einen Mann, der ihm sicher am liebsten die Gurgel durchgeschnitten hätte.

Allein, heulte die Stimme des Windes.

Hagen schreckte auf. Hatte er geträumt? Er wandte den Blick nach rechts, wo er Fergus in der Dunkelheit mehr ahnen als sehen konnte. Hatte der Mann sich bewegt? Das Kettenhemd klirrte leise; jeder Laut trug weit in der klaren, mondlosen Nacht. Fergus atmete schwer. Er hatte sich noch nicht von der Stelle gerührt.

Du bist allein, sagte der Wind. *Allein und keiner kann dir helfen.*

Ein trockener, würgender Laut. Fergus' Gesicht war jetzt deutlicher zu erkennen. Die Augen traten hervor, die kantigen Kiefer mahlten. Aber er blieb stumm. Und da erkannte Hagen, dass das Würgen aus seiner eigenen Kehle emporgestiegen war.

Fergus richtete sich auf. Seine Augen traten schier aus den Höhlen. Jede Niete seines Helmes, jeder Ring seines Kettenhemdes war deutlich zu erkennen.

Allein. Ooooh, so allein. Ganz allein.

Woher kam das Licht? Hagen blickte sich um. Vom Rande des Hügels, wo der Steinkreis begann, stieg ein weißer Nebel auf, der von innen zu leuchten schien, kroch zwischen den Steinen den Hang hinauf, griff mit klammen Fingern nach den Büschen und Gräsern, die auf dem Hügel wuchsen.

»Da, der Hirsch! Er ist weiß…«

Hagen wandte den Kopf. Fergus, den Mund geöffnet, wies mit ausgestrecktem Finger in das ungewisse Zwielicht. Hagen folgte seinem Blick. Erst sah er nichts; dann erkannte er eine Gestalt, einen hellen Schatten, der den Hügel heraufgesprungen kam. Aber er war nicht weiß, sondern grau.

»Das ist nur mein Hund!« Hagen lachte auf, plötzlich erleichtert. »Der graue Hund, der mich hierher geführt hat.«

Er war so froh, den Begleiter von gestern wiederzusehen, dass er aufsprang und einen Schritt in die Richtung machte, wo er den grauen Hund gesehen hatte.

Nebel hüllte ihn ein. Weißer, wallender Nebel. Er war so dicht, dass Hagen die Hand vor den Augen nicht sehen konnte. Nebel umgab ihn von allen Seiten. Er sah nicht mehr, wohin er die Füße setzte. Der Boden glitt unter ihm hinweg, und er spürte ihn nicht mehr. Er trieb durch einen endlosen Nebel, ohne Orientierung, ohne Ziel. Er wusste nicht mehr, wo oben oder unten war, vorn oder hinten. Gerade hatte er noch auf festem Boden gestanden, mit verwittertem Stein in seinem Rücken. Jetzt fiel er, taumelnd, sich überschlagend durch eine endlose, formlose Leere, in der nichts mehr sicher war, nichts mehr gewiss.

Bis auf das eine. Er war allein.

Allein …

Der Wind heulte. Nein, es war nicht nur der Wind. Es war das Heulen einer verlorenen Seele, ein Laut von unendlicher Einsamkeit.

Dann sah er *sie*.

Sie kam durch den Nebel getrieben, doch zugleich schien sie auf festem Grund zu stehen – nein, zu schweben, denn ihre Füße bewegten sich nicht. Und doch kam sie auf ihn zu. Ihr Haar, das einmal blond gewesen war, war nun weiß wie Schnee; es umgab sie in einem Schleier von schimmerndem Licht. Einzelne Strähnen lösten sich daraus, wanden sich in alle Richtungen, bis sie eins wurden mit dem Nebel. Sie trug ein Diadem auf der Stirn, gleich einer Königin; die Steine darin glühten in einem fahlen, farblosen Feuer. Juwelen, in bleiches Gold gefasst, glitzerten frostig an ihrem Hals und auf ihrer Brust. Ihr langes, helles Kleid, wie von einem unsichtbaren Wind gebauscht, flatterte und zerfaserte in der Brise. Doch weißer noch als ihr Gewand, leuchtender als ihr Haar, blasser als die kalte Pracht ihres Geschmeides war das bleiche Gesicht der Ban-Sidhe, und in diesem Gesicht lag eine solche Traurigkeit, dass nichts und niemand in der ganzen weiten Welt auch nur einen Funken Hoffnung dagegen setzen mochte, um sie zu lindern.

Mein Kind, heulte die Ban-Sidhe. *Ich habe dich verloren. Und jetzt bin ich allein, allein …*

Mutter, wollte Hagen rufen, aber er brachte keinen Laut über die Lippen. Und dennoch schien sie seinen lautlosen Ruf gehört zu haben; denn sie wandte sich ihm zu. Im nächsten Augenblick würde sie ihn ansehen, und dieser Blick würde ihm das Herz brechen.

Hagen schloss die Augen. Es war das Einzige, zu dem er in dieser Situation noch imstande war. Der weiße

Nebel ringsum wich schlagartig der inneren Dunkelheit, und er *sah.*

Er sah Fergus, der zusammengekauert im Winkel zwischen dem steinernen Grab und dem Boden des Hügels hockte. Seine Augen waren aufgerissen, traten ihm fast aus den Höhlen. Aber da war nichts, was er hätte sehen können. Nur die regenschwangere Nacht über den Baumwipfeln und der Nebel, der in dünnen Fahnen aus den Niederungen heraufkroch.

Schaum stand vor Fergus' Mund. Seine Hände zuckten unkontrollierbar. Die Axt, die er in der Rechten getragen hatte, hatte er fallen lassen; der Schild in seiner Linken löste sich aus seinem Griff und polterte zu Boden.

Komm, komm! Komm zu mir! Meine Umarmung ist kalt. Mein Kuss ist der Tod. Doch wenn du bei mir bist, werden wir nie mehr allein sein. Und du wirst Frieden finden ...

Die Stimme schien von überallher zu kommen, vor allem aber aus den Tiefen des steinernen Grabes, aus der Dunkelheit, welche hinter den Stufen lag, die in das Innere des Heiligtums führten.

Fergus schrie.

Er mochte brutal sein und beschränkt, der Recke des Königs. Er war sicher nicht mit einer überragenden Intelligenz gesegnet. Er hatte bislang, wie es schien, alle seine Probleme mit seiner Körperkraft gelöst. Die konnte ihm hier nicht helfen. Aber er war ein Kämpfer.

»Neiiiiin!«

Fergus sprang auf. Wie ein Irrer rannte er den Hügel hinab, ohne nach rechts und links zu schauen. Erst als er den Kreis der Steine erreichte, der die Erhebung von Emain Macha umgab, verlangsamte sich sein Schritt. Er taumelte ein Stück weiter, bis er den schützenden Rand des Waldes erreichte. Wimmernd kroch er zwischen die Bäume, wühlte sich in das feuchte Erdreich, nur um nichts mehr zu sehen, nichts mehr zu hören, nichts mehr zu fühlen.

Das Wimmern verebbte. *Ein Problem weniger,* dachte Hagen. Doch er wusste, dass er sein eigentliches Problem noch lange nicht gelöst hatte. Denn jetzt wandte sich die Ban-Sidhe ihm zu.

Er stand vor dem Eingang zum Grab. Er hatte die Augen immer noch geschlossen, das wusste er genau; und dennoch sah er. Vor ihm stand die Weiße Frau. Sie stand völlig reglos da. Kein Windhauch, kein Lüftchen rührte ihre Gestalt.

Sie sah ihn an. Ihre Augen waren wie schwarze Kohlen in dem weißen Gesicht. Und hinter diesen Augen war nichts.

In diesem Augenblick wusste er, dass er dem Tod ins Gesicht blickte. Nein, mehr noch, dies war die absolute Leere, wo nichts mehr ist, nichts mehr sein kann, ja selbst die Frage von Sein oder Nichtsein ihre Bedeutung verliert.

Er versuchte das Gesicht abzuwenden, aber es half nichts, da er sie ja nicht mit seinen Augen sah, sondern mit einem anderen, inneren Blick. Für ihn gab es nichts mehr als diese Augen, die größer und größer wurden, sein ganzes Blickfeld anfüllten.

Wie einfach wäre es doch, sich fallen zu lassen, einzutauchen in diese endlose dunkle Leere. An einen Ort, wo es keine Probleme mehr gab, keinen Schmerz, keinen Kummer, keine Hoffnung und auch keine Verzweiflung …

Wie er da stand in der Dunkelheit, fielen ihm plötzlich all die Enttäuschungen ein, die er in seinem kurzen Leben erfahren hatte, all die Peinlichkeiten, die er versucht hatte zu vergessen. Er dachte an seinen Vater, der nie für ihn da gewesen war; an seine Mutter, die ihn beschimpft und geschlagen hatte. Er sah sich in der Schule abseits stehen; sah sich an der Tafel, als er eine Aufgabe nicht lösen konnte und alle über ihn lachten. In der Mannschaft auf dem Spielfeld, als er den entscheidenden Freistoß verschoss. Sah sich nach Hause schleichen, mit blutender Nase, nach der Schlägerei, bei der er der Verlierer gewesen war.

Bilder stiegen in ihm auf: von Siggi, seinem Freund; aber es waren keine freundschaftlichen Bilder. Er sah sich, wie sie beide einander feindselig gegenüberstanden, bereit, sich gegenseitig an die Kehle zu gehen. Er sah das Misstrauen in Gunhilds Augen; hatte sie ihm nicht sogar einen unschuldigen Kuss verweigert?

Und er sah seine neugewonnenen Freunde, am Flussufer, wie sie ihn anstarrten, als wäre er ein seltenes Tier, der Fremdling, der Außenseiter in ihrer Mitte.

Dies alles kannst du vergessen, sagte die Stimme in seinem Innern, *wenn du den einen, entscheidenden Schritt tust.*

Oh, er kannte diese Stimme. Es war nicht die Stimme der Ban-Sidhe. Es war die Stimme des Verräters, der in ihm steckte, die Stimme jener Macht, die immer nur verneint. Aber hatte sie nicht Recht?

Ein Heulen war in seinen Ohren, wie das Heulen von Wölfen.

»Uhuuuuuuu!«

Die Wölflinge! Sie dachten an ihn. Sie heulten für ihn.

Du bist nicht allein!

Aus den Winkeln seines inneren Auges sah er einen hellen Schatten. Es war nur ein flüchtiger Eindruck vom Rande des Blickfelds; gewöhnlich hätte er daran gezweifelt, ob da überhaupt etwas gewesen war. Aber mit der übernatürlichen Klarheit, mit der er sah, erkannte er die Gestalt sofort. Der graue Hund war zurückgekehrt.

Der Stab!, hechelte der Hund. *Der Stab! Nimm den Stab!*

Welchen Stab? Hagen war so in seinen Gedanken gefangen, dass er gar keinen Sinn mehr dafür hatte, wo er sich befand und was mit ihm geschah. Der Stab aus Apfelholz war warm in seiner Hand. Er hielt ihn hoch.

Selbst in der Dunkelheit, die ihn umfing, sah er ihn leuchten, grün wie die Farbe des Lebens, und dann sah er wieder die Augen der Ban-Sidhe vor sich, in deren dunklen, alles verschlingenden Blick er hineingestürzt war. Sie wichen zurück.

Hell erglühte der Stab. Aus dem grünen Holz von Emain Ablach sprossen Triebe und Blätter. Blüten entfalteten sich, weiß und rot. Aus den Blüten wurden Früchte, fest und prall. Golden erglänzten die Äpfel der Sonne an des Mondes silbernem Zweig.

Das Licht überstrahlte die weiße Gestalt, die immer weiter zurückwich. Sein Schimmer legte einen Hauch von Wärme in das kalte Gesicht, einen Abglanz des Goldes in das erbleichte Haar und ließ die Juwelen ihres Geschmeides in allen Farben auffunkeln. Einen Augenblick sah Hagen sie so, wie sie in der Blüte ihres Lebens gewesen war: Macha die Goldhaarige, Fürstin der Tuatha Dé Danann, Kriegerin und Göttin. Dann kräuselte sich das Bild und verblasste wie Rauch im Wind.

Hagen schlug die Augen auf. Das Bild hatte sich nicht geändert. Noch immer stand er vor dem Eingang des Grabes. Doch die Ban-Sidhe war fort.

Neben ihm drängelte sich der graue Hund vorbei.

Komm! Es ist noch nicht vorbei.

Wie im Traum folgte Hagen ihm die Stufen hinab in das Grab. Der Weg war länger, als es von außen den Anschein gehabt hatte; ja, er führte weiter und immer tiefer hinein. Obwohl es draußen Nacht war und behauener Stein sie umgab, war es doch nicht wirklich dunkel. Der Stab von Emain Ablach spendete immer noch ein mattes Licht, und auch die Wände gaben einen seltsam ungewissen Schein von sich, wie die Höhlen der Anderswelt ihn an sich haben.

Bald wurde der Gang so niedrig, dass Hagen den Kopf einziehen musste. Von rechts und links ragten Steinplatten, eine über die andere vorkragend, in den

Gang, dass sie eine Art Gewölbe bildeten. Seltsame Muster bedeckten die Seitenwände, Spiralen und Zickzacklinien; man konnte nicht sagen, ob sie nur aus einem instinktiven menschlichen Bedürfnis entstanden waren, Flächen mit Mustern zu schmücken, oder eine tiefere Bedeutung hatten.

Schließlich gelangten Hagen und sein Führer an eine Art Portal. Ein länglicher Stein war in die Seitenwände verkeilt, dass er eine Art Türsturz bildete. Darüber gab es nur noch eine kleine, halbkreisförmige Öffnung. Hagen musste sich tief bücken, um unter dem Türstein hindurchzukriechen. Als er sich wieder aufrichtete, stand er in einer runden, überkuppelten Kammer.

Grab!, sendete der Hund in Hagens Bewusstsein. Es war ein komplexes Bild: Dies ist ein Grab, und darin hat man gegraben, und was eingegraben wurde, muss nun wieder ausgegraben werden ...

»Ich soll graben?« Hagen war sich erst bewusst, dass er laut gesprochen hatte, als seine Stimme von den Kuppelwänden widerhallte. »Aber wo? Und womit?«

Wieder ein Bild: Eine Zeit des Schweigens und der Dunkelheit. Die Tage werden kürzer. Die Sonne ist matt geworden. Kaum hat sie noch Kraft, sich über den Horizont zu erheben. Dort, wo das Dunkel am tiefsten ist, hocken Gestalten. Dumpf, tierisch fast, in Felle gekleidet. Dunst steigt aus ihren Mündern auf, als sie sich in der Kälte gegenseitig zu wärmen suchen. Sie warten. Sie hoffen. Wie jedes Jahr.

Alles Leben erstarrt. Eisig der Wind. Dunkel die Welt.

Dann geschieht das Wunder.

Es ist der Tag der Wintersonnenwende. Ein verirrter Lichtstrahl fällt in den Eingang des Hügels. Durch die ganze Länge des Ganges pflanzt er sich fort, fällt durch das Auge über der Tür und trifft auf eine ganz bestimmte Stelle am Boden der Kammer. Und die Kammer ist erfüllt von Licht, ehe es wieder verblasst.

Da wissen die Menschen: Die Sonne wird wiederkehren.

Hier musst du graben.

Hagen war schon dabei. Im Licht des Stabes, den er gegen die Felswand gelehnt hatte, scharrte er mit bloßen Händen den Boden auf. Der scheinbar gewachsene Fels war nur in der obersten Schicht hart, wie festgetreten, dann erwies sich der Boden als feinkörnige Erde.

Rasch grub er tiefer. Seine Finger trafen auf etwas Hartes. Behutsam, wie ein Archäologe, der einen Schatz freilegt, arbeitete er weiter. Er sah etwas aufblinken. Es sah aus wie Gold. Dann Edelsteine, die blitzten. Eine Art Plakette: ein Brustschmuck, der Schmuck einer Frau. Er hatte diesen Schmuck schon einmal gesehen.

Nur hatten das Gold und die Juwelen da geglitzert wie Eis.

»Das Grab der Macha.« Er hauchte es fast, ehrfürchtig, und plötzlich überkam ihn ein Gefühl der Unwirklichkeit. *Was mache ich eigentlich hier? Ich hocke in einer Höhle und öffne ein Grab, mit bloßen Händen?*

Grab!, sprach der Hund. *Tiefer!*

Also grub er tiefer. Er spürte Knochen, die unter seinen Fingern zerbröselten. Dann etwas Hartes. Längliches. Behutsam legte er es frei. Hob es auf.

Eine Speerspitze.

Sie war von feinster Handarbeit, gegossen aus einem Metall, das er nicht bestimmen konnte, vielleicht Bronze, vielleicht Zinn oder gar Silber oder eine Mischung von alledem. Sie war über und über bedeckt mit feinsten Ziselierungen, Figuren von Kriegern und Fabelwesen, Köpfen, die so verfremdet waren, dass sie aus Bündeln reiner Energie zu bestehen schienen. Es war, als ob die Klinge lebte.

»Der Speer des Lichts.«

Er wusste nicht, wer von ihnen beiden es ausgesprochen hatte, er oder der Hund, aber die Worte hallten im Raum und brachen sich an den Wänden, ehe sie unter der Kuppel verebbten.

»Er braucht noch einen Schaft, dieser Speer«, stellte Hagen fest, und als hätte der Hund das Gleiche gedacht wie er, ging ihrer beider Blick zu dem Stab aus Holz, der an der Wand lehnte. Er hätte genau die richtige Länge und Form dafür.

Komm!, sagte der Hund wieder und lief voraus zu einer Nische, die Hagen bislang gar nicht aufgefallen war – oder hatte es sie bis jetzt gar nicht gegeben? Dort führte ein weiterer Gang in die Tiefe.

»Einen Augenblick«, sagte er und bückte sich, um die herausgescharrte Erde wieder in das Loch zu verfüllen. »Immerhin«, fügte er hinzu, »war sie eine Königin. Ich hoffe, sie wird jetzt Frieden finden.«

Dann folgte er dem Hund in die Düsternis.

Lang war der Weg, den sie gingen, länger, als Hagen es für möglich gehalten hätte. Allmählich wurden ihm die Füße schwer, wie er seinem vierbeinigen Führer hinterherstolperte. Irgendwann wich der behauene Stein gewachsenem Fels, und der Gang wurde schmaler, sodass er seitwärts gehen musste, die eine Schulter vorgestreckt, die andere nach hinten gebogen. Ein Stück weit mussten sie durch Schlamm waten, und Wasser troff von den Wänden und der Decke, als ob sie unter einem Fluss hindurchgingen. Dann wurde der Fels zu trockenem Erdreich, von Wurzeln durchzogen, und schließlich zu einem schwarzen, glasigen Stein, von einem rötlichen Schimmer überzogen.

Der Schimmer kam von vorn. Der Hund sprang ihm voraus, und Hagen hatte Mühe, ihm zu folgen. Dann öffnete sich vor ihm der Raum, und er hatte nur noch Augen für die Umgebung.

Er stand in einer Höhle im Fels, in der ein Feuer lohte. Flammen und Rauch zogen durch einen mächtigen natürlichen Kamin in der Decke ab. Für die Menschen der Oberwelt musste es so aussehen, als ob hier ein Vulkan kurz vor dem Ausbruch stehe. Doch es war keine Lava, die hier glühte. Wie an den Gerätschaften, die an den Wänden hingen, und den mächtigen Blasebälgen neben der Esse zu erkennen war, befand er sich in einer Schmiede.

Sie sah aus, als sei sie in Betrieb. Aber wo war der Schmied?

»Hund?«, rief Hagen. Seine Stimme klang seltsam schwach in der Höhle, als wäre sie viel größer, als es den Anschein hatte und er nur ein Zwerg, ein Winzling in diesem gewaltigen Raum. »Wo steckst du?«

Keine Antwort. Der Hund war nirgendwo zu sehen. Hagen kam sich ein bisschen blöd vor, nach einem unsichtbaren Hund zu rufen, der sich in einer dunklen Kammer versteckt hatte. Außerdem, fiel ihm ein, kannte er noch nicht einmal den Namen des Hundes. Wie sollte er ihn rufen? *Fiffi, komm zu Herrchen?*

Plötzlich war er sich einer anderen Präsenz in diesem Raum bewusst, unbekannt, aber irgendwie vertraut. Sein Blick ging über das Feuer zur anderen Seite der Esse.

»Was willst du hier?« Die Stimme, die von jenseits des Feuers kam, war tief, grollend wie Donner, aber nicht unfreundlich.

Hagen schluckte. Geblendet von der Glut und den Flammen konnte er kaum etwas erkennen, außer einer großen Gestalt mit leicht schräg gestellten Augen. Sie erinnerten ihn an die Augen der Macha, nur dass keine Dunkelheit darin lag, sondern der Widerschein des Feuers.

»Ich ... ich hab hier einen Speer ... ich meine, eine Speerspitze ...«

Die Gestalt erhob sich und kam um das Feuer herum. Hagen blickte in ein fein geschnittenes Gesicht, umgeben von dunklem Haar. Der Fremde trug eine Schürze aus Leder, von Ruß und Flammen gezeichnet, und schwere Handschuhe aus einem unbekannten, schwarzen Stoff. Sein Oberkörper war nackt. Mächtige Muskeln zeichneten sich unter der vernarbten Haut ab. Doch war nichts Ungeschlachtes an seinen Bewegungen; vielmehr bewegte er sich mit einer Kraft und Anmut, die über menschliches Maß hinausging.

Wortlos reichte Hagen ihm die Speerspitze. Das Gesicht des Schmieds, vom Feuer erleuchtet, spiegelte sich in der glänzenden Oberfläche.

»Woher hast du dieses Klinge?«

»Es ist der Speer der Macha«, antwortete Hagen. »Sie hat ... nein, das ist nicht wahr. Ich ... ich habe ...«

»Du hast ihn gestohlen?«

»Er lastete schwer auf ihrer Seele«, sagte Hagen mit einer Sicherheit, von der er selbst nicht wusste, woher sie plötzlich kam. Doch es waren nicht Worte, die ihm irgendjemand, der graue Hund oder wer auch immer, eingegeben hatte; sie kamen aus seinem Inneren. »Wenn die Klinge und der Schaft wieder zusammengefügt sind und der Speer an das Licht das Tages kommt, dann wird sie vielleicht Ruhe finden.«

Der Schmied sah ihn an. Der Ausdruck in seinen dunklen Augen war nicht zu deuten.

»Wenn Euch etwas an ihr liegt ...«, fuhr Hagen fort; doch er hatte anscheinend die richtigen Worte getroffen, denn der Schmied winkte ab.

»Gib mir den Schaft«, befahl er. »Dieser Speer verlangt nach keinem gewöhnlichen Holz.«

»Das ist kein gewöhnliches Holz«, sagte Hagen. »Es ist ein Stab aus dem lebenden Hain von Emain Ablach.«

Der Schmied nahm den Schaft, sah ihn lange an. Das Holz war grün in seiner Hand, selbst in dem Widerschein der roten Glut, die das einzige Licht in dieser düsteren Höhle spendete.

Er hob die Klinge gegen die Glut. In ihrem Schein sah Hagen drei feine Lichtpunkte auf der Tülle, Löcher, wo der Schein des Feuers hindurchdrang. Es war ihm bisher noch gar nicht aufgefallen.

»Drei Nägel braucht es«, sagte der Schmied. »Einen der Kraft, einen des Mutes, einen der Weisheit.« Er wandte den Kopf und sah Hagen durchdringend an. »Hier ist Feuer, hier ist Eisen, hier ist Wasser. Kannst du sie schmieden?«

Jetzt müsste Siggi hier sein, dachte Hagen spontan. Der kennt sich mit so was aus. Laut sagte er: »Also, tut mir Leid, aber davon verstehe ich nichts. Man kann nicht alles«, fügte er hinzu.

Der Fremde zog die Brauen hoch. »Das mag heute gelten«, sagte er. »Es galt nicht immer.«

Hagen fasste sich ein Herz. »Herr, Ihr könnt es, wenn Ihr wollt. Ich bin gern bereit, dabei zu helfen, soweit ich kann«, fügte er hinzu. Sein Blick ging in der Schmiede umher. »Ich könnte zum Beispiel den Blasebalg bedienen.«

»Keine leichte Aufgabe. Vielleicht die schwerste von allen. Du darfst nicht aufhören, ehe nicht der letzte Nagel geschmiedet ist.«

»Also gut«, meinte Hagen. »Packen wir's an.« Er spuckte sich in die Hände.

Der Blasebalg war ein monströses Ungetüm, bestehend aus abgewetzten Holzgriffen und ledernen, vielfach gefalteten Bälgen, die mit Nägeln aus Bronze befestigt waren. Eigentlich waren es deren zwei, von denen immer der eine in Tätigkeit war, während der andere neu aufgefüllt wurde. Schon nach wenigen Zügen hatte Hagen eine Art Rhythmus gefunden. Rechts runter, links rauf. Rechts auf, links wieder ab. Und dann das Ganze von vorn.

Womit er nicht gerechnet hatte, war der Widerstand, den der uralte, massive Mechanismus bot. Er hatte das Gefühl, als wären es ganze Kühe, die er jedes Mal auf der einen Seite aufpumpen und auf der anderen wieder entleeren musste. Das Holz des Gestells und der Griffe war schwarz vom Alter und vom Ruß der Schmiede. Hätte er nicht gewusst, dass ihm die Augen einen Streich spielten, so hätte Hagen fast geglaubt, auch noch Spuren von Salzen und Mineralien in den Maserungen des Holzes blinken zu sehen, wie von getrocknetem Blut.

Und dann war da die Hitze. Schon bei den ersten Zügen war sie ihm wie ein Lavahauch entgegengewallt. Mit jeder Bewegung der Bälge wurde sie schlimmer.

Du hast die Feuer von Muspelheim überlebt, sagte sich Hagen, *du wirst auch dieses kleine Schmiedefeuer überleben.*

Aber wohl war ihm bei dem Gedanken nicht.

Der Schmied warf den ersten Eisenstab in die Glut. Schon bald hatte sich das Metall zu einem dunklen Rot verfärbt. Er holte es mit einer Zange heraus. Scheinbar mühelos hämmerte und zog er es zu einer spitzen Form auseinander, mit einer Verdickung am anderen Ende. Den glühenden Nagel warf er in den Wassertrog, dass es zischte.

»Mehr Hitze!«, sagte er.

Hagen gab sich Mühe. Die Hitze versengte ihm schon die Haare. Die Zunge hing ihm aus dem Hals, und er bemühte sich verzweifelt, an kühles Wasser zu denken, eine frische Brise, an Schnee auf den Bergen. Vergeblich. Dennoch gelang es ihm irgendwie, das Tempo noch zu steigern. Die Blasebälge ächzten, das Pfeifen der Luft, die daraus entwich, war wie der Vorbote eines Sturms.

Der zweite Barren simmerte in der Glut. Von Kirschrot über Orangerot wurde seine Farbe immer heller, bis er schließlich in einem hellen Gelb erglühte. Der Schmied fischte sich den Rohling aus der Esse und hämmerte darauf ein. Diesmal schien er mehr Schwierigkeiten zu haben. Das Eisen setzte seinen Bemühungen Widerstand entgegen, wollte sich nicht formen lassen. Doch indem er es aus immer neuen Winkeln anging, zwang er dem Metall seinen Willen auf und brachte es in die erwünschte Gestalt.

Der Nagel fiel zischend ins Wasser. »Nicht nachlassen!«, sagte der Schmied.

Hagen hätte liebend gerne eine kleine Pause eingelegt, nur eine winzige Verschnaufpause. Die Zunge lag ihm wie ein toter Brocken Fleisch im Mund, und die Arme taten ihm weh von der ungewohnten Bewegung. Dennoch raffte er seine letzte Kraft zusammen und warf sich in die Bälge. Der Eisenstab im Feuer veränderte seine Farbe. Kirschrot, orangegolden, dann zitronengelb. Geschafft!

»Mehr Hitze!«

Hagen glaubte, sich verhört zu haben. Sein ganzer Körper schien zu brennen. Die Hitze, die von der Esse ausstrahlte, schien ihm selbst die Lippen, die Nasenlöscher und die Augen zu versengen, sodass er aus lidlosen Augäpfeln, in denen jede Feuchtigkeit längst verdampft war, auf eine Welt aus Feuer starrte. Sein ganzes Blickfeld verengte sich auf den dritten, den letzten Eisenstab, der in der Esse glühte.

Es geht nicht, wollte er sagen, aber er hatte keinen Mund mehr, die Worte zu formen. Ich kann nicht mehr.

Er sah das Bild des grauen Hundes vor sich. Die zurückgezogenen Lefzen schienen zu lachen.

Hilf mir.

Der Hund wich zurück.

Ich kann dir nicht helfen, schien er zu sagen. *Hier bist du auf dich allein gestellt.*

Da packte Hagen die Wut. Rote, wabernde Wut. Wut auf die Götter, die immer, wenn ihre eigenen Kräfte versagten, sich Menschen heranholten, um sie über menschliches Maß heraus zu fordern. Und Wut auf sich selbst, weil er sich, geblendet von der Schönheit des Abenteuers, auf ein Spiel eingelassen hatte, dessen

Regeln er nicht kannte. Und dessen Preis man ihm verweigerte.

Doch diesmal wusste er seine heiße Wut zu beherrschen, zu kanalisieren, sie in Formen zu gießen wie glühendes Metall. Seine Gestalt verzerrte sich. Rote Arme, von denen die Haut längst hinweggebrannt worden war, griffen nach den schwarz versengten Holmen. Das eine Auge lief ihm über die Wange, das andere schluckte er ein. Die Adern seines Scheitels sammelten sich in der Größe von Kinderköpfen in seiner Nackengrube. Bei der Verzerrung seines Gesichts löste sich die Haut von der Kinnlade. Seine Lunge flatterte in dem frei liegenden Schlund, seine Leber pochte, sein Herz pumpte das Blut in solch rasender Geschwindigkeit, dass es ihm in einem braunen Strahl zum Kopf heraus schoss und ihn wie ein Nebel umhüllte.

Ihr wolltet es heißer. Heißer sollt ihr es haben, heißer als die Feuer der Unterwelt. Heiß wie die Sonne, die alles versengt.

Lauter bliesen die Bälge, heller glühte das Metall.

Ihr habt den Wind gesät, jetzt werdet ihr Sturm ernten.

Die Glut war zu einem reinen Weiß geworden.

Der Schmied brauchte den Stab nicht mehr aus dem Feuer zu holen; mit einem hellen Klingen sprang er aus der Glut. Nur mit Mühe gelang es dem Schmied, ihn überhaupt mit der Zange zu packen. Das Metall zuckte und wand sich wie ein lebendes Wesen. Es sah die Schläge kommen und wich ihnen aus. Funken sprühten. Dann traf der Hammer, einmal, zweimal, dreimal. Die Glut im Innern gebannt, zog sich zurück. Das Wasser zischte.

Hagen stand blicklos, formlos, reglos. Sein ganzer Körper schien aus reinem Feuer zu bestehen, als habe die Glut der Esse alles Vergängliche, alle Schlacke hinweggebrannt und nur der reine Geist sei noch übrig geblieben. Er sah nichts mehr, hörte nichts mehr, fühlte nichts mehr.

Wo bin ich?

Er wusste es nicht.

Grauer Hund, hilf mir, zeig mir den Weg.

Keine Antwort. Er war allein.

Allein ...

Doch der Schrecken der Macha hatte seine Kraft verloren. Er hatte die Einsamkeit besiegt, als er vor dem Eingang von Emain Macha mit der Ban-Sidhe gerungen und das Lied der Wölfe gehört hatte.

Doch hier konnten ihm auch seine Freunde nicht helfen. Er musste sich selbst seinen Weg suchen.

Da, war da nicht ein Licht? Ein ferner Punkt, so klein, dass er nicht einmal sicher sein konnte, ob es sich nicht um eine Täuschung der Sinne handelte. Aber welche Sinne galten hier noch? Also bewegte er sich darauf zu. Der Weg war lang, unendlich lang, doch dann wurde der Lichtpunkt größer, wuchs rasend schnell und er taumelte ...

... und stolperte hinaus in die grelle Mittagssonne.

Geblendet kniff er die Augen zusammen und wandte sich um. Vor ihm lag das Hügelgrab von Emain Macha. Nichts Geheimnisvolles war mehr daran. Drei Stufen führten hinein. Drinnen war nichts als dunkler, hartgestampfter Erdboden. Dann, nach zwei, drei Schritten, endete der Weg vor einer tonnenschweren, senkrecht stehenden Platte aus unbehauenem Stein.

Der graue Hund war nirgendwo zu sehen. Doch dann hörte Hagen ein Geräusch, das von jenseits des Grabes kam.

An einem der Tragsteine, die den Eingang säumten, hockte eine Gestalt.

Fergus, war Hagens erster Gedanke. *Ist er doch noch zurückgekehrt?*

Aber nein, das war nicht der Recke des Königs. Es war ein kleiner, verhutzelter alter Mann, der in das Sonnenlicht blinzelte, als sei er soeben aus einem tiefen

Schlaf erwacht. Er trug ein langes blaues Gewand, das am Hals mit einer Fibel geschlossen war, die an einen Eichenkranz erinnerte, aber aus Gold gefertigt war.

Der Fremde räusperte sich. »Ich muss eingenickt sein«, knurrte der Fremde. Er sah Hagen an. »Und du, mein Freund«, fuhr er fort, »hast deine Zeit, wie ich sehe, produktiv verbracht.«

Sein Blick ging zu etwas, das Hagen in der Hand trug. Es war ein Speer, mit einer blitzenden Klinge, deren Hülle mit drei schweren Eisennägeln fest mit einem langen, grünen Schaft verbunden war.

Hagen räusperte sich. Er wusste nicht, ob er seiner Stimme noch trauen konnte.

»Und wer bist du?«, sagte er.

Der Alte legte den Kopf schief wie ein Vogel, als er überlegte. »Du kannst mich Amergin nennen.«

12

Der Flug der Krähe

Seit dem Augenblick, als sie in ihrem Traum die Mórrigan gesehen hatte, wie diese mit ihren Händen den Himmel rot färbte, dachte Gunhild nur noch an eines: an Flucht.

Es war kein wilder Gedanke. Sie wusste, dass sie es gut planen musste, wenn sie überhaupt eine Chance haben wollte, von diesem Ort wegzukommen. Sie war in einem fremden Land – in einer fremden Welt, korrigierte sie sich –, und sie hatte von dieser Welt und ihren Bewohnern bislang kaum etwas gesehen. Sie kannte nur den Strand am einen Ende von Erin und die unwirtliche Karstlandschaft am anderen. Sie hatte keine Ahnung, wie viel Entfernung dazwischen lag. Sie wusste nicht, ob und wo sie in diesen Weiten auf Menschen stoßen würde und ob sie ihr feindlich gesinnt waren oder nicht. Sie wusste nur eines: Sie musste hier weg.

Oh, sie hatte keinen Zweifel daran, dass die drei Frauen, Brigid, Ériu und die Caillech, es gut mit ihr meinten. Irgendwie liebten die drei sie sogar. Sie war ihr Kind, ihr Kleines, ihre Schülerin. Sie hatten seit vielen Jahren niemanden mehr gehabt, den sie lehren, den sie in ihre Künste einweisen konnten. Und sie waren alle drei Meisterinnen, unerreicht in ihrem jeweiligen Fach. Doch nicht immer ist das, was die Älteren für ein Kind gut finden, auch das, was das Kind wirklich will. Und was ihm nützt.

Und irgendwie war Gunhild, obwohl sie manchmal noch das Bedürfnis hatte, sich in den Armen ihrer Mutter zu verstecken, kein Kind mehr.

Bei einem ihrer Ausflüge zu der braunen Kuh hatte sie in einem unbeobachteten Moment begonnen, die Karsthöhlen ein wenig tiefer zu erforschen. In der dritten Kammer, die sie entdeckte, fand sie neben anderem alten Gerümpel den Wagen.

Es war nicht etwa so, dass der Wagen gleich den Gedanken an ein Fluchtgefährt in ihr geweckt hatte. Aber sie hatte noch nicht vergessen, wie Ériu ihr erzählt hatte, dass die Tuatha Dé Danann in ihrer Blütezeit auf Streitwagen kämpften und wie sie sich betrogen gefühlt hatte, weil man ihr keine Chance gegeben hatte, die Kunst des Wagenlenkens zu erlernen. Zugegeben, zu einem Wagen gehören auch Zugtiere, in der Regel, wie bei diesem, zwei. Und von Pferden war weit und breit nichts zu sehen. Aber das mochte sich ändern. Inzwischen konnte sie vielleicht den Wagen reparieren.

Der Wagen war, auf den ersten Blick betrachtet, in einem ziemlich erbärmlichen Zustand. Die Farbe, die ihn einst mit bunten Ornamenten geschmückt hatte, war abgeblättert, das Flechtwerk der Seitenteile verfault und zerfallen, das Ledergeschirr knochenhart, und die Nabe und die Eisenteile der Achse waren voller Rost. Doch das Holz war noch gut, alte Eiche, die durch die Gerbsäure in ihren Fasern mit dem Alter eher noch stärker und fester geworden war. Selbst die Speichen der Räder, obwohl zum Teil lose, waren alle noch erhalten. Mit ein wenig Arbeit ließe sich das alles sicher wieder instand setzen.

Brigid war zunächst überhaupt nicht erbaut von der Idee. Ihrer Meinung nach lenkte dies nur ab von den Dingen, die wirklich wichtig waren. Inzwischen hatte Gunhild begonnen, auch Brigid mit etwas anderen Augen zu sehen. Hatte sie die junge Frau anfangs bewundert, in ihr sogar eine Art Vorbild gesehen, so hatte sie mittlerweile das Gefühl, dass in der Zielstrebigkeit, mit der Brigid die Dinge anging, auch etwas Engstirniges lag. Was keinen erkennbaren Zweck hatte, war für Brigid sinnlos.

Ériu war da anders. »Das Kind hat so viel zu lernen«, sagte sie, »dann lass ihm doch die Freude. Wenn es der Kleinen Spaß macht . . .«

Ja, sie begann ihr sogar zu helfen, zeigte ihr, wie man warmes Fett in das Leder hineinrieb, um es wieder geschmeidig zu machen. Die Caillech lehrte sie, wie man gewässerte Weidenruten zu einem Korbgeflecht verband. Und selbst Brigid half ihr, auf ihre Art, indem sie ihr eine Bürste aus Kupferdrähten lieh, mit der man den Rost entfernen konnte.

So saß Gunhild in jeder freien Minute auf der Bank vor dem Eingang von Cruachan und feilte und putzte an ihrem Gefährt. Sie war handwerklich schon immer recht geschickt gewesen. Es machte ihr Freude, zuzusehen, wie unter ihrem Händen etwas, das schon auf den Müll geworfen worden war, zu alter Schönheit aufblühte.

Auch die Schönheit des Ortes sah sie jetzt mit ganz neuen Augen. Zwar pfiff immer noch der Wind um die Mauern, und die Landschaft war karg und unfruchtbar. Doch der Kalk war durchzogen von grünen Flecken, wo der Wind, nachdem das Eis geschmolzen war, Erde angesammelt hatte, in der zuerst Gras und dann auch andere Pflanzen Nahrung gefunden hatten. Inzwischen kannte sie auch ihre Namen: der nickende Enzian, die kleinen Sterne des Steinbrech, Silberwurz und Kuckucksknabenkraut. *Man sieht eben nur, was man kennt,* dachte sie und wunderte sich selbst, wie sie oft im Urlaub mit viel zu wenig Kenntnis von den Schönheiten der Fremde gleichsam mit blinden Augen durch ein Land gezogen war.

So, in Gedanken versunken dasitzend, sah sie dann auch die Reiter.

Sie erschrak, mehr als sie es je für möglich gehalten hätte. Die Zeit der Einsamkeit hatte sie so auf diese kleine, überschaubare Umgebung konzentriert, dass ihr die Fremden wie Einbrecher erschienen. Sie hatten hier nichts zu suchen!

Dann sah sie Metall an Helmen und Rüstungen blinken, sah die Silhouetten von Speeren und Bannern, die im Wind flatterten. Der Wind trug das Klirren von Waffen und Rüstungen herbei. Krieger! Gunhild stürzte ins Haus, weniger aus Angst, als um Brigid und Ériu Bescheid zu geben, dass Cruachan von Fremden heimgesucht, möglicherweise gar angegriffen wurde.

Im Innern der Feste fand sie nur die Caillech.

»Krieger!«, keuchte sie. »Männer mit Speeren und in Rüstung. Reiter ... sie kommen hierher. Was sollen wir tun?«

»Ach, mein Täubchen!« Die Alte winkte ab. »Nur keine Angst. Sie kommen nicht bis hierher. Noch nie ist einer von ihnen bis hierher gekommen. Sie wollen die Steuern eintreiben, für die Herren des Nordens, die neuen Könige. Aber wir zahlen keine Steuern, noch nie ...« Sie kicherte.

»Aber wieso nicht?«, fragte Gunhild, in der Hoffnung, etwas mehr über die politischen Verhältnisse zu erfahren. Aber die Alte schien ihre Frage falsch verstanden zu haben, denn sie fuhr fort:

»Sie können uns nicht sehen, verstehst du?« Ihre Stimme sank zu einem Flüstern. »Keiner kann Cruachan sehen, wenn wir es nicht wollen. Man nennt es die Täuschung der Sinne, die Blendung des Auges. Sie schauen hin, aber sie sehen nicht.«

Als sie die Skepsis in Gunhilds Blick sah, fuhr sie rasch fort: »Du glaubst mir nicht? Ach, mein Püppchen, die Sidhe sind Meister des Nichtgesehenwerdens. Sie werden eins mit den Bäumen, den Steinen, dem Wasser; sie sind ganz in deiner Nähe, doch du siehst sie nicht. Aber sie selbst sehen viel, meilenweit und so nah, als wäre man am Ort des Geschehens selbst.«

Ein Gedanke keimte in Gunhild auf. »Kannst du es mir zeigen? Wie man fernsieht, meine ich.« Sie sparte sich eine Bemerkung darüber, dass sie ihren Fernseher von zu Hause vermisste; das hätte die Alte sowieso nicht verstanden.

»Gewiss, mein Häschen, gewiss ...« Sie kicherte. »Du willst den Zauber der Sidhe sehen, ja? Du sollst ihn sehen, gewiss! Aber du weißt, dass jeder Zauber seinen Preis hat?« Ihr Blick war lauernd.

Was kann an einem bisschen Fernsehen schon so schlimm sein?, sagte sich Gunhild! Dennoch merkte sie, wie sie vor unterdrückter Erregung zitterte. »Ist er böse, der Zauber?«, fragte sie vorsichtshalber.

»Böse? Was ist böse? Ich sage dir, kein Ding an sich ist böse oder gut, sondern nur, wozu man es verwendet. Aber manchmal ruft ein Stein, den man in den Brunnen wirft, tiefe Wellen hervor, die bis an den Rand des Meeres schlagen. Du musst es wissen – willst du oder willst du nicht?«

»Ich will«, sagte Gunhild. »Lass mich sehen!«

»Dann hol den Kessel.« Und als Gunhild zögerte: »Na, komm, hol ihn schon.«

Der Kessel stand in der erkalteten Asche des Herdes. Er wirkte still, geradezu verdächtig harmlos. Ein ganz gewöhnlicher Kessel. Dennoch verharrten Gunhilds Finger einen Moment, ehe sie ihn anfasste. Sie hob ihn hoch; er war schwerer, als es den Anschein gehabt hatte. Zum ersten Mal sah sie die Ornamente auf dem Rand bei Licht, zumindest im Schein der Kerzen, die in der Halle mit ruhiger Flamme brannten. Die Verzierungen erwiesen sich als Ösen, drei an der Zahl, regelmäßig um den Rand verteilt. Vermutlich waren sie dazu gedacht, Haken für eine Kette aufzunehmen, an der man den Kessel über ein Feuer hängen konnte.

Gunhild besah sich eine der Ösen genauer. Sie erinnerte sich noch genau, wie sie die seltsamen Figuren gesehen hatte – die Herrin der Tiere, eine Frauengestalt mit ausgebreiteten Armen, an denen sich rechts und links seltsame Wesen aufbäumten. Jetzt, bei näherem Hinsehen, lösten sich die Figuren in ein Geflecht von Bändern und Knoten auf, sodass sie eher Ranken als Tieren ähnelten. Doch wenn sie die Augen halb schloss, sah sie mit verschwommenem Blick wieder den Hirsch und den Hund.

»Komm, stell den Kessel hierhin!«, gebot die Alte. Ihre Stimme klang jetzt gebieterisch, als sei sie es gewohnt, dass man ihren Anweisungen Folge leiste. »Und dann nimm dir den Eimer und hole Wasser.«

Auf dem gekrümmten Weg zum Brunnen lauschte Gunhild unwillkürlich nach draußen, ob sie etwas von den Reitern hörte, die sie in der Ferne erspäht hatte. Doch nichts drang von draußen herein, weder Pferdegetrappel noch Waffengeklirr. Auch von Brigid und Eriu war nichts zu sehen oder zu hören. Gunhild hatte das Gefühl, als wäre sie ganz allein auf der Welt – allein mit dieser verrückten alten Hexe, die im Innern der Feste auf sie wartete, um irgendwelche unaussprechlichen Dinge mit ihr zu tun.

Gunhild schauderte. Sie band den ledernen Eimer an ein langes Seil, das neben dem Brunnen lag, und ließ ihn hineinplumpsen. Das Wasser darin, als sie ihn wieder hinaufzog, war so klar, dass es fast blau schimmerte. Gunhild unterdrückte den Impuls, von dem Wasser zu trinken; es war eiskalt, aber sie wusste, wie gut es schmeckte, ganz anders als das Wasser aus der Leitung zu Hause. Doch sie sollte sich besser beeilen, damit die Alte es sich nicht doch noch anders überlegte.

Sie musste noch zweimal zum Brunnen laufen, ehe der Kessel voll war.

»Und was jetzt?«

»Geduld«, sagte die Caillech. »Geduld, mein Täubchen.«

Geduld war, wie Gunhild wusste, nicht gerade eine ihrer Stärken. Genau genommen war der Mangel an Geduld sogar eine ihrer Hauptschwächen. Dennoch zwang sie sich zur Ruhe. Sie ließ sich der Alten gegenüber auf die Fersen nieder und starrte in den Kessel.

Nichts geschah. Sie hatte erwartet, dass die Alte jetzt irgendwelche Kräuter oder Öle in den Topf werfen würde, aber nichts dergleichen. Das Wasser im Kessel war so klar, das man bis auf den Grund blicken konnte. Nach einer Weile wurde die verkrampfte Haltung für Gunhild unerträglich, sodass sie die Stellung ihrer Füße verlagerte, um die Anspannung aus den Muskeln zu nehmen.

Selbst die winzige Bewegung erschütterte den glatten Spiegel des Wassers, ließ Wellen darüber laufen, die sich an den Rändern brachen.

»Zzzzzz!«, zischte die Alte.

Gunhild erstarrte. Die Wellen im Kessel verebbten, löschten sich gegenseitig aus.

»Sehen ist glauben«, sagte die Caillech. »Glauben ist sehen. Was willst du sehen, mein Kind?«

Der Glanz vom Grunde des Kessels blendete Gunhild, sodass sie die Augen zukniff. Ein Tränenfilm verschleierte ihren Blick.

»Hagen«, sagte sie.

Und sie *sah* …

… das Gesicht eines jungen Mannes; kein Knabe mehr, sondern ein Krieger. Seine Haut war hell, gerötet vom Sonnenlicht oder einem inneren Feuer, das in ihm glühte. Seine Augen wären so dunkel wie sein Haar. Doch in seinen Augen lagen ein tiefer Schrecken und eine Weisheit, die nicht aus der Erfahrung vieler Jahre geboren ist, sondern aus der Erkenntnis des Augenblicks und der Erinnerung an viele vergangene Leben, viele andere Schicksale, die er – oder ein anderer wie er – durchlebt und durchlitten hatte.

Er trug eine rote Tunika; Gold blinkte an Hals und Armen und am Saum des Gewandes. Dazu seltsam unpassende blaue Hosen sowie Schuhe, die einmal weiß gewesen waren. Er hielt etwas in der Hand, in das er hineinstarrte wie in einen Spiegel. Doch es war kein Spiegel; es war – ein Speer, mit einer silbern glänzenden Klinge.

»Was siehst du, Cúchullin?«

Der Sprecher war das genaue Gegenteil des Kriegers. Er war alt, klein, runzlig und braun wie eine verschrumpelte Walnuss. Er trug ein langes blaues Gewand mit einer goldenen Fibel; es sah aus wie eine Art Ordenskleid. Mit funkelnden Augen sah er zu dem jungen Mann hinauf, den er ›Cúchullin‹ genannt hatte.

»Ich sehe ... ein Mädchen. Eine junge Frau.«

Gunhild ...

»Kennst du sie?«

Der Krieger schüttelte den Kopf. »Mir ist ... als hätte ich sie einmal gekannt. In einer anderen Zeit ... einer anderen Welt ...«

»Vielleicht habe ich sie schon einmal gesehen«, sagte der Alte.

»Wann? Wo?« Cúchullins Griff war schnell, hart, entschlossen. Ehe der kleine braune Mann sich versah, zappelte er in den Luft. »Sprich, wenn dir dein Leben lieb ist!«

»Lass mich erst runter! Sonst sag ich gar nichts!«

»Ich kenn dich, Zwerg. Dich und deine Brut. Schwör mir, dass du die Wahrheit sagst. Schwör es beim Speer!«

»Beim Speer, beim Schwert, beim Stein, bei was du willst.« Der arme Kerl bekam fast keine Luft mehr. »Nur beim Kessel schwöre ich nicht.«

»Das genügt mir.« Er ließ ihn herunter. »Wo ist sie?«

Der kleine Mann rieb sich den Hals. »Ich ...«, begann er, aber die Stimme verließ ihn und er musste husten. »Ich habe sie am Meer gesehen, als die Einäugigen sie fortschleppten. Zur Insel Manannáns.«

»Wo ist diese Insel? Kannst du mich hinführen?«

»Ich kann dort nicht hin. Sie liegt unter dem Meer.«

»Unter dem Meer? Dann ist sie ... ist das Mädchen verloren.«

»Nein!« Die Stimme des Alten klang beschwörend. »Ich kann dort nicht hin, aber du wohl. Du brauchst ein Boot und eine Mannschaft. Folge der Spur der Steine; dort, wo drei hohe Steine ins Meer hineinführen, findest du am Horizont die Spitze eines Pfeilers, der aus den Wellen ragt. In seinem Innern kannst du hinabsteigen und den Krieg in das Land der Lebenden tragen ...«

Der Krieger runzelte die Stirn. »Du scheinst mir ein recht blutrünstiges Bürschchen zu sein«, meinte er. »Und wieso kannst du nicht mitkommen?«

»Ich bin eins mit dem Land Erin«, sagte der braune Mann. »Wenn ich es verlasse, muss ich sterben.«

Der andere schien noch nicht ganz überzeugt zu sein. Er wandte sich zum Gehen. »Schauen wir mal«, sagte er, »was der König zu dem Ganzen zu sagen hat.«

»... und eines Tages«, fügte der Alte hinzu, so leise, das keiner es hören konnte, »wird dieses Land wieder mir gehören.«

»Was?« Cúchullin fuhr herum. »Was hast du gesagt?«

»Nichts, gar nichts ...«

... aber die stumme Beobachterin hatte es dennoch gehört. *Ich muss ihn warnen,* dachte Gunhild. *Dieser alte Mann führt nichts Gutes im Schilde. Ich muss Hagen klar machen, dass er an der völlig falschen Stelle sucht.*

Ihr Kopf fuhr hoch, und ihre Konzentration brach. Über den Kessel hinweg starrte sie in die Augen der Caillech.

»Was hast du gesehen?«

»Nichts«, stammelte Gunhild, »gar nichts.«

»Aber du hast etwas gesehen!«

»Es war nur das Licht vom Boden des Kessels. Es hat mir in die Augen gestochen. Darum musste ich blinzeln.«

Sie blickte in das Wasser hinab. Auf dem Grunde des Kessels waren nur verschwommene Schatten.

»Lass es mich noch einmal versuchen«, bettelte sie. »Ich tue auch ganz bestimmt, was du sagst.«

Die Alte schien besänftigt. »Dann komm her, Kleines«, sagte sie. Gunhild rückte näher und starrte wieder in den Kessel. »Denk an gar nichts. Mache deinen Geist ganz frei. Schau ins Wasser. Schließ die Augen.«

Ein Summen lag im Raum, vibrierte in ihren Schläfenknochen. Es breitete sich aus, bis es die ganze Höhle erfüllte, die ganze Welt. Ihr schwindelte.

»Schließ die Augen und du wirst sehen ...«

Und sie *sah*...

Diesmal war es wieder wie Fliegen. Sie war gefangen im Körper eines großen Vogels, der vom Wind getragen über die Hügel schoss. Es war seltsam, die Welt so zweigeteilt zu sehen, mit jeweils einem Auge auf jeder Seite des Kopfes. Und die Sinneseindrücke mit einem so kleinen Vogelhirn zu verarbeiten, nahm so viel Raum in Anspruch, dass für eigene Gedanken darin kaum mehr Platz blieb.

Der Vogel schwang sich über die Baumwipfel hinweg. Vor ihm lag ein Dorf, kam mit atemberaubender

Geschwindigkeit näher. Nein, es war eher eine Burg, mit einer Umfassungsmauer, einigen Nebengebäuden und einem hohen, runden Hauptbau, der mit Schindeln gedeckt war.

Der große, schwarze Vogel hielt auf die Traufe des runden Gebäudes zu, wo die überhängenden Enden der Schindeln mit der Mauer einen schützenden Winkel bildeten, und wischte darunter vorbei. Schwalben hatten sich hier ihre Nester gebaut. Sie flatterten auf, um den Eindringling von ihrer Brut abzulenken. Aber den schwarzen Vogel interessierte das nicht. Sein Kopf ruckte hin und her, bis er fand, was er gesucht hatte.

Dort, zwischen den Stützbalken, auf denen der Dachstuhl ruhte, und dem Mauerwerk war eine Lücke. Sie reichte gerade aus, dass ein kleiner Körper hindurchschlüpfen konnte. Der Vogel war groß, doch er konnte sich klein machen. Er hielt auf die Lücke zu, legte die Flügel an und schoss hindurch, um im nächsten Moment innezuhalten und mit ausgebreiteten Flügeln auf einem Balken zu landen.

Eine einzelne schwarze Feder flatterte zu Boden. Jemand hob sie auf, doch der Vogel achtete nicht darauf. Seine ganze beschränkte Aufmerksamkeit war auf das gerichtet, was sich im Innern der Halle abspielte.

Auf einer Art Podest jenseits der offenen Feuerstelle saß ein Mann. Der Stuhl auf dem er saß, hatte hohe, reich geschnitzte Lehnen: ein Thron. Der Mann war reich gekleidet; er trug ein blaues Gewand und einen roten, mit Gold gesäumten Mantel. Um seine Stirn lag ein goldener, schmuckloser Reif. Der Mann mochte die Mitte des Lebens schon überschritten haben, denn sein dunkles Haar ergraute schon an den Schläfen, doch er war noch im Vollbesitz seiner Kraft: ein König.

Ihn umstanden ein paar Männer, Weise und Ratgeber, wie es schien; denn sie waren alt. Außer den beiden Leibwachen zur Rechten und Linken des Hochsitzes war kein Krieger unter ihnen, was die Beobachterin befremdete. Unmittelbar neben dem Thron stand eine junge Frau, fast ein Mädchen noch, die einen Kelch hielt. Die Ähnlichkeit zwischen ihr und dem König war nicht zu übersehen. Auf der anderen Seite stand, in ein blaues Gewand gekleidet, ein weißhaariger, gebückter Mann mit einem sanften Gesicht, der sich schwer auf einen Stab stützte.

Neben ihm, auf der Stufe des Podests, hockte der kleine braune Mann. Das Blau seines Gewandes, wie es im dämmrigen Licht der Halle erschien, war noch tiefer als das des weißhaarigen Alten. Doch sie waren offensichtlich von ein und demselben Orden.

Und vor dem Thron stand, umgeben von einer Schar halbwüchsiger Jungen, der junge Krieger in Rot.

Hagen ...

Als hätte er den Namen gehört, zuckte sein Kopf hoch, aber es gab nichts zu sehen. Der schwarze Vogel war mit den Schatten verschmolzen.

»Was also soll ich mit dir machen, Cúchullin?« Der König hatte sein Kinn schwer auf die Faust gestützt. »Fergus, mein Recke, kam im Morgengrauen. Er sagte, die Ban-Sidhe habe dich getötet. Sie habe dich mit ihrem Gesang in ihren Bann gezogen und dir das Leben ausgesaugt. Er habe es mit eigenen Augen gesehen. Und so erklärte ich ihn zum Sieger des Wettstreits.«

»Und wie sah er aus, der Sieger?«

»Wie ein Mann aussieht, der mit den Elementen gekämpft hat«, ergriff der weißhaarige Alte neben dem Thron das Wort. »Seine Kleider waren zerrissen, sein Haar zerrauft, seine Waffen voller Erde. Aber er lebte.«

»Und welchen Beweis habt Ihr für diesen heldenmütigen Kampf?«

»Sein Wort«, sagte der König.

»Sein Wort?« Eine Zornesader schwoll auf Cúchullins Stirn. Er hob den Speer hoch, dass die Klinge aufblitzte. In dem gefilterten Licht, das durch das hohe Kegeldach hereindrang, schien die Gestalt des jungen Kriegers zu glühen. »Diesen Speer empfing ich von der Macha, der Kriegsherrin von Erin, als ich sie in den Tiefen des Grabes zur Ruhe bettete. Ein Gott half mir, ihn mit diesem Schaft zu vereinen, der aus dem lebenden Holz von Emain Ablach geschnitten ist. Das ist der Beweis, der gegen Fergus' Wort steht!«

»Dann nennst du den Recken des Königs einen Lügner?«

»Das letzte Mal, als ich ihn sah«, erklärte Cúchullin, »da verkroch er sich vor Angst in den Büschen, nur um der Ban-Sidhe nicht in die Augen blicken zu müssen. Aber es freut mich zu hören, dass er lebt. Und wo verkriecht er sich jetzt?«

»Er ist gestern mit dem Rest meiner Krieger nach Süden geritten.« Die Stimme des Königs klang schärfer als beabsichtigt. »Um die Steuern einzutreiben, jetzt, da die Ernte eingebracht ist.«

»Ihr sagt, das alles war ... *gestern*?« Verwirrung lag in Cúchullins Stimme.

»Ja, gestern. Mit dir hatten wir nicht mehr gerechnet.«

»Du warst einen Tag und eine Nacht im Bauch der Erde«, sagte der kleine Mann, der auf der Stufe des Thrones saß. »So war es und so wird es immer sein, wenn einer den Weg in die Anderswelt findet...«

»Die Anderswelt? Aber ich dachte...«

»Genug!« Der König schnitt ihm das Wort ab. »Mir scheint, das hier die Götter ein Spiel mit uns treiben, in dem jede Entscheidung, die man treffen kann, die falsche ist. Ich habe Fergus in seinem Amt als Recke von Erin bestätigt, weil er, wie es beschworen war, am Morgen als Einziger von Emain Ablach zurückkehrte. Ich kann nicht von diesem Schwur zurücktreten. Was ratet Ihr mir, Cathbad«, fragte er, an den alten Mann zu seiner Rechten gewandt, »und Ihr, Amergin, als Erzdruide von Erin?«

»Macht ihn zum Anführer der jungen Krieger«, riet der Alte mit dem sanftmütigen Gesicht. »Er ist es ohnehin schon, und sie sind Eure Helden von morgen.«

»Aber lasst ihn zuvor den Eid auf Euch leisten«, fuhr der kleine Mann auf der Stufe fort. Er blickte hoch, und seine dunklen Augen blinkten. »Damit er für Euch kämpft und nicht gegen Euch.«

»So sei es«, sagte der König. »Bist du gewillt, mir, Conor Mac Nessa, König von Ulad, die Treue zu schwören?«, fuhr er fort, an den jungen Mann gewandt, den sie Cúchullin nannten.

Der zögerte einen Augenblick lang.

Tu's nicht, Hagen, tu's nicht!, wollte der Vogel rufen – nein, die Beobachterin, die in dem Vogel steckte und durch seine Augen sah. Es war alles sehr verwirrend.

Das Rascheln im Gebälk ließ den kleinen Mann vor dem Thron aufblicken. Der Vogel duckte sich in die Schatten.

Der Krieger sah sich um. In den Gesichtern der jungen Burschen, die ihn umgaben, war nichts als Anbetung zu lesen und eine wilde Hoffnung. Es war ihm alles andere als recht, diesem wildfremden König einen Treueid zu leisten. Aber konnte er die Freunde, die so an ihn glaubten, enttäuschen. Und wer weiß, vielleicht half es ihm ja in seinen eigenen Plänen ...

»Ich will«, sagte er.

»Dann sprich mir nach: ›Wenn ich die Treue breche ...‹«

»Wenn ich die Treue breche,
möge die grüne Erde sich auftun und mich verschlingen,
möge das graue Meer sich erheben und mich ertränken,
möge der blaue Himmel niederstürzen und
mich zerschmettern
in Ewigkeit!«

Die Umstehenden jubelten und klopften ihm auf die Schulter, und es hätte nicht viel gefehlt und sie hätten ihn selbst auf die Schultern gehoben.

»Und was wird mit Fergus?«, fragte der König, an seine Berater gewandt. »Immerhin hat er mich getäuscht, wenn er auch auf seine Art die Wahrheit gesagt hat, wie er sie kannte.«

»Ich werde ihn suchen«, sagte Amergin und erhob sich. »Gebt mir eines Eurer schnellsten Pferde.«

»Fergus und seine Männer haben die schnellsten Pferde bereits mitgenommen«, wandte der König ein.

»Dann«, sagte Amergin, »werde ich wohl fliegen müssen wie ein Seeadler, um ihn zu erreichen ...«

»... und doch wird Fergus Mac Roy seinem Schicksal nicht entrinnen«, fügte Cathbad, der Druide, mit sanfter Stimme hinzu.

Der jüngste Gefolgsmann des Königs hatte inzwischen die Aufmerksamkeiten seiner Bewunderer erfolgreich abgewehrt. »Ich brauche eure Hilfe«, sagte er hastig zu den jungen Leuten, die ihn umstanden. »Und ich muss irgendwo an ein Boot kommen, das mich aufs Meer hinausträgt, nicht weit, nur ein Stück ...«

»Das ist kein Problem«, erklärte einer von ihnen, ein flachshaariger Junge, einen Kopf kleiner als er selbst. »Mein Vater hat einen Currach, den kann man zerlegen und ...«

»Dann kommt!« Er wandte sich zum Gehen.

»Was hast du da in der Hand, Laegaire Buadach?« Die Stimme des Erzdruiden war so scharf, dass alle im Raum in der Bewegung erstarrten.

»Nichts«, sagte der blonde Junge. »Nur ... eine Krähenfeder.«

Die scharfen dunklen Augen Amergins durchstreiften das Gebälk der Halle. Das Auge des Vogels blinkte in der Dunkelheit. Einen winzigen Moment trafen sich der Blick des Vogels und des Mannes, wurden eins.

»Dort, die Krähe!« Er zeigte mit dem Finger. »Sie ist ein Spion! Tötet sie!«

Der Leibwächter zur Rechten des Königs hob seinen Bogen. Ein Pfeil zischte durch die Luft, bohrte sich durch Federn, Fleisch und Knochen, nagelte sein Opfer an das Gebälk. Die Welt verging in einer Explosion von Blut.

Gunhild schrie. Der Pfeil war in ihrer Lunge, ein brennender Pfahl in ihrem Leib. Sie bekam keine Luft mehr. Überall war Blut. Blut in ihrem Mund, Blut an ihren Händen, ihrem Kleid. Sie würgte. Schatten umflatterten ihr Blickfeld, wurden dichter. Schwärze übermannte sie.

»Was ist, Kind?« Ériu war bei ihr, stützte sie. Andere hilfreiche Hände griffen nach ihr, dass sie nicht fiel: Brigid. »Was hast du gesehen?«

Sie blickte an sich hinunter. Da war nichts. Kein Pfeil, der aus ihrer Brust ragte. Kein Blut. Der große bronzene Kessel vor ihr stand reglos, stumm, nur ein Stück Metall, ohne jede Magie. Eine kreisrunde Welle lief vom äußeren Rand nach innen und durch den Mittelpunkt wieder zurück, ehe sie verebbte.

Auf dem Grunde des Kessels trieb eine schwarze Feder.

»Ich war eine Krähe«, hörte Gunhild sich sagen. »Ein Pfeil hat mich getroffen. Dann bin ich aufgewacht.« Jetzt erschien es ihr alles wie ein Traum, obwohl ihr Geist, befreit von den Beschränkungen des Vogelhirns, mit einem Mal scharf und klar war wie nie zuvor.

»Aber was hast du gesehen, mein Vögelchen?«, kam die meckernde Stimme der Caillech von jenseits des Kessels aus dem Halbdämmer des Raumes.

»Ich habe es vergessen«, log Gunhild.

Sie bemerkte den viel sagenden Blick, der zwischen den drei Frauen gewechselt wurde, eine ungeheuer komplexe Verständigung: *Sagt sie die Wahrheit? Ich weiß es nicht, aber ich glaube, sie sagt uns nicht alles. Lassen wir sie; wenn wir sie zwingen, erfahren wir doch nicht, was wir wissen wollen.*

»Ich brauche frische Luft«, sagte sie dann. »Es ist unheimlich stickig hier drin. Kann ich mal raus?«

Wieder der vielschichtige Blickwechsel. *Wo will sie hin? Was verschweigt sie uns? Wie können wir es erfahren?* Aber schon verblasste das übernatürlich geschärfte Bewusstsein, machte gewöhnlichem Denken Platz.

Der Kessel ... Nur ein Fetzen eines Gedankens.

»Hier, trink einen Schluck!«, sagte Ériu und wollte mit einem Becher etwas Wasser aus dem Kessel schöpfen.

»Nein!« Ein Anflug von Panik. Wenn sie aus dem Kessel trank, dann würde sie alles verraten. »Ich möchte jetzt kein Wasser, danke«, fügte sie ruhiger hinzu. »Kann ich etwas Milch haben?«

»Haben wir noch Milch?«, fragte Brigid.

Ériu schüttelte den Kopf. »Die Kuh müsste wieder gemolken werden ...«

»Dann geh ich«, bot sich Gunhild eilfertig an. Sie stand auf und nahm sich den Eimer, der auf einem der steinernen Borde an der Wand stand. »Dann komm ich gleich ein bisschen raus aus dem Mief.«

Die anderen sahen ihr schweigend nach, als sie den Raum verließ.

Als Gunhild hinaustrat, war die niedrig stehende Sonne schon lange Schatten. Wo war nur die Zeit geblieben? Auf den Hügeln im Osten war nichts zu sehen, keine Bewegung, weder die Gestalten von Reitern noch das Blinken von Waffen. Hatte sie sich das alles nur eingebildet?

Sie ging zum Stall, wo die braune Kuh sie schon muhend empfing. Gunhild holte sich den einbeinigen Schemel und begann mit ihrem Werk. Die Kuh war schon sehr viel geduldiger mit ihr als am Anfang. Doch erst, als die ersten Strahlen der weißen Milch in den ledernen Eimer spritzten, fand Gunhild, das Gesicht in die warme Flanke der Kuh gepresst, die Ruhe, über alles nachzudenken.

Es war Hagen gewesen, dessen war sie sich sicher. Gewiss, er hatte sich verändert, aber das hatte sie selbst in den letzten Tagen vermutlich auch. Obwohl die anderen ihn mit diesem seltsamen Namen genannt hatten, konnte es nur Hagen sein – allein schon deshalb, weil er nach ihr suchte.

Und er suchte, wie ihr mit Schrecken bewusst wurde, an der falschen Stelle!

Er würde sie am Meer suchen, dort wo sich ihre Wege getrennt hatten. Und dieser seltsame kleine Mann – ›Erzdruide‹ hatte der König ihn genannt – hatte ihm den Weg dazu gewiesen: dort, wo die drei stehenden Steine ins Meer hinein führten. Gunhild konnte sich des Gefühls nicht erwehren, diesen kleinen braunen Mann schon einmal gesehen zu haben. Aber so sehr sie sich auch mühte, sie konnte sich beim besten Willen nicht daran erinnern. Das Einzige, was ihr in den Sinn kam, war das Bild eines flackernden Lichtes in der Dunkelheit.

Ob er in gutem Glauben handelte, der Alte? Oder führte er etwas Eigenes im Schilde? Sie erinnerte sich an seine Worte: *»... und eines Tages wird dieses Land wieder mir gehören.«* Und als Hagen nachgefragt hatte, da hatte er abgestritten, überhaupt etwas gesagt zu haben. Nein, sie traute diesem Mann nicht.

Die Kuh wischte mit ihrem Schwanz über Gunhilds Nacken, und sie schrak auf. Der Eimer war voll. Ächzend streckte sie den Rücken und erhob sich. Die Kuh wandte den Kopf. Der Blick aus den großen dunklen Augen war tief, so verständnisvoll, als wollte das Tier ihr etwas damit sagen.

»Ach, wenn du nur ein Pferd wärest«, seufzte Gunhild. »Dann könnte ich mich auf deinen Rücken schwingen und davonreiten.« Sie hatte schon mal auf einem Pferd gesessen und traute es sich durchaus zu, im Sattel zu bleiben. Aber ohne Sattel und Zaumzeug? Kaum. Und überhaupt. Der Gedanke, auf einer Kuh zu reiten, wenn sie auch noch so fromm war, hatte etwas so Komisches, dass Gunhild laut lachen musste. Nein, für Kühe gab es keinen Sattel …

Ihr Blick ging in den Vorraum des Stalles, wo sie die restaurierten Teile des Wagens hingeschafft hatte, um sie hier zusammenzusetzen, was in der Enge der Wohnräume nicht möglich gewesen wäre. Dann sah sie die Kuh an. Hin und her wanderte ihr Blick, während sie die Maße der Kuh mit denen des Geschirrs verglich, das sie neu hergerichtet hatte. Und allmählich dämmerte ihr dabei, welchem Irrtum sie aufgesessen war.

Dies war kein Pferdewagen. Er war dazu gedacht, von zwei Rindern gezogen zu werden.

Aber es half ihr trotzdem nichts. Selbst wenn es ihr gelang, die braune Kuh in das Geschirr zu spannen, würde sie allein den Wagen nicht ziehen können. Durch den einseitigen Zug würden sich die Achse und die Räder sofort verkeilen. Und es gab nur dieses einzige Zugtier hier am Ort.

Es sei denn …

Der Gedanke erfüllte sie mit einem heiligen Schauder. Er war absurd, gewiss, aber er war so herrlich, so gewaltig, dass er im selben Augenblick, als er ihr in den Sinn kam, zu einem festen, unerschütterlichen Entschluss wurde.

»Ich werde den Roten Stier zähmen!«

Sie hatte, ohne es zu wollen, die Worte laut ausgesprochen und erschrak fast, als sie das Echo hörte. Es setzte sich fort durch die Höhlen, ein Flüstern, ein Wispern. Ein Echo? Sie hatte hier nie ein Echo vernommen. Nein, das waren andere Stimmen.

Vielleicht war es doch noch ein Rest ihres seltsam geschärften Bewusstseins, dass sie die Stimmen wahrnehmen konnte. Sie lauschte ins Höhleninnere. Im ersten Moment hörte sie nichts, aber dann kam es wieder: Fetzen eines Gesprächs. Sollte sie versuchen herauszufinden, um was es da ging? Einen Augenblick lang zögerte sie. Ihre Gastgeberinnen zu belauschen – denn um niemanden sonst konnte es sich da handeln – kam ihr wie ein Vertrauensbruch vor. Aber dann siegte die Neugierde.

Gunhild setzte den vollen Milcheimer auf einem Sims ab und schlich auf Zehenspitzen ins Höhleninnere. Der nächste Raum, wo sie den Wagen gefunden hatte, war noch von einem Dämmerschein erhellt, aber in der folgenden Kammer wurde es bereits finster. Wieder lauschte Gunhild in die Dunkelheit. Die Stimmen kamen von dort.

Gunhild tappte mit vorgestreckten Armen weiter, bis sie gegen eine Wand stieß. Sie tastete nach rechts und links. Überall nur kalter Stein.

Dann spürte sie den Luftzug, der von oben kam.

Sie griff hinauf. Ihre tastenden Finger fanden eine Kante. Dahinter war Leere. Sollte sie es wagen? Sie erinnerte sich, wie sie vor langer Zeit in einem anderen Höhlensystem, fern in der Heimat, durch lichtlose Gänge gekrochen war. Damals war ihr Bruder bei ihr gewesen, und sie hatten einen Führer gehabt. Aber der war nun tot...

Sie verscheuchte den Gedanken und sprang.

Mit Schultern und Armen kam sie auf der Felskante zu liegen. Ihre Hände suchten Halt; irgendwo musste man sich doch festhalten können. Staub wirbelte auf, Moder aus vielen Jahren, doch zum Glück pulvrig und trocken. Rechts und links waren Seitenwände, zum Greifen nahe. Sie konnte nichts sehen. Ihre Finger rutschten über den Stein.

Die Wände hier waren gemauert, stellte sie fest. Sie krallte sich in die Fugen, spannte die Muskeln und zog sich mit einem Ruck hinauf, wobei ihre Beine wie Froschschenkel in der Luft zappelten. Dann war sie oben, zumindest halb. Ein weiterer Griff, ein Zug, und sie lag schnaufend auf dem Bauch in der engen Röhre.

Gunhild richtete sich vorsichtig auf, aber nicht vorsichtig genug, um nicht doch mit dem Kopf gegen die Decke zu stoßen. Aua! Kein Wunder, dass die Zwerge der Unterwelt immer Helme trugen!

Nichts war zu sehen. Der lose Staub, den ihre Bewegungen aufgewirbelt hatten, drang ihr in die Nase und brannte in den Augen. Gunhild wartete noch einen Moment, um den aufgewühlten Teilchen Gelegenheit zu geben, sich wieder zu setzen. Dann sah sie in der Ferne, weit voraus, einen Lichtschimmer.

Vorsichtig kroch sie weiter, stets darauf bedacht, den Kopf unten zu halten. Trotzdem stieß sie noch einmal gegen die Decke. Es tat scheußlich weh. Doch allmählich gewöhnten sich ihre Augen an die Düsternis. Und der Lichtschimmer kam immer näher.

Es war eine Art Fenster. Ein gemauerter Rundbogen, der in einen anderen Gang führte. Einen Schacht, verbesserte sie sich. Neugierig schob sie den Kopf hindurch.

Ein paar Steinchen, die über die Kante rieselten, platschten unten ins Wasser.

Der Brunnen! Sie erinnerte sich. Schon als sie ihn das erste Mal gesehen hatte, hatte sie sich gefragt, wohin der Durchgang auf der anderen Seite führen mochte. Sie blickte hinaus auf den Gang, der jenseits des Brunnens lag. Jetzt wusste sie wieder, wo sie war.

Sie zog den Kopf wieder zurück und blinzelte ob der plötzlichen Dunkelheit. Vor ihr ging es in Richtung der Hauptkammer.

Noch langsamer und vorsichtiger als zuvor kroch sie weiter. Einmal hörte sie ein Rascheln wie von kleinen Füßen: ein Tier, das sich hier in der Dunkelheit verkrochen hatte. Gunhild erstarrte. Was würde sie tun, wenn jetzt ein Marder auf sie zukam, der mit Krallen und

Zähnen seinen Bau verteidigte? Selbst ein Eichhörnchen würde schon reichen, hier in der Enge. Doch das Geräusch kam nicht wieder.

Dafür hörte sie wieder die Stimmen.

»... ob sie schon so weit ist? Ob sie die Macht schon spürt?« Das war Ériu.

»Oh, ich hab sie gesehen. Ich hab sie schreien hören, als...«

Die Stimmen verblassten, schwollen wieder an.

»... und habt ihr die Krähenfeder gesehen, am Grunde des Kessels? Sie war die Mórrigan, ich schwör's euch...«

»Oder nur eine Krähe, die ein verirrter Pfeil traf?« Brigids kühler Ton.

»Vielleicht, vielleicht.« Das war wieder die Alte. »Aber sie hat von dem Roten Mann geträumt, dem Dagda, und sie hat ihn gesehen, wie die Mórrigan ihn damals sah.«

»Aber wird sie bereit sein, das zu tun, wofür wir sie hergebracht haben?« Das war wieder Érius Stimme.

»Für das Opfer, meinst du...«

Und wieder nichts. Stille. Gunhild unterdrückte einen Fluch. Gerade jetzt, wo es interessant wurde! Die Stimmen kamen herüber geweht, je nachdem wie die Luftströmungen in diesem Kaminsystem hin und her gingen. Sie musste näher heran.

Sie kroch weiter, bis sie einen Lichtschimmer durch die Steine dringen sah. Es war kein Tageslicht. Nein, es war ein roter Schein, wie von Feuer.

Sie schob das Gesicht ganz nahe heran an die Stelle, wo das Licht hindurch drang – und sah hinab in die Kammer.

Jetzt begriff sie. Dieser Stollen, durch den sie gekrochen war, war Teil eines Belüftungssystems, das die unterirdischen Wohnräume von Cruachan mit der Außenwelt verband. Vermutlich hatte man einfach eine natürliche Höhle im Fels ausgeweitet und mit gemauerten Wänden versehen; der Schutt, den man hinausgetragen hatte, war zum Teil für die Außenmauern verwendet worden. Vielleicht hatte man auch einfach Hohlräume damit verfüllt, wo der gewachsene Fels nicht der Vorstellungen der Erbauer entsprach. Im Inneren jedoch gab es immer genug zum Atmen, da die mörtellosen Wände genug Möglichkeiten boten, die verbrauchte Luft abziehen und neue nachströmen zu lassen. Das erklärte auch, warum die Kerzen in der Halle immer so ruhig brannten.

Doch all diese Gedanken, die Gunhild durch den Kopf schossen, verblassten gegenüber dem, was sie sah – und hörte.

Sie konnte die Gestalten nur teilweise erkennen, aber es reichte, um das zu bestätigen, was sie sich ohnehin schon gedacht hatte. Es waren die drei: Brigid, Ériu und die Caillech. Das Feuer im Herd, das wieder angefacht worden war, und der Kerzenschein spendeten genügend Licht, um zu erkennen, dass die drei zusammenhockten und sich unterhielten.

Und das war es, was Gunhild hörte:

Ériu: »Wenn wir die vier heiligen Schätze zusammenbringen könnten – Schwert und Speer, Kessel und Stein –, dann wäre das Land wieder geheilt.«

Brigid: »Aber das ist ein Traum. Es muss uns genügen, dass wenigstens wir drei wieder zusammen finden – Jungfrau, Mutter und Greisin – als die Mórrigan, die große Königin.«

Die Caillech: »Und dass sie wieder herrscht, ja? Herrscht wie einst, in Schrecken, durch die Anbetung des Volkes ...«

Ériu: »Und dazu brauchen wir das Opfer.«

Brigid: »Was hast du gesehen, Großmutter? Was hat dir der Kessel gezeigt?«

Die Caillech: »Ich sah die Mórrigan im schwarzen Kreis, in der Stunde, wenn der Mond sich verfinstert.

Und ich sah das Opfer. Doch seine Gestalt blieb mir verborgen.«

Ériu: »Das ist in drei Nächten, von heute gerechnet. Die Zeit wird knapp.«

Brigid: »Und das Mädchen wird rebellisch. Wie sollen wir es bis dahin ruhig halten?«

Die Caillech (verärgert): »Das ist nicht meine Aufgabe. Ich werde nach Mumu gehen, in den Süden. Dort ist der alte Glaube noch stark, ja. Dort werde ich vielleicht, vielleicht...«

Ériu (seufzend): »Also gut, ich werde auf sie Acht geben. Ich habe schon genügend Kinder gehütet; ich werde mit ihr schon fertig.«

Brigid (entschlossen): »Und ich gehe nach Uisnech und bereite alles für das Opfer vor. Dort treffen wir uns wieder, in drei Nächten, in Crom Dhu.«

Die Caillech: »Horcht!«

Gunhild schreckte auf. In ihrer Erregung hatte sie sich zu weit vorgebeugt, sodass sie gegen die Steine des Kraggewölbes gedrückt hatte. Die winzige Verschiebung reichte aus, dass Staub und Steinbröckchen in die Tiefe rieselten.

»Nur ein Tier...« Das war Ériu.

»... oder ein Vögelchen, das uns belauscht...«

Aber Gunhild hatte genug gehört. Sie war schon auf dem Rückzug. Da sie sich in der engen Röhre nicht umdrehen konnte, musste sie rückwärts kriechen. Ihre Knie taten weh, und sie hatte sich die Hand an einem scharfen Stein geschnitten. Doch die Schmerzen waren nichts gegen den Tumult, der in ihrem Kopf tobte.

So. Die drei hatten sie also hierher gebracht für ein Opfer. Ein Opfer, das die Mórrigan vollziehen sollte. Ein Opfer in Uisnech; sie erinnerte sich noch genau daran, aus ihrem Traum vom Roten Mann: Uisnech, der Nabel von Erin. Das Zentrum der Welt. Und auch wenn die Alte gesagt hatte, sie habe die Gestalt des

Opfers im Kessel nicht gesehen, so hatte Gunhild keinen Zweifel daran, wen man dazu auserkoren hatte.

Kein Opfer von Schafen oder Rindern.

Ein Menschenopfer.

In panischer Angst krabbelte sie weiter rückwärts. Der Weg zum Licht erschien ihr endlos lang. Doch dann plötzlich, als ihre Schulter bereits die Bogenöffnung streifte, merkte sie, dass sie selbst mit ihrem Körper das Licht blockiert hatte.

Sie starrte durch das Fenster in den Brunnen. Sie hatte keine Kraft, noch weiter zu kriechen, wieder in die Dunkelheit. Ob sie es schaffen würde, sich hier hindurchzuzwängen?

Gunhild schob den Kopf durch die Öffnung, dann erst die eine und dann die andere Schulter. Halb über der Tiefe hängend, grabschte sie nach irgendetwas, das sie packen könnte. Das Seil! Das Seil, an dem der Eimer zum Wasserholen in die Tiefe herabgelassen wurde. Würde es sie halten?

Hand über Hand zog Gunhild sich am Seil entlang und gleichzeitig ins Freie. Dann steckte sie fest.

Ich habe zu breite Hüften. Ich habe zuviel Fett angesetzt. Panik mischte sich mit dem irren Verlangen laut loszukichern.

Stoff zerriss. Sie kam frei. Einen Moment lang hing sie über dem Abgrund.

Aus der Tiefe des Brunnens blinkte es golden herauf.

Das Licht blendete sie, und Gunhild vergaß, wo sie war. Sie vergaß, dass sie nur mit den verkrampften Fingern am Seil hing, ohne einen anderen Halt. Einen Augenblick lang hing sie zwischen Sein und Nichtsein, zwischen Leben und Tod.

Dann fassten sie starke, hilfreiche Hände und zogen sie über den Brunnenrand in Sicherheit.

Wie ein Häufchen Elend kam sie sich vor, als sie den Kopf hob und in Érius strenge Augen blickte. In diesen Augen sah sie sich selbst: Ihr Haar war verfilzt und von

Staub und Spinnweben bedeckt, ihr Gesicht dreckig, ihr Kleid zerrissen. Sie blutete an der Hand, und ihre Knie waren aufgeschürft. Aber sie gab noch nicht auf.

»Ich habe alles gehört.« Ihre Stimme war rau wie Asche. »Ihr wollt mich opfern, im schwarzen Kreis, bei Neumond, in drei Nächten. Ich weiß alles. Aber ihr kriegt mich nicht. Hagen«, keuchte sie, »Hagen wird kommen und mich retten ...«

»Dummes Kind«, sagte Ériu. »Schlafe!«

Und Gunhild schlief.

13
Die Schlacht der Bäume

In den Tagen, die folgten, fragte Siggi sich mehr als einmal, was er sich da aufgehalst hatte. Er hatte sich nie für einen großen Anführer gehalten. Das einzige Mal, wo er eine Mannschaft geführt hatte, war bei einem Fußballspiel gewesen, als ihr Kapitän sich den Fuß verstauchte und Siggi für die Dauer einer Halbzeit vom Trainer die gelbe Armbinde verpasst bekam. Es hatte ihm sogar Spaß gemacht. Das hatte ihn selbst am meisten überrascht.

Früher war er immer nur davongelaufen. Aber das hatte er sich abgewöhnt, seit seinen Abenteuern in der Anderswelt. Manchmal war es nötig, die Dinge selbst in die Hand zu nehmen. Und nun trug er die Verantwortung für diesen zusammengewürfelten Haufen, ob er es wollte oder nicht.

Das Einzige, was ihn ein wenig beunruhigte, war die Bewunderung, die man ihm von allen Seiten entgegenbrachte und die zum Teil schon in Verehrung umschlug. Insbesondere der kleine Oscar himmelte ihn regelrecht an. Anfangs hatte er es gar nicht so übel gefunden. Dann aber hatte es begonnen ihn zu stören.

»Leute«, sagte er, »ich kenn mich hier nicht aus. Ihr müsst mir sagen, was wir machen können. Ihr kennt die Gegend, ich nicht.«

In seinen ruhigen Minuten sagte er sich natürlich, dass es ein Wahnwitz war, mit diesem Haufen von Verlierern gegen einen Trupp professioneller Krieger anzurücken. Aber zum Glück gab es nicht viele ruhige Minuten.

Er hatte keine Ahnung, auf welchem technologischen Stand die Krieger des Nordens waren. Sie waren beritten, das stand fest. Vermutlich trugen sie eine Art Panzerung; aber viel mehr darüber hatte er nicht in Erfahrung bringen können. Gern hätte er seine Truppe mit Pfeil und Bogen ausgerüstet; denn Robin Hood spukte ihm immer noch im Kopf herum, und er wusste, dass Langbögen eine der wenigen wirksamen Waffen waren, einen Panzer auf Distanz zu durchbrechen. Das Bild von Bogenschützen in den Bäumen, die aus der Entfernung die Reiter aus den Sätteln schossen, hatte etwas Verlockendes.

Und der Gedanke, dass man selbst dabei *sicher* war, hatte geradezu etwas Bestechendes. Denn bei diesem Unternehmen würden Menschen verletzt werden. Oder sogar sterben.

Aber das Einzige, was seine Leute hatten auftreiben können, waren ein halbes Dutzend einfacher Bögen, keiner davon länger als ein Arm, für die Jagd auf Kleinwild, und die bestanden nur aus einem biegsamen Stock und einer Sehne aus Tierdärmen. Man musste schon ein ziemlich glücklicher Schütze sein, um damit einen ausgewachsenen Mann zu erwischen. Also blieben ihnen – abgesehen von einem einzigen Schwert – in erster Linie nur Steinschleudern, Stöcke und improvisierte Speere. Und das bisschen Grips, das sie aufbringen konnten.

»Wir brauchen angespitzte Pfähle. Und Seile. Und Netze. Soviel wir beschaffen können.«

»Aber ich dachte, wir wollen kämpfen«, widersprach Oisín, und einige andere stimmten darin ein.

»Wichtig ist, was am Ende dabei rauskommt.« Welcher Fußballtrainer hatte das gesagt? »Wir wollen gewinnen. Helden kann ich dabei nicht brauchen. Wir sind ein Team, eine Mannschaft. Ihr wisst doch: ›Einer für alle ...‹«

»› ... und alle für einen!‹«

Der Spruch hatte ihm schon immer gefallen, auch wenn er ziemlich blöd klang. Aber Siggi war selbst erstaunt, welche Wirkung diese Worte entfalteten.

Mittlerweile waren sie schon weitaus mehr als die sprichwörtlichen Musketiere. Irgendwie hatte es sich in Windeseile herumgesprochen, was sie planten, und so waren weitere junge Burschen aus Tlachtga und den umgebenden Gehöften herbeigeeilt, um sich der Fianna, wie sie Siggis Bande nannten, anzuschließen.

Auch einige Erwachsene waren darunter. Zuerst hatte Siggi Bedenken gehabt, ob erwachsene Leute sich überhaupt in die Truppe einfügen würden. Aber es zeigte sich, dass auch ein unverdienter Ruf etwas Gutes hatte. Mittlerweile kursierten offensichtlich schon so fantastische Gerüchte über die Bedingungen für eine Aufnahme in Finns Kriegerschar, dass die meisten froh waren, überhaupt mitmachen zu dürfen.

So hieß es, dass jeder erst einmal zwölf Gedichtbücher auswendig können müsse. Und außerdem würde man bei der Aufnahme bis zur Hüfte in ein Loch eingebuddelt und neun Männer würden mit Speeren nach einem werfen, wogegen man sich selbst nur mit einem Schild und einer Haselrute verteidigen dürfe. Und wenn man nur eine Wunde davontrüge, wäre man nicht geeignet, in die Fianna aufgenommen zu werden. Und man müsse sechs Stunden mit hochgestecktem Haar durch den Wald laufen, und wenn dabei nur eine Strähne in Unordnung gerate oder man dabei nur einen Zweig breche, wäre man nicht geeignet, in die

Fianna aufgenommen zu werden. Und wenn man nicht imstande sei, einen Sprung über einen Stock zu machen, so hoch wie man selbst, und gebückt unter einem hindurchzugehen, so hoch wie das eigene Knie, und nicht in der Lage sei, sich im vollen Lauf einen Dorn aus dem Fuß zu ziehen, wäre man, so hieß es, nicht geeignet, in die Fianna aufgenommen zu werden.

Mit solchen Supermännern, dachte sich Siggi, *könnte es die Fianna selbst mit den Tuatha Dé Danann in ihrer Glanzzeit aufnehmen.*

Dennoch war er froh um die älteren Mitstreiter, auch wenn sie nicht imstande waren, einen Stock in Stirnhöhe zu überspringen. Sie brachten etwas Ruhe in die aufgeregte Truppe. Und froh war er vor allem um einen: ein alter, knorriger Mann, der mit einem großen Sack auf der Schulter angehumpelt kam und seine Last klirrend auf den Boden warf. Es war der Dorfschmied von Tlachtga, und was er bei sich trug, war sein vergrabener Schatz von Speerspitzen. Zugegeben, die meisten waren schartig und verbogen, von Rost oder Grünspan gezeichnet. Doch mit ein paar willigen Gehilfen war der alte Schmied in wenigen Stunden imstande, die meisten von ihnen zu richten und eine Anzahl von brauchbaren Speeren zu schäften, sodass sie zumindest ein paar richtige Waffen hatten.

Siggi nahm sich einen der Speere und sah ihn sich an. Wenn man die Spitze, die aus Bronze gegossen war, betrachtete, glaubte man darin feine Linien zu erkennen, endlos geflochten zu einem Band, das auftauchte und wieder verblasste.

»Das ist ein sehr altes Stück«, bemerkte er. Es erinnerte ihn von der Form her irgendwie an sein Schwert. »Noch aus der Zeit der Tuatha Dé Danann?«

»Ich schmiede schon lange«, sagte der Alte. Seine schwarzen Augen verrieten nichts. »Und meine Väter vor mir.«

Sie standen mit Oisín und Dermot, die Siggi zu seinen Hauptleuten ernannt hatte, und dem kleinen Oscar, der ihm nicht von der Seite wich, im Lager zusammen. Es war gegen Mittag des zweiten Tages seit ihrer ersten Begegnung. Siggi hatte nach Oisíns Aussagen und den Angaben der ausgeschickten Späher eine grobe Karte in die Erde gekratzt.

»Und du bist sicher, dass sie hier durch müssen?«, fragte er noch einmal, an Oisín gewandt. »Zwischen diesen beiden Hügeln – wie hießen sie noch gleich?«

»Der linke ist der Slieve-nam-ban, der weiße Berg, und der rechte –«

»Das Volk nennt sie die ›Titten der Dana‹«, knurrte der Schmied.

»Die *was?«* Siggi glaubte sich verhört zu haben.

»Die Brüste der Göttin. Dies hier ist uralter Boden, hast du das nicht gewusst?«

Bevor sie sich noch weiter in die Feinheiten der Namengebung vertiefen konnten, ertönte aus der Ferne, leise, doch klar und deutlich zu vernehmen, der Ruf eines Horns.

»Sie kommen!«

Alles andere war vergessen. Sie rannten in Richtung des Hornklangs, und nun war es wirklich so, als verliehe ihnen die Aussicht auf den bevorstehenden Kampf Flügel. Siggi schlug das Herz bis zum Hals. So weit die Theorie. Jetzt wurde es ernst. War die Warnung noch rechtzeitig gekommen? Hatten sie alles bedacht, was es zu bedenken gab? Jeder Fehler konnte Menschenleben kosten – das Leben von Menschen, die er in den letzten Tagen zu schätzen gelernt hatte.

Der Weg war lang, viel zu lang. Die Zeit verrann, während sie liefen. Erst als sie keuchend auf der Kuppe des Weißen Berges innehielten, sah Siggi, dass die Sonne kaum weitergerückt war. Er hatte es, in Ermangelung einer Uhr, mittlerweile gelernt, auf solche Zeichen zu achten. Was immer sie auch bedeuten mochten in der Anderswelt, wo die Zeit mitunter seltsame Kapriolen schlug.

Aber sie waren noch rechtzeitig gekommen. Obwohl die Sonne hinter einem Schleier aus Wolken verborgen blieb, hatten sich die Morgennebel bereits verzogen, sodass die Sicht klar war. Weit voraus tauchten auf einer Hügelkuppe winzige Punkte auf. Trotz der Entfernung konnte man erkennen, dass es sich um Männer auf Pferden handelte.

»Jetzt bräuchte ich mein Fernglas«, meinte Siggi.

»Fernglas?« Oisín sah ihn entgeistert an.

»Ja. Ich hab so ein Fernglas, einen Feldstecher, mit dreihundertfacher Vergrößerung. Damit könnte ich jetzt genau sehen, wie viele es sind.«

»Und wo hast du das?«

»Zu Hause.« Das war eine Welt weit entfernt.

Plötzlich wurde sich Siggi der absurden Situation bewusst, in der er sich befand. Was konnte ihm schon geschehen? Er war in einem Traum gefangen; er hatte sich selbst auf dem Bett liegen sehen, in Dunvegan Castle. Und jetzt lag er hier auf einem Feldherrenhügel – auf der linken Brust der Erdgöttin, verbesserte er sich – und plante eine Schlacht.

Doch er hatte das Leid in den Augen der Menschen gesehen und den Hunger und die Verzweiflung, die einem Hauch von Hoffnung gewichen war. Auch diese Reiter da unten, diese Krieger, waren Menschen, sagte er sich. Doch jetzt konnte er nicht mehr zurück. Er konnte nur noch darauf hinwirken, dass die Geschichte ohne allzu großes Blutvergießen vor sich ging. Denn für die Menschen, die diese Schlacht austrugen, würden das Blut und die Tränen echt sein.

»Ich brauche keine Magie, um die Feinde zu zählen«, sagte Dermot, der von allen die schärfsten Augen hatte. »Es sind mehr als zwanzig, aber weniger als zwei Dutzend.«

Das grenzte es ziemlich genau ein. Siggi sah trotz allem immer noch nur ein paar wuselnde Punkte. Erst als die ersten der Reiter den nächsten Hügelkamm erreicht hatten, sah er sie genauer. Seine Vermutung hatte nicht getrogen. Er konnte das Blinken von Rüstungen erkennen, vermutlich Ketten- oder Schuppenpanzer, aber dies schien sich nur auf die Hauptleute zu beschränken. Die meisten trugen nur mit Metallplatten verstärkte, knielange Jacken. Und hier und da sah er sogar einen nackten Oberkörper. Doch alle Reiter trugen Helme und längliche, metallbeschlagene Schilde.

»Oscar«, kommandierte er, »du weißt, was du zu tun hast. Es geht los. Und – viel Glück!«

Oscar schluckte kurz, dann nickte er, und es hätte nicht viel gefehlt und er hätte auch noch salutiert. Dann drehte er sich abrupt um und rannte davon. Er war der schnellste Läufer von allen, und darum hatte er sich für die gefährlichste Aufgabe gemeldet.

Als die ersten Reiter in der Klamm auftauchten, welche das Tal zwischen dem Slieve-nam-ban und dem Slieve-nam-dubh, dem Weißen und dem Schwarzen Berg, bildete, sahen sie vor sich eine kleine, schmächtige Gestalt, die einen wilden Tanz aufführte.

»Hey!«, rief sie. Und dann folgte ein Schwall von Beschimpfungen, wie sie nur die reiche Fantasie der gälischen Sprache hervorbringt.

Der Vormarsch der Reiter kam ins Stocken. Weitere tauchten in der Passschlucht auf.

»Fangt mich doch, wenn ihr könnt!«

Doch die Reiter auf der Talhöhe schienen den Störenfried gar nicht ernst zu nehmen, auch als er anfing, von ihnen fortzuhüpfen. Sie sammelten sich und begannen gemeinsam den Abstieg.

Da tauchte neben Oscar – denn er war der Tänzer – eine weitere Gestalt auf, hochgewachsen und hellhaarig. Goll Mac Morna ließ seine Schleuder kreisen. Es war eine Entfernung, die einer guten Pfeilschussweite entsprechen mochte, aber eigentlich viel zu groß für ein geschleudertes Geschoss. Dennoch stand er da, ganz kühl, nahm Maß und ließ den Stein fliegen.

Er traf den vordersten der Reiter mitten ins Gesicht.

Ob es Zufall war, Geschick oder das Glück des Tüchtigen; vielleicht war es auch eher der Schreck. Jedenfalls riss der Reiter den Kopf in den Nacken, das Pferd scheute, bäumte sich auf – und stürzte.

Da gab es für die übrigen kein Halten mehr. Mit einem Aufschrei pressten sie ihren Tieren die Fersen in die Weichen und sprengten los. In halsbrecherischem Galopp ging es den Hohlweg hinab, auf die beiden unverschämten Burschen los, die vor ihnen her rannten.

»Jetzt!«, rief Siggi.

Seile, die über den Weg gelegt worden waren, spannten sich. Pferde stürzten. Reiter wurden in hohem Bogen aus den Sätteln katapultiert. Tiere und Menschen brüllten.

Es war, als hätte die Natur, hätten die Bäume und Sträucher selbst sich gegen die Angreifer erhoben. Jetzt erst sah man, dass die Wegränder mit Dorngestrüpp verfestigt waren, und selbst auf den Weg hatte man Ranken und spitzige Steine verstreut. Hier hielt sich ein Gestürzter das blutige Gesicht, dort hatte sich ein Pferd in einem Weißdorndickicht verfangen. Zudem zischten jetzt aus den umliegenden Bäumen Pfeile herbei, und auf diese kurze Distanz hatten sogar die kleinen Jagdbögen eine durchschlagende Wirkung.

Zielt auf die Pferde, nicht auf die Reiter, hatte Siggi den Schützen eingeschärft. Doch da die meisten der Reiter nur teilweise gepanzert waren, mit Brustplatten und Armschienen und aufgenähten Ringen aus Eisen, und die wenigsten Kettenhemden trugen, fanden die Pfeile auch unter den Kriegern ihr Ziel. *Und versucht, sie nur kampfunfähig zu machen und nicht zu töten,* hatte er hinzugefügt. Doch in den Wirren der Schlacht zählten solche Feinheiten nicht, wie er jetzt feststellte.

Der Krieg ist ein grausames Geschäft, selbst wenn er nicht mutwillig vom Zaun gebrochen wird, sondern wenn es nur darum geht, die Heimat und das eigene Leben zu verteidigen. Manchmal, für alte Menschen, mag der Tod eine Erlösung sein. Aber das Sterben tut immer weh.

Siggi hatte damit gerechnet. Die Bilder von den Kämpfen zwischen Göttern und Menschen, die er nicht nur aus alten Sagenbüchern kannte, sondern selbst mit eigenen Augen gesehen hatte, waren zwar verblasst, aber nie völlig verschwunden. Und dennoch hatte ihn nichts auf den wirklichen Anblick vorbereitet, den er nun vor Augen hatte: Pferde, die in Todespein schrien; Menschen, die fluchten, beteten, stumm litten oder wimmernd verbluteten.

Siggi packte den Speer fester. Mit seinen verbliebenen Kämpfern, all denen, die nicht am Wegrand gebraucht wurden, stand er in der Mitte des Pfades. Neben ihm waren es genau zwölf. Jeder von ihnen trug zwei Speere. Zur Verteidigung hatten sie nicht mehr aufzubieten als grobe Schilde aus Weidengeflecht. Siggi kam sich schutzlos und nackt vor. Aber das war alles Teil seines Plans.

Aus dem Chaos der Reiter und Pferde schälte sich so etwas wie eine Ordnung heraus. Der Anführer, ein bulliger, rotbärtiger Kerl mit einem Helm in Form eines Ebers, brüllte Befehle. Die Reiter formierten sich. Siggi hatte gewiss nicht damit gerechnet, dass ihre erste List die gesamte Truppe disziplinierter Soldaten aufhalten würde. Doch jetzt stellte er fest, dass der Feind ihnen immer noch an Zahl überlegen war. Sie hatten höchstens ein halbes Dutzend ausgeschaltet.

Jetzt rückten die Reiter langsamer vor, jeden Fußbreit des Weges misstrauisch abtastend, ob dort nicht weitere Überraschungen lauerten.

Siggi spürte die Spannung unter den Umstehenden wachsen. Hier und da gab es Bewegung. »Noch nicht«, sagte er mit unterdrückter Stimme. »Erst auf mein Zeichen.«

Jetzt waren die Reiter auf zwanzig Schritt heran. Siggi schloss die Augen, zählte langsam bis drei.

»Jetzt!«

Dreizehn Arme bewegten sich zugleich. Dreizehn Speere, mit aller Kraft geschleudert, flogen auf die erste Reihe der Reiter zu.

Nur wenige fanden ihr Ziel. Die Distanz war groß genug, dass die Nordleute die Wurfgeschosse kommen sahen, und die meisten gingen entweder ins Leere oder wurden von den Schilden aufgefangen und prallten harmlos ab. Ein Speer verfing sich im Geschirr eines Pferdes; das Tier scheute, und der Reiter ging zu Boden. Ein weiterer wurde von einem Krieger aus der ersten Reihe zur Seite gelenkt und streifte einen seiner Hintermänner am Bein. Aber im Großen und Ganzen zeigten die Speere wenig Wirkung.

Siggi und seine Mitstreiter standen einen Augenblick wie angewurzelt da. Dann drehten sie sich um und flohen.

Der Angriffsschrei des Feindes gellte in ihren Ohren. Hier gab es keine schmale Schlucht mehr, durch die man einzeln oder zu zweit hindurchpreschen musste. Hier war der Weg breit genug, dass drei, vier Pferde nebeneinander Platz hatten. Eine solche Attacke, zudem auf einen fliehenden Feind, war tödlich. Der Anführer der Reiter hob seine Lanze. Sie zielte genau auf Siggis Rücken.

In diesem Augenblick öffnete sich unter ihm der Boden.

Wenn wir den Feind nicht mit unseren Waffen bezwingen können, hatte Siggi gesagt, *dann muss das Land eben für uns kämpfen.*

Sie hatten die Stelle mit Bedacht ausgewählt. Hier

hatte sich während des Unwetters der Fluss seinen Überlauf gesucht und den Weg unterspült. Fleißige Hände hatten die Grube erweitert und vertieft und zu beiden Seiten des Weges mit dem ausgehobenen Erdreich verfüllt, sodass auf den ersten Blick nicht zu sehen war, dass hier eigentlich ein Graben entlangführte. Dann hatte man die Öffnung mit einem Netz aus biegsamen Ruten abgedeckt, mit Rindenmulch und einer dünnen Schicht Erde überzogen und mit Grassoden getarnt.

Doch unter der trügerischen Oberfläche aus Weiden- und Haselgeflecht lauerten härtere Hölzer: armdicke, angespitzte Stäbe aus Eiche, Esche und Erle.

Wer dort hineinschlitterte, für den gab es keine Rettung mehr.

Es gab einen dumpfen Aufschlag, als die erste Welle der Reiter in die Grube stürzte. Der Schrei des Entsetzens wurde zu gellendem Schmerz; es war, als schrie die Erde selbst in Todespein. Zwischen den Trümmern von zersplitterten Pfählen herrschte ein unbeschreibliches Chaos. Pferde schlugen um sich; Menschen versuchten verzweifelt, sich in Sicherheit zu bringen. Doch am Rande der Grube warteten die Speere auf sie.

Siggi sah sich plötzlich dem Anführer gegenüber, der sich geistesgegenwärtig mit einem Sprung vom Rücken seines Pferdes gerettet hatte. Den Eberhelm hatte er bei dem Aufprall verloren. Die rote Mähne strömte um das mit blauen Mustern bedeckte Gesicht, in dem weiß und schwarz die Augen unnatürlich grell hervortraten. Im Bruchteil einer Sekunde nahm Siggi dies alles wahr: jede einzelne Pore, jedes Haar. Von ihrem Kampf dagegen blieb ihm nichts im Bewusstsein, nur dass sich das lange, eiserne Schwert des Gegners irgendwie in seinem Weidenschild verfing und dass sich seine eigene Klinge wie von selbst ihr Ziel suchte.

Dann stand er am Rand der Grube und blickte hinüber zu den verbliebenen Reitern, die der tödlichen

Falle entgangen waren. Die Männer hatten Mühen ihre Pferde zu bändigen; das Durcheinander, der Gestank des Blutes, die Schreie machten die Tiere irre. Schnaubend und mit geweiteten Nüstern tänzelten sie auf dem Weg. Schaum troff aus ihren Mäulern. Und auch ihre Herren wussten nicht mehr, was sie tun sollten, nun, da ihr Anführer gefallen war.

»Ergebt euch!«, rief Siggi. »Dann schonen wir euer Leben!«

Einen Augenblick lang sah es so aus, als würden die Angreifer die Waffen fallen lassen. Dann machte einer von ihnen eine Armbewegung, und der Trupp teilte sich. Rechts und links um die Grube herum trieben die Reiter ihre Pferde, die sich vorsichtig und nervös ihren Weg suchten.

Siggi hob sein Schwert. »Los!«

Ein Sirren lag in der Luft. Aus dem Unterholz des Waldes tauchten geduckte Gestalten auf. Wo am Rande der Grube die Erde aufgeschüttet worden war, hatten sie freie Bahn. Es waren die ältesten und jüngsten aus Siggis Schar, diejenigen, die einem direkten Kampf Mann gegen Mann nicht gewachsen waren.

Aber eine Bola ist eine relativ einfache Waffe. Man braucht dafür nur drei mittelgroße Steine, die man mit Seilen zusammenknüpft. Dann wirbelt man sie um die Hand und lässt sie fliegen.

Siggi hatte davon gelesen, wie die Gauchos auf der argentinischen Pampa noch heute mit diesem primitiven Mittel Pferde einfingen. Wenn sich die Schnüre erst einmal um die Läufe gewickelt hatten, konnte sich kein Pferd mehr auf den Beinen halten.

Wer nicht zu den anderen in die Grube fiel, wurde von den Umstehenden überwältigt.

Die letzten drei aus der über zwanzigköpfigen Truppe versuchten zu fliehen. Sie rissen ihre Pferde herum und sprengten den Hohlweg zurück, hinauf in Richtung Passhöhe. Sie ritten genau in die Netze hinein, welche die Bogenschützen inzwischen dort aufgespannt hatten.

Und plötzlich war alles vorbei. Die letzten der Eingekesselten hatten ihre Waffen weggeworfen, als sie sahen, dass weiterer Widerstand sinnlos war. In dem Jubelgeschrei, das ringsum losbrach, kam Siggi sich seltsam allein vor.

»Nein, nein«, wehrte er ab, als die anderen ihn auf die Schultern heben wollten. »Seht nach den Gefangenen – und den Verwundeten!«

Am Abend feierte die Fianna ein Siegesfest. Trotz des Gemetzels hatte es bei ihr keinen einzigen Toten gegeben, wenn auch einige mehr oder weniger schwer verwundet waren und der alte Schmied vermutlich nie wieder würde gehen können. Goll Mac Morna trug seine Verbände wie Ehrenzeichen. Oscar hatte nicht einmal einen Kratzer abbekommen.

Unter den Gegnern gab es mehr Opfer – sieben Tote und eine Reihe Schwerverletzter. Von den Pferden waren nur zwölf übrig geblieben; einige hatte man töten müssen, weil sie sich die Beine gebrochen hatten. Die überlebenden Krieger hatte man in einen Pferch zusammengesperrt, nachdem Gránia und die Frauen des Dorfes ihre Wunden versorgt hatten.

Aus den Vorräten, welche die Krieger des Nordens mit sich geführt hatten, war ein festliches Mahl zubereitet worden, wie es die meisten seit langem nicht mehr gekostet hatten, und alle lagen satt und zufrieden am Lagerfeuer – und meist auch ein bisschen betrunken.

»Oisín!«, rief einer. »Sing uns was!« Andere griffen den Ruf auf. »Ja, spiel uns ein Lied!«

»Du bist ein Sänger?«, fragte Siggi verwundert. Er hatte seine Fellkleidung inzwischen abgelegt und unter den Beutestücken eine Art Tunika von beinahe weißer Farbe gefunden, in der er sich viel wohler fühlte. Dadurch stach er freilich jetzt noch mehr unter den anderen hervor.

»Er ist der größte Sänger, den es gibt«, erklärte Oscar großspurig, auf Siggis Frage eingehend, »seit Lugh Langhand vom Erdboden verschwand.«

Oisín wehrte ab, auch er nicht mehr ganz nüchtern. Doch als die anderen nicht locker ließen, sagte er schließlich: »Also gut, bringt mir die Harfe.«

Aus der Höhle unter dem Hang trug man einen Ledersack herbei. Oisín löste die Verschnürung. Es war eine prachtvolle Harfe. Ihre Saiten glänzten im Feuerschein. Verschlungene Ornamente aus Perlmutt und Elfenbein an Hals und Klangboden, in feinster Einlegearbeit ausgeführt, erwachten im flackernden Licht zum Leben.

»Ein Meisterwerk!«, staunte Siggi.

»Dies ist die Harfe, die einst in Taras Hallen erklang«, sprach Oisín leise, während er die Saiten spannte. »Gránia brachte sie hierher. In ihrem Lied liegt immer noch der Zauber von Erin.« Und er sang:

»Achtfach ist der Klang der Harfe von Erin, doch selbst ein tausendfaches Lied reicht nicht aus, die Vorzüge Finns zu preisen.

Ein König ist er und ein Seher, ein Dichter, Druide und Weiser, und alles, was er sagt, tönt den Seinen lieblich im Ohr.

Er ist ein Stier im Kampf und ein Hirsch auf der Jagd; vor seinem Ruf erzittern die Feinde, und wenn sie ihn stellen, bleibt er Sieger.

Seine Hand ist überaus großzügig im Verteilen von Reichtümern wie von Lohn: ein Fürst, der niemandem etwas verweigert.

Und selbst wenn ein Mann nichts anderes hat als einen Mund zum Essen und ein Paar Arme, um ein Geschenk davonzutragen, geht er nicht ohne Gabe davon.

Bis zum Ende hat keiner sagen können, ob Furcht ihn bewegte; denn niemals machte er kehrt oder blickte zurück ...«

Siggi hielt es nicht mehr aus. Er stand auf und ging vom Feuer weg, in die Schatten. Er fühlte sich unwohl bei solch überschwänglichem Lob. Es war keine Flucht. Früher war er immer weggelaufen, wenn es ernst wurde; inzwischen hatte er gelernt, Verantwortung zu übernehmen und zu seinen Entscheidungen zu stehen. Aber er hatte festgestellt, dass die Verantwortung einsam machte.

Gewiss gab es auch Helden, die im Licht der Sonne standen, sich in der Bewunderung der anderen badeten. Helden, die Teil einer Gemeinschaft waren, als Erste unter Gleichen. Er aber war ein Held des Mondes, der immer allein seine Bahn zog.

Ihm war kalt. Er dachte an Gunhild und Hagen. Wo sie jetzt wohl sein mochten? Ob sie ebenso einsam waren wie er?

Etwas raschelte im Gezweig. Ohne dass er auch nur einen Gedanken daran verschwendet hätte, lag das Schwert in Siggis Hand.

Ein Tier, das nachts auf Jagd ging? Ein verirrter Dorfbewohner, der den Festplatz suchte? Oder vielleicht ein Nachzügler der Nordleute, der auf Rache sann?

»Wer ist da? Komm raus, du!«

Das Rascheln kam von oben. Siggis Blick ging zu den Eichen empor, die sich über die Lichtung erhoben. Ein Aufflammen der Glut ließ einen Schatten auf den unteren Zweigen erkennen, eine Gestalt, die nicht hierher gehörte. Es sah aus wie ein großer Vogel. Ein Seeadler? Siggi kniff die Augen zusammen. Er konnte es nicht richtig erkennen.

Der Schatten schwang sich aus dem Gezweig herunter. Jetzt sah er eher aus wie ein Affe, ein nacktes, haarloses Geschöpf. Oder wie ein Mensch.

Obwohl der kleine, braune Fremde nicht mehr in Felle gekleidet ging, erkannte Siggi ihn sofort. Er erkannte ihn an den dunklen Augen, in denen Flammen tanzten.

»Amergin?«

Der Fremde schüttelte den Kopf und blinzelte. »Ich muss mir diese Flugreisen abgewöhnen«, meinte er. »Sie bekommen mir nicht mehr so gut wie früher.«

»Amergin! Wo bist du gewesen? Du kommst zu spät. Der Kampf ist vorbei.«

»Zu spät?« Der Blick des Alten war scharf wie zuvor. »Aber nein, mein Held, ich komme genau richtig.« Er entblößte die weißen Zähne zu einem Grinsen.

Siggi starrte ihn ratlos an.

»Jetzt ist es an der Zeit, den Krieg nach Norden zu tragen«, erklärte der Druide.

14
Kriegsfahrt

Der Himmel war trübe und verhangen, als Hagen mit seinem Jungentrupp Richtung Osten aufbrach. Die Sonne, soweit man hinter dem Wolkenschleier überhaupt etwas davon erkennen konnte, stand schon hoch. Es hatte lange gedauert – für Hagen viel zu lange –, bis endlich alle aufgestanden waren, ihr Morgenmahl, bestehend aus Brot und gesalzenem Haferbrei, verzehrt hatten und dann damit fertig geworden waren, ihre Sachen zu packen.

Er hätte nicht gedacht, dass es bei den Vorbereitungen zu einem, wenn auch kurzen, Kriegszug, so viel zu beachten gäbe. Er hätte sich jemanden an seiner Seite gewünscht, der sich damit besser auskannte als er; so konnte er nur nicken und zustimmend knurren, wenn ihn jemand was fragte.

Da gab es die Frage des Proviants zu klären; denn sie würden keine Zeit zum Jagen haben, und da sie Dörfer und Burgen zu meiden gedachten, konnten sie von anderswo auf keine Verpflegung hoffen. So wurden, neben dem Ledersack mit Wasser, den jeder bei sich führte, Brot und Trockenfleisch und Blutwürste – jener berühmte »schwarze Pudding«, den Hagen als Kind schon gehasst hatte – auf jeden verteilt. Zudem beschloss man, neben den neun Wölflingen, die den Trupp bildeten, noch zwei Ponys mitzunehmen, die Stangen und zusammengerollte Häute trugen. Ein drittes, fast noch ein Füllen, trug das Kochgeschirr und was man sonst noch zum Leben brauchte.

»Sieht aus, als wollten wir auswandern, nicht bloß einen kurzen Marsch unternehmen«, knurrte Hagen.

Sie hatten davon abgesehen, Pferde mitzunehmen; denn dort, wo sie hinzogen, würden sie ihnen sowieso nicht nützen. Dies hatte Hagen der Peinlichkeit enthoben, feststellen zu müssen, welche Figur er im Sattel machte; denn er hatte noch nie auf einem Pferd gesessen. Pferde gab es in Manchester nicht. Außerdem schienen richtige Pferde, auf denen man reiten und auch kämpfen konnte, ohnehin Mangelware zu sein. Die meisten von den brauchbaren waren schon mit Fergus und den anderen Kriegern nach Süden aufgebrochen.

Dafür hatte König Conor sich nicht lumpen lassen, sie mit Waffen und Rüstungen zu versorgen. Zwar war das meiste davon schon älter, aber noch gut gepflegt und von nicht minderer Qualität: Spangenhelme mit metallenen Seitenklappen, welche die Wangen bedeckten; Schwerter mit bronzenen Griffen, wenn auch die Klingen aus Eisen waren; hölzerne Schilde mit hohlen Knäufen aus Metall in der Mitte, die innen mit einem Handgriff versehen waren, sodass man sie auch als Schlagwaffe verwenden konnte. Nachdem die kleine Heerschar so waffenklirrend durch das Tor der Feste davongezogen war, hatte Hagen sich als Erstes von dem schweren, gehörnten Helm mit der Halbmaske befreit, den der Rüstmeister ihm verpasst hatte, und dann von seinem metallverstärkten Wams. Die anderen hatten es ihm bald gleich getan, als sie merkten, wie schnell man in solcher Ausrüstung ins Schwitzen kam. Nur seinen

Speer hatte Hagen behalten, zumal man ihn auch als Wanderstab nutzen konnte.

Sie gingen durch ein Land ohne Schatten. Das gefilterte Sonnenlicht beleuchtete alles mit unparteiischer Gleichmäßigkeit: Hecken und Mauern, Steine und Grashügel und die weiten rötlich-braunen Flächen des Heidekrauts, in denen wie tote Augen Seen blinkten, ebenso stumpf wie das schwarze Moorwasser in den überwucherten Tümpeln am Wegesrand.

Wie schon auf dem Hinweg stellte Hagen fest, dass es kaum Lebenszeichen in diesem Land gab. Hier und da stießen sie auf eine Hütte mit weißlichen Mauern, aus Natursteinen ohne Mörtel aufgeschichtet. Doch der Kalk war meist ausgewaschen, die Binsen des Daches verfault und löchrig, dass der Wind hindurchblies.

Dennoch hatte er das Gefühl, als würde er beobachtet.

Es war kein bedrohliches Gefühl, aber unangenehm war es doch. Immer wieder glaubte er, aus den Augenwinkeln eine Bewegung wahrzunehmen. Bald ertappte er sich dabei, dass er im Laufen den Kopf ruckartig nach rechts oder links wandte. Doch wenn da etwas war, so war es flink genug, sich immer wieder zu verstecken.

»Was suchst du?«, fragte Laeg, der zu ihm aufgeschlossen hatte.

»Ich weiß es nicht«, gab Hagen zu. »Ich habe nur so ein Gefühl.«

Laeg packte seinen Speer fester. »Ich sag's den anderen weiter, dass sie aufpassen sollen.«

Doch nichts geschah. Sie legten eine gute Strecke zurück, und langsam wurde es dunkler. Sie kamen an einen Hohlweg, über dem die Kronen der Bäume rechts und links einander fast berührten und das restliche Licht bis auf einen schmalen Streifen verschluckten. Unwillkürlich verlangsamten sie ihren Schritt, teils wegen des ungewissen Lichts, teils auch, weil der Weg hier zu einem Hügelkamm hin anstieg.

Auf der Kammhöhe stand jemand.

Es war nur ein Schatten, grau in der gefleckten Düsternis, die hier herrschte. Und er war nicht menschlich. Aber für ein Tier war er viel zu groß; oder war es nur das Licht, das ihren Augen einen Streich spielte? Einen Moment lang glaubte Hagen, einen riesigen Hirsch dort zu sehen, mit einem mächtigen Geweih. Doch dann, als er zögerlich einen weiteren Schritt näher kam, reduzierte sich die Gestalt auf eine begreifbare Größe, und er erkannte, was es war.

»Keine Angst. Das ist nur ein alter Freund von mir!«

Der graue Hund, der ihn nach Teltin geführt hatte und der ihm in der Nacht bei Emain Macha erschienen war.

Conall hinter ihm schnaubte. Er schien es nicht ganz glauben zu wollen, dass dieses Wesen, das da mitten auf dem Weg vor ihnen stand, ihnen freundlich gesinnt war. »Pass auf!«, knurrte er. »Vielleicht beißt er.« Er schien vergessen zu haben, dass Hagen bereits den Hund des Königs getötet hatte, der die Tore von Teltin bewachte.

»Er hat mir bis jetzt immer geholfen«, erklärte Hagen. »Er wird uns auch diesmal helfen.«

Er trat näher heran. Der Hund rührte sich nicht. Er verzog auch nicht die Lefzen zu dem bekannten Grinsen, als würde er sich über ihn, Hagen, amüsieren. Ja, er schien eine abweisende, drohende Haltung einzunehmen.

Geh zurück!

Das Bild traf ihn mit voller Wucht: eine blaugrüne Welle, die sich vor ihm aufbäumte und ihn nach hinten schleuderte. Unwillkürlich tat er einen Schritt rückwärts.

Du wirst nicht finden, was du suchst.

»Aber ... ich kann nicht zurück«, stammelte er. »Ich ... ich muss ...« *Ich muss Gunhild finden,* hatte er sagen wollen. Aber wie sollte der graue Hund davon etwas wissen?

Sie ist nicht dort.

Ein Bild von leeren Hallen, in perlmuttfarbenem Glanz, von gewundenen Treppen, die in andere, ebenfalls leere Kammern führten, erfüllt von einem blaugrünen Schimmer, als lägen sie tief unter dem Meer. Ein Wirbel, dann nichts mehr.

»Wo ist sie?«

Der Hund hechelte.

»Du weißt es nicht?«

Der Hund brachte ein beinahe menschliches Kopfschütteln zu Stande. Dann duckte er sich, als wollte er sagen: *Kann ich etwas dafür?*

Die anderen hatten dem einseitigen Dialog – denn die Antworten des Hundes waren nur für ihn bestimmt, das war Hagen klar – stumm gelauscht. Jetzt sagte Conall: »Und was wird nun?«

Hagen sah den Hund an. Der saß immer noch geduckt da – so, als wollte er im nächsten Moment losspringen. Hagen packte den Speer fester.

»Mach Platz«, sagte er laut. Der Hund hatte ihn schon einmal im Stich gelassen. Wenn dies die einzige Spur war, die zu Gunhild führte, dann sah er keine andere Wahl.

Du wirst es bereuen, meinte der Hund. *Dein Glück wird dich verlassen. Deine Freunde werden sterben. Nichts wird dir übrig bleiben ...*

Hagen hob den Speer. Ein verirrter Sonnenstrahl fiel durch das Gezweig und brach sich auf der Klinge. Einen Augenblick lang war Hagen geblendet.

Der Speer flog. Er traf genau auf die Stelle, wo der graue Hund gestanden hatte. Doch der Hund war nicht mehr da.

»Verdammt! Wo ist er hin?«

Hagen setzte sich in Bewegung. Die anderen folgten ihm; wie auf ein unausgesprochenes Kommando hin fächerten sie aus, als gelte es, einem Feind zu begegnen. Doch als sie die Kammhöhe erreicht hatten, war nichts von einem Gegner zu sehen. Der Hund blieb verschwunden. Rechts und links stand der dunkle Wald wie eine Mauer. Der Speer, den Hagen geschleudert hatte, steckte vor ihnen mit der Spitze in der Erde auf dem Pfad.

»Keine Spuren?« Laeg, der ihm dichtauf gefolgt war, bückte sich. Nichts. Nicht einmal Pfotenabdrücke in der feuchten Erde. Keine gebrochenen Zweige oder abgerissenen Blätter in dem dichten Unterholz am Wegrand. Wenn der Hund hier geflohen wäre, hätte man es sehen müssen.

»D-d-das war k-k-kein gew-wöhnlicher Hund«, meinte Cuscrid.

»Nein«, sagte Hagen. »Das war kein gewöhnlicher Hund. Aber es macht keinen Unterschied. Wir müssen weiter.«

Er packte den Speer, und mit einer Kraftanstrengung, in der ein Rest von Wut steckte – Wut über sich selbst, weil er das Gefühl hatte, einen Fehler zu machen, aber auch über den grauen Hund und die ganze Situation – riss er die Klinge aus der Erde.

Am Abend rasteten sie unter behelfsmäßigen Zelten, die sie aus den mitgeführten Häuten und Stangen errichtet hatten, im Schutz eines Abhangs. Sie versuchten ein kleines Feuer anzuzünden, aber das Holz war nicht trocken genug; das Unwetter, das sie in Teltin nur gestreift hatte, musste hier viel stärker gewütet haben, wie auch abgerissene Äste bezeugten. So hängten sie ihre Vorräte unter den schützenden Planen an die Bäume, damit sie nicht feucht wurden. Die Ponys wurden, nachdem man sie abgerieben hatte, an lange Leinen gebunden, deren anderes Ende man mit Steinen beschwerte, damit sie sich nicht allzu weit vom Lager entfernten. So konnten sie allein nach Futter suchen.

Die Stimmung war gedrückt, und das nicht nur, weil ihnen allen kalt war. Elend hockten sie im Kreis zusammen, um so einander wenigstens ein bisschen Wärme zu geben. Nicht nur Hagen selbst, auch den anderen ging die seltsame Begegnung am Nachmittag nicht aus dem Sinn.

»D-d-dieser Hund«, sagte Cuscrid schließlich und blickte erschrocken um sich, als alle Aufmerksamkeit sich plötzlich auf ihn richtete. »W-w-war er ... einer der ... der Sidhe?«

»Was weißt du von den Sidhe?« Hagens Stimme klang schärfer, als er es beabsichtigt hatte. Mein Gott, wie lange war es er, dass er selbst Gunhild von den Sidhe erzählt hatte, dem Feenvolk? Und jetzt stellte er fest, dass er gar nichts darüber wusste.

Cuscrid verhaspelte sich nun vollends. »Ich ... ich ...«, stammelte er.

»Sie lebten hier, bevor wir kamen, die Gälen«, kam da eine Stimme aus dem Dunkel. Es war Erc, der Sohn Felimids des Barden, der gesprochen hatte. »Sie waren ein zaubermächtiges Volk. Sie herrschten über das Land durch ihre heiligen Schätze. Und sie führten gewaltige Kriege. Doch nun sind sie fort, und der Zauber ist mit ihnen vergangen. Uns ist nur noch das Land geblieben, und es wird schwerer von Jahr zu Jahr, dem kargen Boden das zu entringen, was wir für unser Überleben brauchen.«

»Und was ist aus ihnen geworden?« Hagen ließ sich nicht vom Thema abbringen.

»Sie zogen sich zurück, in die Hohlen Hügel, ins Land der Verheißung jenseits der neunten Welle, das Land, in dem man ewig jung bleibt.« Und er sang mit heller Stimme:

»Wundersam ist das Land über alle Maßen,
Schöner als alles, was je deine Augen gesehen.
Dort hängt das ganze Jahr die Frucht am Baum,
Und das ganze Jahr steht auf dem Halm die Blüte.

Dort fließen von wildem Honig die Bäume des Waldes;
Die Krüge mit Wein und Met werden niemals leer.
Nicht Schmerz noch Krankheit kennt, wer dort wohnt;
Tod und Verderbnis kommen ihm niemals nahe.

Nie endet das Fest dort, nie ermüdet die Jagd,
Nie verklingt die Musik in den hohen Hallen;
Das Gold und die Edelsteine im Land der Jugend
Überstrahlen allen Glanz, den ein Mensch je erträumt.

Dort wirst du Pferde haben aus zaubrischer Zucht,
Hunde werden vor dir laufen, schneller als der Wind;
Hundert Helden sollen dir in den Kampf folgen
Und hundert Maiden dich in den Schlaf singen.

Ein Schwert wird man in deine Hand geben und einen Speer,
Aus unerschöpflichem Kessel wird dir Speise zuteil,
Laut wird der Stein schreien, wenn du darüber schreitest,
Und dich zum Herrn des verborgenen Landes erheben.«

»Das klingt eher wie ein schöner Traum«, sagte Hagen, nachdem sie eine Weile geschwiegen hatten. »Und wo soll dieses Wunderland liegen?«

»Aber ich dachte, du führst uns dorthin!« Die Stimme des Jungen klang erschrocken, fast ein wenig gekränkt.

»Ich? Wieso?«

»Aber ...« Erc verstummte.

»Wir haben alle gedacht, Cúchullin«, übernahm Laeg das Wort, »weil du sozusagen aus dem Nichts gekommen bist und den Hund des Königs besiegt hast ...«

» ... und weil du uns beim Hurling zum Sieg über Fergus uns die Krieger verholfen hast ...«, warf Conall ein.

» ... und den Geist der Macha bezwungen und den Speer aus dem Grab geholt hast und mit den Geistern am Weg Zwiesprache hältst ...«

»... du seist einer von ihnen«, vollendeten sie alle.

»D-d-den Sidhe«, ergänzte Cuscrid.

»Und du würdest uns jetzt zu ihnen führen«, schloss Erc lahm. »Ins Land der Jugend.«

Hagen starrte sie an. Mit allem hatte er gerechnet, nur damit nicht. Dass ausgerechnet er, den es in die Anderswelt verschlagen hatte, nun von deren Bewohnern als Teil ihres eigenen magischen Erbes gehalten wurde, das sie einst besessen und im Laufe der Zeit verloren hatten.

Er konnte die Gesichter ringsum in der Dunkelheit nicht erkennen; sie waren nicht mehr als hellere Flecken vor den dunkleren Schemen des Waldes. Aber er sah die wilde Hoffnung darin und wusste, dass er seine Freunde nicht enttäuschen durfte. Doch belügen wollte er sie auch nicht. Aber er musste ihnen ja nicht unbedingt die ganze Wahrheit sagen.

»Hört mir zu«, sagte er dann. »Ich komme aus einer Welt, in der es keine Magie gibt – oder so wenig, dass die Menschen nicht daran glauben. Aber ich habe die Götter gesehen und mit ihnen gesprochen, und dabei habe ich erkannt, dass sie auch von denselben Gefühlen geleitet werden wie wir: Liebe und Hass, Neid und Zorn, Schuld und Vergebung. Sie mögen die Macht von Naturgewalten haben, aber im Innern sind sie wie wir. Ich bin nur ein Mensch, einer von euch. Ich bin in diese Welt gekommen, weil ich ein Mädchen beschützen wollte ... an dem mir viel liegt.« Erst jetzt, als er es aussprach, wurde es ihm klar. »Sie ist in der Gewalt von Ungeheuern, und ich sage euch«, er beugte sich vor, »wenn wir klug sind und mutig, dann können wir sie befreien.«

»Ganz ohne Magie?« Ercs Stimme klang zaghaft.

»Ganz ohne Magie! Mit Köpfchen und mit unseren eigenen Fähigkeiten. Wenn wir alle zusammenhalten, dann schaffen wir's. Bist du dabei?«

»Ja!« Ercs Augen glänzten im Dunkeln.

»Und ihr anderen?«

»Ja! Ja!«, kam es von überallher.

»Und ich habe das Gefühl, Erc Mac Felimid«, fügte Hagen hinzu, »du wirst noch mehr Magie sehen, als dir lieb ist, ehe dieses Abenteuer zu Ende ist.«

Doch als die anderen schon schliefen, lag Hagen noch lange wach. *Habe ich das richtig gemacht,* fragte er sich. *Wenn ich diese Jungs mit denen aus meiner Straße vergleiche, so sind das noch richtige Kinder. Mache ich ihnen nicht was vor?*

Aber er hatte sich geschworen, sich nie wieder vor den Karren eines anderen spannen zu lassen, ob Mensch oder Gott, und wenn er dabei Fehler machte, so würde er die Konsequenzen tragen.

Er hätte mit sich sehr zufrieden sein können. Wenn da nicht das Echo in seinem Hinterkopf gewesen wäre, das ihn nicht schlafen ließ.

Du wirst nicht finden, was du suchst.

Sie ist nicht dort.

Der Morgen dämmerte bleiern und schwer herauf, und nach einem kurzen Frühstück, bestehend aus zähem Brot und getrocknetem Fleisch, die mühsam mit Wasser aus einem nahen Bach heruntergespült wurden, ging es weiter. Nachdem sie die Wälder hinter sich gelassen hatten, kamen sie an einen Fluss, doch sie fanden zunächst keine Stelle, wo sie ihn überqueren konnten. Hagen hatte sich nie Gedanken darüber gemacht, welches Hindernis für die Fortbewegung ein Fluss darstellen konnte, sofern es keine Brücken gab.

»Warum bauen wir nicht das Boot zusammen?«, meinte er mit einem Blick auf die Ladung von Häuten und Stangen, die sie mit sich führten. Laeg hatte ihm zwar erklärt, dass dies der ›Currach‹ seines Vaters sei, aber er konnte sich immer noch nicht so recht vorstellen, wie man daraus ein Boot machen konnte.

»Weil das nur einmal geht«, erklärte ihm Laeg geduldig. »Wenn wir mit dem Boot übersetzen, müssten wir es danach in einem Stück über Land transportieren, und das würde uns nur aufhalten.«

»Und warum fahren wir damit nicht den Fluss runter?« Das wäre die einfachste Lösung gewesen.

»Und was machen wir, wenn uns die Strömung aufs offene Meer hinaustreibt? Hoffen und beten, dass wir die Insel der Seligen erreichen? Wie willst du die Stelle am Strand finden, die du suchst.«

»Ich verstehe«, sagte Hagen. So gesehen, hatte Laeg natürlich Recht. An die Schwierigkeiten der Steuerung hatte er nicht gedacht.

So folgten sie dem Fluss eine Zeit lang stromabwärts. Es dauerte jedoch lange, bis sie ein paar Kiesbänke in der Flussmitte sahen, die darauf hindeuteten, dass hier eine seichte Stelle sein musste.

Dennoch war die Überquerung schwierig, und sie mussten zum Teil schwimmen. Es war etwas anderes, als im Fluss zu baden, zumal man noch den Packen mit seinen Sachen über Wasser halten musste und so nur langsam vorankam. Unterwegs löste sich bei einem Pony ein Teil der Packlast und trieb flussabwärts, verfing sich aber zum Glück ein Stück weiter unten im Schilfgras des Uferrands.

Südlich des Flusses wurde das Land fruchtbarer, eine sanft gewellte Landschaft, in der man hier und da Viehherden ausmachen konnte. Einmal sahen sie im Landesinneren in der Ferne eine dunkle Rauchsäule aufsteigen, und als der Wind auffrischte, hörten sie ferne Schreie und Waffengeklirr.

»Das ist Connla mit seinem Leuten«, sagte Follaman. »Er treibt die Steuern ein. Das ist sein Stil.«

Hagen runzelte nur die Stirn, sagte aber nichts.

Gegen Mittag erreichten sie das Meer. Sie folgten ein Stück dem entlang der Küste verlaufenden Pfad; da die Klippen hier nicht sehr hoch waren, war der Weg gefahrlos begehbar.

»Dort!«, rief einer der Jungen. »Ist es das?«

Doch was da am Strand aufragte, war nur ein aus Steinen aufgeschichteter Haufen, irgendein Mahnmal für einen gefallenen König.

»Nein«, sagte Hagen. »Aber die Gegend kommt mir bekannt vor. Es muss hier in der Nähe sein. Gehen wir zum Strand hinunter.«

Sie kamen an einer alten, verlassenen Feuerstelle vorbei. Ein Stock ragte noch aus dem Boden, auf dessen gegabelter Spitze sich einmal ein Bratspieß gedreht hatte; sein Gegenstück war nicht mehr vorhanden. Die Asche des Feuers war längst von der Gischt fortgefegt und vom Wind verweht. Die Wellen der Brandung liefen fast bis zu dieser erhöhten Stelle hinauf.

»Wir haben Hochwasser«, stellte Hagen fest. Das letzte Mal, als er hier am Strand gewesen war, hatte die Flut erst gerade eingesetzt. »Die Wegmarken, die wir suchen, liegen vielleicht tiefer im Wasser, als wir meinen.«

Laegs Augen waren am schärfsten. »Dann ist es dort!«, rief er aus und wies mit dem Finger.

Als sie näher kamen, sah auch Hagen, dass sie die richtige Stelle gefunden hatten. Drei Steine, in einer Reihe, die genau ins Meer führte. Der erste von ihnen wurde gerade von den anlaufenden Wellen erreicht. Den zweiten umspülte bereits die Flut. Der dritte ragte nur einen halben Meter noch aus dem Wasser.

»So«, sagte Hagen. »Dann zeigt mir mal, ob ihr ein Boot bauen könnt.« Er hätte besser gesagt: ›wie man ein Boot baut‹, aber er wollte sich nicht die Blöße geben zu zeigen, dass er nun wirklich keine Ahnung hatte.

Doch die Wölflinge taten dies offensichtlich nicht zum ersten Mal. Bei einem solchen Unternehmen musste jeder Handgriff aufeinander abgestimmt sein. Zuerst luden sie die Packtiere ab. Während die einen die Häute ausbreiteten und mit Ahlen und langen Riemen aus Tiergedärm zu vernähen begannen, nahmen die anderen sich das Gerüst vor. Die Stangen wurden zusammengesteckt und mit nassem Leder gesichert, damit die Verbindungen sich im Wasser nicht lösten. Bald bekam das Gerippe Ähnlichkeit mit der Form eines Bootes, wenn auch runder als die Boote, die Hagen kannte. Es gab einen verstärkten Kielbalken, der den Rumpf in zwei Hälften teilte, aber keinen richtigen Kiel.

Denn auf die Außenseite kam natürlich die Hülle. Die zusammengenähten Häute wurden über den Rahmen gespannt. Wieder traten die Ahlen in Aktion. Jeder Fingerbreit der äußeren Streben wurde umstochen und mit Riemen festgezurrt. Aber würde dieser große Lederkorb das Wasser halten?

»Gemach«, sagte Laeg, der die Oberaufsicht über den Bootsbau führte. »Noch sind wir nicht fertig. Jetzt kommt der Trick.«

Erc, der Jüngste, hatte inzwischen in der verlassenen Feuerstelle ein kleines Feuer entfacht. Jetzt kam er mit einem Eimer herbei, in der eine träge blubbernde Masse kochte.

»Pech!«, erklärte er freudestrahlend.

»Woraus besteht das?«

»Leim aus Tierknochen, Harz, dies und jenes«, sagte Laeg vage. »Aber es dichtet.«

Sorgsam wurde jede Naht mit der schwarzen, übel riechenden Masse bestrichen, die mit dem Erkalten schnell fest wurde, und mit Werg abgedeckt. Dann drehten sie das Boot um. Laeg prüfte jede Nahtstelle sorgsam gegen das Licht, ehe er schließlich das Gefährt zum Stapellauf freigab.

Sie schoben den Currach ins Wasser. Er war leichter als ein gewöhnliches Boot, aber das überraschte Hagen nicht. Schließlich bestand das Ding ja nur aus Leder und einem Holzgestänge. Außerdem war es nicht für die Ewigkeit gedacht. Es würde ausreichen, wenn das Schiffchen sie bis zu der Stelle brachte, die sie erreichen wollten. Und mit einer entsprechenden Besatzung würde es tief genug im Wasser liegen.

Darin lag das Problem. »Mehr als fünf, höchstens sechs von uns gehen da nicht rein«, stellte Hagen fest.

Sie sahen sich alle an. Keiner von ihnen wollte zurückbleiben, verständlicherweise.

»Ich brauche die besten Kämpfer«, sagte Hagen. »Wer weiß, was uns an unserem Ziel erwartet. Conall, Follaman, ihr beide. Wer ist noch gut?«

»Cormac«, sagte Laeg. »Mit dem Schwert ist er der beste. Und du brauchst mich, um das Boot zu steuern.«

»Dann also wir fünf«, fasste Hagen den Beschluss.

»Und was ist mit mir?«, fragte Erc Mac Felimid.

Hagen sah den Kleinen mitleidig, fast liebevoll an. »Ich brauche dich, damit du später ein Lied darüber schreibst«, sagte er, »wenn du einmal ein richtiger Barde geworden bist wie dein Vater.«

»Aber wie soll ich ein Lied schreiben, wenn ich nicht weiß, wie es war?«, beklagte sich Erc. »Außerdem bin ich der Leichteste. Ich werde das Boot nicht überladen.«

»Also gut«, gab Hagen nach. »Dann sind wir zu sechst.«

Die anderen vier – Laegs Brüder sowie Fiachra und Cuscrid – murrten ein wenig, aber da Hagen der Anführer war, akzeptierten sie seine Entscheidung.

Als die Auserwählten sich für die Fahrt rüsteten, stellten sie fest, dass sie einen Großteil ihrer mitgeschleppten Rüstungen gar nicht brauchen konnten. Geschlossene Helme hätten sie nur behindert, mit Panzern konnte man nicht schwimmen, und für Schilde war an Bord kein Platz. So nahmen sie nur, was sie an Waffen mitführen konnten. Die sperrigeren Gegenstände wie Schwerter und Speere wurden im Bauch des Bootes verstaut.

Dann schoben sie alle gemeinsam das leichte Boot

durch die Brandung. Erc hockte im Bug, während die anderen im Bauch des Currachs Platz nahmen und die kurzen, breiten Ruder packten, mit denen sich das Boot trotz des fehlenden Kiels einigermaßen stabilisieren ließ. Als Letzter schwang sich Laeg ins Heck, der das Steuer übernahm.

Die einsetzende Ebbe erfasste sie mit ihrem Sog, und der Strand blieb rasch zurück. Die anderen winkten ihnen hinterher, ehe sie zurück zu den Pferden gingen. Es war schon später Nachmittag. Die Sonne vergoldete Strand und Wellen mit ihrem Glanz, ehe sie ihr Haupt mit einem heraufziehenden Dunstschleier verhüllte.

Wenn nur kein Nebel aufzieht, dachte Hagen. Zwar hatte nichts darauf hingedeutet, doch hier, in den Randgebieten der bewohnten Welt, mochte alles anders sein.

Das Licht veränderte sich, wurde fahler. Die Wellen, die eben noch grau-grün gewesen waren, bekamen einen metallischen Glanz. Ein Klang lag in der Luft, wie ein Dröhnen von Erz, deutlich zu vernehmen selbst über dem endlosen Rauschen des Meeres.

»Hört ihr es auch?« Das war Erc Mac Felimid, der vom Bug aus in die Tiefe starrte. »Es klingt, als käme es von unten.«

Sie ließen die Ruder einen Moment sinken und lauschten.

»Hört sich an wie eine Glocke«, sagte Conall Cearnach, der neben Hagen saß.

»Eher wie ein Horn«, meinte Hagen.

»Oder wie ein großes Tier«, kam Laegs Stimme vom Heck her.

»Es gibt so große Fische im Meer«, erklärte Erc, »dass sie aussehen wie eine Insel, wenn sie an die Oberfläche kommen. Und wenn man an Land geht und ein Feuer auf dieser Insel macht, dann tauchen sie unter und man ertrinkt.«

»Unsinn«, sagte Hagen. Aber seine Stimme war ein wenig unsicher. »Die größten Tiere im Meer sind keine Fische, sondern Säugetiere, und das sind die Wale.«

»Und wie groß sind sie?«

»Na ja, die größten von ihnen wiegen über hundert Tonnen.«

»Sag ich doch!«

Sie ruderten weiter. Sie waren jetzt aus der Brandungszone hinaus, wo die Dünung des Ozeans begann. Wie auf einer großen Hebebühne ließ sie das Boot aufsteigen, höher als ein Haus, bevor sie es wieder hinabsenkte, in das nächste Wellental. Da die Sonne bereits tief im Westen stand, bedeutete das, dass sie jedes Mal von der Helle des Tages in die Dunkelheit der Schattenwelt hinabsanken, wenn sich die Welle zwischen das Licht und die Sonne schob. Doch auf der sonnenabgewandten Seite konnten sie in das Meer hineinschauen.

Das Wasser war erstaunlich klar. In dem Abendlicht, das von der Wasseroberfläche zurückgespiegelt wurde, drang der Blick weit hinab. Schulen von Fischen blitzten auf und verschwanden wieder. Dort schlängelte sich etwas in der Tiefe, das einem riesigen Aal glich oder dem Fangarm eines noch gewaltigeren Kraken und da ...

»Das sieht aus wie ... wie Pferde!«, rief Erc aus. »Pferde mit Schwimmhäuten!«

»Du sollst ... nach vorne gucken«, keuchte Hagen, während er das Ruder durchs Wasser zog, »nicht nach hinten!«

Wenn er bis jetzt noch gezweifelt hatte, so wusste er nun, dass die Insel unter dem Meer nicht mehr weit sein konnte.

Dennoch dauerte es noch, bis die Sonne hinter ihnen den westlichen Horizont berührte, ehe Erc Mac Felimid im Bug des Schiffes Laut gab.

»Da blinkt was.«

Das ganze Meer war eine einzige gleißende Helle, durchzogen von Bändern aus Dunkelheit. Doch als der nächste Schwell sie emportrug, sah Laeg, der von seiner Position im Heck aus ebenfalls nach vorne blickte, es auch.

»Dort«, sagte er. »Ich sehe es auch. Es sieht aus wie ein Pfeiler, der aus dem Meer ragt. Oder wie ein Turm – ein Turm aus Glas!«

Die Sonne versank in einem roten Brand, und Dunkelheit setzte ein. Aber es war keine vollkommene Finsternis. Aus den Tiefen des Meeres drang ein Leuchten, ein grünlicher, phosphoreszierender Schimmer, der genug Licht spendete, dass man die Hand vor den Augen sehen konnte. Und der Horizont war ganz in einen violetten Schein getaucht, vor dem der gläserne Turm sich deutlich abhob, der selbst aus dem Innern heraus zu leuchten schien.

Während sie auf den Turm zuhielten, hatte Hagen das Gefühl, dass die Dünung schwächer wurde, und als er einen Blick über die Schulter warf, stellte er fest, dass die Wogen in der Tat deutlich flacher waren als zuvor. Bald hörte der Wellengang völlig auf, und das Meer wurde so glatt, als habe jemand Öl darauf ausgegossen. Kein Laut war zu hören bis auf das Gluckern des Wassers, wenn die Ruder die Flut durchteilten. Der geheimnisvolle Turm ragte vor ihnen auf und spiegelte sich in der glasklaren Oberfläche.

Doch nein, es war kein Spiegelbild; vielmehr setzte er sich fort in die Tiefe und weitete sich dort zu einer Kuppel unter dem Meer.

Sie glitten hinweg über eine Stadt, die sich tief unter ihnen ausbreitete. Unter der transparenten Kuppel erhoben sich Dächer und Türme, Treppen und Wandelgänge. Lichter flackerten dort. Schatten bewegten sich. Doch kein Laut war zu hören in der gespenstischen Stille, die sie umgab.

Kein Laut bis auf das leise Singen, das von der Höhe des Turmes kam.

Je näher sie dem seltsamen Bauwerk kamen, desto deutlicher wurde Hagen, warum Amergin von einem Pfeiler im Meer gesprochen hatte. Der Turm war achteckig im Grundriss, und von unten war schwer abzuschätzen, wie hoch er wirklich war. Doch er endete abrupt, wie abgeschnitten, sodass es aussah, als würde der Himmel selbst darauf lasten.

Etwa in doppelter Mannshöhe über dem Meeresspiegel waren Öffnungen in die Seiten des Turmes eingeschnitten, aus denen ein stetiger Lufthauch drang, was jenes feine, singende Pfeifen hervorrief, das ihnen in den Ohren klang. Es schien eine Art Kamin zu sein, vermutlich dazu gedacht, die Luftzufuhr für die Stadt unter dem Meer zu sichern.

Es gab keine Möglichkeit am Turm selbst anzulegen, und wenn das Wasser nicht so ruhig gewesen wäre, hätten sie es nie geschafft, ihm auch nur nahe zu kommen. So ließen sie sich herantreiben, und während Hagen und Cormac mit ihren Rudern das Boot von der Wand abhielten, stand Conall auf und warf ein Seil, das an einem Ende mit einem Haken beschwert war, zielsicher durch eine der Öffnungen. Als der Haken sich an einer der Verstrebungen verfing, zog er ein paar Mal daran und erklärte es dann für sicher.

»Ich gehe als Erster«, erklärte Hagen.

Hand über Hand zog er sich hoch. Die Wand war so glatt, dass seine Turnschuhe immer wieder abrutschten, aber zum Glück war die Höhe überschaubar. Die Öffnung war kreisförmig, aber von einem Maßwerk durchzogen, das ein umlaufendes Muster bildete; es sah aus wie drei Beine, die einander im Lauf verfolgten. Zwischen den Streben war genug Platz, dass er sich hindurch quetschen konnte.

Im Innern des Turmes war ein Gesims unterhalb der

Fenster. Von dort führte eine schmale Treppe wendelförmig in die Tiefe.

Als Nächster kam Follaman durch die Fensteröffnung geklettert, und gemeinsam zogen sie das Bündel mit den Waffen hoch. Dann folgten die anderen; Laeg, der Steuermann, bildete den Schluss.

»Ich habe das Boot so gut vertäut, wie ich konnte«, sagte er. »Wenn die See so still bleibt, haben wir vielleicht Glück, dass es noch da ist, wenn wir zurückkommen.«

Wenn, dachte Hagen. Jetzt, wo sie ihr Ziel erreicht hatten, wurde ihm die Tollkühnheit ihres Unternehmens überhaupt erst bewusst. Nach dem, was der Alte ihm erzählt hatte, musste er damit rechnen, in dieser Stadt auf dieselben grünen Wesen zu stoßen, mit denen das ganze Abenteuer angefangen hatte. Er erinnerte sich noch sehr gut an die Furcht erregende Gestalt des Monsters, das vor seiner Schlafzimmertür gestanden hatte. Mit einer Hand voll halbwüchsiger Jungs in das Nest dieser Ungeheuer einzudringen, die seinen schlimmsten Albträumen entstanden zu sein schienen, grenzte an Wahnsinn.

Er packte seinen Speer. »Gehen wir«, sagte er leise. »Und passt auf, dass ihr nicht fallt!«

Den Turm hinabzusteigen war wie in das Innere eines Flaschenhalses zu klettern. Die Stufen waren transparent und glatt wie Glas. Auch die Wände boten keinen Halt. Die einzige Möglichkeit, überhaupt die Treppe zu meistern, bestand darin, sich an der Wand entlangzuschieben und dabei mit den Füßen den Boden nach der nächsten Stufe abzutasten.

Der Luftzug, der aus der Tiefe kam, zerrte an den Kleidern, aber war keine wirkliche Gefahr, wenn man sich davon nicht ablenken ließ. Schlimmer war das Gefühl des Ertrinkens. In dem Maße, wie es tiefer ging, schien draußen das Wasser zu steigen; durch die transparenten Wände konnte Hagen es schwappen sehen.

Als das Wasser ihm über den Kopf ging, blieb ihm plötzlich die Luft weg. Er glaubte, seine Trommelfelle müssten platzen und schluckte mehrmals. Er wusste, dass dies ein rein psychologischer Effekt war, aber das machte es auch nicht angenehmer.

Die Gesichter seiner Gefährten waren leichengrün, was sicherlich auf das ungewisse Licht hier zurückzuführen war. Aber ihren Mienen nach zu urteilen ging es ihnen nicht besser als ihm selbst.

Zum Glück wurde die Treppe breiter, als der Flaschenhals sich weitete. Dafür hörten sie jetzt das erste Mal in der herrschenden Stille Geräusche, die aus der Tiefe drangen.

Hagen legte die Hand auf die Lippen. Noch vorsichtiger schlichen sie weiter. Die Treppe wurde zu einem spiralförmig gedrehten Gang. Der Boden und die Wände waren hier nicht mehr transparent, sondern von einem perlmuttfarbenen Glanz. Es war, als gingen sie durch das Innere einer gedrehten Muschel oder eines riesigen Schneckenhauses. Dann öffnete sich der Weg, und sie spähten hinab in die Tiefe.

»Vorsicht!«, zischte Hagen und duckte sich.

Unter ihnen, auf einem Gang, der quer zu dem ihren verlief, patrouillierten zwei Wachen.

Hagen hatte sie schon einmal gesehen – sie oder ihresgleichen. Groß, schuppig, grünbraun, mit seltsamen blauen Mustern bemalt, bewaffnet mit Speeren und großen hölzernen Keulen. Er brauchte ihnen nicht in die Gesichter zu schauen um sich das riesige, dunkle Auge darin vorstellen zu können.

»Weiter!«, sagte er, als die beiden Grünhäutigen vorbeigegangen waren.

Sie kamen in eine Flucht von Kammern, die offensichtlich als Wachstuben dienten – karg, schmucklos, nur mit den nötigsten Sitzgelegenheiten versehen. Eine weitere Treppe führte nach unten. Die Räumlichkeiten hier machten einen ganz anderen Eindruck.

Zuerst dachte Hagen, es sei ein Trick, eine Täuschung des Auges. Doch dann, als der überall hier herrschende Luftzug die Schleier aufwallen ließ, erkannte er, dass die Wände hier von hauchdünnen Vorhängen bedeckt waren, durchwirkt mit Meersternen, Fischen und anderem Seegetier, welche die Wände dahinter verschwimmen ließen. Zur Rechten und Linken waren Kammern mit niedrigen, weich gepolsterten Betten. Er konnte sich kaum vorstellen, dass hier die grünhäutigen Monster nächtigten.

Ihre Opfer vielleicht? Doch nach Gefängniszellen sah dies ebenfalls nicht aus. Es sei denn, sie bauten diese luxuriösen Wohnungen, um ihre Gefangenen in Sicherheit zu wiegen, ehe man sie ...

Doch dies alles passte nicht zusammen. Seine Fantasie schlug Purzelbäume. Doch er kam nicht dazu, länger darüber nachzudenken, weil in diesem Augenblick eine junge Frau den Raum betrat.

Sie war ebenso entgeistert bei dem Anblick der waffenstarrenden Schar wie Hagen und seine Freunde angesichts des ihren. Doch dann traten die trainierten Reflexe der jungen Krieger in Aktion. Conall Cearnach sprang vor und packte sie, während Follaman ihr bereits die Hand auf den Mund presste, damit sie nicht schreien konnte.

Hagen trat vor. »Bist du eine Gefangene?«, fragte er. Etwas anderes kam ihm nicht in den Sinn.

Sie blickte ihn aus aufgerissenen, mandelförmigen, grün schimmernden Augen an.

»Lasst sie reden«, sagte Hagen. »Sie kann uns nichts tun.«

Widerstrebend gab Follaman die junge Frau frei, doch Conall hielt sie nach wie vor fest im Griff.

»Verstehst du mich?«, fragte Hagen.

Sie nickte.

»Wir suchen ein Mädchen«, erklärte er, »aus ... der Außenwelt.« Er wusste keinen besseren Begriff dafür.

»Sie wurde hierher entführt, von den Einäugigen, vor…«, er versuchte zu rechnen, »vor drei, nein vier Tagen. Weißt du, wohin man sich gebracht hat?«

Sie zögerte. Conall verstärkte den Druck.

»Hast du sie gesehen?«

Erneut nickte sie. »Die Herrin hat sie fortgeführt.« Ihre Stimme war leise und melodiös. »In die Große Halle, wo Balors Auge wacht.« Sie schauderte ein wenig. »Seitdem hat keiner sie mehr erblickt.«

»Und wo ist diese Halle?«

Sie schwieg, aber ihr Blick ging unwillkürlich über ihre Schulter.

»Folgt mir!«, befahl Hagen.

Erst als er und seine Gefährten den Raum bereits verließen, fand sie ihre Stimme wieder.

»Manannaaan!«

Eine Tür wurden aufgerissen. Zwei Wachen drängten heraus, versperrten ihnen den Weg: große, grüne, einäugige Ungeheuer.

»Zielt auf die Augen!«, schrie Hagen. Doch es hätte dessen gar nicht bedurft. Die Wölflinge griffen bereits an. Während Follaman bei dem rechten Wächter einen Hieb antäuschte, stieß Conall blitzschnell mit dem Speer zu. Laeg zog derweil die Aufmerksamkeit des Linken auf sich. Der ließ seine Keule kreisen, doch der Schlag kam ungelenk, als habe er sich von der Überraschung noch nicht erholt oder sei das Kämpfen nicht mehr gewohnt. Laeg lenkte ihn mühelos mit dem Schwert zur Seite, während Erc sich vor die Füße des Monsters warf und es ins Taumeln brachte. Mit einem Schwerthieb in den Nacken schickte Laeg es zu Boden.

Das Ganze war so schnell gegangen, dass Hagen überhaupt keine Chance gehabt hatte, einzugreifen. »Los, weiter!«, drängte er. Sie hatten das Überraschungsmoment verloren. Jetzt kam es nur noch auf die Schnelligkeit an.

Sie rannten in die Richtung, die das Mädchen ihnen gewiesen hatte. Weitere Wächter tauchten vor ihnen auf, aber sie wichen kampflos zurück. Hagen und seine Gefährten verfolgten sie eine Flucht von breiten Treppenstufen hinauf und durch ein hohes Portal, durch das sie in einen großen, offenen Raum hineindrängten.

Sie standen unter einer hohen, schimmernden Kuppel. Der Raum war achteckig, gesäumt von vier weißen und vier schwarzen Säulen im Wechsel. Hohe Fenster gaben den Blick frei auf das Meer, das im Dunkel lag.

In der Kuppelhalle hatte sich mindestens ein Dutzend der grünen Wesen versammelt – waffenstarrend, Furcht erregend, schrecklich in ihrer Fremdartigkeit. Doch was den Blick aller auf sich zog, war das seltsame Ding im Zentrum des Raumes.

Auf einer grob behauenen Steinsäule, die mit Spiralen und verschlungenen Bändern verziert war, lag ein abgetrennter Kopf, grüngeschuppt, dessen Auge mit einem Deckel aus irisierendem Silber verschlossen war, bedeckt von fein ziselierten Ornamenten.

Und der Kopf lebte.

»Öffnet das Auge!«, gebot eine Stimme aus dem Hintergrund des Raumes. »Damit sie, die den Tod in die Hallen unter dem Meer bringen, in ihr eigenes Verderben blicken!«

Hagen wusste, dass etwas Schreckliches geschehen würde. Und doch hatte er keine Angst. Das Einzige, was ihn erfüllte, war Zorn, ein wilder, ohnmächtiger Grimm, weil er so weit gekommen und jetzt, am Ende, doch noch gescheitert war.

Er packte den Speer, hielt ihn hoch wie einen Schild.

In diesem Augenblick öffneten die Fomorier das Auge Balors.

Irgendwo, fern im Westen, schrie ein Mädchen im Schlaf.

Sie träumte. Sie stand an einem tiefen Abgrund. Und hinter dem Abgrund war ... nichts.

Ein Wind kam auf, trieb das Dunkel in schwarzen Schwaden aus der Tiefe herauf. Der Wind zerrte an ihren Kleidern, wurde zum Sturm.

Komm, sagte die Stimme des Windes. *Komm, lass dich einfach fallen. Und du wirst keine Sorgen mehr haben, keine Ängste, kein Verlangen.* Sie kannte die Stimme. Es war die Stimme des grauen Gottes. Sie hatte gedacht, es sei vorbei, damals, als sie ihn sterben sah, in den Höhlen der Anderswelt ihrer Heimat. Doch er war immer noch bei ihr. Sie hatte in sein totes Auge geblickt, und seitdem war ein Teil von ihr immer in diesem Reich zwischen den Welten geblieben.

Gunhild, komm zu mir.

Sie wandte sich um. Sie musste sich entscheiden.

Vor ihr stand der rote Stier.

Seine Hörner waren spitz, gefährliche Waffen, die töten konnten. Seine Kraft war unbändig. Seine Hufe scharrten den Fels. Dunst stieg aus seinen Nüstern auf.

Doch sie hatte bereits ihre Entscheidung getroffen.

Als sie einen Schritt auf den roten Stier zutrat, spürte sie, wie feuchtes, warmes Blut ihre Schenkel hinunterrann.

Irgendwo im Süden flackerte ein Lagerfeuer unter dem Hauch des schwarzen Windes, flackerte und erlosch.

Der schwarze Wind fraß sich durch das Land, entlaubte Bäume und Sträucher, versengte das Gras, drang als Eiseskälte in die Erde.

Schattenfetzen jagten vor den Sternen dahin, hüllten die Welt in Dunkelheit. Preisgegeben auf der weiten Ebene duckten sich Menschen unter dem endlosen Himmel.

Oh, wenn ich nur aufwachen könnte aus diesem Traum!, dachte Siggi.

Du kannst, sagte der kleine dunkle Mann neben ihm, *wenn du nur willst.*

Und was wird aus ihnen? Er wies auf die geduckte Schar, die sich in der Senke, welche man das Feld der Grabsteine nannte, um das erloschene Feuer drängte.

Sie werden vergehen, wie alles vergeht.

Er sah das Flehen, die Bitte um Hilfe, um Verständnis in den Augen der Menschen.

»Kommt her«, sagte er laut. »Halten wir einander fest. Vielleicht können wir noch eine kleine Weile ausharren – und hoffen.«

Rings um Hagen starben seine Freunde.

Der Blick des Auges war allumfassend; schwarzen Nebeln gleich griff er nach ihnen, und sie erstarrten in der Bewegung, wie festgefroren, ehe die Kraft sie verließ und sie willenlos, leblos zu Boden sanken.

Alle bis auf ihn.

Sein Blick war auf die Klinge des Speeres geheftet, die einzig und allein zwischen ihm und dem unheilvollen Auge stand. Und in der spiegelnden Klinge sah er das Antlitz Cúchullins.

Es war rot. Rot wie glühendes Eisen. Rot wie die Sonne, wenn sie untergeht. Und wenn sie, neugeboren, am Morgen aus dem Meer emporsteigt.

Nur die Klinge des Speeres stand zwischen Hagen und dem Auge und er wusste genau, wenn er sie bewegte, würde der böse Blick ihn treffen und ihn vernichten, wie er seine Freunde vernichtet hatte.

Es gab nur eine Möglichkeit.

Hagen schloss die Augen, hob den Speer, drehte ihn, dass die Spitze nach vorn zeigte, und warf ihn mit aller Kraft.

In der Dunkelheit des Abgrunds erstrahlte ein helles Licht.

»Schau«, sagte der junge Oscar, als er von der Ebene der Grabsteine aufblickte. »Ein Stern!«

In der gläsernen Halle unter dem Meer klirrten die Kristalle. Ihr Beben setzte sich fort durch Pfeiler, Mauern und Gewölbe bis in die Grundfesten der Erde, wo es allmählich verebbte.

Es war vorbei. Hagen öffnete die Augen wieder. Der Speer steckte tief im Auge des Bösen. Das Auge war gebrochen. Schwarzes Blut rann den Pfeiler hinab.

Hagen blickte nicht nach rechts und links, wo seine Gefährten in seltsam verkrümmten Haltungen auf dem Boden lagen. Auch die einäugigen Feinde waren zurückgewichen. Einige von ihnen waren in die Knie gebrochen, als der Widerschein des Auges sie erfasst hatte; andere lagen auf dem Boden; wieder andere taumelten wie blind umher.

Hagen riss den Speer los.

Im Hintergrund des Raumes regte sich eine Gestalt. Hochgewachsen, in ein langes, fließendes Gewand gekleidet, dessen Farbe weder grau war noch grün, sondern irgendetwas von beidem, hatte sie dort stumm gewartet. Hagen trat auf sie zu. Er hob den Speer.

»Wo ist Gunhild?« Seine Stimme war rau. »Wohin habt ihr sie gebracht? Gebt sie heraus!«

»Sie ist nicht hier.« Die Stimme Manannán Mac Lirs war sanft wie der Wellenschlag, doch unnachgiebig wie die Brandung, die gegen die Küsten schlägt. »Du hast es doch gewusst, nicht wahr?«

»Wo ist sie?« Hagen hob den Speer.

Die Gestalt trat heraus aus den Schatten, und Hagen erstarrte. Denn er kannte das Gesicht des Mannes, der da vor ihm stand. Es war ihm vertraut wie sein eigenes, obwohl er es selten, viel zu selten gesehen hatte.

»Vater?«

Manannán lächelte. »In einer anderen Welt, vielleicht. In dieser Welt bin ich nur der, der dir sagt: Du hast einen Fehler gemacht, junger Held. Ich weiß nicht, wer oder was dich hierher getrieben hat, aber du hast etwas zerstört, was das Gleichgewicht dieser Welt aufrecht erhielt, wie die Menschen immer das Ideal zu zerstören suchen.«

»Das interessiert mich alles nicht«, knurrte Hagen. »Wo ist Gunhild, verdammt noch mal!?«

Doch der Gott mit dem Gesicht seines Vaters ließ sich nicht beirren.

»Während du hier Trugbildern nachjagst, steht der Feind bereits vor dem Land des Königs, dem du Treue geschworen hast...«

»Das sollen die anderen regeln.« Hagen merkte, dass sich inzwischen Wasserlachen auf dem Boden gebildet hatten. Anscheinend hatte die Stadt unter dem Meer durch die Erschütterung ein ernsthaftes Leck bekommen. Oder lag es daran, dass selbst die Macht des Meergottes ohne die Kraft des Auges nicht ausreichte, diese Konstruktion stabil zu halten? »Ich will hier raus.«

»Es gibt keine anderen. Die Krieger des Königs sind fern. Seine Stadt liegt ungeschützt. Willst du für Krieg und Mord verantwortlich sein?«

Hagen packte der Zorn. Es war keine übernatürliche, sondern eine rein menschliche Wut. »Ihr Götter oder wer immer ihr seid«, sagte er, »treibt doch alle euer eigenes Spiel. Und welches Leid dies für die Menschen bringt, das kümmert euch nicht. Und glaub nicht, dass die Waffen, die ihr uns in die Hand gebt, sich nicht auch gegen euch richten können.«

Er trat einen weiteren Schritt auf den Gott zu. Das Wasser reichte ihm schon bis an die Knöchel. In den gläsernen Wänden der Halle bildeten sich die ersten

Risse. Er holte mit dem Speer aus, um einen letzten Wurf zu tun, doch irgendetwas ließ ihn innehalten. Der Mantel Manannáns flimmerte vor seinen Augen, als der Gott sich von ihm abwandte. Grau und grün wie das Meer war er, fließend und gewaltig wie eine Woge, die ihn aufhob und mit sich trug, ihm Sehen und Hören nahm, Verstand und Gefühl, als sie ihn fortwirbelte.

15
Der Kampf an der Furt

Als Gunhild nach wirren Träumen erwachte, war die Sonne noch nicht aufgegangen. Eine große Stille lag über der Welt.

Von den drei Frauen war nirgendwo etwas zu sehen. Es schien, als wäre sie völlig allein in der großen, uralten Feste von Cruachan. Sie hatte das Gefühl, als hätte sie viel zu lange geschlafen und sei doch früher erwacht, als sie sollte.

Ohne nach rechts und links zu sehen, taumelte sie durch den Gang. Ihre Augen waren total verklebt, und sie war schweißgebadet. Darum ging sie als Erstes zum Brunnen, zog einen Eimer voll Wasser herauf, streifte sich ihr Kleid über den Kopf und begann sich zu waschen.

An ihren Beinen war getrocknetes Blut. *Ach Gott,* dachte sie, *auch das noch.* Kein Wunder, dass sie so schlecht geschlafen hatte.

Dann zog sie sich wieder an und ging nach draußen, um den roten Stier zu suchen.

Sie wusste, dass er da war, irgendwo. Sie hatte keine Ahnung, wie sie ihn finden konnte. Sie ging einmal im

Uhrzeigersinn um die ganze Außenmauer herum, aber so sehr ihr Blick auch das Hügelland absuchte, so sah sie doch nirgendwo eine Bewegung. Reif lag in der Luft. Es war, als wäre die ganze Erde erstarrt.

Sie setzte sich auf die Bank vor dem Eingang und schloss die Augen.

Als sie sie wieder öffnete, stand der Stier vor ihr. Seine scharfen Hörner waren nur einen Fingerbreit von ihrer Brust entfernt. Er hatte den Kopf gesenkt. Sie konnte ihm nicht in die Augen sehen. Sie zitterte am ganzen Körper. Eine winzige Bewegung nur und sie wäre tot.

Sie streckte die Hand aus und legte sie auf das rote Fell des Nackens. Es war warm, das einzige Warme in dieser kalten Welt.

»Komm!«, sagte Gunhild.

Der Stier folgte ihr, fromm wie ein Lamm, doch Gunhild wusste genau, dass es eine freiwillige Unterwerfung war, die sie in keinem Moment als gegeben hinnehmen durfte. Es lagt eine Spannung in der Luft, die sich jeden Augenblick entladen konnte. Die tödliche Kraft des Stieres war nur gebannt, nicht bezwungen.

Als die braune Kuh des roten Stiers ansichtig wurde, muhte sie leise. Dampf stieg aus ihren Nüstern auf und von ihrem Fell, stand in Wölkchen in der eisigen Luft.

Gunhild zerrte den Wagen mit dem Geschirr ins Freie. Willig ließ sich der Stier die eine Seite des Jochs auflegen. Sie zog die Riemen an, schloss die Schnallen.

»Schön warten, jetzt«, sagte sie. Es kam ihr selber albern vor, aber sie wusste nicht, was sie sonst hätte sagen sollen.

Um die Kuh aus ihrem Stall zu holen, musste sie einen Teil der Umfriedung einreißen, die den Auslauf des Tieres begrenzte. Zum Glück war es nur eine Mauer aus lose aufgeschichteten Steinen, kaum hüfthoch.

Dennoch war Gunhild schon wieder in Schweiß gebadet, ehe sie damit fertig war.

Als sie die Kuh zu dem Stier führte, schnaubte dieser und wurde unruhig, als Gunhild sie neben ihm ins Joch spannte.

Jetzt hätte sie losfahren können. Aber es gab noch etwas zu tun.

Ihr war etwas mulmig zumute, als sie noch einmal ihre Schritte ins Innere zurück lenkte. Aber sie hatte das Gefühl, dass es wichtig wäre, den Kessel mitzunehmen. Sie wusste selbst nicht, warum. Sie erinnerte sich nur noch bruchstückhaft an das, was vor ihrem Schlaf geschehen war. Satzfetzen trieben durch ihren Kopf, wie Echos von etwas, das sie gehört hatte.

»... die vier heiligen Schätze zusammen ... dann wäre das Land wieder geheilt ...«

»... nur ein Traum ...«

»... die Zeit wird knapp ...«

Was sollte sie sagen, wenn ihr Ériu begegnete? Die anderen waren nicht mehr hier, das war ihr inzwischen klar geworden. Aber Ériu, die Mutter des Landes, mit ihrer Zauberkraft ...

Schlafe!, hämmerte es hinter Gunhilds Stirn.

Vorsichtig lugte sie um die Ecke des Eingangs in die Wohnhalle. Der Kessel war fort. Es war überhaupt niemand mehr da. Oder?

In einem der steinernen Kastenbetten an der Wand, auf einem Lager von Stroh und Fellen, lag eine Gestalt. Halb verhüllt von den Decken und doch zu erkennen an dem braunen, schon etwas ergrauten Haar und der Bronze, die am Hals und von den Ohrgehängen blinkte. Ériu regte sich, hob den Kopf. Im nächsten Augenblick würde sie die Augen aufmachen und Gunhild sehen.

»Schlafe!« sagte Gunhild. Die Macht war stark in ihr in dieser Morgenstunde. »Schlafe, einen Tag und eine Nacht! Dann darfst du von mir aus wieder erwachen ...«

Die Gestalt auf dem Lager sank zurück, und ihre langsamen, regelmäßigen Atemzüge verrieten, dass sie tief und fest schlief.

Erleichtert und doch irgendwie leicht enttäuscht ging Gunhild den gewundenen Weg zurück ins Freie. Die Caillech musste den Kessel mitgenommen haben, nach Mumu, in den Süden. Oder Brigid, nach ... nach ...

Crom Dhu.

Der Name war wie ein dunkler Fluch, eine fremde Erinnerung, die sie nicht abschütteln konnte.

Gunhild schwang sich auf die Plattform des Wagens. Mit der einen Hand packte sie den Wagenrand, um sich festzuhalten, mit der anderen die Zügel. Sie hatte keine Peitsche, um die Tiere anzutreiben. Sie brauchte das nicht.

»Los geht's«, sagte sie.

Der rote Stier und die braune Kuh legten sich ins Geschirr. Der Wagen fuhr an.

Als die Kälte langsam seine Beine hoch kroch, schlug Hagen die Augen auf.

Er lag bis zur Hüfte im Wasser. Kein Wunder, dass ihm kalt war. Es war schon hell. Er versuchte einen klaren Gedanken zu fassen, aber ihm war, als sei er durch die Mangel gedreht und wieder ausgespuckt worden. Er wusste nur, dass er hier nicht liegen bleiben durfte, vor allem wenn die Flut kam.

Mühsam versuchte er sich hochzustemmen. In seinem Mund, seinen Augen, seinen Haaren, überall war Sand. Seine Hand stieß auf etwas Längliches, auf dem er gelegen hatte.

Der Speer! Plötzlich fiel ihm alles wieder ein. Die Fahrt zum gläsernen Turm. Der Abstieg in die Tiefe. Der Kampf. Und das Auge ...

Neben ihm stöhnte jemand.

Hagen wandte den Blick. Und erstarrte.

»Laeg?«

Stöhnend rollte sich Laegaire Buadach neben ihm auf die Seite. Er hatte die Augen noch geschlossen. Aber er lebte.

Dann sah Hagen auch die anderen: Conall und Follaman, Cormac und ein Stück weiter den kleinen Erc Mac Felimid. Sie lagen seltsam verkrümmt, so wie sie in der Halle unter dem Meer zusammengebrochen waren, auf dem Strand. Doch sie atmeten.

Hagen konnte die Tränen nicht zurückhalten, die ihm heiß in die Augen schossen. Er hatte fest geglaubt, seine Freunde wären tot, zerschmettert von der Magie des bösen Auges, ertrunken in den Fluten des Meeres. Und er wäre dafür verantwortlich gewesen. Er konnte sein Glück nicht fassen, das ihn von der Last dieser Schuld verschont hatte.

Doch es war keine Zeit, lange zu überlegen. Wenn sie hier liegen blieben, dann holte sie vielleicht nicht der böse Blick, dafür umso sicherer eine Lungenentzündung.

Er stemmte sich hoch. Seine Glieder waren schwer wie Blei. Auf allen vieren kroch er zu Laeg hinüber und versuchte, ihn hochzuziehen. Der Junge schlug die Augen auf. Sein Blick war verschleiert.

»Wo sind wir?«

Hagen blickte sich um. Er sah den Cairn des alten Königs, die erkaltete Feuerstelle. Die drei stehenden Steine, die ins Meer führten, waren halb vom Morgennebel verschluckt. Sein Blick ging hinauf aufs Meer, aber da war nichts zu sehen außer weißem Dunst, der die Grenzen von Wolken und Wasser verwischte.

»Dort, wo wir hergekommen sind«, sagte er. »Komm, wir müssen hier weg. Wir erfrieren sonst.«

Es war in der Tat eisig kalt. Über Nacht schien der Winter hereingebrochen zu sein. Das hohe, harte Strandgras war weiß gerändert vom Reif. Ihre Kleider waren steif vor Frost.

Mit Laegs Hilfe gelang es Hagen, die anderen so weit zu sich zu bringen, dass sie sich bis zur Feuerstelle schleppten. Nur den kleinen Erc mussten sie tragen; er wachte nicht einmal auf.

»Wir brauchen ein Feuer«, sagte Hagen. Seine Zähne klapperten so laut, dass man es meilenweit hören musste. »Hat jemand irgendwas, womit man Feuer machen kann.«

Laeg hatte einen Feuerstein in seinem Beutel, aber dann stellten sie fest, dass keiner mehr ein Messer besaß, das man hätte dagegen schlagen können. Ihre gesamten Waffen waren verschwunden, auf der Insel unter dem Meer zurückgeblieben. Bis auf Hagens Speer, den er mit eiserner Faust umklammert hatte.

»Versuchen wir es damit«, sagte er. Doch das seltsame Metall des Speers wollte keine Funken schlagen. »Verdammt noch mal!«, fluchte Hagen und stieß den Speer mit Gewalt in die erkaltete Asche. Eine Flamme züngelte auf.

Sie hockten gemeinsam um das knisternde Feuer, als sie eine Stimme rufen hörten: »Cúchullin?«

Hagen sprang auf und schwenkte die Arme. »Hier!«, schrie er. »Hierher!«

Es waren Laegs Brüder, gefolgt von Fiachra und Cuscrid mit den beiden Ponys, die nun vorsichtig vom Klippenweg zu ihnen herabstiegen. Sie hatten ein Stück oberhalb des Strandes kampiert, um dem scharfen Salzwind zu entgehen. Sie waren gerade dabei gewesen, sich für den Rückweg nach Teltin fertig zu machen, als sie den Rauchfaden des Feuers am Strand gesehen hatten.

Als sie sich alle gewärmt und etwas gegessen und getrunken hatten, meinte Follaman, der älteste Sohn des Königs, schließlich: »Was jetzt?«

Hagen blickte auf. Ihm war immer noch kalt, aber es war nicht mehr so schlimm wie vorher. Nur fühlte er sich mit einen Mal entsetzlich müde.

»Wir müssen den König warnen«, sagte er. »Ein Feind zieht gegen ihn, jetzt wo alle Krieger im Süden sind.«

»Ein Feind?« Fiachra, Follamans jüngerer Bruder, klang ungläubig. »Wer sollte das sein?«

»Ich weiß es nicht«, erklärte Hagen. »Aber der Herr der Insel hat es mir gesagt, und ich habe keinen Grund, daran zu zweifeln.«

»M-m-manannán Mac Lir?«, staunte Cuscrid.

»Eben der«, sagte Hagen mit einer Stimme, die jede weitere Gegenrede im Keim erstickte. Er richtete sich auf, schwer auf seinen Speer gestützt. »Wir haben nur zwei Pferde«, meinte er dann. »Einer von euch muss Connla oder die anderen Trupps erreichen. Und ich werde zurückreiten, um den König zu warnen – oder den Feind so lange aufzuhalten, wie ich kann.«

»Sollte nicht besser einer von uns zurückreiten?«, fragte Laeg vorsichtig. »Wir kennen den Weg.«

»Den kenne ich auch«, sagte Hagen. »Ich bin ihn schon einmal gegangen.« Nur dass er damals einen Führer gehabt hatte. Er hätte viel darum gegeben, wenn der graue Hund jetzt an seiner Seite gewesen wäre. Aber wie die Dinge standen, musste er ohne ihn auskommen. »Und ich habe einen Eid geschworen«, fügte er hinzu. »Ihr nicht.«

Darauf gab es nicht mehr viel zu sagen. Conall Cearnach wurde dazu bestimmt, nach den anderen Kriegern zu suchen, weil sie ihm am ehesten glauben würden. Die anderen sollten unter Follamans Führung Hagen vorsichtig in Richtung Norden folgen.

Sie rüsteten die beiden Ponys mit dem Notwendigsten aus – viel an Proviant würden sie nicht brauchen – und verteilten die verbliebenen Waffen. Hagen behielt seinen Speer, nahm aber auch einen großen runden Schild, den er sich auf den Rücken schnallte, und den gehörnten Helm mit der Halbmaske, die bis über die Nase herunterreichte und Stirn und Schläfen schützte.

Dann schwang er sich auf den Rücken des Ponys. Wenn er früher einmal gefürchtet hatte, sich wegen seiner mangelnden Reitkünste zu blamieren, so dachte er jetzt gar nicht mehr an dergleichen. Das Tier hatte ohnedies keinen Sattel, nur eine Felldecke, die mit einem Bauchgurt festgeschnallt war, und keine Steigbügel. Gelenkt wurde es mit einem einfachen Halfter aus Stricken.

Hagen presste ihm die Fersen in die Seiten, und das Pony setzte sich in Bewegung. Er blickte nicht einmal zurück.

Er hatte eine vage Vorstellung davon, dass er sich nordwestlich halten musste. Das größte Hindernis, sagte er sich, dürfte der Fluss sein, den zu überwinden ihnen auf dem Weg hierher selbst die größten Schwierigkeiten gemacht hatte. Er erinnerte sich an die Furt, die er auf dem Hinweg mit dem grauen Hund gequert hatte. Wenn es eine Stelle gab, wo ein Heer hinüber konnte, dann am ehesten dort.

Die Furt, wo die Wäscherin das Wasser des Flusses rot wie Blut hatte fließen lassen.

Vielleicht würde diesmal an der Furt wirkliches Blut fließen.

Er wunderte sich selbst, wie gelassen er war. Vielleicht war es auch nur eine Art Betäubung, ein Schock, der in ihm noch nachwirkte. Dass eigentlich alles vergeblich gewesen war, was er unternommen hatte, so wie der graue Hund zuvor ihm gesagt hatte und Manannán Mac Lir danach: *Sie ist nicht hier.* Und dass er jetzt eigentlich tot sein müsste. Geblendet, erschlagen, ertrunken. Begraben unter Tonnen von eisigem Wasser. Vielleicht war das der Grund, warum er die Welt so verhalten wahrnahm. Vielleicht lebte er gar nicht mehr.

Und dennoch fühlte er sich wach wie nie zuvor. Das gefilterte Sonnenlicht, das durch Myriaden feiner Nebeltröpfchen drang, verlieh der unmittelbaren Umgebung eine nie gekannte Schärfe, während es die weiter gelegenen Wälder und Wiesen und die allgegenwärtigen Steinwälle zu scharf umrissenen Flächen in abgestuftem Grau herabdämpfte. Die Welt war schön, stellte er fest, schön wie ein Spinnennetz, in dem der Morgentau glitzert, schön wie eine Schwertklinge, auf der sich das Licht des Tages bricht. Und es war gut, am Leben zu sein.

Er hätte den Ritt genießen können, wenn er nicht solche Eile gehabt hätte und von solcher Sorge erfüllt gewesen wäre. Er trieb das Pferd an: schneller, schneller! Das Pony setzte über die niedrigen Wälle hinweg wie bei einem Querfeldeinrennen, und Hagen hatte manchmal Mühe, sich auf seinem Rücken zu halten. Doch wenn die Strecke frei war, dann lief es so ruhig wie ein Vollblut-Galopper und so schnell, dass ihm der Wind um die Ohren pfiff.

Dann endlich sah er den Fluss. Er erkannte ihn schon an dem Dunst, der drüber lag und in Schwaden aus dem Flussbett emporwallte. Das Ufer war umgeben von hohem Schilf. Hagen preschte hindurch.

Er sah die alte Frau erst, als es zu spät war. Das Pony scheute, bäumte sich auf. Ein Huf traf sie an der Schulter, wirbelte sie halb herum. Hagen versuchte noch, das Tier herumzureißen; es rutschte auf den Hinterbeinen zur Seite und stürzte schwer auf den schlammigen, von spitzen Steinen übersäten Grund.

Hagen, den Speer wie ein Stabhochspringer in den Boden gestemmt, katapultierte sich vom Rücken des Tieres ins Freie. Er landete auf dem Uferstreifen, rollte sich ab und kam wieder auf die Füße. Das Pferd wieherte schrill. Panik stand in seinen Augen, ehe der Schmerz sie glasig machte.

Hagen sah sofort, dass es hier nichts mehr zu retten gab. Der grässliche Winkel, in dem die beiden Vorderbeine des Tieres abstanden, ließ nur den Schluss zu, dass sie mindestens einmal gebrochen waren. Knochen stachen weiß aus dem dunklen Fell hervor. Er konnte nur noch eines tun.

Er hob die Lanze und stach sie dem Pferd tief in den Hals, dass das Blut aufspritzte. Das Tier bäumte sich auf und fiel zuckend zur Seite. Ein zweiter Stoß drang zwischen die Rippen und traf das Herz.

Hagen wandte sich um, um nach der alten Frau zu suchen, die so plötzlich auf seinem Weg aufgetaucht war.

Aber so sehr er auch suchte und rief und das Ufergebüsch durchkämmte, es war niemand zu finden.

Nebel lag über der Welt, als die Krieger der Fianna aus dem Talkessel von Mag Tuired, der Ebene der Grabsteine, wieder hinauf auf das offene Land kamen. Der weite Himmel hing so tief, dass man das Gefühl nicht los wurde, er könnte einem jeden Augenblick auf den Kopf fallen.

Kein Wunder, dass die alten Kelten sich davor gefürchtet haben, dachte Siggi. *Wenn das, was in Asterix steht, wahr ist.*

Er warf, einen Blick auf den Erzdruiden an seiner Seite. »Wohin jetzt?«, fragte er.

Amergin hob die Hand und wies nach Norden. »Dorthin«, sagte er. »Immer geradeaus.«

Es war nicht so einfach für eine Truppe von der Größe der kleinen Armee, die Siggi jetzt befehligte, geradeaus zu ziehen. Sie mochten inzwischen um die vierzig Mann sein. Zwar waren die meisten eher schlecht als recht bewaffnet. Einige hatten sich mit den Waffen und Rüstungen der besiegten Nordleute ausstaffiert, die jedoch höchstens für die Hälfte von ihnen etwas hergegeben hatten. Und kaum einer war so prächtig gekleidet wie Siggi mit seiner weißen Tunika, einem hüftlangen Harnisch aus feinem Kettengeflecht, dem Eberhelm auf dem Kopf und dem Zauberschwert an seiner Seite. Die anderen trugen einfache Kittel, dazu entweder die alten Bronzewaffen aus dem Schatz des Dorfältesten, Holzfälleräxte oder selbst zurechtgebastelte Piken und Speere. Statt Schwerter zu Pflugscharen hatte man hier landwirtschaftliches Gerät zu Waffen umgeschmiedet. Doch alle hatten den unbeugsamen Willen, das erlittene Unrecht ein für alle Mal zu rächen.

Die Pferde der Krieger hatte man zurückgelassen. Zum einen hatte es keinen Zweck, wenn einige Wenige des Trupps beritten waren, aber stets auf die anderen warten mussten, die langsamer vorankamen. Zum anderen waren die auf Kampf und Krieg abgerichteten Tiere zum Tragen von Lasten kaum zu verwenden, ehe man nicht ihren feurigen Willen durch Zwang gebrochen oder durch liebevolle Zuwendung besänftigt hatte.

Der Heerzug wand sich über die Hochebene, zwischen den Hügeln entlang, vorbei an Steinmauern und Hecken. Mal folgte er einem gewundenen Flussbett, mal einem kaum noch erkennbaren Pfad. Vor langer Zeit mussten hier Menschen gewohnt haben oder andere ihrer Art. Doch jetzt erzählten nicht einmal die Steine mehr ihre Geschichte.

Einmal stießen sie auf einen Weg, der sich ein paar Meilen weit schnurgerade nach Norden erstreckte, wie mit dem Lineal gezogen, und dann mitten auf einer Hügelkuppe endete, als habe er plötzlich vergessen, wohin er führen solle.

Von der Hügelkuppe aus sah Dermot als Erster den Fluss. Als sie die nächste Anhöhe erreichten, erkannten die anderen es auch: ein glitzerndes Band, das in der nebligen Gräue aufblinkte, umhüllt von Dunstschwaden wie ein siedender Kessel.

»Wie kommen wir da drüber?«, fragte Oscar.

»Es soll da irgendwo eine Furt geben«, meinte Oisín. Er grinste. »Mit Flussübergängen habe ich so meine Erfahrung.«

Siggi grinste auch. Er hatte ihre erste Begegnung auf der Brücke noch nicht vergessen.

»Dort«, sagte Amergin und wies erneut mit dem Finger. »Man nennt sie die Furt der Wäscherin«, fügte er hinzu.

Irgendwie erinnerte das Siggi an etwas, das er einmal gehört oder gesehen hatte, aber er konnte sich nicht erinnern. Er blickte in die Richtung, in die der Druide gewiesen hatte. Zwischen den Bäumen, die das Ufer des Flusses säumten, war dort eine Lücke zu erkennen, und in der Lücke schäumte es hell, wie von Felsen im Wasser. Und an dieser Stelle stand jemand.

»Kannst du da was erkennen?«, fragte er Dermot.

»Wo?« Der Späher der Fianna war irritiert. »Was meinst du?«

»Da, zwischen den Bäumen. Da steht einer. Er scheint auf uns zu warten.«

Dermot kniff die Augen zusammen. »Ich bin mir nicht sicher«, meinte er dann. »Schauen wir es uns näher an.«

Als sie aus der nächsten Talsenke heraus waren und wieder ein freies Blickfeld hatten, sah er es auch und die anderen ebenso. Da, in der Lücke zwischen den Bäumen, wo die Furt war, stand ein Mann. Er stand da wie ein Wachtposten, unbeweglich. Er trug einen roten Kittel, mit Gold gesäumt, und Schild und Speer. Ein Mantel aus kariertem Tuch umgab seine Schultern; Gold blinkte von Helm und Spangen und Halsreif. Sein Gesicht war hinter der Maske eines altertümlichen, gehörnten Helmes verborgen, sodass die Augen in tiefen Höhlen zu liegen schienen, wie bei einem Totenschädel.

»Der will uns doch wohl nicht aufhalten«, meinte Oisín laut, und Goll Mac Morna fügte hinzu: »Einer gegen vierzig. Der kann einem jetzt schon Leid tun.«

Doch Dermot sagte: »Er hat eine gute Position. Da kann immer nur einer hinüber. Wir werden ihn uns der

Reihe nach vornehmen müssen, und wenn er gut ist ...« Er ließ den Rest des Satzes unausgesprochen, aber jeder konnte sich denken, wie er weiterging.

... *wenn er gut ist, dann wird er einige von uns mit sich nehmen, ehe wir ihn töten.*

»Vielleicht ist das gar nicht notwendig«, sagte Siggi. »Lasst mich mit ihm reden.«

Doch Goll Mac Morna war schon vorausgelaufen. Er brannte darauf, das Unheil zu rächen, das die Männer des Nordens über seine Familie gebracht hatten. Und er war nicht nur einer der schnellsten Läufer, sondern auch einer der besten Kämpfer der Fianna.

Der Wächter an der Furt erwartete ihn mit einer so unerschütterlichen Ruhe, dass Goll innehielt, als er ihn erreichte.

Einen Moment zögerte er. Denn jetzt sah er, was hinter der metallenen Maske verborgen lag. Dunkle Augen, halb verhüllt vom Schatten; Augen, in denen Klugheit lag, Härte und Entschlossenheit. Und in diesen Augen flackerte ein wildes, unstetes Feuer; eine Flamme, in die keiner blicken konnte, ohne in ihren sengenden Bann zu geraten.

»Wer bist du?«, fragte er.

»Man nennt mich den Hund von Ulad.« Die Stimme kam dumpf, wie aus dem Grab, mit dem harten Akzent des Nordens.

Goll Mac Morna lachte. Sein Lachen klang unnatürlich laut. »Ein Hund? Dann mach Platz, Hund, wenn dein Herr es befiehlt!«

»Ich habe nur einen Herrn: den König. Er hat mir befohlen, sein Land zu verteidigen. Du kannst hier nicht vorbei.«

»Das werden wir sehen«, knurrte Goll und ging zum Angriff vor.

Hagen sah ihn kommen. Seltsamerweise spürte er überhaupt keine Furcht. Er hatte so lange gewartet, stundenlang, in der eisigen Flut. Er hatte genug Zeit gehabt, sich auszumalen, wie es sein würde, wenn wirklich ein Gegner vor ihm stand. Einer, der ihn töten wollte.

Aber nun war er ganz ruhig. Er stand da, als sähe er dies alles wie durch einen Filter. Es war nicht der rote Nebel der Wut, der vor seinen Augen waberte, auch wenn er einen Anflug davon in seinen Schläfen pochen spürte. Nein, er sah die Dinge mit vollem Bewusstsein und doch so, als ging ihn das alles gar nichts an.

War es so, wenn man davor stand zu sterben?

Der Kampf war kurz und hart. Keine technischen Finessen, kein langes Gefecht. Hagen riss den Schild hoch, um den Hieb des Angreifers abzufangen. Holz splitterte heraus. Die Wucht des Schlages ging durch seinen ganzen Arm. Gleichzeitig stieß er mit dem Speer zu. Die Speerklinge blitzte auf und drang durch den metallverstärkten Lederpanzer wie durch dünnes Tuch, zerschnitt Muskeln, Knochen und Sehnen und traf mitten ins Herz. Mit einem erstaunten Blick brach der Gegner in die Knie, ehe er vornüber kippte. Er fiel mit dem Gesicht in den Fluss, und ein dünner roter Faden Blut trieb von der Wunde in seiner Seite mit dem klaren Wasser stromabwärts.

Ein Aufschrei von den Hügeln jenseits des Flusses. Menschen kamen herbeigelaufen, andere Krieger. Einige von ihnen trugen Schilde und Helme, dazu Schwerter und Speere. Andere fuchtelten mit improvisierten Waffen herum, die eher Mistgabeln und Schaufeln glichen als Kriegsgerät. Eine seltsam zusammengewürfelte Schar, meist ärmlich gekleidet. Viele von ihnen waren kaum älter als er.

»Lasst mich durch!« Eine helle, befehlsgewohnte Stimme. Sie kam ihm seltsam bekannt vor, obwohl sie mit dem weichen Akzent des Südens sprach. Der Sprecher kam zum Uferrand herab. Er trug ein feinmaschiges Kettenhemd über einem weißen Untergewand.

Sein Schild war mit Leder überzogen und mit Metall verstärkt, sein Schwert eine prachtvolle, alte Schmiedearbeit. Doch was vor allem ins Auge fiel, war der Helm, den er trug – ein Spangenhelm, gekrönt von der vergoldeten Figur eines Ebers.

»Woher hast du diesen Helm?«

Der andere schien die Frage gar nicht gehört zu haben. Er trat noch einen Schritt näher heran. »Wer bist du?«

Diese Stimme ...

»Ich habe es ihm schon gesagt.« Er wies auf den Toten, der im Fluss lag. »Man nennt mich Cúchullin.«

Der Fremde runzelte die Stirn.

Dieses Gesicht! Er kannte dieses Gesicht ...

»Nein, ich will deinen richtigen Namen wissen.«

Meinen Namen? Mein Name ist Cúchullin. Ich bin hier, um die Furt zu bewachen und nichts sonst ...

Der Fremde nahm seinen Helm ab. Blondes, lockiges Haar wellte heraus.

»Hagen?«

Nein, ich glaube es nicht. Nein, es ist nicht wahr, es kann nicht wahr sein.

»Siggi! Mein Gott, Siggi, wie kommst du denn hierher?«

Dann hatte auch Hagen seinen Helm heruntergerissen und sie beide lagen sich in den Armen.

Die Fahrt mit dem Wagen war etwas völlig anderes, als Gunhild sich je in ihren kühnsten Träumen ausgemalt hatte.

Im ersten Augenblick, als der rote Stier und die braune Kuh anzogen, glaubte sie, der Ruck würde sie zu Boden schleudern. Sie krallte sich an die Brüstung des Wagens, dass ihr die Hände wehtaten. Der Wagen rumpelte. Steinbrocken flogen. Schlammiges Wasser spritzte auf, als sie durch einen der Tümpel fuhren, die sich im Kalkgestein gebildet hatten.

»Auf dem Weg bleiben!«, schrie sie. »Bleibt auf dem Weg!«

Als ob die Tiere sie hören könnten – nun ja, hören vielleicht, aber auch verstehen, das war die Frage. Unbeirrt preschten Stier und Kuh weiter. Zorn packte Gunhild, ein Zorn, der sie sogar ihre Vorsicht vergessen ließ. Sie griff nach dem Zügel, der in der Luft peitschte. Wie durch ein Wunder bekam sie einen Riemen zu packen und zog dann die andere Seite zu sich heran. Mit aller Kraft stemmte sie sich ins Geschirr.

Keine Wirkung. Die beiden Tiere schienen eher noch schneller zu laufen; aus ihrem Rindertrab wurde ein Galopp.

Gunhild suchte verzweifelt nach Halt. Die Schlaufen auf dem Wagenboden! Jetzt begriff sie endlich, wofür die gut waren. Sie schob ihre Füße hinein. Jetzt konnte sie wenigstens nicht mehr herausgeschleudert werden.

Und in der Tat, das Rütteln und Stoßen wurde mit einem Mal erträglicher. Und dann hörte es ganz auf.

Es war unwahrscheinlich. Unter ihnen glitt immer noch der Boden hinweg. Kalkfelsen wurde zu Heideland, Heide zu Gras. Doch Gunhild spürte den Untergrund nicht mehr. Der Wagen glitt dahin wie auf einer ebenen Bahn. Die Räder drehten sich langsamer und langsamer, bis sie schließlich anhielten und im Gegenschwung der Bewegung rückwärts liefen.

Sie flogen!

Sie flogen hinauf in den dunstigen Himmel. Unter ihnen das grüne Land: Äcker und Weiden, von weißen Schafen wie von Wolltupfen überzogen; Wege, von Mauern eingefasst, und hier und da ein Gehöft, aus dessen Strohdach Rauch drang. Menschen lebten dort. Doch wenn einer das seltsame Gefährt hörte, das den Himmel durchzog, so sah er nicht auf.

Die stämmigen Beine der Zugtiere durchwühlten die

Luft. Wälder zogen unter ihnen hinweg, Flüsse und Seen und weite Moore. Sie sah Vögel in der Tiefe: Gänse, Stelzvögel und Enten an den Seen, Schnepfen und Fasane in der Ebene, und einmal zog eine Schar von Schwänen unter ihnen hinweg.

Der Wagen flog nun so hoch oben, dass sich nur noch hier und da durch die ziehenden Wolken Ausblick auf die Landschaft am Boden ergab. Eine Szene folgte der nächsten. Ein flaches Tal, in dem Felsen wie Grabsteine aufragten. Hügelketten, von Buschwerk und Bäumen gesäumt. Ein Hain von Bäumen, in dem rot die Äpfel hervorblinkten.

Über ihr und um sie herum war nichts als der weite Himmel. Dann senkte sich die Flugbahn wieder. Und Gunhild wusste, tief in ihrem Inneren, ohne dass es dazu eines Wortes bedurft hätte, dass am Ende dieses Bogens der Ort der Entscheidung lag.

Sie sah das Gewimmel der Menschen, die sich am Fluss drängten, wo an der schäumenden Furt zwei einsame Gestalten miteinander rangen.

Sie sah den winzigen Punkt am Himmel nicht, der sich in rasendem Flug auf sie zu bewegte.

»Ich hab's auch nicht glauben wollen«, sagte Siggi, als sie sich wieder voneinander lösten. Er grinste übers ganze Gesicht. »Ich hab dich im Traum gesehen, weißt du, mit deinem roten Kittel, aber ich wusste nicht genau, ob du es warst. Und dann dachte ich, ich geh das Risiko ein, bevor ...«

Er wandte den Kopf ab. Sein Grinsen erlosch.

... bevor noch mehr Menschen sterben.

Er bückte sich zu dem Gefallenen hinab, der immer noch mit dem Gesicht nach unten im Fluss lag, und drehte ihn um. Goll Mac Mornas blicklose Augen starrten in den grauen Himmel.

»Das habe ich nicht gewollt«, sagte Hagen.

Die Umstehenden am Ufer murmelten untereinander. Sie wusste nicht so recht, ob sie jubeln oder trauern sollten.

»Ich glaube, es liegt ein Zauber über diesem Ort«, meinte Siggi. »Amergin nannte ihn ›die Furt der Wäscherin‹, was immer das bedeutet.«

»Amergin? Der Erzdruide? Du kennst ihn?«

»Sicher. Er ist hier ... Amergin?« Niemand antwortete. »Wo ist der Druide?« Siggi hob die Stimme. »Wo ist Amergin?«

Aber anscheinend hatte keiner den kleinen Mann gesehen.

»Er hat die Angewohnheit, immer dann zu verschwinden, wenn es brenzlig wird«, knurrte Hagen.

»Ich traue dem Alten auch nicht«, meinte Siggi.

»Aber sag, wie kommst du hierher?«, nahm Hagen seine Frage von vorhin wieder auf. »Gunhild und ich, wir sind durch ein Tor gegangen, auf der Flucht vor den einäugigen Monstern ...«

» ... den Fomoriern ...«

» ... wie immer sie heißen. Aber du ... ich dachte, du seist in Dunvegan Castle.«

»Ich weiß nicht, wie. Aber ich bin jetzt hier. Weißt du, wo Gunhild ist?«

Hagen schüttelte den Kopf. »Ich habe sie gesucht, in der Stadt unter dem Meer, wo die Ungeheuer sie hingebracht hatten. Aber sie hat nicht auf mich gewartet. Sie hat es vorgezogen, woanders hinzugehen.«

»Ich habe auch sie gesehen«, sagte Siggi. »Im Traum, meine ich. Wir müssen sie suchen. Aber erst müssen wir nach Norden, zum König, und dafür sorgen, dass sich hier in diesem Land was ändert. Du kommst doch mit, nicht wahr?«

Hagen spürte, wie eine Kälte in ihm aufstieg, die nicht allein von dem eisigen Wasser herrührte, das seine Füße umspülte.

»Ich kann euch nicht vorbeilassen«, sagte er. »Es tut

mir Leid, aber solange ich hier bin, werdet ihr diese Furt nicht überschreiten.«

Siggi glaubte nicht richtig gehört zu haben. »Sag das noch mal!«

»Es tut mir Leid«, sagte Hagen geduldig, als spräche er mit einem Kind, »aber...«

»Ja, ich hab dich verstanden! Aber wieso?«

Hagen wies mit einer Kopfbewegung auf den Helm, den Siggi in der Hand hielt. »Das ist Fergus' Helm, nicht wahr? Ich meine, er gehörte einem dicken, rothaarigen Kerl mit mehr Mut als Verstand?«

»Ja, das ist wohl wahr.« Siggi wusste nicht, worauf dies hinauslaufen sollte.

»Und was ist aus ihm geworden? Hat die Erde ihn verschlungen?«

Siggi hatte plötzlich das Bild vor Augen, wie der Träger eben dieses Helms in die mit nadelspitzen Pfählen bestückte Grube stürzte. »So könnte man es ausdrücken«, meinte er.

»Verstehst du«, versuchte ihm Hagen zu erklären, »ich habe einen Eid geschworen. Und wenn ich den breche, dann werden schreckliche Dinge geschehen. Vielleicht wird der Himmel auf mich hernieder fallen – ich weiß es nicht. Aber es wird nicht ungestraft bleiben.

Außerdem – ich bin der Held von Ulad, jetzt, da Fergus tot ist. Ich kann mich dieser Verantwortung nicht einfach entziehen. Und ich habe Freunde hier; sie schauen zu mir auf...«

»Glaubst du, ich nicht?« Siggi schrie es fast. »Guck sie dir doch an, dieses halb verhungerte Volk! Soll ich die wieder nach Hause schicken?«

»Hör mal«, sagte Hagen, wir beide gehören nicht hierher. Ich finde, wir sollten zusehen, dass wir Gunhild finden und von hier wegkommen. Nach Hause.«

Siggi war nicht überzeugt.

»Lass mich mit meinen Leuten reden«, sagte er.

Er wandte sich um und ging durch das flache Wasser den Uferrand hinauf. Oisín und die anderen sahen ihm gespannt entgegen.

»Was ist nun?«, fragte Oscar ungeduldig.

»Er ist ein Freund von mir«, erklärte Siggi. »Ich kann nicht gegen ihn kämpfen. Aber er will uns auch nicht den Weg freigeben.«

»Ein Freund von dir?« Oisín war zurückgewichen. »Er ist einer von Ulad. Seine Sprache verrät ihn doch.«

»Er ist ebenso wenig einer von Erin wie ich. Wir kommen beide aus einer anderen Welt. Und wir wollen nichts als dorthin zurück.«

»Und was ist mit Goll Mac Morna? Er ist tot!«

»Das war ... ein Versehen.«

Oisín schnaubte. »Dieser Kerl will doch nur Zeit gewinnen«, sagte er. »Glaubst du, die Truppe von Kriegern, die wir niedergemacht haben, sei die einzige? Früher oder später werden die anderen zurückkehren, und wenn sie uns hier auf dem offenen Land zu packen kriegen, dann ist alles zu spät. Nein, dann müssen wir in Teltin sein, da werden sie sich blutige Köpfe holen. Wir können nicht hier herumsitzen und warten, bis es deinem Freund beliebt.«

»Aber ich kann nicht«, sagte Siggi.

Oisín wandte sich ab. »Gehen wir«, sagte er. »Es hat keinen Zweck. Schlagen wir uns in die Wälder. Es war alles nur ein schöner Traum.«

Oscar warf seinen Speer auf den Boden. »Und du hast gesagt: ›Einer für alle, alle für einen.‹ Das Gesetz der Fianna. Alles nur Gerede.« Der Blick in seinen Augen brach Siggi das Herz.

Siggi setzte seinen Helm auf und zog sein Schwert.

»Ich werde kämpfen.«

Er wandte sich um, ohne einen von den anderen anzusehen. Über den knirschenden Kies des Ufers ging er zum Fluss hinab. Hagen stand immer noch dort, wo er zuvor gestanden hatte. Die Leiche Golls, vom Wasser umspült, begann bereits zu erstarren.

»Mach den Weg frei«, sagte Siggi. »Bitte!«

Statt einer Antwort stülpte Hagen sich den gehörnten Helm über den Kopf.

Sie umkreisten einander vorsichtig wie zwei Schlangen, von denen keine den ersten Biss wagen will. Dann schlug Hagen mit dem Schild nach Siggi. Dieser erkannte zu spät, dass auch der Schild eine Angriffswaffe darstellte, und taumelte zurück. Hagen setzte nicht nach. Stattdessen wartete er, bis Siggi sich wieder aufgerappelt hatte und triefend nass vor ihm stand.

»Können wir nicht vielleicht nur so tun, als ob?«, zischte Hagen zwischen zusammengebissenen Zähnen. »Kämpfen, meine ich...?« Sein Blick ging zu dem Toten, der im Wasser lag, und seine Stimme erstarb.

»Das hier ist das Schwert der Macht«, keuchte Siggi und begann ihn wieder zu umkreisen. »Seine Wunden heilen nie.«

»Und das ist der Speer des Sieges«, erwiderte Hagen. »Mit ihm kann man nicht verlieren.«

»Das wollen wir mal sehen!«, meinte Siggi und schlug zu.

Er traf genau in die Kerbe, die Golls Schwert in Hagens Schild geschlagen hatte, und hackte ein weiteres Stück heraus. Der Schild knackte. Hagen stieß mit dem Speer nach, doch Siggi hielt seinen eigenen Schild dazwischen. Die Speerspitze durchbohrte Leder und Holz und verfing sich dann in den Eisenbeschlägen.

Hagen riss seinen Speer wieder heraus. »Gib mir Zeit, bis die Sonne sinkt«, sagte er. »Dann kann ich sowieso nicht mehr, und ihr könnt mich mühelos gefangen nehmen.«

Siggi blickte auf. Bis zum Sonnenuntergang waren es bestimmt noch drei Stunden.

»Die anderen glauben, dass du nur auf Zeit spielst«, erwiderte er. »Und ich glaube das auch.«

Wieder schlug er zu. Hagen hatte den Hieb nicht kommen sehen und konnte gerade noch seinen Schild hochreißen. Die Schwertklinge spaltete den Schild in zwei Hälften, glitt dann am Schildknauf ab und traf Hagen im Heruntersausen am rechten Oberschenkel. Es war kein tiefer Schnitt, aber er tat höllisch weh. Siggi sah es an Hagens schmerzverzerrtem Gesicht. Oder war es Wut, die das Gesicht seines Gegners erfüllte?

Hagen warf die nutzlos gewordenen Stücke des Schildes weg. Er packte den Speer mit beiden Händen und drang auf Siggi ein.

Siggi konnte nur noch zurückweichen. Die Speerspitze schrammte über seinen Schild und riss eine tiefe Furche. Das Ding musste verdammt scharf sein – und härter als gewöhnliches Metall. Ob das Kettenhemd dagegen Schutz bot?

Siggi kam nicht mehr zum Nachdenken. Wieder stach Hagen zu, und Siggi konnte den Speer nur noch mit der Schwertklinge binden. Sie rangen miteinander. Hagen war älter und einen halben Kopf größer, aber Siggi hatte eine Waffe, die sich im Nahkampf besser handhaben ließ.

Er zwang den Speer zur Seite. Einen Moment lang stand Hagen völlig ungeschützt da. Siggi holte aus.

War da ein Schrei?

Sein Blick ging nach oben.

Ein Wagen, der durch die Lüfte flog, gezogen von zwei feurigen Tieren. Und auf dem Wagen – ein Mädchen.

Gunhild.

In diesem Augenblick stieß aus der Höhe des Himmels der Seeadler herab. Die messerscharfen Fänge vorgestreckt, warf er sich direkt in die Bahn des fliegenden Wagens.

»Neeeiiiinnn …

Der Schrei erstarb auf Siggis Lippen.

Hagen löste die Hand vom Speer.

Im ersten Moment tat es gar nicht weh. Erst kam der Schock, als Siggi den Schaft des Speeres aus seiner Brust ragen sah. Dann erst kam der Schmerz.

Der Schmerz war grauenhaft. Es war, als habe jemand ein glühendes Eisen in seinen Körper gerammt. Doch viel schlimmer noch war, dass er nicht mehr atmen konnte. Er bekam keine Luft mehr. Er erstickte. Seine Lungen waren voll Feuer. Sie brannten. Sie füllten sich mit Blut, das alles verklebte, das in ihm aufstieg wie glühende Lava, ihm in die Kehle rann, in Mund und Nase, Augen und Hirn ...

Er hätte nie gedacht, dass Sterben so wehtat.

Dies war es, was die anderen sahen:

Finn, der Weiße, brach in die Knie. Der Speer ragte aus seiner Brust. Blut schoss aus seinem Mund, und er war tot, noch ehe er im Wasser des Flusses aufschlug.

Cúchullin, der Rote, stand wie erstarrt. Sein Gesicht, das noch vor einem Augenblick im Kampfeseifer geglüht hatte, war nun bleich. Er schwankte, als habe ihn und nicht seinen Gegner der tödliche Stoß ereilt. Blut rann aus seiner Schenkelwunde. Dann brach auch er in die Knie, und es sah aus, als knie er nieder, um seinen toten Feind zu ehren.

Dann stürzte der Himmel nieder.

Wie ein fallender Stern raste der Wagen herab, der über den Himmel fuhr, eine breite Spur von Flammen und Rauch hinter sich herziehend. In das Gespann verkrallt die Gestalt eines gewaltigen Seeadlers; seine Klauen kratzten nach den beiden Zugtieren, die in das Geschirr des Wagens gespannt waren. Das eine von ihnen, die braune Kuh, stieß ein schrilles Blöken aus, den Schrei eines gequälten Geschöpfes, als die scharfen Krallen in ihre Augen drangen. Doch das andere, der rote Stier, warf seinen Kopf herum, und seine spitzen Hörner wühlten sich in das Federkleid des Adlers.

Das Mädchen, das auf dem Wagen stand, war weiß wie der Tod; ihr Gesicht war vor Entsetzen verzerrt, die Augen weit aufgerissen, der Mund geöffnet zu einem Schrei, der niemals kam.

Denn in diesem Augenblick schlug der Wagen auf. Die eine Hälfte des Gespanns, die linke Seite, die mit der Kuh, pflügte sich tief in das Erdreich. Doch der Stier, der sich im letzten Augenblick noch aufgebäumt hatte, kam frei. Er riss sich los aus dem Geschirr, das ihn fesselte, und mit einem Wink seines mächtigen Kopfes schleuderte er den Adler, der mit Klauen und Schnabel nach ihm hackte, hoch in die Luft und schwang sich zu ihm empor.

Und verwandelte sich.

Zwei Adler kämpften miteinander. Der eine war schwarz, der andere rot. Jeder suchte die Kehle des anderen. Federn flogen. Blut spritzte. Der rote Adler gewann die Oberhand. Sein Gegner suchte sein Heil in der Flucht.

Und verwandelte sich.

Ein mächtiger Hirsch stand am Himmel. Er war schwarz wie die Nacht. Seine Augen glühten wie Kohlen. Doch auch sein Gegner hatte sein Federkleid abgestreift. Ein roter Hirsch stand dem schwarzen gegenüber. Geweihe krachten gegeneinander. Nebel stieg aus geweiteten Nüstern, flimmernd wie Sternenstaub. Einen Augenblick lang sah es so aus, als würde der schwarze Hirsch die Oberhand gewinnen. Dann drängte der rote nach und zwang seinen Gegner nieder. Der wich zurück.

Und verwandelte sich.

Silbrig tauchte der Lachs in die Flut. Aufblinkend schnellte er wieder empor. Doch sein Gegner war jünger, stärker, gewitzter. Als der silberne Lachs aus dem Wasser schoss, um nach seinem Widersacher Ausschau zu halten, traf ihn die krallenbewehrte Pranke eines mächtigen roten Bären. Wie eine Kugel, die von einem

Hurling-Schläger getroffen wird, wurde der große Fisch zur Seite geschleudert, einen Schauer von Blutstropfen hinter sich her ziehend.

Und verwandelte sich.

Verwandelte sich in einen schimmernden Regen, eine Kaskade von Wassertropfen, die im letzten Licht des Tages aufblitzten und prasselnd in die schäumenden Fluten des Flusses fielen ...

Die Pranken des großen Bären durchpflügten das Wasser. Doch da war nichts, das er hätte treffen können. Sein Gegner hatte sich ihm entzogen, war verschwunden auf die einzige Weise, die ihm noch offen gestanden hatte. Er war zu einem Teil des Landes geworden, wie er es immer gewesen war.

Der Bär richtete sich auf. Höher und höher ragte er empor. Seine Augen waren wie Sterne und blinkten noch im Verlöschen, während sein mächtiger Leib mit dem Abendhimmel verschmolz.

Hagen stand wie erstarrt. Von dem, was um ihn vorging – ob es nun Illusion war, was die anderen sahen, oder Wirklichkeit –, hatte er gar nichts mitbekommen. Jetzt, da die Kampfeswut ihn verlassen hatte, war er so blind und taub wie seinerzeit an der Esse des Schmiedes. Er spürte seinen Körper nicht mehr. Doch eines sah und hörte er genau, mit einer unnatürlichen Klarheit, die kein menschliches Auge und Ohr je erfüllte.

Gunhild kam auf ihn zu.

Sie war aus den Trümmern des Wagens herausgeschleudert worden, als dieser die Erde berührte. Wie durch ein Wunder war sie nahezu unverletzt. Sie hinkte nur ein wenig, als sie auf ihn zu kam, mit langsamen, schleppenden Schritten, und dort, wo sie hintrat, rauchte die Erde.

Hagen versuchte zu blinzeln, um das Bild zu vertreiben, aber es gelang ihm nicht.

»Du hast meinen Bruder getötet.«

Die Worte kamen nicht von einer menschlichen Stimme; sie schienen aus der Erde selbst zu dringen.

»Gunhild, ich ... ich habe es nicht gewollt. Ich habe nicht anders gekonnt.«

»Ich bin nicht Gunhild.«

Und jetzt sah er, zu seinem Schrecken, dass ihre Füße nicht auf dem Boden gingen, sondern dass sie mit jedem ihrer Schritte die Erde durchpflügte, mit einer Leichtigkeit, als schreite sie durchs Wasser. Und der Rauch, der von ihren Schritten aufstieg, war das Zeichen eines Brandes, der die Erde selbst befiel wie ein Gift oder ein sengendes Feuer.

»Wer bist du?«

»Ich bin die schwarze Schwester des Mondes. Wenn der Mond verlöscht und die Sonne verdunkelt, dann ist meine Stunde gekommen. Ich bin die Mórrigan, die Große Königin. Man nennt mich die Krähe der Schlacht. Wenn die Krieger am Abend die Gefallenen bergen, dann bin ich mitten unter ihnen. Wer trauert mehr um die Toten denn ich? Mein ist die Rache ...«

Hagens Gedanken rasten. Irgendwie musste es ihm gelingen, Gunhild – oder wer immer diese Frau war, die da vor ihm stand – zu überzeugen, dass dies alles ein Irrtum war, dass man sie alle in eine ausweglose Situation hineinmanövriert hatte. Doch die Schuld, die auf ihm lastete, lähmte ihn. Und es hätte auch keinen Zweck gehabt. Die Augen der Mórrigan waren mitleidlos.

»... und darum verfluche ich dich. Mögest du niemals Ruhe finden, bis du dasselbe Schicksal erleidest, das du deinem Freund, deinem anderen Ich, zugefügt hast.«

War es ein Trick der hereinbrechenden Dämmerung, oder sank die Gestalt wirklich tiefer und tiefer in die Erde, eine offene, klaffende Wunde hinterlassend? Rauch stieg davon auf, nahm ihm den Blick. Aus der Erde dröhnte es wie von Erz. Waffengeklirr.

Er blickte auf. Dort wo das Häuflein mutloser, schlecht bewaffneter Bauernburschen stand, die gegen ihn in den Krieg gezogen waren, sah er ringsum andere Waffen blinken, die Silhouetten von Pferden und Reitern im Abendschein. Connla war gekommen, mit seinen Mannen. Und das freudige Geheul, das aus der einbrechenden Nacht scholl, konnte nur eines bedeuten: Die Wölflinge waren bei ihm.

Hagen wandte sich um und floh.

16
Die Stunde der Mórrigan

Hagen zog durch ein ödes Land.

Er hatte sich im Schilf des Flusses verkrochen, als das Gemetzel begann. Denn es war keine Schlacht gewesen, eher ein Abschlachten. Zwar waren die Männer an der Furt, die mit Siggi gekommen waren, in der Überzahl, aber gegen die berittenen, gerüsteten, gut ausgebildeten Krieger des Nordens hatten sie keine Chance gehabt. Einige von ihnen hatten ihre Waffen erhoben, hatten sich nicht kampflos ergeben wollen. Doch da ihr Anführer gefallen war, hatte sie auch ihr Mut verlassen. Sie wurden niedergemacht, ehe sie überhaupt zur Gegenwehr kamen. Die anderen hatten ihre Speere und Äxte weggeworfen.

Hagen, im Schilf versteckt, hatte versucht, Augen und Ohren vor dem zu verschließen, was um ihn vorging. Zu sehen war aus dem Dickicht im Dunkel der einbrechenden Nacht ohnehin nichts. Zu hören war zu viel; die Fantasie malte sich das Übrige aus.

Das Schlachten war noch eine kurze Zeit weitergegangen. Dann war Ruhe eingekehrt. Er hoffte, dass wenigstens einige von denen, die sich ergeben hatten, am Leben geblieben waren.

Dann hatten sie begonnen, nach ihm zu suchen. Mit Fackeln hatten sie das Flussufer abgeleuchtet, in der Annahme, dass er vielleicht irgendwo dort verwundet lag und auf Hilfe hoffte. Hagen aber hatte sich nur noch tiefer in den Schlamm geduckt und darauf gehofft, dass die Sucher ihn nicht fanden.

Natürlich hätte er erhobenen Hauptes auf sie zutreten können. Warum auch nicht? Er war ihr Held. Allein hatte er die Furt gehalten, gegen eine Übermacht von Feinden. Er hatte eine ehrenvolle Wunde davongetragen. Er hatte den Anführer der Gegner im Zweikampf besiegt. Er hatte seinen Eid gehalten. Das war der Stoff, aus dem Heldenlieder gemacht wurden.

Und dennoch fühlte er sich, als hätte er seinen eigenen Bruder umgebracht.

Als die falsche Dämmerung heraufzog, die vor dem Morgengrauen kommt, ließ er sich langsam ein Stück den Fluss hinunter treiben. Hinter der nächsten Biegung, an einer Stelle, wo Weiden und Silberpappeln bis an das Ufer reichten, entledigte er sich seiner Rüstung und seines Schmucks – des Helms und der Armreifen, des Halsrings und der Spangen. Er zog das rote Gewand aus, das ihm am Körper klebte, sodass er nur noch in seinen zerschlissenen Jeans und Turnschuhen dastand. Aus dem wollenen Mantel machte er sich mit einem Schnitt in der Mitte eine Art Poncho, den er sich über den Kopf zog. So war er etwas weniger auffällig und gegen die Witterung geschützt.

Das Gold und Silber ließ er im Wasser zurück. Vielleicht würde irgendwann einmal jemand diesen Schatz heben; vielleicht jemand, der ihn gut brauchen konnte. Nur den Speer behielt er. Er konnte ihm als Stock dienen; die Wunde an seinem Bein tat immer noch weh. Er versuchte die Klinge von dem Schaft zu lösen, aber die drei Nägel waren zu gut befestigt, dass er sie nicht losbekam.

Es war, als wiederholte sich die Geschichte immer wieder und wieder. Er erinnerte sich, wie er schon einmal, zu einer anderen Zeit, mit einem Speer als Ausgestoßener losgezogen war. Doch dieser Speer hier trug keine Runen, war nicht aus dem schwarzen Stoff des Weltenbaumes, sondern aus dem lebenden Holz des Apfelhains geschnitten. Und diesmal zog er nicht aus, um seinen Freund zu töten. Diesmal hatte er es bereits getan.

Er wusste nicht, wohin er ging. Sein einziges Ziel war es, möglichst viel Raum zwischen sich und die Stätte seiner Tat zu legen. Er achtete auch nicht auf den Weg. Geduckt huschte er an Mauern entlang und von Gebüsch zu Gebüsch, suchte die Deckung von Bäumen, wann immer sie sich anbot. Menschen vermied er. Er gab nicht viele, aber wenn er eine Bewegung in der Ferne sah, die auf menschliches Leben hindeuten mochte, machte er einen großen Bogen darum.

Irgendwann begann ein feiner Nieselregen zu fallen, der alles durchtränkte. Zitternd und frierend verbrachte Hagen die Nacht im Schutz eines großen Steines, an dessen Fuß sich eine Vertiefung befand, als habe hier kürzlich jemand gegraben. An einer Kante des Steinblocks waren seltsame Kerben eingeritzt; aber wenn es eine Schrift war, so konnte Hagen sie nicht entziffern.

Mehrmals in der Nacht war er kurz davor einzunicken, aber jedes Mal, wenn ihn der Schlaf zu übermannen drohte, schreckte er wieder auf. Er hatte zu viel Angst, in seinen Träumen das Antlitz der Mórrigan zu sehen.

Mögest du niemals Ruhe finden, bis du dasselbe Schicksal erleidest, das du deinem Freund zugefügt hast . . .

Als der Morgen herauf dämmerte, bleiern und fahl, sah Hagen, dass er sich in einem flachen, offenen Talkessel befand, der übersät war mit Steinen. Der Himmel lastete darüber wie eine riesige umgestülpte Schüssel. Durch das Ziehen des grauen Gewölks sah es so aus, als senke er sich langsam, aber unerbittlich herab.

Hagen zog unwillkürlich den Kopf ein, als er den Rand des Tales erreichte. Vor ihm lag eine weite, ungeschützte Ebene, mit Riedgras bewachsen. Hier und da blinkte schwarzes Wasser in moorigen Tümpeln.

Er packte seinen Speer fester und humpelte los.

Es war ein mühsames Vorankommen. Immer wieder musste er sich seinen Weg mit dem Speerschaft ertasten, indem er ihn vor sich in den Boden stach. Manchmal gab es unter einer nur dünnen Schicht modrigen Humus festen Halt; manchmal aber erwies sich das, was er für sicheren Boden gehalten hatte, nur als die Oberfläche eines grundlosen Pfuhls.

Außerdem hatte er Hunger. Wenn er zurück rechnete, so hatte er seit zwei Tagen nichts mehr gegessen. Noch nie war er so lange ohne feste Nahrung gewesen. Das Gefühl war unangenehm, aber nicht lebensbedrohlich. Das einzig Irritierende war, dass er nach einiger Zeit an nichts anderes als an Essen mehr denken konnte. Er versuchte ein paar von den blauschwarzen Beeren zu essen, die hier wuchsen; aber sie waren so sauer, dass sie ihm den Mund zusammenzogen, und er spuckte sie rasch wieder aus.

Schlimmer war der Durst. Zum Glück fand er an einer Stelle, wo der Felsengrund durch die sumpfige Oberfläche stach, eine geschützte Höhlung im Stein, wo sich Regenwasser gesammelt hatte. Es schmeckte abgestanden, aber im Gegensatz zu dem schwarzen Wasser des Moores war es trinkbar.

Hagen schüttelte sich. Dann zog er die Nase kraus. Rauch lag in der Luft, ein Gestank wie von verbranntem Torf. Woher kam dieser Geruch, hier in diesem feuchten Land, in dem es kaum möglich war, ein Lagerfeuer zu errichten?

Hagen sah es erst, als er unmittelbar darauf stieß. Ein Hindernis tat sich vor ihm auf, mit dem er nicht gerechnet hatte. Quer zu seinem Weg erstreckte sich ein Graben. Feiner Qualm stieg daraus hoch, bedeckte den Grund mit einem Dunstschleier, sodass man nicht genau sehen konnte, wie tief er war. Und seltsamerweise, obwohl ringsum alles Land vollgesogen war mit Wasser, lief nicht der kleinste Tropfen über den Rand in die Tiefe.

Einen Augenblick lang stand Hagen ratlos da. Was hatte das hier zu bedeuten? Dann setzte die Erinnerung wieder ein, und die Erkenntnis traf ihn wie ein Schlag.

Die Mórrigan war hier …

Sie war dort entlang gegangen, hatte die Erde aufgerissen wie eine schwärende Wunde, die sich nicht mehr schließen wollte.

Hagen begann zu laufen. Wasser spritzte unter seinen Füßen hoch, aber er achtete nicht darauf. Der Rauch brannte in seinen Augen. Einmal stolperte er, als er mit dem Fuß in ein tiefes Wasserloch geriet, und konnte sich gerade noch mit den Händen abfangen. Seine Jeans und sein Umhang waren schwarz von Moorwasser. *Ruhig,* sagte er sich, *ruhig! Wenn du dir den Fuß verstauchst, kannst du nirgendwo mehr hin laufen.* Aber er konnte die Panik in seinem Inneren nicht unterdrücken.

Der Graben endete abrupt, als sei die Mórrigan, die ihn aufgerissen hatte, hier in die Erde versunken. Vielleicht war es auch so. Hagen wollte lieber nicht darüber nachdenken.

Er wandte sich wieder gen Süden. Dort, am Horizont, lag der Schatten eines Waldes. Hagen hielt darauf zu.

Es ging schon auf Mittag zu, als er endlich trockeneren Grund erreichte. Der Wald lag vor ihm – doch was für ein Wald! Er sah aus, als habe der Sturm darin gewütet. Mächtige Eichen, in Jahrhunderten gewachsen, lagen umgeknickt wie von der Hand eines Riesen. Zweige waren entlaubt, als habe ein Sturm die Blätter abgerissen und weggefegt. Zersplitterte Äste ragten wie Knochen in den grauen Himmel.

Hier gab es kein Durchkommen mehr. Selbst in früheren Zeiten, als die Bäume noch standen, mochte es schwierig gewesen sein, diesen dichten Wald zu durchqueren. Doch jetzt, bei diesem Gewirr von geborstenen Stämmen, war es unmöglich.

Hagen ging ein Stück am Rand des Waldes entlang, bis ihm seine Beine den Dienst versagten. An einer einsam stehenden Eiche, die Sturm und Zerstörung getrotzt hatte, ließ er sich nieder. Eigentlich wollte er sich nur einen Moment lang ausruhen. Doch wie er so saß, den Rücken gegen die rissige Borke gelehnt, fielen ihm die Augen zu.

Er hörte Stimmen, Satzfetzen, wie vom Wind herüber geweht.

»... hast du sie gesehen? Ihr Antlitz ist bleich, ihre Augen sind wie Kohlen ...«

»... Ochone! Sie wird alles zerstören, wenn sie so weiterzieht ...«

»... voller Zorn. ... Was kann sie besänftigen?«

»Ein Opfer? In früheren Zeiten ...«

»... müsste schon ... ein ganz besonderes ...«

Weitere Stimmen, von anderswoher:

»... sein Haar ist wirr, sein Mantel ist schwarz. Er irrt durch das Land ...«

»... der wilde Mann ... was ist sein Ziel?«

Hagen schreckte auf. Sie redeten von ihm! Er lauschte. Nichts war zu hören außer dem Pfeifen des Windes in den kahlen Ästen. Im Gezweig knackte es, als aufgestaute Spannung sich Bahn brach. Draußen, auf dem endlosen Moor unter dem grauen Himmel, erklang das harsche Krächzen einer Krähe.

Hagen stemmte sich hoch. Sein Bein schmerzte, der ganze Körper tat ihm weh. Er musste weiter; hier konnte er nicht bleiben. Das Moorwasser quatschte in seinen Schuhen, als er losging.

Der Wind, der inzwischen zugenommen hatte, blies ihm direkt ins Gesicht, und so lehnte Hagen sich dagegen wie gegen eine nachgiebige Mauer. Solange er in Bewegung blieb, konnte er zumindest nicht fallen. Der Speer, den er immer noch mitschleppte, wurde ihm nach einziger Zeit lästig. Aber nun hatte er ihn so lange mit sich herumgetragen, dass er ihn nicht einfach loslassen wollte. Also legte er ihn quer über die Schulter und klammerte sich mit beiden Händen daran. Er brauchte jetzt jeden Halt, den er finden konnte.

Die Worte, die er in seinem kurzen Schlaf gehört hatte – gehört zu haben *glaubte* –, gingen ihm nicht aus dem Sinn. Hatte er durch seine Tat ein Monster losgelassen, eine zornige Göttin mit ungeheurer Macht, die imstande war, das ganze Land zu vernichten? Absurd, sagte er sich. Und doch, wenn er bedachte, was er gesehen hatte ...

Er war so in seine eigene Gedankenwelt eingeschlossen, dass er die kleine Hütte erst wahrnahm, als er unmittelbar davor stand. Ein niedriges, aus groben, weiß gekalkten Steinen errichtetes Häuschen mit einem Rieddach, das mit Tauen und schweren Feldsteinen gesichert war. Dünner Rauch filterte daraus empor. In einem Pferch daneben eine Ziege und zwei Schafe, die dem Ankömmling keinerlei Beachtung schenkten. Das ganze Anwesen, das sich in eine Bucht am Rande des Waldes schmiegte, war zum offenen Land hin umgeben von einer halb überwucherten Mauer, die Hagen anscheinend überstiegen hatte, ohne sie überhaupt wahrzunehmen.

Irgendwie kamen ihm Haus und Hof bekannt vor; er hatte das Gefühl, als hätte er dies alles irgendwann schon einmal gesehen. Doch im Augenblick interessierte ihn das alles nur am Rande. Was seinen Blick, seine ganzen Sinne gefangen nahm, war das Brot, das frisch und duftend auf dem Fenstersims lag.

Ohne sich auch nur irgendetwas dabei zu denken, ließ er den Speer fallen und rannte, ungeachtet aller Schmerzen, auf das Haus zu. Sein Kopf war nur noch erfüllt von dem Verlangen zu essen. Das Wasser lief ihm im Munde zusammen, troff ihm aus den Mundwinkeln. Er packte das Brot; es war herrlich weich und warm. Er schlug seine Zähne hinein wie ein wildes Tier, riss daran und würgte es hinunter, biss wieder hinein, kaute und schluckte ...

»Langsam, junger Mann«, sagte eine Stimme an seinem Ellbogen. »Langsam, oder du wirst dich übergeben.«

Hagens Herz setzte einen Schlag aus. Wie erstarrt stand er da, unfähig sich zu rühren: ein Dieb, den man auf frischer Tat ertappt hatte.

Ein Becher wurde ihm in die Hand gedrückt. »Hier, trink das; das wird dir gut tun!«

Automatisch hob er die Hand und trank. Es war Milch, eigentümlich streng im Geschmack; Ziegenmilch vermutlich. Sie erschien ihm als das Köstlichste, was er je getrunken hatte.

Dann erst wagte er es, sich umzublicken.

Neben ihm, an seiner Seite, stand eine kleine, schwarz gekleidete Gestalt. Es war eine Frau. Sie war alt, so alt, dass man schwer bestimmen konnte, wie viele Jahre sie zählen mochte. Ihr Haar war schlohweiß, ihr Gesicht voller Runzeln, und ihre schwarzen Knopfaugen blickten nicht unfreundlich.

Irgendwie kam sie Hagen bekannt vor. Irgendwo hatte er dieses Gesicht schon einmal gesehen, vor langer Zeit, wie ihm erschien, in einer anderen Welt ...

»Tante Meg?«

Aber nein, es war nicht seine Tante, die Ladywitwe; wie bei Manannán Mac Lir, den er im ersten Moment für seinen Vater gehalten hatte, war auch hier die Ähnlichkeit nur eine auf den ersten Blick. Bei näherem Hinsehen stellte er fest, dass diese Frau viel älter war, ihre Züge schärfer, ihr ganzes Gehabe das einer uralten Greisin.

Das Gesicht der Alten löste sich auf in tausend freundliche Falten.

»Du kennst meinen Namen?« Sie strahlte. »Ja, mein Bübchen, die alte Meg, so nennen mich viele. Aber mich wundert, dass du es weißt.«

Hagen merkte, dass er noch immer das Brot und den Becher in den Händen hielt. Erschrocken wollte er beides auf dem Fenstersims abstellen.

»Äh ... Entschuldigung ...«, stammelte er. »Ich ... ich habe seit Tagen ... und da ...«

»Iss nur«, sagte sie. »Iss und trink. Sei mein Gast. Gastfreundschaft war immer heilig in Erin. Obwohl«, fügte sie mit einem Augenzwinkern hinzu, »Gäste gewöhnlich erst anklopfen, bevor sie sich bedienen.«

Hagen wurde puterrot. »Es tut mir Leid«, konnte er nur sagen. »Vielleicht kann ich es irgendwie ... abarbeiten?«

»Darüber ließe sich reden«, sagte die Alte. »Aber jetzt solltest du wirklich weiter essen.« Und sie wich nicht von seiner Seite, ehe er – langsamer als zuvor – das Brot vollständig aufgegessen und den Becher Ziegenmilch bis auf den letzten Rest ausgetrunken hatte. Dann nahm sie den Becher, zog ihr löchriges Schultertuch enger um sich und verschwand ins Haus.

Hagen fühlte sich gesättigt wie lange nicht mehr. Eine wohlige Wärme breitete sich von seinem Magen aus, durchströmte alle Glieder. Brot und Milch hatten die Müdigkeit aus seinen Gliedern vertrieben und auch die Schmerzen. Der Poncho, den er sich aus dem Wollmantel geschnitten hatte, starrte immer noch vor Dreck, aber der Wind war nach wie vor kalt, und so zog Hagen es vor, mit dem dreckigen Umhang herumzulaufen anstatt zu frieren.

Er sah sich um, ob er nicht irgendetwas Nützliches tun könne. Ein Stapel Holz zog seinen Blick an. Daneben sah er einen Haublock, an dem eine Axt lehnte. *Ich könnte etwas Holz für die alte Frau zerkleinern,* dachte er.

Also spuckte er in die Hände und machte sich an die Arbeit. Er hatte schon früher einmal für seine Tante Meg – die richtige Tante – Brennholz zerkleinert. So war ihm die Arbeit vertraut, wenn er auch erst wieder ein Gefühl für die Handhabung der Axt bekommen musste.

Die körperliche Arbeit tat ihm gut. Bald wurde ihm wärmer. Mit jedem Schlag entwickelte er mehr Geschick. Bald machte es ihm richtig Spaß, die Axt durch die Luft sausen zu lassen. Einmal sah die alte Dame zum Fenster heraus und lächelte ihm freundlich zu.

Vielleicht, dachte Hagen, *kann ich hier eine Zeit lang bleiben und ihr zur Hand gehen. Zumindest solange, bis ...*

Bis die Mórrigan sich besann? Bis sie aufhörte, das Land zu zerstören?

Bis Gunhild ihm verzieh?

Bis er sich selbst verzeihen konnte?

Er ließ die Axt sinken. Nein, es war keine Lösung. Diese kleine Farm am Waldesrand war nur ein Zwischenspiel, ein Augenblick des Atemholens in der Geschichte. Aber die Geschichte selbst war noch nicht zu Ende, und er wusste, dass er noch eine Rolle darin zu spielen hatte. Wenn er nur wüsste, wie.

Er wollte sich gerade anschicken, ins Haus zu gehen, als er Hufgetrappel hörte. Im nächsten Augenblick bogen Reiter um die Ecke der Lichtung.

Es war zu spät, um noch irgendwo Deckung zu suchen. Der Wald, der Haus und Hof von drei Seiten umgab, war zwar gelichtet, doch immer noch dicht genug und hatte so das Herankommen des Trupps verborgen. Den Reitern ging es genauso wie ihm selbst, als er praktisch in das Gehöft hinein gestolpert war. Sie waren schon viel zu nahe heran; sie mussten ihn einfach sehen.

Der vorderste Reiter zügelte sein Pferd. Hagen erkannte ihn, auch wenn er einen Moment lang überlegen musste, ehe ihm der Name wieder einfiel. Ailell. Ailell der Honigzüngige, der Anführer des Trupps, welcher nach Westen gezogen war, um von den Untertanen die Steuer einzufordern.

Der Blick Ailells ging über den Pferch und über den Holzplatz hinweg, als gäbe es dort nichts anderes zu sehen als das, was man auf einem kleinen Hof wie diesem gewöhnlich zu sehen erwartete, und blieb an der Tür des Hauses hängen.

»Ist jemand zu Hause?«, rief er. Er hätte es schon wegen des Rauches vermuten können, der immer noch durch das Strohdach drang, aber er schien es wohl mit der Höflichkeit halten zu wollen.

Die alte Meg kam aus der Tür gehumpelt. Sie wirkte noch viel älter und gebrechlicher, als sie Hagen erschienen war. Mit zittriger Greisenstimme krächzte sie:

»Oh, Ihr hohen Herren, ich hab meinen Tribut schon bezahlt. Glaubt mir! Das schönste Lämmchen von meiner Weide! Wenn Ihr mir nichts mehr lasst, wie soll ich den langen Winter überleben?«

»Wir kommen nicht wegen der Steuern«, sagte eine helle Stimme, und Hagen erkannte zu seinem Schrecken den Sprecher. Es war Laeg, Laegaire Buadach, der neben Ailell ritt. »Wir suchen einen Mann. Cúchullin ist sein Name. Groß gewachsen, mit heller Haut und schwarzem Haar. Er trägt ein rotes Gewand, mit Gold gesäumt, goldene Fibeln und Spangen und einen bronzenen Helm. Und einen starken Speer.«

Er muss mich einfach sehen!, dachte Hagen. Sicher, er trug jetzt einen schmutzigen Umhang anstelle des roten Kittels, aber so sehr hatte er sich doch nicht verändert, dass ..

»Oho!«, kicherte die Alte. »Solch ein schöner Mann! Was hat er verbrochen?«

»Nichts«, erklärte Laeg. »Er ist unser Held. Er hat das Land vor dem Feind gerettet. Aber er ist verschwunden, und darum suchen wir ihn.«

»Nein«, sagte die Alte, »einen solchen Mann habe ich hier nicht gesehen. Es ist lange her, seit ich solche Helden in Erin wandeln sah: Nuadu mit der silbernen Hand und Lugh, den Samíldanach; den Dagda, den roten Mann allen Wissens, und Angus Óg, seinen Sohn...«

»Sie ist verrückt«, meinte Ailell, zu den anderen gewandt. »Hier finden wir nicht, was wir suchen.«

Laegs Blick streifte über den Hof und die Tiere und blieb an Hagen hängen. Hagen wagte nicht, sich zu rühren.

»Einen schönen Hund hast du da«, sagte er. »Er erinnert mich an den Hund, den unser König besaß, ehe Cúchullin ihn tötete. Ist er zu verkaufen?«

»Ach, wer soll mich alte, schwache Frau beschützen, die ich keinen Mann mehr habe?«, rief die alte Meg aus. »Und Ihr werdet keine Freude an ihm haben, junger Herr; er ist bissig und unzuverlässig. Sucht Euch einen Welpen woanders.«

»Reiten wir weiter!«, bestimmte Ailell.

Erst als die letzten Reiter um die südliche Waldzunge gebogen waren, löste sich Hagen aus seiner Erstarrung und ging auf die alte Frau zu.

»Ich möchte mit Euch reden«, sagte er, unwillkürlich die höfliche Anredeform benutzend.

Die Alte sah ihn scharf an. »Gehen wir hinein«, sagte sie dann.

Das Innere der Hütte war voller Rauch, der von einem offenen, gemauerten Herd emporstieg, sich unter dem Dachfirst sammelte und dann durch das Stroh des Daches nach draußen zog. Der Raum war kahl bis auf eine Lagerstatt, ein Bett aus Tierfell, das in einen hölzernen Rahmen gespannt war, ein Bord mit Küchengeräten, eine Truhe und zwei hölzerne Schemel. Die Alte zog den einen heran und bedeutete Hagen, sich darauf zu setzen. Sie selbst zog sich den zweiten herbei.

»Ich bin der, den sie suchen«, begann Hagen ohne Umschweife. »Aber ich bin kein Held.«

»Das zu entscheiden steht dir nicht zu«, sagte die Alte, nicht ohne eine gewisse Schärfe.

»Ich habe meinen besten Freund getötet«, brach es aus Hagen heraus. »Wir standen auf zwei verschiedenen Seiten. Wir besaßen beide unbezwingbare Waffen: Er das Schwert der Macht. Ich den Speer des Sieges. Nur einer konnte gewinnen.«

»Aber ihr beide wart nicht aus freien Stücken dort«, sagte die Alte.

Hagen blickte überrascht auf. »Wie ... wie meint Ihr das?«

»Es war der dunkle Mann«, sagte sie. »Ich habe ihn gesehen, als er mit deinem Freund in die Schlacht zog. Ich habe ihn gesehen, wie er in den Lüften mit dem roten Stier kämpfte, als Lachs, als Hirsch, als Seeadler ...«

»Als Seeadler?« Hagen erinnerte sich plötzlich an die Szene in der Halle des Königs, als er seinen Eid geleistet hatte: *»Dann werde ich wohl fliegen müssen wie ein Seeadler ...«* Er hatte die Worte noch im Ohr. »Ist sein Name zufällig ... Amergin?«

»Amergin nennt er sich jetzt, seit die Milesier kamen. Tuan hieß er in den Zeiten der Tuatha Dé Danann. Als Fintan kannte ich ihn, als ich jung war, jung wie er ...« Ihre schwarzen Augen waren uralt und weise. »Ich war Cessair, die Erste, die hier in Erin herrschte. Er glaubt, ich sei tot, aber ich lebe.«

»Dann war er es, der uns alle manipuliert hat!«, rief Hagen aus. Und dann wurde ihm noch etwas klar: »Der graue Hund ... er hat versucht, mich aufzuhalten.

Aber es ist ihm nicht gelungen, weil ich zu verstockt war.«

»Der graue Hund?«

»Mein Begleiter. Ich weiß nicht, wer er war, auch wenn ich einen Verdacht habe.« Er dachte an den Schmied in der unterirdischen Esse, aber er sprach es nicht aus. »Doch was Amergin betrifft – was wollte er damit bezwecken.«

»Ich denke, er wollte das Land wieder für sich haben, wie einst. Doch das Rad des Lebens lässt sich nicht zurückdrehen. Und was wäre die Schönheit von Erin, wenn keiner da ist, sie zu bewundern?«

»Ob er tot ist?«

»Ich glaube es nicht«, meinte die Alte nachdenklich. »Er ist wieder eins geworden mit dem Land, und es wird viele Generationen und Verkörperungen brauchen, bis er wieder zu dem werden wird, was er war. Aber dich, wie du siehst, trifft keine Schuld. Du warst nur eine Figur in einem uralten Spiel, das weder zu gewinnen ist noch zu verlieren.«

Hagen schwieg. Dann, nach einer Weile, sagte er leise: »Ihr versteht das nicht. Ihr seht nur das Spiel, das sich immer wiederholt, und seine Regeln. Ich habe mich zu sehr in die Geschichte hinein verstricken lassen. Es gibt einen Punkt, an dem man die Regeln brechen muss, weil sie unmenschlich werden. Wo man als Mensch sagen muss: nein.«

Die Alte sah ihn aus unergründlichen Augen an. Und plötzlich begriff Hagen, dass sie ihn wirklich nicht verstand.

»Die Mórrigan ist losgelassen«, fuhr er fort. »Ich habe die Spuren der Verwüstung gesehen. Wenn man ihr nicht Einhalt gebietet, wird sie das ganze Land verheeren. Was kann man tun, um sie daran zu hindern?«

Leben kehrte in die Augen der Alten zurück. »Sie ist mächtig und genauso alt wie ich«, meinte sie. »Man könnte sagen, sie ist meine dunkle Schwester.«

»Ich habe gehört«, sagte Hagen vorsichtig, »in früheren Zeiten ... habe man ihr Opfer dargebracht.«

»Ja, Opfer von dem Besten aus der Herde. Den größten Widder. Den stärksten Stier. Den edelsten Hengst. Vielleicht könnte ein solches Opfer sie besänftigen.«

»Vielleicht? Und wenn nicht?«

»In den ältesten Zeiten, als Erin noch jung war, opferte man ihr auch Menschen. Den, dem der Anteil des Helden gebührte. Aber diese Zeiten sind vorbei.«

»Gaben diese ... diese Opfer sich freiwillig hin?« Er spürte, wie sein Herz höher schlug.

Die Alte sah in scharf an. »Wer würde sich schon freiwillig anbieten?«

»Ich biete mich an.« Die Worte kamen heraus, bevor er es sich anders überlegen konnte.

»Weißt du, was du da sagst?«

Hagen schluckte. »Ich glaube schon. Oder meint Ihr«, fügte er in einem letzten verzweifelten Anflug von Hoffnung hinzu, dass sich ihm doch noch ein Ausweg bieten könnte, »ich wäre dessen nicht würdig.«

»Du bist der Held des Königs«, sagte die Alte. »Lange hat es kein so würdiges Opfer in Erin gegeben. Aber du bist dazu nicht verpflichtet, das weißt du. Es ist allein dein Wunsch, deine Entscheidung.«

»Ich will es.« Der Entschluss stand fest. »Ich gehöre ohnehin nicht hierher. Was soll ich hier noch? Ich tue es für das Land und für meinen toten Freund und für die Menschen, die an ihn glaubten – und an mich.« Und als die Alte nichts darauf erwiderte, fügte er hinzu: »Hinter dem Antlitz der Mórrigan ist das Mädchen, das ich liebe. Auch wenn sie mir nicht vergeben kann, verschaffe ich damit vielleicht auch ihr die Freiheit.«

Die Züge der Alten wurden weich.

»Komm«, sagte sie. »Gehen wir! Und vergiss deinen Speer nicht. Du wirst ihn brauchen.«

Sie traten hinaus vor die Tür. Hagen nahm seinen Speer auf, wo er ihn achtlos beiseite geworfen hatte, und dann folgte er seiner Führerin hinaus in die endlose Weite des Moores.

Es war Abend geworden. Die Sonne überzog das Land mit einem blutroten Schimmer, ehe ihr letztes Licht verlosch. Der Wind hatte die Wolkendecke aufgerissen. Hier und da schimmerten Sterne hindurch. Der Mond hing über dem Land wie eine silberne Scheibe, ungetrübt von allem, was sich drunten auf der Welt abspielen mochte, die er mit seinem Glanz beschien.

Die Müdigkeit war von Hagen abgefallen. Dafür machte sich die Wunde an seinem Bein wieder bemerkbar. Er tastete mit der Hand danach, und als er sie zurückzog, war sie feucht von Blut. *Die Wunden, die dieses Schwert schlägt, werden niemals heilen.* Wer hatte diese Worte gesagt? Nun, bald würde es keinen Unterschied mehr machen.

Er humpelte weiter, schwer auf den Speer gestützt. Die Nacht ringsum war erfüllt von Geräuschen: dem Gluckern des Moores, dem Pfeifen des Windes, den Rufen von Tieren auf nächtlicher Jagd. Doch er blendete sie alle aus, bis er wie durch einen Tunnel ging, nur auf ein einziges Ziel gerichtet.

Schwarz hob es sich am Horizont ab, ein dunklerer Schatten im ungewissen Licht. Es sah aus wie ein alter Ringwall, Überrest einer längst gefallenen Feste, mit Büschen und Bäumen bestanden. Ein mit Steinen ausgelegter Pfad führte hindurch, in die einzige Öffnung, die der Wall bot.

»Wo sind wir hier?«, fragte Hagen, als er sich mit dem stumpfen Ende des Speers seinen Weg ertastete, der hinab in die Tiefe führte.

»Das ist Uisnech, der Mittelpunkt von Erin, der Nabel der Welt. Und in seinem Zentrum befindet sich Crom Dhu, der schwarze Kreis.«

Innerhalb des schwarzen Kreises erhob sich ein Stein. Hüfthoch, breit gelagert. Selbst das Mondlicht hinterließ keine Spur auf ihm. Es war, als sauge er auch den letzten Rest von Licht in sich hinein. Er war geformt wie ein Amboss – oder wie ein Altar.

Rechts und links von dem dunklen Stein standen zwei Gestalten, in lange Gewänder gekleidet. Es waren Frauen. Die eine von ihnen war noch jung, eine Kriegerin, kühl und unnahbar wie der Mond. Die andere stand in der Blüte ihrer Jahre, breithüftig und stark wie die Erde, auf der sie stand.

»Wen bringst du uns, Caillech?«, fragte die eine.

»Den Helden von Erin, der sich als Opfer anbietet um die Mórrigan zu bannen.«

»Weiß er, was das bedeutet?«, fragte die andere.

»Ich weiß genug«, sagte Hagen, um das Verfahren abzukürzen. »Bringen wir es hinter uns.«

Sie zogen ihm seine Kleider aus, um ihn zu waschen, erst mit Milch, dann mit Wasser. Er ließ es widerspruchslos geschehen. Dann salbten sie sein Haar, seine Stirn und seine Brust mit Öl. Es roch seltsam süß und streng zugleich, wie nach darin aufgelösten Kräutern, welche die Sinne berauschten; dennoch blieb er hellwach. Ein Kranz aus Mistelzweigen wurde ihm aufgesetzt; er kam sich vor wie ein Ochse, der zum Fest herausgeputzt wurde. Oder wie ein Opferstier, den man zur Schlachtbank führte. Wahrscheinlich war Letzteres das bessere Bild.

Nackt trat er vor den dunklen Stein. Man gab ihm den Speer in die Hand; es war das Einzige, was in dieser Kälte und Finsternis noch eine Spur von Wärme und Leben enthielt.

»Ach, wie trostlos ist diese Nacht
Nach dem Verlust der Vielgeliebten.
Sie wurden getötet, das ist mein Elend.«

So sangen die Frauen.

»Ach, wie düster ist diese Welt.
Vom Abend bis zur Mitte der Nacht
Will ich wachen und weinen.

Nicht der Tod ist es, der mich peinigt.
Ich weine um euch, meine Schwestern,
und euch, meine Brüder, mein Land . . .«

Jetzt konnte er nur noch warten. Alles Sinnen und Denken verengte sich auf den dunklen Stein. Und dann sah er jenseits des Steins den Kessel.

Es war rund, ohne Anfang und Ende, wie die Schlange, die die Welt umgibt. Uralt und doch ewig jung. Der Kessel des Lebens – und des Todes.

Wie würde es sein, wenn sein Blut in den Kessel rann?

Eine Veränderung im Licht ließ ihn aufblicken. Etwas fraß am Rande des Mondes. Ein Schatten schob sich über die silbrige Scheibe, langsam, kaum wahrnehmbar in seiner Bewegung.

Das Licht des Mondes schwand, als der Schatten der Erde zunahm.

Eine Mondfinsternis.

Er wartete, wartete geduldig, bis nur noch eine letzte schmale Sichel aus Licht am Himmel stand.

Wenn der Mond verlöscht und die Sonne verdunkelt, dann ist meine Stunde gekommen.

Dunkelheit brach herein.

Ein Wind kam auf. Rauch wehte herauf aus der Tiefe des Abgrunds. Und aus der Tiefe kam sie.

Ihr Antlitz war weiß wie der Tod. Ihre Augen waren wie glühende Kohlen. Bleich war ihr Haar und bleich ihr Gewand, doch der Mantel, der sie umwehte, war schwarz wie die Nacht, die sie umfing, glänzend wie eine Krähenschwinge.

»Bist du bereit?«

Wortlos hielt er ihr den Speer hin. Die Finger, die sich um die seinen schlossen, waren eiskalt. Er löste seinen Griff. Die Mórrigan hob den Speer, und in diesem Augenblick brach der erste neue Schimmer des Mondes durch die Dunkelheit, fing sich in der Klinge des Speers und spiegelte sich auf dem totenbleichen Gesicht.

»Verzeih mir«, sagte Hagen.

In dem Augenblick, als der Speer ihn durchbohrte, sah er durch das Antlitz der Göttin hindurch das erschreckte, verletzte Gesicht des Mädchens aufscheinen, das er kannte und liebte. Und dieser Anblick war das Letzte, was ihm bewusst war, als er in die Dunkelheit hinabstürzte.

Da wusste er, dass er richtig gehandelt hatte.

Und der Stein schrie.

17
Die Äpfel der Jugend

Hagen träumte.

Sonnenwind auf seiner Haut.

Er lag auf einer Wiese im warmen, strahlenden Licht. Ringsum summten Bienen und zwitscherten Vögel. Er sah einer Lerche nach, die sich in den blauen Himmel schraubte und dabei ihr Lied erklingen ließ. Wolken von Blütenstaub wogten empor und kitzelten ihn in der Nase. Er nieste und hob den Kopf.

Sein Blick ging nach links. Neben ihm im Gras lag der Speer, zum Greifen nahe. Er war blank und makellos; kein Blut klebte daran.

Auf der anderen Seite, zur Rechten, lag ein Schwert. Es war aus einem Stück geschmiedet, blattförmig, ohne jeden Schmuck; denn seine Form allein war schon Zierde genug. Die Klinge eines Königs.

Er hatte diese Klinge schon einmal gesehen. Sie hatte ihn verwundet, bei einem Kampf, vor langer, langer Zeit.

Sein Blick glitt an seinem Körper hinunter. Von einer Wunde war nichts mehr zu sehen. Dafür sah er zu seinen Füßen den Kessel. Er blinkte im Sonnenlicht, wie aus reinem Gold gemacht. Die Verzierungen an seinem Rand, in feinen, verschlungenen Bändern gearbeitet, schienen zu leben.

Langsam setzte er sich auf und wandte sich um. Dort wo sein Kopf gelegen hatte, wie im Gras noch deutlich zu erkennen war, erhob sich ein Stein. Doch der Stein war nicht schwarz, wie er ihn in Erinnerung hatte. Er war klar wie Kristall, und das Licht brach sich darin in allen Farben des Regenbogens.

»Hagen!«

Es war ein Ruf voller Freude und Erschrecken zugleich. Hagen fuhr herum. Noch ehe er die Gestalt, die mit ausgebreiteten Armen auf ihn zugelaufen kam, erkannte, ahnte er schon, wer es war.

»Gunhild.«

Ihr Haar war immer noch so hell wie das der Mórrigan, doch nicht bleich, sondern von der Farbe der Sonne. Ihr Gesicht leuchtete vor Frische. Das Gewand, das sie trug, war von hellem Leinen. Nichts von dem trügerischen Glanz des Todes war mehr an ihr. Sie strahlte vor Leben.

Als sie vor ihm stand, fehlten ihm die Worte. Er konnte sie nur noch anschauen und staunen.

Plötzlich wurde ihm bewusst, dass er nackt war. Doch bevor er erröten oder auch nur eine Bewegung machen konnte, um seine Blöße zu bedecken, legte sie ihm den Finger auf die Lippen. Dann streifte sie sich das Kleid von den Schultern und kam zu ihm.

Als sie später, müde und berauscht, eng umschlungen beieinander lagen, sagte Hagen zu ihr: »Du hast mir verziehen, nicht wahr?«

»Wenn du es kannst, dann kann ich es auch«, meinte Gunhild, und dann seufzte sie einmal kurz auf. »Und doch wünschte ich, mein Bruder wäre hier.«

Plötzlich waren sie sich der Gegenwart eines Dritten bewusst. Sie sprangen auf. Aber es war nicht Siggi. Es war ein junger Mann, dunkelhaarig, in Grau gekleidet, der auf dem großen Stein saß und sie lächelnd ansah. Wie lange er wohl da gesessen hatte?

»Habt keine Furcht«, sagte er. »Die Zeit der Mühen und Ängste ist jetzt vorbei. Jetzt lasst uns tanzen und fröhlich sein.«

Er fasste sie bei den Händen, und gemeinsam tanzten sie über die Blumenwiesen und Hügel und hielten erst inne, als sie in den Schatten eines Waldes eintraten.

Vor ihnen lag ein klarer, kühler Teich. Ihre Gesichter spiegelten sich in der Flut: schwarz, silbern und golden. In der Tiefe des Wassers blinkte es auf wie von einem großen Lachs, der dort seine Kreise zog. Und von den Seiten her neigten sich Zweige über den Spiegel des Sees, in deren Grün es aufleuchtete von roten, reifen Äpfeln.

»Nehmt und esst!«

Sie nahmen die ihnen dargereichten Früchte, doch Hagen zögerte einen Moment, hineinzubeißen.

»Diesmal darfst du«, sprach der Fremde. »Denn nur wer ungebeten davon kostet, findet darin den Tod. Denn dies sind die Äpfel von Emain Ablach, dem Hain des ewigen Lebens.

Nein«, fuhr er fort, als er Gunhilds erschrockenes Gesicht sah, »sie werden euch nicht unsterblich machen. Aber sie werden das Leid von euch nehmen, das auf euch liegt und welches das Los aller Sterblichen ist. Wer von diesen Äpfeln gegessen hat, wird den Tod nicht fürchten in Ewigkeit.«

Sie aßen schweigend. Der Geschmack war von unbekannter Süße, mit einer leisen Bitterkeit gemischt, und als sie davon aßen, zog endlich die Ruhe in ihre Herzen ein, nach der sie sich seit langer Zeit gesehnt hatten.

»Wer seid Ihr, Herr?«, getraute sich Gunhild schließlich zu fragen.

Der Fremde lachte. Seine mandelförmigen, leicht schräg gestellten Augen, in denen so viel Freude und Weisheit lag, blitzten schelmisch. »Wisst ihr es nicht?«

Hagen wusste es.

»Du bist der Herr des Lichts, Sohn des Himmels und der Erde, geboren aus Feuer und Wasser. Du bist der Schmied des Schicksals; Macha die Goldhaarige war deine Mutter und der Alte von Erin dein Vater, der Gestaltwandler. Du bist der graue Hund, der in der Dämmerung umherstreift.«

»Dies alles bin ich und mehr«, sprach der Fremde. »Lugh Lamfada werde ich genannt, der mit der langen Hand, und Samíldanach, der Meister aller und jedweder Kunst. Doch der Name, der mir am liebsten ist, ist Mac Óg, der Sohn der Jugend. Und als solcher werde ich nun, da die Dunkelheit besiegt ist und die vier Schätze von Erin – Speer und Schwert, Kessel und Stein – wieder vereint sind, meinen Platz als rechtmäßiger König wieder einnehmen, wie es mir von Anfang an bestimmt war. Kommt mit mir!«

»Aber«, sagte Hagen, »so wie wir angezogen sind ... ich meine, nicht angezogen sind ...«

Lugh lachte. »Seht euch doch an!«

Und sie stellten fest, dass sie in prächtige Gewänder gekleidet waren. Hagens Gewand war rot, mit Gold gesäumt, wie es einem Helden geziemte, und Gunhilds Kleid war gelb, mit einem blauen Saum. Und an ihrem Hals blinkte golden der Halsreif, jener magische Schmuck, der sie in diese Welt geführt hatte.

»Das alles ist nicht wirklich«, meinte Hagen.

»Nein«, sagte Gunhild. »Aber es ist wahr!«

Ihr Weg führte sie zurück über die Hügel ins Land hinein. Dort, in einer Biegung des Flusses, der breit und gemächlich dem Meer entgegen strömte, war auf einem erhöhten Platz ein Zelt errichtet worden. Vier Flügel, jeweils nach Osten, Westen, Süden und Norden ausgerichtet, schlossen sich an einen hohen, runden Pavillon an, der das Zentrum bildete.

Als sie näher kamen, erschollen Hörner, mit einem tiefen, klaren Ton, und das Zelt wurde aufgeschlagen.

Und zu seiner Freude sah Hagen, dass in der nördlichen Abteilung König Conor Mac Nessa mit seinem Gefolge saß, umgeben von den Wölflingen, die ihm begeistert entgegenheulten.

Im Osten hielt Manannán Mac Lir Hof, mitsamt den Fomoriern, die sie in ihrer fremden, gutturalen Sprache begrüßten; kein Groll schien mehr übrig zu sein von Entführungen oder Kämpfen.

Im Westen saß die Dreiheit der Frauen – Brigid, Ériu und die Caillech – und bei ihnen waren auch der Dagda, der rote Mann allen Wissens, und die anderen Halbgötter der Tuatha Dé Danann, alle, die je von den Äpfeln des Lebens gekostet hatten: Nuadu Argetlam, dessen Hand wie lebendiges Silber schimmerte, und Angus Óg und andere, die in der Schlacht von Mag Tuired gefallen waren: Ogma der Weise und Goibniu der Schmied und viele andere mehr. Selbst Bres der Schöne war unter ihnen.

Im Süden aber hatte sich die Fianna versammelt und bei ihnen waren auch Dermot und Gránia. Sie hatten die alte Harfe von Tara mit sich gebracht, die nun endlich wieder an dem Ort gelangt war, wo sie einstmals erklungen war. Oisín, der Barde, schlug ihre Saiten und sang dazu:

»Ich rufe dich an, Land von Erin,
Schimmerndes, schimmerndes Meer,
Fruchtbare, fruchtbare Berge,
Wellige, wellige Hügel,
Schäumende, schäumende Flüsse,
Fischreicher, fischreicher See!«

Nur Amergin, der Erzdruide, war in der Menge der Versammelten nirgendwo zu sehen. Aber jeder, der sich darüber wundern mochte, wusste warum.

Lugh Lamfada aber trat in die Mitte des Zeltes, wo

ein Hochsitz errichtet worden war, und er nahm darauf Platz und sprach:

»Friede im Himmel,
Himmel auf Erden,
Erde unter dem Himmel,
Kraft einem jeden.«

Und alle, die versammelt waren, riefen mit lauter Stimme: »Lang lebe Lugh, der Mac Óg, Hochkönig von Erin.«

Daraufhin winkte Lugh die beiden Kinder zu sich, die nun keine Kinder mehr waren, und er sagte zu ihnen: »Nehmt ihr beiden an meiner Seite Platz, und ihr seid immer bei mir willkommen, solange es euch gefällt. Und damit kein Schatten auf euch fällt von dem, was war, will ich euch neue Namen geben: Als Midir, der Stolze, und Étain, die Schöne, sollt ihr in der Legende von Erin einen Platz haben, solange sich Menschen daran erinnern.«

Das ganze Volk jubelte, und alle hoben ihre Becher, Trinkhörner, Schalen und anderen Gefäße und tranken ihnen zu.

Die beiden sahen sich an. Ihre Freude war nun vollkommen, das heißt, bis auf einen einzigen Tropfen der Bitterkeit. Jeder las den Gedanken in den Augen des anderen.

Ach, wenn nur Siggi hier wäre, um das zu sehen!

Epilog

Siggi erwachte.

Es war kein plötzliches, sondern ein ganz allmähliches Erwachen, wie es einen manchmal überkommt, wenn man besonders tief und fest geschlafen hat. Es ist dann schwer zu sagen, ab welchem Punkt man wirklich wach ist und nicht mehr schläft, vor allem mit geschlossenen Augen. Und dabei, in diesem Zustand zwischen Schlafen und Wachen, packt einen manchmal eine Angst, dass man sich nicht traut, sich überhaupt zu bewegen. Denn es könnte ja sein, dass man es versucht – und nichts geschieht. Weil man nämlich tot ist.

Wäre da nicht jene merkwürdige Melodie gewesen, Siggi hätte sicher noch lange so gelegen.

Er schlug die Augen auf. Er lag auf seinem großen Bett und blickte hinauf zu der getäfelten Zimmerdecke von Dunvegan Castle. Licht drang von draußen herein. Mondlicht.

Mondlicht? Dieses seltsame, flirrende Licht, das wie das Licht eines Scheinwerfers durch das Fenster stach, fast als suche es nach ihm.

Siggi schwang die Beine aus dem Bett und schlüpfte in seine Jeans. Er nahm sich gerade noch Zeit, das FC-Liverpool-T-Shirt, in dem er geschlafen hatte, in die Hose zu stopfen und sich die Schuhe zuzubinden, dann war er auch schon aus dem Zimmer.

Draußen auf dem Gang schienen ihm die Ahnen des Hauses spöttisch nachzublicken, aber er achtete gar nicht darauf. Statt die Treppenstufen hinunter in die Halle zu poltern, nahm er gleich das Treppengeländer; das war leiser und ging zudem schneller. Die Hintertür, die zum Garten führte, war nicht abgeschlossen. Der Garten lag in einem unnatürlichen Licht, das von jenseits der Mauer kam.

Siggi hatte keine Ahnung, was ihn so zur Eile trieb, aber er wusste, dass er keine Zeit hatte, das Tor zu suchen. Ohne Rücksicht auf Verluste rannte er auf die Mauer los und sprang hinauf. Mit einem Klimmzug war er oben, schwang ein Bein über die Kante und ließ sich auf der anderen Seite hinunterfallen. Er teilte die Büsche, und dann sah er es.

Der Dunmor Hill lag im Dunkel, doch das Licht, das aus seinem Inneren kam, erstrahlte hell und rein. Etwas bewegte sich darin, zum Klang jener fast unhörbaren Melodie. Fasziniert trat er näher heran. Jetzt konnte er die Gestalten erkennen: Männer und Frauen, hochgewachsen, kraftvoll und anmutig, bewegten sich dort im Tanz. Sie trugen lange, altertümliche Gewänder, schimmernd in den Farben des Regenbogens. Niemand von den Feiernden schien ihn zu sehen oder gar zu beachten.

Niemand bis auf ein Paar.

Sie wandten sich um. Ein Mann und eine Frau. Sie in Gold gekleidet, er in Rot. Ihre Blicke trafen sich, und Siggi erkannte, wer es war.

»Gunhild! Hagen!«

»Siggi!«

Sie rannten auf ihn zu, mit ausgestreckten Armen,

und in diesem Augenblick fiel es ihm alles wieder ein, alles, was geschehen war.

»Siggi! Du lebst?!«

Hagen zögerte nur einen einzigen Moment. Dann packte er Siggi und umarmte ihn wie einen tot geglaubten Freund – und das war er in gewisser Weise ja auch. Gunhild kam hinzu und schloss sie beide in ihre Arme ein. So standen sie eine Weile, reglos, eng umschlungen, von Gefühlen überwältigt, für die es keine Worte gab.

Der dunkle Mann in den Büschen, der sie aus schwarzen, ausdruckslosen Augen beobachtete, sah zu, wie die schimmernden Gewänder vergingen und darunter wieder die alte, irdische Kleidung zum Vorschein kam, die sie getragen hatten, ehe das große Abenteuer begann. Er sah, wie der Kristall aufblitzte, den das Mädchen an einer schmucklosen Kette um den Hals trug, und wandte sich ab.

Auch wenn sein Plan fehlgeschlagen war, so konnte er warten. Er hatte Zeit, viele Leben lang. Und so suchte er sich seinen Weg zwischen den Büschen, zurück in die Dunkelheit, während hinter ihm das Licht aus dem hohlen Hügel verblasste und das Lied der Harfe verklang.

ENDE

Das keltische Baumalphabet

Ogham	Laut	Irisch	Deutsch	Monat
	B	*beith*	Birke	November
	L	*luis*	Vogelbeerbaum	Dezember
	F	*fearn*	Erle	Januar
	S	*saille*	Weide	Februar
	N	*nuin*	Esche	März
	H	*huathe*	Weissdorn	April
	D	*duir*	Eiche	Mai
	T	*tinne*	Stechpalme	Juni
	C	*coll*	Haselnussstrauch	Juli
	Q	*quert*	Apfelbaum	–
	M	*muin*	Weinraute	August
	G	*gort*	Efeu	September
	NG	*ngetal*	Besenginster/Farn/Schilf	Oktober
	STR	*straif*	Schlehe	–
	R	*ruis*	Holunder	–
	A	*ailm*	Weißtanne/Kiefer	–
	O	*onn*	Stechginster	–
	U	*ur*	Heidekraut	–
	E	*eadha*	Silberpappel*	–
	I	*ioho*	Eibe	–
	EA	*eadha*	Silberpappel*	–
	OI	*oir*	Spindelstrauch	–
	UI	*uileand*	Heckenkirsche	–
	IO	*iphin*	Stachelbeere	–
	AE	*phagos*	Buche	–

* Die Verdoppelung ist so in alten Schriften überliefert.

ERIN

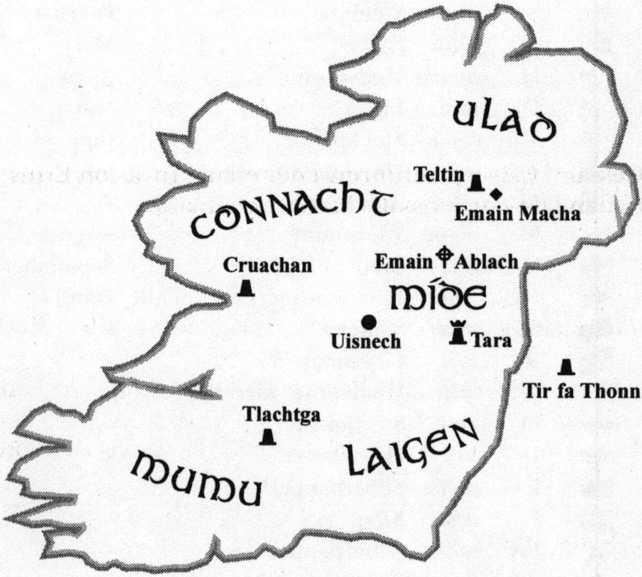
ULAD
Teltin
Emain Macha
CONNACHT
Cruachan
Emain Ablach
MIDE
Uisnech
Tara
Tir fa Thonn
Tlachtga
LAIGEN
MUMU

Namen und Begriffe

Die altirischen Namen wurden in der Schreibweise vereinfacht, damit man beim Lesen nicht darüber stolpert. Wie sie früher ausgesprochen wurden, weiß keiner ganz genau; daher kann es jeder damit halten, wie er möchte. Wer wissen will, wie die späteren Kelten sie aussprachen, findet eine ungefähre Entsprechung in eckigen Klammern. Betonte Silben sind kursiv gesetzt, ein Akzent bezeichnet einen langen Laut.

Die Invasionen von Erin

(1) Cessairs Volk

Cessair [*kjes*-sir] Anführerin der ersten Invasion Erins
Fintan [*fin*-tan] Cessairs Mann, Schamane

(2) Die Partholáner

Partholán [par-*ho*-lán] Anführer der zweiten Invasion Erins
Delgnaid [*dschel*-nej] Partholáns Frau, Mutter von Tuan
Tuan [*tu*-en] (1) Sohn Partholáns, Wiedergeburt von Fintan

(3) Die Nemedier

Nemed [*ne*-med] Bruder Partholáns, Anführer der dritten Invasion Erins

(4) Die Firbolg

Eochai [*jo*-chi] König der Firbolg, Anführer der vierten Invasion Erins

Taltiu [*tal*-tschu] Tochter des Königs der Großen Ebene, Gemahlin Eochais

Tuan [*tu*-en] (2) Sohn Taltius, Wiedergeburt des ersten Tuan

Sreng [schreng] Held der Firbolg

(5) Die Tuatha Dé Danann

Dana [*da*-na] Die Mutter der Götter, nach der die **Tuatha Dé Danann** [*tu*-e-ha dsché *da*-naun] (›Volk der Göttin Dana‹) ihren Namen haben

Nuadu Argetlam [*nu*-e-du *er*-gjet-lam] Nuadu ›mit der silbernen Hand‹, König der Tuatha Dé Danann, Anführer der fünften Invasion Erins

Dagda [*dag*-da] Der rote Mann allen Wissens, auch ›der gute Gott‹ genannt, Bruder Nuadus, später Herrscher der Tuatha Dé Danann

Manannán Mac Lir [*ma*-naun-án mak ljir] Sohn des Meeres, der Herr der Insel

Bres [bres] Genannt ›der Schöne‹, Nachfolger Nuadus als König der Tuatha Dé Danann

Mórrigan [mór-*ri*-gan] Große Göttin in ihren drei Gestalten als Jungfrau, Mutter und Greisin; zugleich in Gestalt einer schwarzen Krähe die Herrin des Krieges und der Vergeltung

Brigid [brídsch] Tochter des Dagda, eine der drei Aspekte der Mórrigan

Ériu [*é*-rju] Die Mutter des Landes, Gemahlin des Dagda, eine der drei Aspekte der Mórrigan

Caillech [*ka*-ljech] Die Alte, eine der drei Aspekte der Mórrigan; auch **Megan** [*me*-gan] oder ›die alte Meg‹ genannt

Macha [*ma*-cha] Die Göttin des Kampfes

Angus Óg [*eng*-ges oug] Angus ›der Junge‹, Sohn des Dagda

Corpre [*kor*-pre] Der Meisterdichter, Barde der Tuatha Dé Danann

Diancécht [*dschi*-en-kjécht] Der Heiler
Goibniu [*gojb*-nju] Der Schmied
Ogma [*og*-ma] Der Weise, Erfinder der Ogham-Schrift
Lugh Lamfada [lú lam-*a*-da] Lugh ›Langhand‹, Sohn der Macha und eines unbekannten Vaters, Herr des Lichts, auch **Samíldanach** [sa-víl-*dan*-ach], der Meister jedweder Kunst, und **Mac Óg** [mak oug], Sohn der Jugend, genannt
Étain [*é*-tin] Genannt ›die Schöne‹
Midir [*mi*-dir] Genannt ›der Stolze‹

Die Fomorier

Balor [*ba*-lor] Genannt ›mit dem bösen Auge‹, König der Fomorier, dessen Blick tödlich war
Elathan [e-*la*-han] Ein Fürst der Fomorier, nach der Überlieferung Vater von Bres
Indech [*in*-dech] Ein Fürst der Fomorier

Die Gälen (Milesier)

Mil [mil] Anführer der letzten Invasion Erins
Amergin [a-*ver*-gin] Erzdruide von Erin, Wiedergeburt des zweiten Tuan

Conor Mac Nessa [*co*-ner mak *nes*-sa] König von Ulad
Cathbad [*kah*-bad] Genannt ›mit dem sanften Gesicht‹, Druide des Königs
Felimid [*fe*-li-mid] Barde des Königs
Cullan [*kul*-lan] Schmied des Königs
Fergus Mac Roy [*fer*-ges mak roj] Recke des Königs
Ailell [*a*-ljel] Genannt ›der Honigzüngige‹, ein Krieger
Connla [*kon*-la] Genannt ›der Falsche‹, ein Krieger
Cúchullin [*kú chul*-lin] Der ›Hund des Cullan‹, Held von Ulad

Laegaire Buadach [*loi*-jir-je *bu*-e-dach] Genannt **Laeg**, Cúchullins Freund und Kampfgefährte
Conall Cearnach [*co*-nel *kjer*-nach] Gefolgsmann Cúchullins
Follaman [*fo*-la-man] Ältester Sohn König Conors
Fiachra [*fi*-ech-ra] Zweiter Sohn des Königs
Cormac [*kor*-mak] Jüngster Sohn des Königs
Erc Mac Felimid [erk mak *fe*-li-mid] Felimids Sohn, ein Krieger und Barde
Cuscrid [*kus*-kridsch] Genannt ›der Stotterer‹

Finn [fin] Der ›Weiße‹, Anführer der Fianna
Oisín [*oj*-schín] Krieger und Barde der Fianna
Oscar [*os*-kar] Krieger der Fianna
Goll Mac Morna [gol mak *mor*-na] Ein Held der Fianna
Dermot [*dscher*-mod] Ein Krieger der Fianna, Geliebter von Gránia.
Gránia [*grá*-nja] Dermods Geliebte

Orte

Erin [*e*-rin] Das mythologische Irland

Ulad [*u*-lad] Der Norden von Erin (Ulster)
Teltin [*tel*-tschin] Taltius Stadt, Hauptstadt und Burg des Königs von Ulad
Emain Macha [*e*-vin *va*-cha] Der Hügel der Macha; ein Grabhügel bei Teltin

Connacht [*kon*-nacht] Der Westen von Erin (Connacht)
Cruachan [*kru*-e-chan] Die Feste der alten Herrscher von Connacht

Laigen [*laj*-gen] Der Osten von Erin (Leinster)
Tir fa Thonn [tschir fa houn] Das ›Land unter der Welle‹, ein legendärer Ort im Meer

Mumu [*mu*-mu] Der Süden von Erin (Munster)
Tlachtga [*tlacht*-ga] Hauptstadt von Mumu

Míde [mídsch] Das Zentrum von Erin (Meath)
Tara [*ta*-ra] Genannt ›Tara der Könige‹, der Herrschersitz der Hochkönige von Erin
Uisnech [*usch*-nech] Der Mittelpunkt von Erin
Crom Dhu [krom thu] Der ›Schwarze Kreis‹, eine alte Opferstätte

Mag Tuired [moj *tu*-ri] Die Ebene der Grabsteine, Ort der beiden großen Schlachten der Tuatha Dé Danann, erst gegen die Firbolg und später gegen die Fomorier
Emain Ablach [*e*-vin *av*-lach] Der Hain der Äpfel des Lebens

Zeiten

Imbolc [*i*-e-mulg] 1. Februar (Lichtmess)
Beltane [bel-*ta*-nje] 1. Mai (Maifest)
Lughnasad [lú-*ne*-sse] 1. August (Lammas)
Samain [*ssa*-vin] 1. November (Allerheiligen)

›Nach dem HERRN DER RINGE war die Welt der Fantasy nicht mehr dieselbe‹, hieß es auf dem Klappentext zum Vorgängerband dieser Anthologie: DIE ERBEN DES RINGS herausgegeben von Martin H. Greenberg (Bastei Lübbe Band 13 803). In jenem Band verbeugten sich anglo-amerikanische Autoren vor dem großen Erzähler. Doch nicht nur im englischsprachigen Raum hat Tolkien seine Spuren hinterlassen, auch eine junge Generation von deutschen Schriftstellern wird auf die ein oder andere Art von ihm beeinflusst. In dieser Anthologie sind neue Geschichten gesammelt, die Tolkien zu Ehren geschrieben wurden, oft mit einem Augenzwinkern, aber stets voller Respekt. Autoren sind u.a.: Helmut W. Pesch, Wolfgang Hohlbein und Kerstin Gier

ISBN 3-404-20421-2

BASTEI LÜBBE